AF398366

Annie M. Rose, geboren 1994, lebt gemeinsam mit ihren beiden Katzen am Niederrhein. Hauptberuflich arbeitet sie als Bürokauffrau, doch das Schreiben gehört seit ihrer frühen Jugend zu ihrem Leben dazu. Wenn sie nicht gerade arbeitet oder schreibt, reist sie gern durch die Welt, verschlingt ein Buch nach dem anderen oder schaut Serien.

ANNIE M. ROSE

LIEBE
stand nicht auf der Liste

SAMANTHA & LILY

Erstausgabe Oktober 2024

Copyright © 2024 dp Verlag, ein Imprint der
dp DIGITAL PUBLISHERS GmbH
Made in Stuttgart with ♥
Alle Rechte vorbehalten

Liebe stand nicht auf der Liste

ISBN 978-3-98998-626-8
E-Book-ISBN 978-3-98778-839-0

Covergestaltung: ArtC.ore-Design / Wildly & Slow Photography
Umschlaggestaltung: ArtC.ore-Design
Unter Verwendung von Abbildungen von
shutterstock.com: © Lio putra, © GoodStudio, © Yura Batiushyn
Lektorat: Sarah Nierwitzki
Satz: dp DIGITAL PUBLISHERS GmbH
Druck und Bindung: Books on Demand GmbH, Norderstedt

*Für Inge.
Du fehlst.*

Prolog

„Da bist du ja.“

Irritiert werfe ich einen Blick auf meine Armbanduhr. „Es ist zwei Minuten vor zehn. Ich sollte um zehn Uhr hier sein.“

Declan Jefferson lacht schallend und trommelt mit den Fingern auf seinem dicken Bauch herum.

„Ich weiß, ich bin bloß ungeduldig“, sagt er. „Setz dich bitte, Samantha.“

Ich sinke auf den Stuhl ihm gegenüber. Wie oft habe ich hier schon gesessen? Im Büro meines Agenten bei *Silver Ink Books*, der Literaturagentur, die mich mit meinem ersten Buch unter Vertrag genommen hat und die seitdem meine Liebesromane an die Verlage vermittelt.

„Also, was sind deine tollen Neuigkeiten?“, frage ich.

Gestern Abend hatte ich von Declan eine Nachricht bekommen, dass er etwas mit mir zu besprechen hat und ich heute in sein Büro kommen soll. An einem Samstagmorgen. Da war mir sofort klar, dass es eine besondere Neuigkeit sein muss.

Über seinen Schreibtisch hinweg grinst mich Declan an.

„Du kommst nie drauf, wer sich bei uns gemeldet hat.“

„Wer?“

„Jemand von den Metropolis Studios.“

Ich starre Declan an. Meint er das ernst? Mein Herz beginnt, zu rasen, und in meinem Bauch kribbelt es, als wäre ein Bienenschwarm darin unterwegs. „Metropolis Studios? Du meinst doch nicht etwas das Filmstudio in New York City, oder?"

Er lacht. „Genau die meine ich, Sam. Sie haben Interesse an einer Adaption von *Whispering Hearts*."

„O mein Gott!" Ich springe von meinem Stuhl auf, sodass dieser ein Stück über den Teppichboden rutscht, und schlage mir die Hände vor den Mund, vollkommen im Unglauben darüber, was ich gerade gehört habe.

„Wie geht es jetzt weiter?", frage ich atemlos.

„Sie wollen dich kennenlernen."

„Wow, okay, setzen wir einen Skype-Termin an, oder wie läuft das Ganze ab?"

Declan zwirbelt seinen Schnurrbart zwischen den Fingern.

„Nein, Samantha, sie wollen dich persönlich kennenlernen."

„In ... New York?"

„Ganz genau."

„Das ist ja fantastisch!", sage ich mit einem breiten Grinsen. „Wie genau soll das denn ablaufen?", frage ich neugierig.

„Zunächst würden beide Seiten eine sogenannte Optionsvereinbarung unterzeichnen."

„Was heißt das?"

„Das bedeutet, dass du den Leuten von Metropolis das Recht einräumst, aus deinem Manuskript ein Drehbuch zu machen. Diese Vereinbarung würde über zwölf Monate gehen, kann aber verlängert werden, sollte das nötig sein."

„Und was passiert, falls der Drehbuchautor kein Skript aus meinem Buch machen kann?", möchte ich wissen.

„Dann bekommst du die Rechte zurück. Mr Green, unser Ansprechpartner bei Metropolis, sagt, solange kein Drehbuch existiert, ist das Ganze als Testphase anzusehen."

„Mir ist aber nicht ganz klar, warum sie mich persönlich kennenlernen wollen."

„Nun, du würdest die Vereinbarung noch von hier unterschreiben und dich dann in New York mit Mr Green und seinem Team treffen, um am Drehbuch mitzuarbeiten. Sie wollen dich gern live und in Farbe kennenlernen." Mein Agent lacht. „Es soll geschaut werden, ob die Chemie stimmt und ihr zusammenarbeiten könnt. Mr Green sagt, die meisten weiteren Termine können dann online stattfinden." Declan schaut mich abwartend an.

Ich muss diese ganzen Informationen erst mal verarbeiten. „Weißt du, wie viel Mitspracherecht ich hätte?"

„Ja, die Zusammenarbeit soll sehr engmaschig erfolgen."

Ich nicke. „Was denkst du?" Declan und ich arbeiten seit Jahren zusammen und ich lege sehr viel Wert auf seine Meinung.

„Ehrlich? Tu es. Schau es dir an. Samantha, das ist eine phänomenale Chance, die sicher nicht jeder bekommt."

„Das stimmt. Okay, ich sehe es mir an."

Declan reicht mir ein Blatt Papier. „Das ist die Vereinbarung. Ich habe sie schon geprüft, du kannst sie guten Gewissens unterschreiben. Sie haben bereits einige

Terminvorschläge geschickt, wahrscheinlich haben sie gar nicht infrage gestellt, dass du ihr Angebot annimmst."

Mein Grinsen wird breiter. „So verrückt bin ich auch wieder nicht. Welche Termine stehen zur Auswahl?"

„Die meisten sind noch dieses Jahr, der erste ist am neunundzwanzigsten. Dann gibt es einen Mitte Dezember und einen in der ersten Januarwoche."

Ich öffne den Kalender in meinem Handy. „Zeitlich passen mir alle drei. Wozu würdest du mir raten?"

„Ich weiß, wie ungeduldig du sein kannst", sagt Declan und trifft den Nagel auf den Kopf. „Warum nimmst du nicht gleich direkt den ersten Termin? Du könntest schon jetzt hinfliegen, dann hättest du etwa zwei Wochen Zeit, um dich an die neue Zeitzone zu gewöhnen und dich vorzubereiten. Mach ein bisschen Urlaub. Du hast es dir verdient."

Einen Moment denke ich über Declans Vorschlag nach. Es ergibt Sinn, nicht erst einen Tag vor dem Termin um die halbe Welt zu fliegen. Und wenn ich den frühen Termin nehme, bin ich über Weihnachten wieder zu Hause und kann meinem jährlichen Ritual nachgehen: Mich ungestört in meiner Wohnung verschanzen.

„Hört sich gut an. Sagst du für mich zu?"

Declan sieht zufrieden aus. „Ich gebe ihnen deine E-Mail-Adresse und deine Handynummer, ist das in Ordnung?"

„Natürlich."

„Soll sich Majorie um einen Flug und deine Unterkunft kümmern?"

Majorie Simmons, die gute Seele der Verwaltung von *Silver Ink Books*.

„Das wäre großartig."

Declan nickt, greift zum Hörer, gibt Majorie die Daten durch und bittet sie, sich um alles zu kümmern. In der Zeit lese und unterschreibe ich die Vereinbarung, damit Declan sie gleich an Metropolis zurückschicken kann. In mir kribbelt alles vor Aufregung!

Nachdem Declan aufgelegt hat, mustert er mich.

„Da wäre noch was, dass ich mit dir besprechen will", meint er kryptisch. „Du weißt, wir, das heißt deine Lesenden sowie auch das Team von *Silver Ink Books*, wünschen uns seit Jahren ein Weihnachtsbuch von dir, deshalb – "

„Nein." Ich warte nicht einmal ab, was er noch zu sagen hat.

Ich arbeite für mein Leben gern mit Declan zusammen, aber die Antwort auf diese Frage wird immer gleich ausfallen.

„Ich hasse Weihnachten", schiebe ich hinterher. „Deshalb werde ich kein Weihnachtsbuch schreiben."

Declan seufzt. „Einen Versuch war es wert. Aber wer weiß, vielleicht inspiriert dich ja ein vorweihnachtliches New York mit all den Lichtern und so, du weißt schon."

„Vielleicht", sage ich, während Ich denke: *Nie im Leben!*

Mit meiner Antwort gibt sich Declan zufrieden. „Gut, dann sind wir so weit fertig. Ich sage Majorie, sie soll dir alle Infos zur Buchung zukommen lassen. Falls wir uns vor deiner Abreise nicht mehr sprechen, viel Glück und halt mich auf dem Laufenden, Goldkind."

Ich schmunzle über seinen Spitznamen für mich. So richtig glaube ich noch gar nicht, was gerade passiert ist. Declans Nachfrage, ob ich mir vorstellen kann, ein Weihnachtsbuch zu schreiben nervt zwar genauso sehr wie immer, aber die Freude über den Termin mit Metropolis kann nichts trüben. Wenn das klappt, wäre es ein gigantischer Fortschritt für meine Karriere.

***

Ich habe das Bürogebäude noch nicht ganz verlassen, da ziehe ich mein Handy hervor und schreibe meiner besten Freundin Avery eine Nachricht, dass sie vorbeikommen soll, sobald sie Zeit hat. Als ich in mein Auto steige, antwortet sie mit einem Daumen-nach-oben-Emoji und einem rennenden Männchen.

Ich drehe die Klimaanlage hoch, froh, der australischen Sommerhitze entgehen zu können, und werfe mein Handy in das kleine Fach in der Mittelkonsole.

Dann fahre ich durch die Straßen von Brisbane bis zu dem Haus meiner Eltern, in dessen Obergeschoss ich meine eigene Wohnung mit separatem Eingang habe.

Als ich dort ankomme, parkt Avery gerade ihren quietschgelben Smart. Auf meine beste Freundin ist immer Verlass. Zeitgleich steigen wir aus den Autos aus. „Was ist passiert?", fragt sie an Stelle einer Begrüßung.

„Erzähle ich dir gleich", erwidere ich.

Statt zu meinem Wohnungseingang zu gehen, steuere ich den meiner Eltern an. Mit meinem eigenen Schlüssel verschaffe ich uns Zutritt.

„Mum? Dad?", rufe ich.

„In der Küche!", kommt die Antwort meiner Mutter.

Avery und ich folgen ihrer Stimme und betreten schließlich die Küche, wo Mum und Dad noch am Frühstückstisch sitzen. Da Avery regelmäßig zu Besuch ist, sind sie nicht überrascht, sie zu sehen.

„Guten Morgen, ihr beiden", sagt Dad mit abwartendem Blick. „Setzt euch doch, wollt ihr Kaffee?"

„Gern, danke", antwortet Avery für uns beide. Sie weiß: Kaffee würde ich niemals ablehnen. Nachdem Avery einen Schluck des Kaffees getrunken hat, schaut sie mich an. „Verrätst du mir jetzt, warum du wolltest, dass ich herkomme?"

Eigentlich wollte ich die drei noch ein wenig auf die Folter spannen, doch dafür bin ich zu ungeduldig.

„Ich komme gerade aus der Agentur."

„Und?" Dad schaut mich aufmerksam an.

„Jemand von Metropolis Studios aus New York hat sich bei Declan gemeldet. Anscheinend haben sie Interesse daran *Whispering Hearts* zu verfilmen."

Mum verschluckt sich an ihrem Kaffee und Dad und Avery schauen mich an, als spräche ich eine Sprache, die sie nicht verstehen.

„Ist das dein Ernst?", fragt Avery mit schriller Stimme.

„Mein voller Ernst! In zwei Wochen ist ein Treffen angesetzt. In New York."

„Wow!"

In Mums Augen glitzern Tränen. „Ich bin so stolz auf dich."

„Danke! Ich will mich nicht zu sehr reinsteigern, aber ich bin super aufgeregt."

„Wann fliegst du?", will Dad wissen.

In dem Moment kündigt mein Handy eine eingehende Mail an.

Ich öffne sie und staune nicht schlecht.

„Übermorgen", sage ich.

„Was?", fragt Mum.

„Ich fliege übermorgen. Majorie hat mir gerade meine Flugdaten geschickt."

„Wie aufregend", flüstert Avery ehrfürchtig. „New York! Überleg mal, was du alles sehen wirst: Die Freiheitsstatue, die Brooklyn Bridge, den Central Park und den Broadway! Mensch, bin ich neidisch, Sam. Ich wünschte, ich könnte dich begleiten."

Ein aufregendes Kribbeln breitet sich in meinem Magen aus.

„Und das alles auch noch zur Weihnachtszeit." Avery lächelt verträumt.

Zack, das Kribbeln ist abgestorben. Ich mag kein Weihnachten, nicht mehr, seit ich es nur noch mit negativen Erinnerungen in Verbindung bringe. Das kann nicht einmal New York City ändern.

Kapitel 1

Verdammt ist das kalt, ist mein erster Gedanke, als ich den John F. Kennedy Flughafen in New York City auf der Suche nach einem Taxi verlasse. Ich schaue an mir herunter und betrachte meine schwarze Jeans, die auf Kniehöhe endet, mein graues Shirt sowie die leichte schwarze Strickjacke, die ich im Flieger als Schutz gegen die viel zu kalt eingestellte Klimaanlage benutzt habe. All das ist absolut unpassend für einen Novembertag in den USA, das ist mir klar. Doch zu Hause ist gerade Hochsommer und da bekommt man nichts Wintertaugliches in den Geschäften zu kaufen. Und aufgrund der ziemlich überstürzten Abreise blieb mir auch keine Zeit für Onlineshopping.

Deshalb stecken meine Füße auch in beigen Sneakers und verwandeln sich mit jeder Minute hier draußen mehr und mehr zu Eiszapfen. Aber immerhin liegt kein Schnee, das beruhigt mich.

Bevor ich irgendwas anderes tue, muss ich unbedingt Winterkleidung shoppen gehen. Vielleicht sollte ich vorher meinen Koffer ins Apartment bringen, damit ich ihn nicht die ganze Zeit mit mir herumschleppen muss. Ich winke mir eins der gelben Taxis heran, so wie ich es aus dem Fernsehen kenne, und steige ein.

***

Aufgrund der Kurzfristigkeit der Reise hatte ich mit einem kleinen, aber feinen Hotelzimmer gerechnet, doch netterweise überlässt mir einer von Declans Kollegen sein Ferienapartment für die Zeit meines Aufenthaltes. Das Apartment ist erstaunlich groß. Ich kenne mich mit den Mietpreisen hier zwar nicht aus, weiß allerdings, dass Manhattan nicht gerade billig ist. Deshalb hatte ich eigentlich eher mit etwas von der Größe eines Schuhkartons gerechnet, doch die Räume sind hell und freundlich und im Wohnbereich gibt es eine gigantische Fensterfront mit Ausblick über Manhattan. Die Küche scheint auf den ersten Blick voll ausgestattet zu sein. Nur der Kühlschrank ist – selbstverständlich – leer. Im Badezimmer gibt es sogar einen Whirlpool. Den muss ich definitiv testen, solange ich hier bin. Wann hat man schon mal so eine Gelegenheit?

Das Queensize Bett im Schlafzimmer ist so groß und weich, dass ich mich am liebsten gleich darauf fallen lassen will, um den Rest des Tages zu verschlafen, doch das werde ich nicht tun. Lieber kämpfe ich so gut gegen den möglichen Jetlag an, wie ich kann. Stattdessen räume ich meinen Koffer aus, das heißt, zumindest die paar Sachen, die ich mitgenommen habe, wie Unterwäsche, Pflegeprodukte und ein paar Strickjacken. Das schreit nach einer Shoppingtour.

***

Manhattan surrt wie ein Bienenstock. Überall sind Menschen. Die meisten achten nicht darauf, was um sie herum passiert. Die Macht der Großstadt. Meine Heimatstadt Brisbane ist auch nicht gerade ein Dorf, aber mit New York City kann man es nun nicht vergleichen. Alles wirkt so lebendig, das gefällt mir. Ich steuere das nächste Kaufhaus an und beginne, mich durch die Auswahl zu arbeiten. Auf Anhieb finde ich einige Sachen, die mir gefallen, ich konzentriere mich jedoch zunächst auf Kleidung, die ich gleich anziehen kann, um das Risiko von Frostbeulen zu reduzieren. Die anderen Kleidungsstücke, kann ich mir danach immer noch in Ruhe ansehen.

Nachdem ich eine lange Jeans, einen beigen Wollpullover, ein Paar Stiefel und einen passenden Mantel gefunden habe, stöbere ich noch ein wenig weiter und so landen noch weitere Kleidungsstücke über meinem Arm. Nachdem ich meine Ausbeute anprobiert habe, bezahle ich und bitte die mürrisch dreinsehende Verkäuferin, die Etiketten für mich abzuschneiden. Mit dem ersten Outfit über dem Arm steuere ich die Toiletten an, um mich umzuziehen. Danach geht die Shoppingtour weiter.

Zweieinhalb Stunden später glüht meine Kreditkarte und Unmengen an Tüten baumeln an meinem Arm. Ich habe definitiv mehr gekauft als nötig. Zurück zum Apartment muss ich mir ein Taxi nehmen, das alles kriege ich zu Fuß niemals so weit getragen. Aber immerhin habe ich jetzt Kleidung für alle Wetterlagen. Jetzt brauche ich einen Kaffee.

Ein paar Straßen weiter entdecke ich ein Café namens *Cornelia's*. Mit dem Ellenbogen stoße ich die Tür auf und trete ein. Sofort schlägt mir warme Luft entgegen, zeitgleich klingelt ein Glöckchen über mir und kündigt meinen Besuch an.

Kurz schaue ich mich um und stelle fest, dass das Café nicht besonders voll ist. Nur etwa ein Drittel der Tische ist besetzt. Ohne mich weiter umzusehen, gehe ich zur Theke.

„Guten Tag, was kann ich Ihnen bringen?", fragt die Barista freundlich lächelnd.

„Einen großen Latte macchiato, bitte."

„Möchten Sie ihn hier trinken oder soll ich ihn to go fertigmachen?"

Ich schaue auf meine Einkäufe und erinnere mich daran, wie sehr ich mich nach Ruhe sehne nach diesem anstrengenden Tag. „To go, bitte."

Die Barista nickt und nimmt einen der Pappbecher vom Stapel. Mit einem schwarzen Stift in der Hand fragt sie: „Verraten Sie mir Ihren Namen?"

„Samantha", antworte ich.

Nachdem ich bezahlt habe, wird kurz darauf schon meine Bestellung aufgerufen. Ich greife nach dem Becher, der meine kalten Hände wärmt.

„Vielen Dank. Einen schönen Tag noch", sage ich in den Raum hinein und gehe. Draußen nehme ich als Erstes einen großen Schluck meines Kaffees.

Oh, der schmeckt himmlisch!

Hoffentlich liefert er mir auch die nötige Energie, die ich brauche, um bis abends wachzubleiben.

***

Als es endlich Schlafenszeit war, war ich zu wach, um zu schlafen. Bis morgens um drei Uhr habe ich mich rastlos hin und her geworfen, bis ich schließlich eingeschlafen bin.

Deshalb ist es auch schon halb eins mittags, als ich endlich wach werde. Ich brauche einen Augenblick, um mich zu orientieren. Als ich wieder weiß, wo ich bin, lasse ich mich zurück in die Kissen sinken. Meinen ersten Tag in New York City habe ich mehr oder weniger verschwendet. Heute will ich mir definitiv die Stadt ansehen. Doch zuerst brauche ich meine morgendliche Dosis Koffein.

Nachdem ich mich fertig gemacht habe, peile ich das erstbeste Café an. Während ich auf meinen bestellten Latte macchiato warte, überlege ich, was ich mir als Erstes ansehen soll. Die Freiheitsstatue? Die Brooklyn Bridge? Oder doch lieber den Central Park? Lächelnd fällt mir ein, dass genau das die Orte waren, die Avery mir genannt hatte.

Vorerst, so beschließe ich, will ich nur ein bisschen durch die Stadt schlendern. Ich nehme einen Schluck von meinem Latte und verziehe angewidert das Gesicht. Nur mit Mühe kann ich mich davon abhalten, ihn auf den Weg vor mir zu spucken. Der schmeckt echt eklig! Zum einen ist er eiskalt und zum anderen schmeckt er nur bitter. Super, und jetzt? Genervt pfeffere ich den vollen Pappbecher in den nächsten Mülleimer und sehe mich nach einer Alternative um, als mir das Café von gestern wieder einfällt. *Cornelia's* heißt es, glaube ich? Der Kaffee dort war spitze! Also mache ich mich auf den Weg dahin.

***

Im Gegensatz zu gestern nehme ich mir heute Zeit, das Café genauer zu inspizieren Es ist größer, als es von außen den Anschein macht. Trotzdem wirkt es eher wie ein großes Wohnzimmer als ein Café. Die Wände sind in einem hellen Grünton gestrichen und der Boden ist aus hellem Buchenholz. An mehr als der Hälfte der Tische stehen keine Stühle, sondern gemütlich aussehende Sessel. Im hinteren Teil führt eine Treppe zu einer Empore hinauf und an der Theke stehen aufgereiht Barhocker. An der Wand dahinter hängen schwarze Tafeln, auf denen mit bunter Kreide die Auswahl an Getränken, Snacks und Gebäck geschrieben stehen. Heute ist mehr los als gestern. Vielleicht liegt das an der Uhrzeit. Ich reihe mich in der Schlange ein und warte, bis ich an der Reihe bin, meine Bestellung aufzugeben. Dabei lausche ich der Jazzmusik, die leise aus den Lautsprechern dudelt.

Die Barista hinter der Kasse ist dieselbe wie gestern. Sie trägt eine bordeauxrote Schürze und auf ihrem Namensschild steht Lily. Das ist mir gestern gar nicht aufgefallen.

„Willkommen, was kann ich für Sie tun?" Mit ihrem Lächeln entblößt sie eine Reihe perfekter weißer Zähne.

„Einen großen Latte macchiato." Mein Blick fällt auf die Auslage und mir wird bewusst, dass ich zuletzt im Flugzeug etwas Richtiges gegessen habe. „Und einen Bagel mit Frischkäse."

„To go oder zum hier essen?"

Eine Sekunde überlege ich. Mich zum Essen in Ruhe hinzusetzten, ist wahrscheinlich eine gute Idee. „Den Bagel zum hier essen, aber den Kaffee bitte in einem To-go-Becher, wenn das geht." So kann ich nach dem Essen anfangen die Stadt zu erkunden, ohne mein flüssiges Gold zurückzulassen.

„Gern, das ist kein Problem. Darf ich Ihren Namen erfahren?", fragt sie höflich.

„Sam", antworte ich und sie nickt.

Während ich auf meine Bestellung warte, beobachte ich die Barista Lily. Mir fällt auf, dass sie strahlend blaue Augen und ein einnehmendes Lächeln hat.

Einige Minuten später nehme ich meinen Kaffee und den Bagel von der Theke und sehe mich nach einem freien Platz um. Mittlerweile ist es im unteren Bereich sehr voll.

Vor allem die Sessel sind belegt, also mache ich mich auf den Weg zur Empore, dort ist es leerer. An der Rückwand befinden sich drei Bücherregale mit einem Schild davor, auf dem LIES UNS! steht.

Ich lasse mich in einen der Sessel am Fenster fallen. Wenn ich in Ruhe etwas gegessen habe, bleibt immer noch genug Zeit, die Stadt zu erkunden. Doch als ich meinen Bagel aufgegessen habe, fällt mein Blick erneut auf die Bücherregale. Ich stehe auf und gehe hin, um zu sehen, welche Bücher dort stehen. Es ist eine bunte Mischung und es dauert nicht lange, bis ein Titel seine Aufmerksamkeit auf mich zieht. Es ist ein Thriller, den ich schon lange lesen wollte, nur nehme ich mir zu Hause selten die Zeit, mich in Ruhe mit einem Buch hinzusetzten, weil ich ständig andere Dinge tue, die mir in dem Moment wichtiger erscheinen. Ich ziehe das Buch aus dem Regal und gehe zu meinem Sessel zurück. Dort mache ich es mir bequem, schlage das Buch auf und fange an zu lesen.

Schon innerhalb des ersten Kapitels hat mich die Geschichte gepackt und ich fliege so schnell durch die Seiten, dass ich alles um mich herum einfach ausblende.

***

„Miss?" Eine Stimme holt mich zurück in die Realität. Ich zucke zusammen und blicke vom Buch auf. Vor meinem Tisch steht eine kleine runde Frau mit schwarzem Dutt auf dem Kopf. Ein paar graue Strähnen zeichnen sich darin ab. Sie trägt die gleiche Schürze wie die Barista.

„Ja?", frage ich leicht verzögert, weil ich in Gedanken immer noch zwischen den Seiten des Buches hänge.

„Es tut mir leid, Sie zu stören, aber wir schließen jetzt."

„Schließen? Du meine Güte, wie spät ist es denn?"

Die Frau, laut ihrem Namensschild heißt sie Wanda, lächelt mich herzlich an. „Es ist gleich acht Uhr."

Wann habe ich zuletzt so gut abgeschaltet? Zu Hause habe ich immer entweder eine Deadline oder andernfalls eine lange To-do-Liste, die dafür sorgt, dass ich mir zu wenig Zeit für mich nehme. Oder eine Idee lässt mir keine Ruhe, irgendwas ist immer. Ich versuche mir Declans Ratschlag zu Herzen zu nehmen und einfach mal Urlaub zu machen.

„Oh, natürlich, ich bin gleich weg. Ich würde nur gern das Kapitel zu Ende lesen, wenn das okay ist? Es ist gerade so gut."

„Aber sicher. Das Café gehört mir, es ist schon in Ordnung einmal erst um fünf nach acht zu schließen", erwidert sie lächelnd.

Da stutze ich. „Das Café gehört Ihnen?" Ich deute auf ihr Namensschild. „Aber Sie heißen Wanda und das Café *Cornelia's*. Müsste es dann nicht *Wanda's* heißen?" Gespannt sehe ich mein Gegenüber an. „Bitte entschuldigen Sie meine Neugierde. Berufskrankheit als Autorin", sage ich und lächle entschuldigend, als mir bewusst wird, wie aufdringlich ich gerade geklungen haben muss.

Wanda winkt ab. „Schon in Ordnung, Herzchen. Dieser Ort war ein jahrelanger Traum von meiner besten Freundin Cornelia und mir. Schon in der High School wollten wir eines Tages unser eigenes Café eröffnen. Als wir dann diesen Laden gefunden haben und das auch noch in der Cornelia Street, da war alles ganz schnell geklärt. Alle guten Dinge sind drei, wissen Sie?"

„Ah, verstehe", erwidere ich. „Gut. Ich beeile mich das Kapitel zu Ende zu lesen, dann können Sie Feierabend machen.

***

Etwas später, als ich mich im Apartment am Esstisch über eine Box mit gebratenen Nudeln beuge und meinen Tag Revue passieren lasse, stelle ich erneut fest, dass ich seit langer Zeit nicht mehr so einen entspannten Tag hatte. Ob das an der Atmosphäre des *Cornelia's* lag? Das werde ich wohl herausfinden müssen.

Kapitel 2

Die zweite Nacht in der Stadt, die niemals schläft, ist schlechter als die erste. Ich lege mich zwar relativ früh hin, aber etwas hält mich wach und ich weiß nicht, was es ist. Kurz überlege ich, meine Eltern anzurufen, entscheide mich aber dagegen. Mum wird sich die Zeitverschiebung zwischen Brisbane und New York eingeprägt haben. Also würde sie sich nur wundern, weshalb ich noch wach bin, und dann macht sie sich bestimmt Gedanken. Es gibt keinen Grund dazu, aber so ist meine Mutter eben.

In den letzten Jahren hat es sehr stark zugenommen, dass sie sich ständig Sorgen um Dad und mich macht, solange wir nicht bei ihr auf dem Sofa sitzen, wo sie uns in Sicherheit weiß. Bildlich gesprochen natürlich. Das kann manchmal ganz schön nervig sein. Doch Dad und ich haben uns daran gewöhnt. Sie meint es ja nicht böse. Unsere Familiengeschichte ist eben ... kompliziert.

Vermutlich ist der Grund für mein Wachsein sowieso nur der Jetlag. Soll ich aufstehen und irgendwas Produktives machen? Nein, dafür ist mein Kopf zu müde. Stattdessen drehe ich mich rastlos von einer Seite zur anderen. Das ist auch ohne Jetlag nicht ungewöhnlich. Schon seit mehreren Jahren leide ich immer mal wieder unter Schlaflosigkeit. Zwar habe ich Medikamente dagegen, aber die nehme ich nur im äußersten Notfall.

Die Nebenwirkungen sind so heftig, dass der Tag danach noch schlimmer ist, als hätte ich die Nacht durchgemacht. Da ich mir für morgen endlich vorgenommen habe, mir ein bisschen die Stadt anzuschauen, kann ich es nicht gebrauchen, einen Tag wie im Nebel zu verbringen.

Ich greife nach meinem Handy und öffne die Meditationsapp, die ich schon seit Ewigkeiten benutze. Auf der Suche nach einer geführten Schlafmeditation scrolle ich durch die Liste, bis ich fündig werde.

Die tiefe sanfte Männerstimme sagt mir, dass ich mich auf meine Atmung konzentrieren soll, und das tue ich. Meine Atemzüge werden länger und ruhiger, bis ich schließlich einschlafe.

***

Nach dem Aufwachen starte ich ruhig und gemütlich in den Tag. Ich habe entschieden, zuerst frühstücken zu gehen. Da das Buch, was ich gestern im *Cornelia's* angefangen habe zu lesen, mir nicht aus dem Kopf geht, nehme ich mir vor, wieder hinzugehen und weiterzulesen, heute allerdings ohne den ganzen Tag dort zu verbringen, denn ich möchte heute auch unbedingt zum Times Square. Aber der Mordfall in der Geschichte ist so spannend, dass ich wissen muss, wie es weitergeht.

Auf dem Weg nach draußen bleibe ich vor dem großen Spiegel an der Garderobe stehen und betrachte mich nachdenklich. Die schwarzen Haare, die glatt bis zur Mitte meines Rückens gehen, habe ich zu einem Dutt zusammengefasst, aus dem einige Strähnen mein

Gesicht rahmen. Meine grünen Augen strahlen freundlich, die leichten Ringe die sich darunter abzeichnen, habe ich geschickt mit Concealer abgedeckt. Dieser ist, zusammen mit meinem knallroten Lippenstift, das einzige Make-up, das ich verwende. Ohne gehe ich kaum aus dem Haus.

Ich trage eine schwarze enge Jeans, meine neuen Stiefel und einen grauen Pullover. Sieht gut aus, finde ich. Ich lächle meinem Spiegelbild kurz zu, werfe mir den Mantel über und mache mich auf den Weg.

***

So voll wie heute habe ich das *Cornelia's* bisher noch nicht erlebt. Die Schlange an der Theke reicht beinahe bis zur Eingangstür. Ich reihe mich hinter dem letzten wartenden Kunden ein und lasse meinen Blick durch den Raum schweifen, während ich darauf warte, meine Bestellung aufgeben zu dürfen. Im unteren Teil des Cafés sind wieder fast alle Plätze belegt und auf der Empore sieht es, soweit ich es erkennen kann, auch nicht besser aus. Relativ weit hinten scheinen noch ein paar einzelne freie Plätze zu sein. Hoffentlich kann ich einen davon ergattern.

Wanda, die hinter der Theke steht, entdeckt mich und winkt mir fröhlich zu. Ich winke lächelnd zurück. Die Besitzerin des Cafés hat eine unglaublich nette und mütterliche Art an sich. Ich mag sie jetzt schon. Dabei haben wir uns nur ein einziges Mal kurz miteinander unterhalten. Verrückt. Meist brauche ich eine Weile, um mit fremden Menschen warm zu werden. Erst recht, wenn ich, so wie jetzt, nicht in meiner vertrauten

Umgebung bin, sondern am anderen Ende der Welt. Interessiert recke ich den Hals, um die Gebäckauslage zu begutachten, und überlege, was ich zum Frühstück essen will. In dem Moment höre ich hinter mir die Glocke über der Tür läuten.

Plötzlich werde ich von hinten angerempelt und verliere das Gleichgewicht. Ich kann mich gerade noch mit der Hand an der Theke abfangen, um nicht meinen Vordermann zu Boden zu reißen.

„Ach du Schreck! Entschuldigung!", höre ich eine Frauenstimme hinter mir rufen. „Ich bin spät dran und habe nicht aufgepasst!"

Ich drehe mich zu der Stimme um und sehe, dass sie zu der Barista gehört, die mich bei meinen beiden Besuchen hier bedient hat. Ich glaube, ihr Name ist Lily. Sie trägt Strumpfhosen und ein Kleid, welches unter einem schwarzen Mantel hervorschaut. Ihre Wangen sind gerötet und Strähnen ihrer blonden Haare haben sich auf dem Zopf gelöst. Sie sieht aus, als wäre sie gerannt.

„Sorry, Wanda!", ruft sie in Richtung ihrer Chefin. „Ich habe die halbe Nacht über den Büchern gesessen und den Wecker nicht gehört. Es tut mir leid."

Wanda wirft ihr dasselbe mütterliche Lächeln zu wie mir vor wenigen Minuten. „Alles in Ordnung. Mach dir keinen Stress, ich habe alles unter Kontrolle. Komm erst mal in Ruhe an."

„Geht es Ihnen gut?", fragt Lily.

Ich brauche eine Sekunde, um zu registrieren, dass ich gemeint bin. Lily schaut mich aus ihren blauen Augen besorgt an.

Ich winke ab und lächle freundlich. „Sicher, alles klar. Ist doch nichts passiert."

Sie stößt erleichtert die Luft zwischen den Zähnen hervor. „Zum Glück. Das war wirklich keine Absicht. Entschuldigung noch mal."

Damit verschwindet sie durch eine Tür hinter der Theke.

***

In dem Moment, als der Kunde vor mir das Café verlässt und ich an die Theke trete, um zu bestellen, kommt Lily zurück in den Raum. Sie hat den Mantel gegen die bordeauxrote Schürze getauscht, die alle Mitarbeiter des Cafés tragen, und ihre Haare sind zu einem neuen ordentlichen Zopf gebunden.

Mit einem Lächeln nimmt sie meine Bestellung auf: Latte macchiato und einen Bagel. Ich bezahle und nehme Tasse und Teller, um mir einen Platz zu suchen.

Bevor ich mich von der Theke abwenden kann, richtet Lily das Wort an mich: „Ich weiß, ich wiederhole mich, aber der Zusammenstoß eben tut mir wirklich leid! Ich werde das nächste Mal besser aufpassen, wo ich hingehe. Ganz bestimmt." Ein entschuldigendes Lächeln liegt auf ihren Lippen, doch der besorgte Ausdruck ist immer noch in ihren Augen zu erkennen.

„Ach, es ist doch nichts passiert", sage ich. „Ich bin nicht zu Boden gegangen, also geht es mir gut. Außerdem stand ich sowieso viel zu nah an der Tür. Wirklich. Machen Sie sich deshalb nicht verrückt."

Ich drehe mich um und gehe in den hinteren Bereich, wo zu meinem Glück immer noch zwei freie Sessel sind. Dort stelle ich die Tasse und den Teller ab, ehe ich auf die Empore steige und das Buch von gestern aus dem Bücherregal ziehe. Dabei lächle ich über die eben erhaltene Entschuldigung. Süß. Die meisten Menschen hätten sich vermutlich gar nicht entschuldigt oder zumindest nicht mehr als einmal.

Meinen Handywecker stelle ich auf zwölf Uhr. So kann ich ein paar Stunden lesen und das Buch vielleicht sogar beenden und mir dann nach dem Mittagessen endlich etwas von New York anschauen. Unglaublich. Ich bin schon drei Tage hier und habe noch so gut wie gar nichts gesehen.

Heute kann ich mich nicht so gut auf das Buch konzentrieren wie gestern. Stattdessen ertappe ich mich immer wieder dabei, wie ich mich im Café umsehe und die unterschiedlichen Gäste beobachte. Mir Geschichten über sie ausdenke, ohne sie wirklich zu kennen. Einmal durchkreuzt Lily mein Blickfeld. Meine Augen ruhen auf ihr und ich frage mich: *Was ist wohl ihre Geschichte?*

Ich wende mich wieder dem Buch zu und als mein Handy mich später zurück in die Realität holt, bin ich gerade beim letzten Kapitel angelangt. Ich beende das Buch und stelle es wieder ins Regal. Dann mache ich mich endlich auf den Weg zum Times Square.

***

Ich habe es geschafft. Ich stehe am berühmt berüchtigten Times Square und komme aus dem Staunen nicht mehr heraus. Es ist bunt, voll, laut und völlig anders als das, was man aus dem Fernsehen kennt. Doch ich bin restlos begeistert. Neugierig betrachte ich die schrille neonfarbene Reklame auf den Bildschirmen, dann lasse ich meinen Blick über die Menschen schweifen. Ich persönlich finde, nichts stachelt die Kreativität so sehr an, wie neue Orte zu besuchen oder fremden Menschen dabei zuzusehen, wie sie sich an diesen Orten verhalten. Hier lässt sich zum Beispiel gut erkennen, wer Tourist und wer Einheimischer ist. Die Einheimischen bekommen vermutlich eine Nackenstarre, weil sie auf ihre Handydisplays schauen. Außerdem hetzen sie gestresst durch die Menge. Die Touristen werden ebenfalls bald reihenweise steife Nacken haben. Jedoch vielmehr davon, dass sie mit hocherhobenen Köpfen die Reklamen und Gebäude und alles andere, was um sie herum geschieht, in sich aufsaugen.

Ich weiche einer Frau aus, die so beschäftigt damit ist, das perfekte Foto von ihrer Familie zu machen, dass sie mich dabei fast umrennt. An einem Punkt auf dieser Reise werde ich bestimmt noch Bekanntschaft mit dem Fußboden machen, sagt mir mein Gefühl.

Für einen Moment bin ich auch ganz die typische Touristin und mache mit meinem Handy ein paar Fotos. Wenn ich ohne jegliche Erinnerungen nach Hause komme, verzeihen meine Eltern und Avery mir das sicher nicht und ich mir selbst ebenfalls nicht.

Der Time Square geht fast nahtlos in den Broadway über. Vielleicht habe ich sogar die Möglichkeit, mir eine Show anzusehen, solange ich hier bin. Das wäre toll! Doch ich vermute, dass die Vorstellungen lange im Voraus ausverkauft sind. Ich nehme mir vor, das später zu recherchieren.

Aber als ich die ersten Schritte in die entgegengesetzte Richtung mache, um mich weiter umzusehen, trifft mich plötzlich ein Geistesblitz für eine neue Geschichte. Jetzt muss ich mich beeilen, damit ich ihn nicht so schnell, wie er gekommen ist, gleich wieder vergesse. Von der Kreativität befeuert mache ich mich auf den Weg zur U-Bahn, während ich in den Taschen meines Mantels nach meinem Handy fische. Als ich es gefunden habe, öffne ich mein Diktierprogramm. Ich bin so unter Strom von dieser Idee, dass meine Finger zittern. Drei Anläufe brauche ich, um die Aufnahme zu starten. Die Worte fallen aus meinem Mund, sodass ich mich zwingen muss, langsam zu sprechen, um mich nicht zu verhaspeln. Schließlich will ich später verstehen, was ich da gerade aufnehme.

In der U-Bahn trommle ich mit den Fingern unaufhörlich gegen die silberne Haltestange. Noch drei Stationen, bis ich aussteigen muss. Endlich erreichen wir meine Haltestelle und ich drängle mich ungeduldig an den Menschen vorbei, die in die Bahn einsteigen wollen. Da das *Cornelia's* näher ist als mein Apartmentkomplex und ich so schnell wie möglich damit loslegen will, die Idee aufzuschreiben, steuere ich den Ort an, von dem ich erst vor Kurzem weggegangen bin. Fast renne ich. Gott sei Dank liegt kein Schnee. Einen Sturz könnte ich jetzt überhaupt nicht gebrauchen.

Im *Cornelia's* angekommen, lasse ich mich an den ersten freien Tisch sinken, ziehe den Mantel aus und hole mein Notizbuch, das ich zum Glück immer dabeihabe, heraus. Ich verbinde meine Kopfhörer mit dem Handy, um mir meine Aufnahme anzuhören und die Gedanken ins Buch zu übertragen. Wie üblich klingt meine eigene Stimme seltsam in meinen Ohren. Durch die Kopfhörer bin ich komplett von meiner Außenwelt abgeschottet, deshalb zucke ich erschrocken zusammen, als ich eine Hand auf meiner Schulter spüre. Ich nehme die Kopfhörer raus und schaue auf. Lily steht vor mir.

„Entschuldige, ich wollte dich nicht erschrecken. Ich wollte nur fragen, ob du einen Kaffee möchtest. Du kamst einfach reingestürmt und hast gleich angefangen, zu schreiben." Sie deutet in Richtung Theke.

„Sorry, ja das stimmt. Ich hätte gern einen Latte macchiato."

„Kommt sofort. Bezahlen kannst du später. Und noch mal sorry für die Störung."

„Kein Problem, danke."

Kurz darauf steht ein perfekter Latte macchiato vor meiner Nase.

Vielleicht ist es Einbildung, aber ich habe das Gefühl, damit noch konzentrierter arbeiten zu können. Nach einer Weile merke ich, dass sowohl meine Finger als auch mein Nacken steif werden. Also klappe ich das Notizbuch zu und strecke mich. Ich kippe den letzten Rest des Kaffees in mich hinein, der mittlerweile kalt ist. Dann packe ich mein Notizbuch ein und gehe zur Theke, um bei Lily meinen Kaffee zu bezahlen.

„Ihr sorgt so gut für mich", sage ich mit einem scherzhaften Unterton in der Stimme und bringe sie damit zum Lachen. „Nein, aber mal ehrlich: Danke. Euer Kaffee ist absolut fantastisch!"

„Das freut mich, zu hören."

„Lily, du hast seit zehn Minuten Feierabend." Wanda ist an ihre Mitarbeiterin herangetreten. „Los, sieh zu, dass du nach Hause kommst, ich kassiere hier ab."

Ihr Tonfall ist bestimmend, obwohl in ihren Augen die mir mittlerweile bekannte Mütterlichkeit liegt.

„Also gut, ich gehe." Als Lily das sagt, lächelt sie allerdings, deshalb denke ich nicht, dass sie ihrer Chefin böse ist.

„Bis dann", sagt sie an mich gewandt und verschwindet im Hinterzimmer, wahrscheinlich, um ihre Sachen zu holen.

Wanda nennt mir den Preis für meinen Latte macchiato und ich bezahle. „Danke, Wanda. Bis zum nächsten Mal."

„Immer gern. Bis bald." Sie lächelt und ich verabschiede mich mit einem Winken.

Als ich aus der Tür ins Freie trete, sehe ich Lily in Richtung Ausgang kommen, also halte ich ihr kurzerhand die Tür auf. Sie huscht hindurch und schenkt mir erneut eins dieser tollen Lächeln, bei dem alles an ihr mitzulächelnd scheint, von den Grübchen bis zu den blauen Augen.

„Danke schön."

„Gern. Das ist das Mindeste, wenn ihr mich schon regelmäßig mit meinem Lebenselixier versorgt."

Lily lacht und das Geräusch ist so glockenhell, dass es mir eine Gänsehaut beschert. Jedoch eine von der positiven Sorte. Ich mag das Geräusch.

„Du hast auf jeden Fall ausgesehen, als hättest du den Kaffee sehr nötig gehabt."

„War auch so", antworte ich. „Ich bin wirklich gern hier. Euer Kaffee ist toll, die Atmosphäre gefällt mir und die Leute ebenfalls."

Wieder lächelt sie. „Ich freue mich auch, wenn ich dich hier sehe. Du gehörst zu den freundlichen Gästen. Es gibt auch andere.“

„Ich bemühe mich.“

„Oh, glaub mir, das gelingt dir.“

Ich lächle zurück und mustere sie.

Sie will noch etwas sagen, als mein Magen plötzlich so laut knurrt, dass Lily die Augenbraue hebt.

„Hunger?“

„Ich habe seit Stunden nichts gegessen. Das ist mein Zeichen, dass ich langsam lossollte.“

„Dann halte ich dich nicht länger auf. Hab noch einen schönen Abend.“

„Du auch, danke.“

Ich winke ihr zum Abschied zu und mache mich auf den Weg zum Apartment, nicht ohne mir vorher bei einem Imbiss was zu essen zu holen. Langsam sollte ich mal darüber nachdenken, mich mit Lebensmitteln einzudecken und selbst zu kochen.

***

Im Apartment angekommen, hänge ich meinen Mantel auf und hole meinen Laptop. Nach dem Essen starte ich den Laptop und klappe mein Notizbuch auf. Ich öffne ein neues Dokument und beginne, meine losen Gedanken vom Papier auf den Bildschirm zu übertragen und sie dabei zu einer Geschichte zu verweben.

Bis spät in die Nacht sitze ich am Esstisch und schreibe so viel wie schon lange nicht mehr. Nachdem es in den letzten Wochen eher ums Überarbeiten meines letzten Projektes sowie um organisatorische Sachen meines Autorinnenlebens ging, blieb die Ruhe und Energie zum Schreiben ein wenig auf der Strecke. Aber jetzt merke ich nicht einmal mehr, wie die Zeit verfliegt.

Erst als mein Magen so laut knurrt wie ein Hund, der sein Revier verteidigen muss, lege ich eine Pause ein. Seltsam, ich habe doch eben erst gegessen. Ein Blick auf die Uhr sagt mir allerdings, dass das Stunden her ist. Leider ist das einzig Essbare, was ich bei mir habe, ein zerdrückter Schokoriegel, den ich in meiner Handtasche finde. Besser als nichts. Ich wickle das silberne Papier ab und beiße hinein. Da ich den ganzen Tag so gut wie nichts gegessen habe, ist dieser einfache Schokoriegel so ziemlich das Himmlischste, was ich in letzter Zeit gegessen habe.

Für heute entscheide ich, es gut sein zu lassen, und mich hinzulegen. Den Feierabend habe ich mir mehr als verdient. Gerade als ich die Datei gespeichert und eine Sicherheitskopie gemacht habe, bekomme ich einen Videoanruf über Skype. Ich klicke auf *Annehmen* und das Gesicht meiner besten Freundin erscheint auf dem Bildschirm.

Avery scheint überrascht, dass ich rangegangen bin. „Wow, warum in aller Welt bist du bitte wach?", fragt sie.

Ich lache. „Hast du mich angerufen, weil du *nicht* mit mir sprechen wolltest?"

„Nein. Die Zeitverschiebung ist mir erst wieder eingefallen, als ich den Anruf schon gestartet hatte. Aber wenn du wach bist, umso besser. Du fehlst mir."

„Du mir auch."

„Jetzt mal ernsthaft, warum bist du um diese Uhrzeit wach?" Avery runzelt die Stirn.

„Weil ich eine Idee für ein neues Buch hatte und daran bis eben gearbeitet habe. Ich wollte gerade ins Bett gehen."

„Oh! Dann halte ich dich nicht weiter auf. Schlaf gut. Wir reden ein anderes Mal, okay?"

Ich schüttle den Kopf. „Weißt du was? Ich bin noch gar nicht so richtig müde. Lass uns quatschen! Warte eine Sekunde."

Ich nehme den Laptop und krieche mit dem Gerät ins Bett. Nachdem ich es mir bequem gemacht habe, sage ich: „Okay, schieß los."

„Wie ist New York?"

Ich schweige einen Moment. „Das, was ich bisher gesehen habe, ist schön."

„Was soll das heißen?" Avery runzelt die Stirn.

„Ich habe mir bisher kaum was angesehen." Ich seufze. „Ich war am Times Square, aber das war es auch schon."

„Wie jetzt? Was hast du sonst gemacht?"

„Gelesen?" Meine Stimme geht am Ende des Satzes eine Oktave höher, sodass es eher wie eine Frage klingt als eine Antwort.

„Du ... was? Sam, du bist in einer der größten Städte der Welt und ... hast nichts Besseres zu tun, als zu lesen?" Avery mustert mich gleichermaßen schockiert und verwirrt.

„Ich weiß es doch auch nicht. Eigentlich wollte ich nur eine Pause machen, dann ist mir ein Buch in die Hände gefallen und das war so spannend, dass ich keine andere Wahl hatte, als es durchzulesen." Ich seufze erneut. „Dann war ich am Times Square und dort hat mich eine Idee für eine neue Story überfallen, weshalb ich ins Apartment gefahren bin, um zu schreiben.“

Avery schüttelt den Kopf. „Du bist seltsam.“

Ich lache auf. „Ich weiß, deshalb bist du meine beste Freundin, weil du genauso seltsam bist.“

Das bringt sie zum Schmunzeln. „Korrekt. Aber bitte versprich mir, dich jetzt nicht komplett in der neuen Geschichte zu verlieren, ja? Sieh dir die Stadt an, Sam. Verdammt, es ist New York City, Baby.“

Ich schüttle grinsend den Kopf über ihre Ausdrucksweise. „Versprochen.“

***

Als Avery und ich schließlich auflegen, geht die Sonne gerade auf. Jetzt bin ich hundemüde. Ich verdunkle die Fensterfront und krieche wieder ins Bett.

Gegen Mittag habe ich mehr oder weniger ausgeschlafen. Ich seufze. So besiege ich diesen Jetlag niemals. So langsam muss ich versuchen, meinen Schlafrhythmus unter Kontrolle zu kriegen. Jetzt brauche ich als Erstes was Richtiges zu essen.

Ich mache mich frisch, ziehe Stiefel und Mantel an und verlasse das Apartment. Weil ich nicht genau weiß, worauf ich Hunger habe, schaue ich im Handy nach, wie ich am schnellsten zum Empire State Building komme, und nehme mir vor, auf dem Weg dorthin etwas zu essen zu kaufen. So weit entfernt ist mein Ziel gar nicht und weil das Wetter herrlich ist, laufe ich lieber, anstatt mich in eine möglicherweise überfüllte Bahn zu quetschen.

Mein Spaziergang dauert etwa eine halbe Stunde und ich komme aus dem Staunen gar nicht heraus. Averys Worte aus der Nacht zuvor fallen mir ein und jetzt frage ich mich selbst, warum ich bisher noch nichts von dieser Stadt angesehen habe. Die Eindrücke sind der absolute Wahnsinn. Irgendwann komme ich an einem Hot-Dog-Stand vorbei, wo ich mir kurzerhand zwei Hot-Dogs kaufe, die ich im Laufen esse. Da komme ich mir fast schon wie eine New-Yorkerin vor.

Dann stehe ich vor einem der imposantesten Gebäuden der Welt. Dem Empire State Building. Mir bleibt fast der Mund offen stehen, so beeindruckt bin ich. Schnell ist mir klar: Da will ich rauf. Leider ist die Schlange echt lang. Ich schaue im Internet nach, wie ich am besten ein Ticket buchen kann und habe Glück, dass ich noch für heute Nachmittag eins kaufen kann. Ich bezahle das Ticket direkt über die Website und schaue nach, wie ich mir die Zeit bis zum Einlass vertreiben kann. Kurzerhand beschließe ich, zum Madison Square Park zu gehen.

Im Frühling und Sommer, wenn hier alles grün ist, stelle ich es mir noch schöner vor als jetzt im November. Da die Sonne aber scheint, sind einige Menschen hier. Ich wandere ein wenig umher und lasse mich dann auf eine Bank sinken, um die Eindrücke zu verarbeiten. Außerdem schicke ich ein paar Fotos an Avery und meine Eltern.

Mit geschlossenen Augen halte ich mein Gesicht in die Sonne und genieße die Ruhe. So ein Fleckchen Erde mitten in der Großstadt, faszinierend.

Als es fast Zeit für meine Besichtigung des Empire State Building ist, mache ich mich auf den Rückweg. Am Eingang zeige ich das Ticket auf meinem Handy vor und steige dann in einen der, wie ich dank des Internets gelernt habe, dreiundsiebzig Aufzüge. Oben angekommen wird mir der Atem geraubt.

Das ist es. Das hier ist New York. Ich bin sprachlos und weiß gar nicht, wo ich zuerst hinsehen soll. Ich befinde mich im 86. Stock hoch über der Stadt. Diesen Ausblick kann ich gar nicht in Worte fassen. Da es hier oben echt windig ist, ziehe ich mir den Mantel enger um die Schultern und genieße stumm die Sicht. Natürlich nicht ohne ein paar Fotos und Videos als Erinnerung zu machen, auch wenn die Kamera der Realität absolut nicht gerecht wird.

Als es Zeit ist, die Plattform zu verlassen, werfe ich einen letzten Blick auf die Skyline von New York. Mir wurde oft gesagt, dass man New York entweder liebt oder hasst. Jetzt glaube ich, dass ich zu der Sorte Mensch gehören könnte, die diese Stadt liebt.

Unten angekommen beschließe ich, dass ich die ganzen Eindrücke erst einmal verarbeiten muss und spaziere gemütlich zum Apartment zurück. Unterwegs kaufe ich mir noch eine Pizza und eine große Flasche Cola zum Abendessen.

Zurück im Apartment tausche ich als Erstes die Jeans gegen meine Pyjamahose und mache es mir zum Essen auf dem Sofa bequem. Dazu starte ich auf Netflix eine

Folge *Gilmore Girls*. Das eignet sich gut als Hintergrundbeschallung beim Essen, denn ich habe die Folgen alle schon so oft gesehen, dass es nicht schlimm ist, wenn ich mal nicht aufpasse. Ich weiß noch, wie Avery und ich damals, als die Serie im australischen Fernsehen wiederholt wurde, jede Folge gemeinsam geschaut haben. Nach Stars Hollow zu gehen, ist wie nach Hause zu kommen.

***

Aus der geplanten Folge zum Essen werden im Handumdrehen drei.

Obwohl es schon spät ist, packt mich die Lust, an meiner Idee von gestern weiterzuarbeiten. Darum schalte ich den Fernseher aus, stehe auf und strecke mich. Kurz denke ich darüber nach, Declan von meiner neuen Idee in Kenntnis zu setzen, entscheide dann aber, dass ich erst einmal schauen möchte, wohin mich die Idee führt.

Also schließe ich den Laptop ans Ladekabel an und öffne mein Dokument. Ich lese mir die Sachen durch, die ich gestern geschrieben habe, um in den Fluss der Geschichte einzutauchen. Aber vorher stelle ich mir meinen Wecker. Wenn ich wieder die ganze Nacht wach bin, ruiniere ich mir meinen Schlafrhythmus nur noch mehr.

Ich mag es nicht besonders, Anfänge zu schreiben, deshalb läuft es etwas schleppend. Aber ich bleibe dran und verändere einige Sachen an den Charakteren und am Plot.

Mein Handy piept und erinnert mich so an den zeitigen Feierabend. In einem Zug leere ich das letzte Glas Cola und gehe mir dann die Zähne putzen. Kein Wunder, dass ich nach zwei Litern Cola das Gefühl habe, in meinem Mund türmen sich Zuckerberge.

***

Kaffee, ist am nächsten Morgen mein erster Gedanke. Nachdem mir der Ausflug zum Empire State Building gestern so gut gefallen hat, will ich heute definitiv wieder raus und unter Menschen. Wo lässt sich das alles besser vereinen, als an dem Ort, den man schon jetzt fast als mein Stammcafé bezeichnen könnte? Mal schauen, was ich danach so mit dem Tag anstelle.

Auf dem Weg zum Café kommt mir die Stadt irgendwie anders vor. Ich kann nicht mal sagen, was genau anders ist. Oder bilde ich mir das nur ein? Ich habe das Gefühl, es sind noch mehr Menschen unterwegs als sonst. Alles kommt mir viel unruhiger und lauter vor.

Als ich am *Cornelia's* ankomme, bestätigt sich mein Gefühl, denn die Tür ist fest verschlossen. Stattdessen klebt ein Schild daran, auf dem steht: *Wegen Feiertag geschlossen. Happy Thanksgiving!*

O Mist! Thanksgiving. Daran habe ich ja überhaupt nicht mehr gedacht. Na toll. So viel zum Thema Kaffee und Frühstück in meinem Lieblingscafé der Stadt. Nicht, dass ich erst in zwei Cafés gewesen bin.

Einen Moment überlege ich, was ich stattdessen heute machen könnte. Ich könnte mir die Thanksgiving Parade anschauen, aber da schrecken mich dann doch die Menschenmengen ab. Stattdessen suche ich mir einen der wenigen offenen Supermärkte, kaufe mir ein bisschen was zu essen und spaziere dann ganz gemütlich zum Central Park. Zuallererst suche ich mir eine freie Bank und Frühstücke. Supermarktkaffee ist jetzt nicht gerade das Beste, das es gibt, aber irgendwie bekomme ich ihn schon runter. Der Bagel ist weniger schlimm, auch wenn er kein Vergleich zu dem im *Cornelia's* ist. Der hier ist eher trocken, Aber es geht schon.

Nachdem ich mein Frühstück beendet habe, erkunde ich den Central Park, als ich sehe, dass man sich hier auch Fahrräder ausleihen kann. Das mache ich und kurz darauf radle ich grinsend durch den Park. Der kalte Wind streift mein Gesicht, aber das könnte mir nicht weniger ausmachen. Heute ist es nicht so sonnig wie gestern, auch das stört mich kaum. Es gibt so viel zu sehen. Als ich an der Statue von Alice im Wunderland vorbeikomme, steige ich ab, um Fotos zu machen. Der Park ist so gigantisch, dass ich wahrscheinlich meine komplette Zeit in New York nur hier verbringen müsste, um alles zu sehen. Aber ich nehme mir vor, wiederzukommen.

Nachdem ich das Fahrrad wieder abgegeben habe, überlege ich, ob ich einen Ausflug zu Ellis Island mache, aber da es nach Regen aussieht, vertage ich das auf einen anderen Tag. Stattdessen fällt mir noch etwas anderes ein. Schnell suche ich im Internet eine Adresse raus und laufe zur nächsten U-Bahn Haltestelle. Ich fahre acht Haltestellen, ehe ich aussteige. Dann lasse ich mich vom Handy zu meinem Ziel navigieren. In der Bedford Street angekommen vergewissere ich mich mit einem weiteren Blick auf mein Handydisplay, dass ich richtig bin. Dann mache ich Fotos von dem Gebäude. Und ein paar Selfies von mir, mit dem Gebäude im Hintergrund. Die Fassade des Hauses ist in der Serie *friends* zu sehen, als das Haus, in dem die Charaktere leben. Ich selbst habe nur wenige Folgen geschaut, aber sie zählt zu Averys absoluten Lieblingsserien, deshalb bin ich sicher, dass sie sich über die Fotos sehr freuen wird.

Als ich an sie denke, spüre ich einen leichten Stich im Herzen. Ich wünschte, sie wäre hier. Ich wünschte, ich müsste das alles nicht allein erleben. Ein Anflug von Wehmut erfasst mich. Die meisten Menschen sind heute zu Hause bei ihren Familien und ich kenne hier in der Stadt niemanden. Wie auch, nach gerade mal ein paar Tagen?

Energisch schüttle ich den Kopf. Nein, ich werde jetzt nicht in negative Gedanken abdriften. Lieber organisiere ich mir was zum Mittagessen und schaue dann weiter. Nachdem ich über das Internet einen chinesischen Imbiss ausfindig gemacht habe, laufe ich durch die Straßen.

Plötzlich tanzen weiße Flocken vor meinen Augen und verkünden Schnee. Auch das noch! Ich fange an, zu zittern, aber nicht vor Kälte. Ich muss ins Apartment. Jetzt erst recht. Meine Hände kribbeln und ich schließe die Augen. Viermal atme ich tief ein und aus. Ich hasse Schnee. Mir war klar, dass es wahrscheinlich irgendwann schneien wird, aber jetzt, wo es so weit ist, wünsche ich mich einfach nur nach Hause. Ins warme Australien, wo, zumindest in unserer Gegend, niemals eine Schneeflocke zu sehen ist. So schnell es geht, ohne zu rennen, gehe ich zurück ins Apartment, dabei versuche ich, die Flocken zu ignorieren, die um mich herumwirbeln.

Im Apartment angekommen schließe ich zuerst die Vorhänge, um das Elend, das sich Winter nennt, nicht mit ansehen zu müssen. Dann fällt mein Blick auf meine Laptoptasche. Eigentlich dachte ich, ich könnte heute noch ein wenig schreiben. Aber mein Puls und mein Kopf haben sich immer noch nicht beruhigt, also entscheide ich mich dagegen. Heute ist schließlich ein Feiertag, oder? Also gönne ich mir einen freien Tag von der neuen Geschichte.

Netflix, Ente süß-sauer und mein Bett sind also den Rest des Tages meine besten Freunde. Vollgas geben kann ich morgen auch noch.

Kapitel 3

Dass ich gestern nicht mehr geschrieben, sondern stattdessen auf meinen Körper gehört habe, ist genau das Richtige gewesen, denn am nächsten Tag stehe ich hochmotiviert vor dem *Cornelia's*. Bereit, mich in die Arbeit an der neuen Idee zu stürzen. So viel dazu, dass ich die Reise als Urlaub ansehen soll. Aber wenn mich die Muse küsst, habe ich keine andere Wahl. Wenn ich den Vormittag über schreibe, kann ich am Nachmittag immerhin wieder ein bisschen Sightseeing machen.

Der Schnee ist zum Glück über Nacht geschmolzen. Trotzdem vermisse ich den Sommer zu Hause in Australien.

Im Café ist es angenehm leer, wahrscheinlich sind die meisten Besucher noch dem gestrigen Fresskoma erlegen. Ich stelle meine Tasche an einem der größeren Tische in der Mitte des Raumes ab. So habe ich nicht nur genug Platz, um meine Notizen auszubreiten, sondern auch eine gute Sicht auf die Eingangstür.

Als ich an die Theke gehe, um meinen Kaffee zu bestellen, werde ich bereits von Weitem angelächelt.

„Guten Morgen! Das Übliche?", fragt Lily.

Ich stutze. „Ich habe schon ein Übliches?"

„Ein großer Latte macchiato und einen Bagel mit Frischkäse und Schnittlauch."

„Wow. Du bist gut." Ich bin sichtlich beeindruckt.

„Danke, ich weiß." Sie zwinkert mir zu.

Während sie meinen Kaffee zubereitet und mein Frühstück auf einem Teller platziert, sieht mich Lily von der Seite aus an. „Darf ich dich etwas fragen?"

„Sicher."

„Du bist nicht von hier, oder? Ich kann deinen Akzent nicht deuten. Manchmal denke ich, du bist Britin, dann wiederum denke ich, britisch passt nicht so ganz. Also, verrätst du mir, woher du kommst?"

„Ich komme aus Australien. Da lagst du mit dem britischen Akzent immerhin nicht ganz daneben", antworte ich.

„Australien, wie cool! Da war ich noch nie."

„So wie ich bis vor ein paar Tagen noch nie in New York war."

„Und wie gefällt es dir bisher?"

„Das, was ich bisher gesehen habe, hat mir sehr gefallen, ich war auf dem Empire State Building, die Aussicht ist fantastisch! Allerdings bin ich auch unter anderem zum Arbeiten hier, deshalb muss die nächste Sightseeingtour noch ein bisschen warten." Ich nicke in Richtung des Tisches, wo meine Laptoptasche wartet.

„Oh, dann will ich dich nicht weiter aufhalten. Wenn du noch was brauchst, schrei einfach. Ich gebe auch gern Tipps für die Stadt." Sie zwinkert mir zu.

„Das mache ich, danke."

***

Durch die Pause gestern, finde ich heute viel leichter in das neue Manuskript herein. Ich baue sogar ein wenig den Winter in mein Setting ein. Das lässt mich erst

46

stutzen. Ob das an dem bisschen Schnee von gestern liegt? Ich weiß es nicht. Aber solange es funktioniert, lasse ich es fließen. Während ich schreibe, rückt alles andere in den Hintergrund. Neben meinem Laptop liegen meine losen Notizzettel, mein Notizbuch habe ich im Apartment vergessen, aber zum Glück habe ich in meiner Tasche immer ein wenig Papier. Auf den einzelnen Zetteln halte ich zwischendurch schnelle Gedanken fest, wenn sie mir in den Sinn kommen. Gerade als ich den Stift zur Seite lege und mich der Tastatur zuwende, wackelt mein Tisch. In der nächsten Sekunde schwimmen meine ganzen Notizen in einer braunen Flüssigkeit. Fluchend springe ich auf und stoße dabei meinen Stuhl um. Das alles geschieht so schnell, dass ich einen Moment brauche, um zu realisieren, was genau da gerade passiert ist. Vor meinem Tisch steht Lily, mit einem Tablett in der Hand. Darauf liegt eine umgekippte Tasse. Lily schlägt sich die freie Hand vor den Mund.

„O Gott! Das wollte ich nicht! Ist bei dir alles okay?“ Sie sieht mich kurz an, dann fällt ihr Blick auf den Tisch und das darauf entstandene Chaos. „Verdammt. Normalerweise bin ich nicht so tollpatschig, das schwöre ich. Warte, ich hole Servietten.“

Bevor ich überhaupt irgendwas sagen kann, stürmt sie schon hinter die Theke, wobei ihr dunkelgrünes Kleid, das unter der Schürze hervorschaut, hin und her wippt.

Vorsichtig hebe ich die Blätter aus der Pfütze auf meinem Tisch, der Farbe und dem Geruch nach zu urteilen, handelt es sich dabei um heiße Schokolade, und lege sie auf die andere Seite, wo es trocken ist.

Da kommt Lily mit einem ganzen Stapel Servietten zurück und beginnt sofort, den Kakao zu beseitigen. Ich versuche derweil, meine Notizen so vorsichtig wie möglich abzutupfen, ohne das Papier zu zerreißen oder die Schrift noch mehr zu verwischen.

Lily entschuldigt sich dabei unentwegt. „Das war keine Absicht. Du musst mich für einen Trampel halten, erst renne ich dich vor zwei Tagen fast um und nun das hier. Ich fühle mich furchtbar."

„Ist schon gut", sage ich und meine es auch so. Natürlich ist es ärgerlich, aber so etwas kann passieren. „Stell dir vor, es hätte meinen Laptop getroffen, oder noch schlimmer, meine Hand. Darüber mag ich gar nicht nachdenken."

„Wir haben im Hinterzimmer eine Wäscheleine, was hältst du davon, wenn wir die Blätter daran aufhängen? So können sie trocknen, ohne zu verkleben."

Ich nicke. „Gute Idee."

Gemeinsam sammeln wir die Zettel auf und Lily bedeutet mir mit einer Handbewegung, ihr zu folgen.

„Byron, sorg bitte dafür, dass der Gast an Tisch fünfzehn eine neue heiße Schokolade mit Sahne bekommt. Aufs Haus, versteht sich", sagt sie zu ihrem Kollegen, als wir hinter die Theke kommen.

Das Hinterzimmer erinnert mich an den Hauswirtschaftsraum im Haus meiner Eltern. An der einen Wand stehen eine Waschmaschine und ein Trockner, daneben ein Regal mit Putzmitteln. In der Ecke ist ein Waschbecken und es gibt einen Tisch mit zwei Stühlen. Quer durch den Raum ist eine Wäscheleine gespannt.

Lily nimmt eine Schale mit Wäscheklammern aus dem Regal und reicht mir eine nach der anderen, damit ich die einzelnen Blätter an der Leine befestigen kann. Vorsichtig und so gut wie möglich, hefte ich die Klammern an die nicht kakaogetränkten Stellen, um die Blätter nicht zu zerreißen.

„Samantha, darf ich fragen, was das für Notizen sind? Woran arbeitest du?" Lily sieht mich an. Dann schlägt sie sich die Hand vor den Mund. „O je."

Ich drehe mich zu ihr um und ziehe eine Augenbraue hoch. „Was denn?"

„Ich ... ähm ... ich bin so neugierig und dabei kennen wir uns kaum. Aber du warst mir schon von Anfang an so sympathisch und es interessiert mich wirklich."

Ich beiße mir auf die Lippe, um mir das Lachen zu verkneifen. Mich stört ihre Neugierde nicht. Ganz im Gegenteil, ich finde es sogar niedlich. Außerdem rede ich gern über meine Arbeit.

„Schon in Ordnung", versuche ich, sie zu besänftigen. „Aber wenn es dich beruhigt, ich bin Sam. Samantha nennt mich nur mein Boss ... und meine Mutter, wenn sie wütend ist." Ich halte ihr die Hand hin. „Jetzt kennen wir uns."

Sie atmet hörbar durch und ergreift meine Hand. „Ich bin Lily. Schön, dich offiziell kennenzulernen."

Beim Wort offiziell malt sie Anführungszeichen in die Luft.

„Und um deine Frage zu beantworten, ich bin Schriftstellerin und ich habe in wenigen Tagen einen Termin mit ein paar Leuten, die eins meiner Bücher verfilmen wollen, deshalb bin ich hier."

„Wirklich? Wahnsinn. Das hört sich toll an, ich drücke dir die Daumen, dass der Termin so verläuft, wie du es dir wünschst. Ich glaube, zum Schreiben würde mir jegliches Talent fehlen." Sie lacht. „Dafür bin ich nicht kreativ genug, da lese ich lieber."

„Lesen ist gut. Für Autoren sind Leser essentiell", sage ich. Lily zuckt mit den Schultern. „Ich habe nicht besonders viel Zeit zum Lesen, aber wenn ich sie habe, mache ich es gern. Bücher schreiben klingt auf jeden Fall nach einer spannenden Arbeit. Darf ich fragen, wie viele Bücher du schon geschrieben hast?"

„Natürlich darfst du. Das Buch an dem ich gerade schreibe, ist mein siebtes. Die Idee kam mir erst vor wenigen Tagen, deshalb ist alles im Moment ganz neu und aufregend. Ich liebe es, mich beim Schreiben selbst zu überraschen. Vorhin habe ich zum Beispiel angefangen, den Winter mit in meine Geschichte einzubauen. Nicht, dass es am Ende doch noch eine Weihnachtsgeschichte wird, so wie meine Leser sie sich seit Jahren wünschen, obwohl ich Weihnachten und den Winter verabscheue."

Lilys Augen weiten sich vor Erstaunen, bei meinen Worten. „Du ... du magst kein Weihnachten?"

Ich schüttle den Kopf.

„Aber wieso das denn?"

„Dafür habe ich meine Gründe", weiche ich der Frage aus.

Lily seufzt verträumt. „Ich liebe Weihnachten." Ihre Augen glänzen bei der Aussage. „Auch die Vorweihnachtszeit. Darauf freue ich mich das ganze Jahr über. Für mich könnte im Januar schon die Weihnachtszeit beginnen."

Schweigen breitet sich zwischen uns aus, während wir die letzten Zettel an die Leine hängen.

„So, das war's. Dann bleibe ich heute wohl hier, bis alles trocken ist."

Ich stelle die Wäscheklammern wieder ins Regal und wir gehen zurück in den Laden. Da fällt mir noch etwas ein.

„Ach und Lily!", rufe ich ihr hinterher. Sie dreht sich um und sieht mich fragend an. „Hör auf, immer solche Angst davor zu haben, etwas Falsches zu sagen. Ich tue dir schon nichts." Ich zwinkere ihr zu und gehe zurück zu meinem Tisch.

„Ich versuche es", antwortet Lily mit einem schelmischen Gesichtsausdruck.

Keine Ahnung, wie viel Zeit danach vergeht, denn ich bin versunken in meine Arbeit. Die gröbsten Notizen habe ich neu geschrieben und das, was mir nicht mehr einfallen wollte, war entweder nicht wichtig oder kommt in einer besseren Form zurück zu mir. Meine Gedanken rasen so schnell, sodass ich mit den Fingern wie verrückt auf die Tastatur einhacke, um mithalten zu können.

Das Geräusch von Porzellan auf Holz lässt mich aufblicken. Vor meinem Tisch steht Lily, zum zweiten Mal an diesem Tag. Sie hat mir einen Brownie gebracht.

„Den habe ich gar nicht bestellt."

„Ich weiß, aber du solltest was essen. Die sind so frisch gebacken, dass sie noch warm sind."

Ich angle in meiner Tasche nach meinem Geldbeutel, doch Lily winkt ab.

„Lass mal. Sieh es als Entschuldigung für die ruinierten Notizen."

„Danke schön", sage ich und beiße in den Brownie.

Ich versuche nicht einmal, mein genüssliches Aufstöhnen zu unterdrücken. „O mein Gott, ist der gut. Ich glaube, ich habe noch nie so einen leckeren Brownie gegessen.“

Lily lächelt wissend und geht wieder zurück an ihre Arbeit, während ich mich wieder meinem Manuskript widme.

***

Kurz bevor das Café schließt, sehe ich nach meinen Notizen. Gott sei Dank sind sie getrocknet und ich kann den Großteil davon sogar noch lesen. Der Rest kann ich wenigstens erahnen. Erleichtert verabschiede ich mich von Lily und ihrem Kollegen Byron und sehe zu, dass ich wieder ins Apartment komme. Ich war so im Flow, dass es mittlerweile dunkel ist und ich müde bin. Deshalb verschiebe ich die nächste Tour durch die Stadt auf morgen.

Im Apartment angekommen mache ich es mir mit meinem Abendessen, Burger und Pommes vom Imbiss um die Ecke, auf dem Bett bequem und rufe Avery via Skype an.

„Hey, beste Freundin“, begrüßt sie mich. „Was gibt es Neues vom anderen Ende der Welt?“

„Pass auf, du glaubst gar nicht, was mir passiert ist!“

Averys Augen werden groß. „Erzähl!“

„Du wirst mich wahrscheinlich auslachen, aber ich habe nicht mehr darüber nachgedacht, dass hier drüben Thanksgiving gefeiert wird und stand dadurch vor meinem geschlossenen Lieblingscafé, wo ich an einer neuen Idee arbeiten wollte.“

Tatsächlich sehe ich, dass sich Avery ein Schmunzeln verkneift.

„Das passt zu dir“, antwortet sie. „Aber mal ehrlich, das hätte mir genauso passieren können. Wer merkt sich schon sämtliche Feiertage aller Länder? Niemand.“

„Das stimmt.“

„Und was hast du dann den ganzen Tag gemacht? Allein zu Hause am Schreibtisch geschrieben?“

Ich schüttle den Kopf. „Nein, ich habe eine Fahrradtour durch den Central Park und dann habe ich noch einen kleinen Abstecher gemacht, um für dich ein paar Fotos zu machen, die ich völlig vergessen habe dir zu schicken. Sekunde.“ Ich nehme mein Handy und schicke Avery die Bilder vom *friends*-Haus. Wie konnte ich das bloß vergessen?

Avery quietscht, als sie die Bilder öffnet. „O mein Gott, wie cool! Ich wünschte, ich wäre auch dort. Das sieht ja aus, als würden Monica, Chandler und die anderen jeden Moment auf die Straße kommen. Danke dafür, Sam!“

Ihre ehrliche Freude sorgt dafür, dass mir ganz warm wird. „Sehr gern. Sorry dass ich sie dir nicht eher geschickt habe, aber danach war noch etwas, dass mich ein bisschen aus der Bahn geworfen hat.“

Neugier tritt in den Blick meiner besten Freundin. „Was war los?“, fragt sie alarmiert.

„Als ich von meinem Ausflug wieder zurückgelaufen bin, hat es angefangen, zu schneien.“

Avery, die selbstverständlich von meiner Abneigung gegen den Winter weiß, zieht scharf die Luft ein. „Nein, oder?“

„Doch.“

„Shit, Sam, das ist mies. War es viel?“

„Nein“, antworte ich kopfschüttelnd. „Zum Glück nicht und es Boden war auch noch zu warm, denn es ist alles schon wieder geschmolzen.“

„Immerhin. Jetzt erzähl mal, habe ich vorhin richtig gehört? Du schreibst an einer neuen Geschichte?“

„Ja, die Idee kam mir, als ich am Times Square war. Ich weiß noch nicht genau, wohin es mich führt, aber es macht Spaß, es herauszufinden, so ganz ohne den Druck einer Deadline.“

„Das freut mich, zu hören.“ Sie lächelt mir durch die Webcam zu.

„Oh, und heute gab es einen kleinen Unfall, während ich gearbeitet habe.“

„Einen Unfall!?“

„Eine der Baristas im Café ist aus Versehen gegen meinen Tisch gestoßen und hat dadurch meine Notizen in heißer Schokolade gebadet.“

„Ach du Schreck! Konntest du sie retten?“

„Zum Glück ja, auch wenn das schon ärgerlich war. Ich meine, ich mache der Frau keinen Vorwurf, so was kann passieren. Trotzdem hat es mich etwas aus dem Fluss gerissen.“

„Ich verstehe dich, aber sei froh, dass der Kakao wenigstens nicht auf deinem Laptop gelandet ist.“

Ich lache. „Genau das habe ich auch gesagt.“

Avery grinst mich an. „Manchmal glaube ich, du sitzt in meinem Kopf und klaust meine Gedanken.“

Wir lachen einen Moment über ihren Witz und dann wende ich mich wieder dem Gespräch zu. „Also ich denke, das war alles, was seit unserem letzten Gespräch passiert ist.“

Daraufhin blickt sie mich erwartungsvoll an. „Gut, da das nun alles geklärt ist, können wir zum Wesentlichen übergehen."

„Zum Wesentlichen?", frage ich verwirrt.

„Du weißt, was ich meine."

„Nein, tue ich nicht."

Avery seufzt. „Du bist in einer der größten Städte der Welt. Jetzt erzähl mir nicht, du hast dort noch keine einzige interessante Frau getroffen."

„Nein, habe ich nicht. Ich will mich auf den Termin mit den Leuten von Metropolis und auf die neue Geschichte konzentrieren. Ein bisschen Urlaub machen. Aber ich bin doch schon bald wieder in Australien."

„Sam, jeder Mensch sollte sich Zeit für etwas Spaß und für die Liebe nehmen, das weißt du, oder? Außerdem, woher willst du sonst neuen Stoff für deine Bücher nehmen?"

„Sorry, Avery, aber ich muss jetzt auflegen." Bevor sie noch etwas sagen kann, beende ich das Gespräch und klappe den Laptop zu. Das ist definitiv nicht der richtige Zeitpunkt, um über mein Liebesleben zu diskutieren. Oder besser gesagt, dessen Nichtvorhandensein. Denn wenn ich zu viel darüber nachdenke, werde ich nur traurig und falle schlimmstenfalls in ein Loch, aus dem ich nicht mehr herausfinde. Es ist nicht so, als würde ich keine Beziehung wollen, aber meine Arbeit ist mir momentan wichtiger als alles andere. Ablenkungen sind tabu, egal in welcher Form.

***

Am nächsten Tag bin ich wieder in meinem Stammcafé. Nach einem kleinen Plausch mit Wanda, habe ich mich in eine der Nischen verzogen und schreibe gerade eine E-Mail an meine Eltern, als ich ein Räuspern höre. Ich blicke auf und sehe geradewegs in Lilys blaue Augen.

„Hi Sam. Darf ich kurz stören?“

„Klar.“ Ich deute auf den Stuhl mir gegenüber und sie lässt sich darauf sinken.

„Was gibt es denn?“

„Das mag jetzt seltsam klingen, aber nach unserem Gespräch gestern habe ich mich gefragt, ob du nicht mal Lust hättest, etwas mit mir zu unternehmen?“

Die Nachfrage überrascht mich, obwohl sie gestern schon angedeutet hat, mir Tipps für die Stadt zu geben, hatte ich nicht erwartet, dass sie etwas mit mir unternehmen möchte. „An was hast du da gedacht?“

Sie zuckt mit den Schultern. „Ich weiß nicht, aber mir würde sicher was einfallen. Ich wollte erst mal fragen, ob du überhaupt Interesse hast.“ Lily scheint mein Zögern zu bemerken, denn sie steht auf. „Du musst mir nicht sofort eine Antwort geben. Lass es dir durch den Kopf gehen.“

Damit geht sie zu den anderen Gästen und ich bleibe am Tisch zurück.

Soll ich ihr Angebot annehmen? Lily macht einen sympathischen Eindruck. Averys Worte von gestern fallen mir wieder ein. Wäre sie hier, würde sie mich fragen, worauf ich warte. Warum ich Lily nicht einfach zusage.

Seufzend wende ich mich meinem Laptop zu. Erst die Arbeit, dann das Vergnügen. Eine Entscheidung kann ich immer noch treffen, sobald ich ein bisschen geschrieben habe.

Einige Stunden arbeite ich mehr oder weniger konzentriert an meinem Manuskript, bis das Klingeln meines Handys mich unterbricht.

„Hallo?“

„Spreche ich mit Miss King?“, fragt eine Männerstimme.

„Ja, wer ist da?“

„Hier ist Tom Green von den Metropolis Studios.“

Augenblicklich schlägt mein Herz schneller. „Hi!“

„Es tut mir wirklich leid, aber ich muss unseren Termin morgen leider verschieben.“

Mein Herz sinkt in die Hose. „O nein! Das ist schade.“

„Ja, das finde ich auch. Wir können gleich einen neuen Termin vereinbaren, wenn Sie möchten.“

„Gern. Als Sie mit Mr Jefferson Kontakt hatten, sagten Sie etwas von einem Termin Mitte Dezember?“

„Warten Sie, ich schaue nach.“

Ich höre, wie er auf einer Tastatur herumdrückt, und kreuze die Finger. Bitte, lass diese Reise nicht völlig umsonst gewesen sein.

„Miss King?“

„Ja?“

„Der Dezember ist leider komplett dicht mit Terminen. Der nächste freie Termin, den ich Ihnen anbieten kann, ist am neunten Januar nächsten Jahres.“

Ich schlucke. So lange hatte ich nicht vor, zu bleiben. Aber will ich mir diese Chance entgehen lassen?

„Das passt“, sage ich also. So eine Chance bekomme ich nie wieder und wenn ich dafür länger in der Stadt bleiben muss als geplant, dann muss ich das in Kauf nehmen.

„Super", sagt er. „Ich trage Sie ein. Bis dann."

„Bis dann."

Ich lege auf und schreibe Declan eine E-Mail, in der ich ihn über das Gespräch in Kenntnis setzt und ihn bitte, herauszufinden, ob ich solange in der Wohnung bleiben kann.

Anschließend schreibe ich meinen Eltern und Avery eine Nachricht, dass ich so bald nicht nach Hause komme. Klar, ich könnte nach Hause fliegen und im Januar wieder herkommen, aber ganz ehrlich, das ist viel zu aufwendig und außerdem schlecht für die Umwelt.

Nachdem ich alle Mails abgeschickt habe, fasse ich kurzerhand einen Entschluss. Ich gehe zur Theke, um mir einen zweiten Kaffee zu bestellen.

Lily sieht mich kommen. „Nachschub?", fragt sie.

„Ja, bitte. Und außerdem, habe ich mir Gedanken gemacht. Ich würde gern mal was mit dir machen. Was schwebt dir so vor?"

Lilys Augen strahlen, als hätte ich gerade verkündet, dass eine gute Fee ihr drei Wünsche erfüllt.

„Toll! Ich freue mich. Ich habe schon eine Idee. Wenn du nichts gegen ein wenig Spontanität hast, können wir das heute machen. Ich habe in zwanzig Minuten Feierabend."

Überrascht sehe ich sie an. „Heute?" Wieder fallen mir Averys Worte ein, auch mal Spaß zu haben, gerade, was die Liebe betrifft. Sie hat recht, tief in meinem Inneren weiß ich das.

„Ja, warum nicht. Ich warte solange hier."

„Super. Bis gleich."

***

Keine halbe Stunde später steht Lily vor mir. Ihre Schürze hat sie abgelegt. Statt des hohen Zopfes, den sie vorhin noch getragen hat, fallen ihr jetzt die blonden Haare in Wellen über den Rücken. Über dem Arm baumelt ihr Mantel. Sie trägt ein schwarz-weißes Kleid mit Kragen und Pünktchen im Stil der fünfziger Jahre. Der Rock ist weit ausgestellt und unter dem Saum blitzt etwas Schwarzes hervor.

Verwundert sehe ich sie an. „Trägst du einen Unterrock?"

Eine zarte Röte legt sich über Lilys Wangen, als sie nickt. „Ich habe eine Schwäche für diesen Stil. Zu Hause habe ich einen ganzen Haufen Petticoats in allen Farben des Regenbogens, sodass sie immer zu den Farben des Kleides passen. Ich mag es, wenn man den Rand ein Stückchen sieht, auch wenn das für viele eine modische Todsünde ist." Sie schüttelt gespielt empört den Kopf.

„Tragen kannst du es auf jeden Fall. Es steht dir echt gut."

„Oh, danke. Nett von dir." Sie schlüpft in ihren Mantel und sieht mich an. Wieder haben ihre blauen Augen dieses ganz spezielle Funkeln, von dem mir ganz warm wird. „Also, bereit für unseren Ausflug?"

„Ja, verrätst du mir, was wir machen?", frage ich und bringe sie damit zum Lachen.

Sie legt eine Hand auf meinen Arm und zieht mich hinter sich her.

„Okay, anscheinend sagst du es mir nicht?", frage ich etwas atemlos, während wir in Richtung U-Bahn laufen. Lily gibt ein gutes Tempo vor, ich muss mich anstrengen, um mit ihr Schritt zu halten, denn ihre Beine sind ein ganzes Stück länger als meine.

Als Antwort ernte ich nur ein Kopfschütteln. Dann muss ich mich wohl überraschen lassen.

Ein paar Minuten nach unserem Aufbruch erreichen wir die Bahn-Haltestelle. Als wir zu den Gleisen gehen, sieht Lily mich an.

„Willst du immer noch wissen, wo wir hinfahren?", fragt sie.

„Natürlich!"

Aber zum zweiten Mal bekomme ich keine verbale Antwort, sondern nur einen Fingerzeig über meinen Kopf. Mein Blick folgt ihrem Finger und ich schaue geradewegs auf die Beschilderung. Da steht, dass wir zu den Bahnen gehen, die Richtung Uptown und Queens fahren.

Ich sehe wieder zu Lily. „Das heißt, wir fahren nach Queens oder Uptown?"

Lily grinst. „Vielleicht."

„Okay. Da ich mich hier nicht auskenne, hilft mir das nicht weiter. Was machen wir da? Sag schon, Lily."

Aber Lily unterdrückt bloß ein Lachen, indem sie ihre Hand vor den Mund presst. Es ist kaum zu übersehen, wie viel Spaß es ihr macht, mich auf die Folter zu spannen. Und so gern ich auch etwas aus ihr herausbekommen würde, genieße ich es doch zu sehen, wie sie ihren Spaß hat.

Als sie sich wieder beruhigt hat, mustert sie mich. „Geduld ist nicht gerade deine Stärke, oder?"

„Nicht so wirklich", murmle ich gespielt mürrisch.

„Schön, dann muss ich dich eben ablenken, bis wir da sind, wo wir hinwollen. Also -"

Ihre Lippen bewegen sich weiter, aber ich verstehe kein Wort mehr von dem, was sie sagt, denn die Bahn fährt in die Station ein und verschluckt dabei alle Umgebungsgeräusche. Ich warte, bis wir eingestiegen sind und einen Platz gefunden haben, ehe ich mich Lily wieder zuwende. „Sorry, ich habe dich nicht verstanden. Was hast du gesagt?"

„Ich habe dich gefragt, wie du Thanksgiving verbracht hast."

„In Australien feiern wir kein Thanksgiving. Darum habe ich das total vergessen." Verlegen kratze ich mich am Hinterkopf. „An dem Tag wollte ich ins Café kommen und stand vor verschlossenen Türen und einem Schild, das mich an den Feiertag erinnert hat. Also war ich stattdessen im Central Park und habe dort eine kleine Fahrradtour gemacht. Und du?"

Lilys Augen weiten sich kaum merklich. „Das heißt, du hast den Tag allein verbracht?"

Ich nicke.

„Ich war bei meinen Eltern zum traditionellen Truthahnessen", erzählt sie. „Fast die ganze Familie war dort, vier meiner fünf Geschwister und meine Großeltern sowie meine Tante und mein Onkel mit ihren Kindern. Es war toll – aber es tut mir leid, dass du allein warst." Ihre Augen glänzen bei der Erzählung, nur bei den letzten Worten legt sich ein besorgter Schimmer auf ihren Blick.

„Das muss dir nicht leidtun. Schließlich kenne ich hier in der Stadt niemanden. Aber das ist nicht schlimm, es war ein ganz normaler Tag für mich." Ich mustere sie interessiert. „Du hast fünf Geschwister? Wow, da ist sicher immer was los bei deinen Eltern im Haus."

„Jetzt kennst du mich!", antwortet Lily so enthusiastisch, dass ich lächeln muss. „Aber ja, bei meinen Eltern im Haus war es früher nie still. Manchmal bin ich doch ganz froh, mittlerweile in meiner eigenen Wohnung zu leben. Versteh mich nicht falsch, ich liebe meine Familie, nur man hat so gut wie nie Privatsphäre. Du kannst dir vorstellen, dass das nicht immer Friede, Freude, Eierkuchen war mit so vielen Kindern unter einem Dach."

„Das glaube ich dir gern."

„Hast du auch Geschwister?" Neugierig ruht Lilys Blick auf mir.

Ich brauche einen Moment, bis ich antworte, denn eine Erinnerung erscheint vor meinem inneren Auge, doch ich schiebe sie entschlossen weg. „Nein, ich habe keine Geschwister."

Lily runzelt die Stirn. „Ist alles okay? Du siehst plötzlich so blass aus."

„Nein, nein, mir geht es gut. Ist wahrscheinlich die stickige Luft hier drin."

„Wir sind fast da. Dauert nicht mehr lange, dann sind wir wieder an der frischen Luft."

Tatsächlich erreichen wir kurz darauf die Station, an der wir aussteigen müssen.

„Ist es von hier noch weit bis da, wo du mich hinbringst?"

„Nein, es ist gleich da vorn. Komm."

Lily greift wie selbstverständlich nach meiner Hand und übernimmt die Führung. Das gefällt mir und ich genieße das Gefühl von ihrer Hand in meiner. Plötzlich bleibt sie so abrupt stehen, dass ich fast gegen ihren Rücken pralle, und sieht mich erwartungsvoll an.

Wir stehen vor einem Schild, an dem mit leuchtenden Lettern *Bryant Park Winter Village* geschrieben steht.

„Ein ... Weihnachtsmarkt?", frage ich.

„Mein Lieblingsweihnachtsmarkt", antwortet sie wie selbstverständlich.

Mir wird abwechselnd heiß und kalt. Ich starre Lily an.

„Stimmt was nicht, Sam?"

Ich entziehe ihr meine Hand, die sie immer noch festhält, was sich jetzt gar nicht mehr schön anfühlt, und trete einen Schritt zurück, um Abstand zwischen uns zu bringen.

„Soll das ein schlechter Scherz sein?", frage ich, die Zähne zusammengepresst, sodass ich gar nicht weiß, ob Lily mich versteht.

Lily zieht die Stirn kraus. „Was meinst du?"

„Du bringst mich zu einem Weihnachtsmarkt?"

„Ja, ich dachte ..."

„Was dachtest du?" Meine Stimme wird lauter, ohne dass ich etwas dagegen tun kann. „Habe ich dir nicht vor gerade einmal vierundzwanzig Stunden gesagt, dass ich Weihnachten verabscheue? Und dann bringst du mich hierher? Das kann nicht dein Ernst sein."

Ohne Lilys Reaktion abzuwarten, drehe ich mich um und gehe in die Richtung, aus der wir gekommen sind. Schnell laufe ich zur Bahnhaltestelle und als wäre das Glück auf meiner Seite, fährt genau in dem Moment eine Bahn ein. Ich springe rein und hoffe, dass Lily mir nicht gefolgt ist.

Wie durch ein Wunder, war es genau die Bahn, die ich gebraucht habe, um nach Hause zu kommen.

Im Apartment angekommen, habe ich mich kaum beruhigt. Ich versuche, meine Wut in mein Manuskript zu kanalisieren, leider erfolglos.

Stattdessen lasse ich mich nach einer Weile auf mein Bett fallen und lenke mich mit einer Folge *Gilmore Girls* ab. Dennoch schweifen meine Gedanken immer wieder ab. Ich kann einfach nicht glauben, dass sie das getan hat. Das war wirklich unfair von ihr.

Kapitel 4

Als ich am nächsten Morgen aufwache, ist der Großteil meiner Wut verpufft. Enttäuscht bin ich trotzdem noch. Genau deshalb gehe ich auch nicht ins *Cornelia's*. Stattdessen mache ich einen langen Spaziergang durch die Straßen von New York. Mittlerweile hat die Weihnachtsdeko den Weg in die Stadt gefunden. Ich versuche, sie auszublenden. Nach einer Weile überkommt mich die Lust zum Schreiben, also kehre ich ins Apartment zurück. Der Gedanke, mich allein an den Schreibtisch zu setzen, erdrückt mich allerdings, deswegen packe ich meinen Laptop und meine Notizen ein. In einer Stadt wie New York werde ich bestimmt noch ein weiteres Café finden, in dem ich arbeiten kann. In der Lobby des Gebäudes spreche ich den Portier Charles an. „Guten Morgen, Charles. Das ist vielleicht eine etwas ungewöhnliche Frage, aber können Sie mir ein Café hier in der Nähe empfehlen?" Ich denke an den scheußlichen Kaffee an meinem zweiten Tag hier zurück und unterdrücke ein Schaudern. Auch wenn Geschmäcker unterschiedlich sind, verlasse ich mich hier lieber auf eine Empfehlung.

Charles überlegt einen Moment, dann nennt er mir eine Adresse. „Das ist nicht weit weg. Nur etwa zwei Blocks von hier", fügt er hinzu.

„Danke, Charles."

„Gern, Miss King."

Ich trete ins Freie und folge der Wegbeschreibung meines Handys, bis ich vor dem Café stehe. Das *Empire Café* sieht nur halb so einladend aus wie das *Cornelia's*. Es ist dunkel und wirkt fast schon erdrückend. Trotzdem bestelle ich mir einen Latte macchiato und suche mir einen freien Platz. Ich baue meinen Laptop auf und nehme einen Schluck von meinem Kaffee.

Kann man trinken, denke ich.

Ich weiß nicht, ob es an der Atmosphäre oder an meiner eigenen Stimmung liegt, aber ich komme nicht in den Schreibfluss. Frustriert lehne ich mich auf meinem Stuhl zurück und schließe die Augen. Das funktioniert so nicht. Auch wenn ich keine Deadline habe und ich das Buch aktuell nur für mich schreibe, habe ich das Bedürfnis, mich von meinen Figuren und dem Setting einfangen zu lassen. Deswegen packe ich meine Sachen und mache mich auf den mir mittlerweile so vertrauten Weg ins *Cornelia's*. Lilys Gesicht taucht vor meinem inneren Auge auf und in meiner Brust zieht sich etwas zusammen. Nein, ich will jetzt nicht an gestern Abend denken. Ich gehe nicht ihretwegen ins *Cornelia's*.

Schließlich kann ich dort auch arbeiten, ohne mich mit Lily zu unterhalten. Dazu ist mir definitiv die Lust vergangen. Ich erzähle ihr etwas Persönliches und was macht sie? Sie ignoriert es. Keine Ahnung, was sie sich dabei gedacht hat. Vielleicht hat sie nicht darüber nachgedacht, aber mir hat es wehgetan.

Zu meinem Glück entdecke ich sie nirgendwo, als ich das Café betrete. Ich gebe meine Bestellung bei Byron auf und suche mir einen Platz, der so abgeschieden wie möglich ist.

Als wäre mein Inneres nun zufrieden mit mir, kommen die Worte wie von allein.

Anscheinend habe ich mir das einfacher vorgestellt, als es ist, denn es dauert nicht lange, bis Lily an meinen Tisch tritt. Ein Teil von mir möchte sie schlichtweg ignorieren. Aber ich war gestern schon so böse, da bringe ich das nicht auch noch übers Herz.

„Was gibt's?", frage ich.

Lily stellt einen Teller mit zwei Zimtschnecken vor mir ab. „Ich würde mich gern entschuldigen." Ihre Stimme ist leiser als gewöhnlich. „Ganz ehrlich, Sam, ich wollte dich nicht ärgern oder so. Aber ich dachte ... keine Ahnung. Ich glaube, dass ich dachte, deine Meinung über meinen allerliebsten Feiertag ändern zu können."

Jetzt blicke ich auf. In ihren Augen glitzern Tränen. Das bringt mich dazu, meine Aufmerksamkeit vollständig auf sie zu richten.

„Es tut mir leid, Sam", sagt sie. „Bitte glaub mir."

Ich unterdrücke ein Seufzen. Keine Ahnung, wie sie das macht, aber ich merke, dass sie es ernst meint.

„Hast du kurz Zeit, dich zu mir zu setzen?", frage ich.

Sie nickt. „Ich habe gerade Pause."

Als ich sie mit einer einladenden Geste darum bitte, setzt sie sich auf den Stuhl mir gegenüber.

„Ich wollte dich nicht wütend machen", meint sie. „Wirklich nicht. Aber nach unserem Gespräch über Weihnachten habe ich die ganze Nacht kein Auge zugetan."

Verwirrt sehe ich sie an. „Was meinst du?"

„Anscheinend kann ich nicht damit leben, dass jemand die schönste Zeit des Jahres hasst." Sie lacht schüchtern und senkt den Blick. „Deine Aussage hat mir merkwürdigerweise den Schlaf geraubt. Darum dachte ich, vielleicht kann ich deine Meinung ändern."

Ich verkneife mir ein Lachen. Denkt sie wirklich, dass das so einfach ist? Herausfordernd schaue ich sie an. „Du glaubst, du kannst dafür sorgen, dass ich Weihnachten wieder mag?", frage ich und sie nickt scheu.

„Zumindest würde ich es gern versuchen, wenn du mich lässt."

Ich überlege einen Moment lang, dann halte ich ihr meine Hand entgegen. „Ehrlich gesagt glaube ich nicht, dass du das schaffst, aber wenn du die Herausforderung wirklich annehmen willst, bin ich dabei."

Lilys blaue Augen weiten sich. „Im Ernst?"

Ich nicke.

„Ich würde dir gern die Stadt zeigen. Damit meine ich nicht unbedingt die typischen Touristenattraktionen." Jetzt überschlägt sich Lilys Stimme fast, so aufgeregt ist sie. Sie hebt die Hände, als könnte sie sich nur schwer bremsen. „Nein, ich will dir den winterlichen und weihnachtlichen Charme dieser Stadt zeigen. Gestern Nacht habe ich eine ganze Liste mit Dingen erstellt, die wir gemeinsam machen könnten. Ich bin überzeugt davon, dass du das alles danach ein bisschen mehr magst." Lilys Augen funkeln bei ihren Worten. Ihre Wangen haben einen leichten rosa Schimmer und es ist greifbar, wie aufgeregt sie ist.

„Und wenn nicht?", frage ich. „Was, wenn ich Weihnachten in ein paar Wochen immer noch hasse?"

„Dann lasse ich dich damit in Ruhe, versprochen."

Einen Moment lang bin ich sprachlos, was selten vorkommt. Auch wenn Lily und ich uns kaum kennen und ich bis eben noch enttäuscht war, schafft sie es mit ihrer lockeren Art, mir zu zeigen, dass sie keine bösen Absichten hatte. Außerdem ist ihre Aufregung ansteckend und sie ist sie echt niedlich, wenn sie so ist. Trotzdem bin ich skeptisch. Ich kann mir nicht vorstellen, dass Lily es schafft, mich umzustimmen. Und ich habe definitiv auch Angst, mit etwas konfrontiert zu werden, mit dem ich nicht konfrontiert werden möchte. Also wiege ich ab.

„Was für Dinge stehen denn so auf dieser Liste?", frage ich gleichermaßen vorsichtig und neugierig.

Lily zuckt mit den Schultern. „Wenn ich dir das verrate, ist es doch nur noch halb so spaßig. Komm schon Sam, dir wird nichts passieren."

Erneut denke ich an Averys Worte. Daran, was sie über Spaß gesagt hat. Vielleicht macht das Abarbeiten dieser Liste wirklich Spaß. Vor allem, wenn ich es gemeinsam mit Lily tue. Wenn es mir zu viel wird, kann ich die Sache immer noch abbrechen.

„Also schön, wann fangen wir an?", frage ich.

Lilys Augen weiten sich, als ihr klar wird, dass ich es ernst meine.

„Das wird toll!" Sie klatscht vor Aufregung in die Hände, was mich zum Lächeln bringt.

„Mach dir keine allzu großen Hoffnungen. Wie ich schon gesagt habe, ich habe meine Gründe, Weihnachten nicht zu mögen."

„Das mag sein, aber das wird mich nicht davon abhalten, mir Mühe zu geben, du wirst sehen."

Ihre Begeisterung ist total ansteckend und meine Neugier riesengroß. Auch wenn der Gedanke dafür sorgt, dass sich mein Magen zusammenzieht, versuche ich, mich darauf einzulassen.

„Morgen kann ich leider nicht, da muss ich mich auf eine Klausur vorbereiten“, sagt Lily. „Aber übermorgen fangen wir an. Wir treffen uns abends um sechs Uhr hier im Café, okay?“

„Ist gut. Ich bin gespannt.“

Breit grinsend geht Lily davon und ich könnte schwören, dass sie vor Freude ein wenig hüpft. Amüsiert schüttle ich den Kopf. Das wird bestimmt interessant werden.

Kapitel 5

Vor lauter Neugier, was Lily vorhat, bin ich den ganzen Tag zu nichts zu gebrauchen. Ich habe versucht, zu arbeiten, konnte mich aber nicht konzentrieren. Lediglich meine Mails habe ich gelesen und festgestellt, dass Declan geantwortet hat, dass ich bis Januar im Apartment bleiben kann. Gott sei Dank! Seitdem tigere ich rastlos im Apartment umher. Ein Teil von mir bereut unsere Abmachung bereits. Ich hasse diese Zeit im Jahr schließlich nicht einfach so. Für nichts in der Welt könnte ich mir vorstellen, dass sich das jemals wieder ändern könnte. Wenn mir Lilys Pläne nicht gefallen, kann ich das Ganze immer noch abblasen, oder?

Größer als die Reue ist aber tatsächlich die Neugier. Außerdem überrascht es mich, dass sich Lily solche Gedanken um mich und meine Situation gemacht hat. Grundsätzlich kann es ihr doch egal sein, ob ich insgeheim der Grinch bin oder nicht. Möglicherweise habe ich sie aber auch dazu inspiriert, mich zu bekehren. Wenn es ihr Spaß macht, warum nicht. Was habe ich zu verlieren? Und Erfolg wird sie damit nicht haben, davon bin ich überzeugt. Dafür begleitet mich diese eine schreckliche Erinnerung an den Feiertag schon viel zu lange.

In drei Stunden sind wir verabredet. Einen Moment lang überlege ich, Avery anzurufen und ihr von alldem zu erzählen. Aber ich entscheide mich dagegen. Ich will mir erst mal ansehen, was auf mich zukommt. Bei Avery muss ich zurzeit echt aufpassen, sie ist nämlich immer mal wieder voll auf dem „Ein Date für Sam"-Trip und versucht, mich mit gefühlt jedem weiblichen Wesen, dessen Namen ich ihr gegenüber erwähne, zu verkuppeln. Dass ich gerade kein Interesse an Dates habe, scheint sie dabei nicht sonderlich zu interessieren. Die Trennung von Julia, meiner Ex-Freundin, ist bald zwei Jahre her, und ich komme gut allein zurecht. Das möchte ich im Moment nicht ändern. Schon gar nicht meilenweit von meiner Heimat entfernt. Klar, es gibt durchaus Augenblicke, in denen mir die Zweisamkeit fehlt, aber dann stürze ich mich meistens in die Arbeit, bis das Gefühl wieder verschwunden ist.

Statt also meine beste Freundin anzurufen, stelle ich mich vor meinen Kleiderschrank und überlege, was ich am besten anziehen soll. Da ich nicht weiß, wo Lily und ich hingehen, habe ich nicht den Hauch einer Ahnung, wie ich mich anziehen soll. Chic? Leger? Extra warm oder normal? Was für Schuhe? O Mann.

***

Da es seit Thanksgiving nicht mehr geschneit hat, entscheide ich mich letzten Endes für eine schwarze Jeans und einen schwarzen Pullover. Es ist zwar kalt, aber nicht so kalt, dass ich was Dickeres bräuchte. Zusammen mit meinem Mantel ist das Outfit perfekt. Sicherheitshalber schiebe ich noch Mütze, Schal und Handschuhe in die Handtasche. Man weiß ja nie.

Ein bisschen früher als geplant, verlasse ich das Gebäude. Ich wünsche dem freundlichen Portier Charles einen schönen Abend und mache mich auf den Weg zum *Cornelia's*.

Dort angekommen, finde ich eine etwas gestresst aussehende Lily vor.

„Hey, du bist da", begrüßt sie mich. „Ich muss hier leider noch ein paar Dinge erledigen. Macht es dir was aus, zu warten?"

Ich winke ab. „Nein, ich bin sowieso zu früh. Ich setze mich einfach noch einen Moment. Das macht nichts."

Lily schenkt mir einen dankbaren Blick, als ich mich auf einen der Barhocker an der Theke fallen lasse, kurz bevor Wanda hinter die Theke tritt. Sie schaut von mir zu Lily und wieder zurück.

„Was habt ihr zwei denn heute vor, wenn ich fragen darf?"

Ich schmunzle. „Darfst du, aber ich kann dir keine Antwort geben. Ich weiß es nämlich selbst nicht."

Wanda lächelt. „Das klingt ganz nach Lily."

Ich unterdrücke ein wohliges Seufzen. Es wundert mich nicht, dass dieser Ort mich immer wieder magisch anzieht. Das hier fühlt sich fast schon wie ein zweites Zuhause an.

Wenig später verlassen Lily und ich gemeinsam das Café.

„Also gut, was hast du als Erstes auf deiner mysteriösen Liste?", frage ich.

„Ich dachte, wir fangen da an, wo wir aufgehört haben."

So stehen wir kurz darauf wieder vor den Toren des Weihnachtsmarktes.

„Ein Weihnachtsmarkt also." Ich versuche, mich zu entspannen, was nicht besonders gut klappt. Mein

Herz schlägt viel zu schnell und meine Hände kribbeln. Ich mache eine Faust, öffne sie und wiederhole das Ganze ein paar Mal, aber es hilft nicht, die aufsteigende Angst zu unterdrücken. Also atme ich tief ein, halte ein paar Sekunden die Luft an und atme dann wieder aus. Das hilft wenigstens dabei, im Moment zu bleiben und nicht völlig abzudriften.

„Der schönste, den ich kenne! Nicht so groß und überfüllt wie die, die du in den Reiseführern der Stadt findest. Alle Stände werden von Ur-New-Yorkern geführt. Die meisten Dinge, die man hier kaufen kann, sind handgemacht. Ich bin mir sicher, du wirst es lieben. Lass uns eine Runde drehen."

Mittlerweile ist die Sonne untergegangen, doch der Markt wird von tausenden kleinen Lämpchen an den einzelnen Buden in ein warmes gelbes Licht getaucht.

Die Buden sind kleine Holzhütten, an denen die unterschiedlichsten Sachen angeboten werden; selbstgemachte Schlüsselanhänger mit Motiven oder Sprüchen wie *Schlüssel zum Glück* darauf, zum Beispiel. An einem anderen Stand werden handgemachte Duftkerzen verkauft. Lilys Freude ist so ansteckend, dass auch ich zwei Stück kaufe, die herrlich duften. Eine nach Lavendel und eine nach Zimt.

Begeistert zieht mich Lily weiter. Nach einer Weile kommen wir an einem Stand vorbei, wo es heiße Schokolade und Cidre gibt.

„Lust auf was zu trinken?", frage ich Lily, die freudig nickt.

Ich stelle mich in die Schlange, als Lily hinter mir fragt, ob sie uns in der Zeit auch was zu essen besorgen soll.

„Gute Idee."

„Hast du einen besonderen Wunsch?"

Da ich nicht weiß, was man auf amerikanischen Weihnachtsmärkten so zu Essen bekommt, schüttle ich den Kopf. „Überrasch mich."

„Alles klar, warte hier, ich komme zurück."

Gerade als sie davon geht, fällt mir ein, dass ich sie gar nicht gefragt habe, ob sie lieber eine heiße Schokolade oder einen Cidre möchte. Also rufe ich ihr hinterher. Aber sie zuckt nur grinsend mit den Schultern und ruft: „Überrasch mich!"

Lachend schüttle ich den Kopf. Ich glaube, ich habe noch nie eine Frau wie Lily getroffen. Diese ehrliche kindliche Freude, wenn sie von etwas begeistert ist. Außerdem ist sie nie um einen Spruch verlegen und nimmt vieles mit Humor. Das gefällt mir sehr.

Kurze Zeit später steht Lily vor der Bank, auf die ich mich mit unseren Getränken gesetzt habe. In der Hand hält sie zwei Pappschalen, deren Inhalt ich nicht genau definieren kann.

„Was hast du da?"

„Geröstete Kastanien. Das Beste, was die Weihnachtszeit hergibt. Und was hast du für uns?"

Ich reiche ihr die dampfende Tasse. „Ich habe mich für den Cidre entschieden. Erstens roch er fantastisch und zweitens wissen wir ja, dass heiße Schokolade uns beiden nicht besonders wohlgesonnen ist." Ich zwinkere ihr zu.

Lily lacht. „Ach komm, wäre ich nicht gestolpert und hätte deine Notizen ruiniert, würden wir jetzt sicher nicht hier sitzen."

„Da gebe ich dir recht. Na dann: Auf Missgeschicke.“ Klirrend stoße ich mit meiner Tasse gegen ihre.

„Auf Missgeschicke!“

***

Während wir essen, die Kastanien schmecken fantastisch, mustere ich Lily. „Bist du immer so spontan?“

Sie blickt zu mir herüber. „Was meinst du?“

„Das alles hier. Deine Idee, mich dazu zu bringen, Weihnachten zu mögen, obwohl wir uns gar nicht kennen. Das ist spontan, findest du nicht?“

Lily schweigt einen Moment, als würde sie nach der richtigen Antwort suchen. „Ich bin ein offener Mensch, aber so was habe ich tatsächlich noch nie getan. Irgendwas an dir hat mich dazu gebracht.“

„Kannst du das näher erläutern?“, frage ich neugierig.

Zu meiner Enttäuschung schüttelt Lily allerdings den Kopf. „Ich habe mich selbst schon gefragt, aber noch keine Antwort gefunden. Du bist einfach anders als viele Menschen die ich kenne.“

„Gut anders oder schlecht anders?“

Lilys Mundwinkel heben sich leicht. „Gut. Definitiv gut.“

„Das kann ich nur zurückgeben, Lily.“

Schmunzelnd wende ich mich wieder dem Essen zu und die Unterhaltung stockt für einen Moment, bis Lily fragt: „Wolltest du schon immer Schriftstellerin werden?“

Ich schüttle den Kopf und schlucke eine Kastanie runter, ehe ich antworte. „Als kleines Mädchen wollte ich Meeresbiologin werden.“

Lily hebt eine Augenbraue. „Großer Sprung von Meeresbiologin zu Autorin.“

Ich zucke die Schultern „Ich weiß auch nicht, eines Tags habe ich angefangen, meine erste Geschichte zu schreiben und irgendwann rückte der Traum Meeresbiologin immer weiter von mir weg. Erst recht, nachdem ich bemerkt habe, wie sehr mir das Schreiben liegt. Ich veröffentliche, seit ich achtzehn Jahre alt war, und kann mir gar nichts anderes vorstellen.“

Lily stellt die mittlerweile leere Schale der Kastanien zwischen uns und schaut mich an. „Darf ich dich etwas über deine Arbeit fragen?“

„Natürlich“, antworte ich, gespannt, was kommt.

„Du hast erzählt, dass sich deine Leser ein Weihnachtsbuch wünschen, woran liegt das? Sind Weihnachtsbücher in Australien so beliebt?“

Ich schüttle den Kopf. „Das ist es nicht. Ich habe drei Bücher veröffentlicht, in denen es um unterschiedliche Figuren geht und die, unbeabsichtigt im Frühling, Sommer und Herbst spielen. Daher finden sowohl die Leser als auch mein Agent, dass etwas fehlt. Dabei habe ich während des Schreibens darüber nicht mal nachgedacht.“

Lily nickt. „Verstehe. Aber wer weiß, vielleicht schreibst du das Buch ja irgendwann.“

„Ja, vielleicht.“

Ich trinke den letzten Schluck meines Cidres aus, der einen süßen Geschmack auf meiner Zunge hinterlässt, und stehe auf. „Wollen wir weitergehen?“ Ich reiche Lily die Hand und ziehe sie auf die Füße.

Nebeneinander schlendern wir in gemütlichem Tempo über den Weihnachtsmarkt.

„Was ist mit dir?", frage ich Lily. „War es als Kind schon dein Traum, in einem Café zu arbeiten?"

Lily nickt. „Ja. Wobei, das stimmt nicht ganz. Als Kind wollte ich immer mein eigenes Café besitzen."

Ich schenke ihr ein aufmunterndes Lächeln. „Was nicht ist, kann ja noch werden."

Wir kommen an einem Stand mit Schokolade vorbei, an dem es so herrlich duftet, dass mir der Magen knurrt, obwohl ich gerade erst gegessen habe. Der Duft nach Schokolade ist mir fast der liebste auf der Welt.

„Warte kurz", bitte ich Lily und schaue mir die Auswahl an. Sowohl die Trüffelpralinen als auch die mit der Kaffeefüllung sehen unfassbar gut aus.

Der Verkäufer scheint meine Unentschlossenheit zu bemerken. „Möchten Sie probieren?", fragt er.

„Gern. Könnte ich eine Praline mit Trüffel und eine mit Kaffee probieren?"

„Aber natürlich, Miss." Er sieht zu Lily. „Möchten Sie auch?"

„Ja bitte", antworte sie und er legt von jeder Sorte zwei auf ein Tellerchen.

Ich teste zuerst die Trüffelpraline. Die cremige Schokolade zergeht auf der Zunge, worauf ich genüsslich die Augen schließe. Als ich mir die Kaffeepraline zwischen die Lippen schiebe, kann ich meine Verzückung nicht mehr unterdrücken. Die Kombination aus Kaffee und Schokolade ist einzigartig. Der vollmundige Geschmack breitet sich auf meiner Zunge aus.

Ich muss so begeistert aussehen, dass sowohl Lily als auch der Verkäufer Lachen müssen.

„Schmeckt es?", fragt Lily mit neckendem Unterton.

„Großartig!", antworte ich. „Und dir?"

Lily probiert zuerst die Kaffeepraline und seufzt dabei leise. Das Geräusch jagt mir eine Gänsehaut über Arme. Als sie dann die zweite Praline probiert, nickt sie nur anerkennend. „Auch sehr lecker", meint sie.

„Aber nicht so gut wie die mit Kaffee, oder?"

Sie schüttelt den Kopf.

Ich schaue zum Verkäufer. „Ich fand beide absolut genial und kann mich jetzt noch weniger entscheiden."

Er lacht laut auf. „Ich kann Ihnen auch eine gemischte Box mit beiden Sorten machen, wenn Sie möchten."

„Ja!"

Meine Begeisterung bringt Lily zum Gackern, woraufhin ich sie in die Seite knuffe. „Lach nicht, sonst teile ich nicht mit dir."

Sofort ist sie still. Der Verkäufer schüttelt amüsiert den Kopf und packt mir die Box zusammen. Ich bezahle und wir verabschieden uns.

„Einen schönen Abend noch, die Damen."

„Danke, gleichfalls", antworten Lily und ich gleichzeitig, was wieder nur dafür sorgt, dass wir uns gegenseitig angrinsen.

Wir laufen weiter, bis Lily nur wenige Stände später stehen bleibt. „Warte kurz. Meine Mutter liebt diese Engelsfiguren, ich kaufe ihr schnell eine."

Hunderte kleiner Engel in unterschiedlichen Posen stehen dort vor uns. Ich persönlich finde sie kitschig, aber sie sollen ja Lilys Mutter und nicht mir gefallen.

Lily braucht nur halb so lange, um sich für eine Figur zu entscheiden, wie ich bei der Schokolade und verstaut schon bald das kleine Päckchen sicher in ihrer Handtasche.

Schließlich kommen wir wieder am Tor an.

Lily sieht mich an. „Und? Schon in Weihnachtsstimmung?", fragt sie.

„Nein." Ich schüttle den Kopf, doch als ich ihre enttäuschte Miene sehe, schiebe ich schnell hinterher: „Aber es war ein schöner Abend und ich hatte wirklich sehr viel Spaß." Und das ist noch nicht einmal gelogen.

Jetzt sieht sie wieder zufrieden aus. „Geht mir genauso. Komm, fahren wir zurück nach Manhattan."

Gesagt, getan. Als wir wieder an der Bahnhaltestelle in Manhattan sind, wo wir eingestiegen sind, sehe ich Lily an. „Was steht als Nächstes auf deiner geheimnisvollen Liste, Weihnachtsengel?"

„Würde ich dir das verraten, wäre sie dich nicht mehr geheim, Dummerchen", sagt sie mit einem Zwinkern. „Wir sehen uns in zwei Tagen. Für den nächsten Punkt muss es dunkel sein, also würde ich sagen, wir treffen uns zur selben Zeit wie heute am Café?"

„Alles klar."

„Vielleicht sollten wir Handynummern austauschen, damit du nicht wieder auf mich warten musst, so wie heute."

„Das hat mir nichts ausgemacht, aber ja, lass uns Nummern austauschen." Ich ziehe mein Handy aus der Manteltasche, öffne einen neuen Kontakt und reiche es Lily, damit sie ihre Nummer eintippen kann.

Lily gibt mir das Handy zurück und ich schaue sie an. „Darf ich ein Foto von dir machen? Für den Kontakt."

Sie nickt. „Klar."

Ich halte das Handy in die Höhe und Lily posiert mit einem breiten Lächeln für das Foto. Nachdem das Bild gemacht ist, speichere ich den Kontakt und rufe Lily an, damit sie meine Nummer auch hat.

„Also dann", druckse ich herum, weil ich mich noch nicht verabschieden will, als mich Lily unterbricht.

„Hey, bekomme ich etwa kein Foto?", fragt sie mit erboster Miene. Nur ihre zuckenden Mundwinkel verraten sie.

Ich grinse und lasse sie ein Foto von mir machen. Nachdem sie es im Kontakt gespeichert hat, nickt sie. „Das hätten wir. Also, wir sehen uns, Sam. Bis dann."

Ich wende mich ab. „Bis dann, Lily."

Kapitel 6

An diesem Abend ist an Schlaf nicht zu denken. Stattdessen sitze ich mit einer Tasse Tee auf dem weichen Hochflorteppich vor den bodentiefen Fenstern im Wohnzimmer und denke an den Abend mit Lily zurück. Dabei schaue ich auf die Lichter der Stadt. Vom elften Stockwerk aus hat man einen tollen Ausblick. Ich frage mich immer noch, womit ich so ein schönes Apartment verdient habe, aber natürlich beschwere ich mich nicht darüber.

Der Abend mit Lily war schön, doch der produktive Teil meines Gehirns will jetzt noch ein bisschen am Manuskript arbeiten. Aber anstatt mich an den Laptop zu setzen oder wenigstens meine Notizen zu mir auf den Boden zu holen, nehme ich immer wieder mein Handy in die Hand, nur um es dann auf den Teppich fallen zu lassen. Ich überlege, ob ich meine Eltern oder Avery anrufen soll. Zu Hause ist es allerdings später Nachmittag und zumindest Avery und mein Dad sind vermutlich noch bei der Arbeit. Mum könnte Zeit haben. Ohne weiter darüber nachzudenken, suche ich ihren Namen in der Liste mit meinen Kontakten und rufe sie übers Internet an. Ein richtiger Anruf würde mich ein halbes Vermögen kosten. Es dauert nicht lange, bis ich die vertraute Stimme am anderen Ende der Leitung höre.

„Hallo?"

„Mum, ich bin's", sage ich.

„Sam! Mein Schatz, wie schön, deine Stimme zu hören. Wie geht es dir?" Sie klingt gleichermaßen müde und erfreut.

„Mir geht es gut. Ich bin immer noch enttäuscht, dass der Termin mit Metropolis verschoben wurde, aber ich versuche, das Beste daraus zu machen. Außerdem hatte ich eine neue Buchidee und arbeite ein wenig daran. Wie geht es euch?"

„Dad und mir geht es gut. Wir vermissen dich." Die Wehmut in ihrer Stimme ist nicht zu überhören.

„Ich vermisse euch auch, Mum."

„Und, wie ist die große Stadt? Sicher nicht mit deiner Heimat zu vergleichen, oder?"

Ich muss schmunzeln. Nein, New York City und Brisbane kann man wirklich nicht vergleichen, da hat sie wohl recht.

„Ganz sicher nicht. Weißt du, die Stadt ist ganz anders, als ich erwartet habe, aber mir gefällt sie." Ich zögere, bevor ich weiterspreche: „Heute war ich auf einem Weihnachtsmarkt, das war schön."

Ich merke, das Mum stutzt. „Auf einem Weihnachtsmarkt? Du?"

„Lange Geschichte." Ich hoffe, dass sie merkt, dass ich gerade nichts weiter dazu sagen möchte, und zum Glück tut sie das.

„Wie ist das Wetter?" Mum zögert, ehe sie weiterspricht. „Habt ihr Schnee?"

Ich schließe die Augen und unterdrücke ein Seufzen. „Vor ein paar Tagen hat es ein bisschen geschneit, es war aber noch zu warm, sodass nichts liegen geblieben ist."

Meine Mutter atmet hörbar aus. „Gut, sehr gut", murmelt sie leise, eher zu sich selbst als zu mir. „Pass auf dich auf, mein Kind."

„Mach ich, Mum. Ich rufe bald wieder an. Sag Dad, er fehlt mir. Hab dich lieb."

Ich lasse das Handy sinken und wische verstohlen eine Träne aus dem Augenwinkel. Um diese Jahreszeit ist Mum immer etwas schwierig. Es tut weh, nicht bei ihr sein zu können. Auch wenn ich nichts dafürkann, dass ich länger bleibe, als geplant, so kann ich die Zeit wenigstens nutzen, und versuchen, das Manuskript, so gut es geht, voranzubringen. In den letzten Tagen habe ich nicht so viel gearbeitet, wie ich es von mir gewohnt bin. Damit muss jetzt Schluss sein. Ab morgen werde ich ordentlich durchstarten. Aber vorher brauche ich eine gute Mütze voll Schlaf.

***

Da ich erst spät ins Bett gekommen bin, muss ich mich zusammenreißen, nicht das Handy im hohen Bogen gegen die Wand zu pfeffern, als um Viertel nach acht der Wecker klingelt. Stattdessen vergrabe ich meinen Kopf stöhnend unter dem Kopfkissen.

„Nein! Ich will nicht aufstehen!", sage ich zu mir selbst.

Dann fällt mir wieder ein, was ich mir nach dem Gespräch mit Mum vorgenommen habe, und ich schlage seufzend die Bettdecke zurück. Das Buch schreibt sich nicht von allein.

Die eiskalte Dusche macht mich leider nicht so wach, wie ich gehofft hatte. Ich brauche Kaffee. Am besten literweise. Ich sollte vielleicht endlich mal welchen im Supermarkt kaufen. Immerhin habe ich eine vollständig eingerichtete Küche zur Verfügung. Seit knapp zwei Wochen ernähre ich mich fast ausschließlich von Fertiggerichten aus verschiedenen Imbissen. Das ist doch kein Leben. Ich verdrehe die Augen und zucke mit den Schultern. Als hätte ich Zeit und Lust, zu kochen. Zeit vielleicht, Lust nicht wirklich.

Ich beende meinen inneren Monolog und spucke die Zahnpasta ins Waschbecken. Beim Blick in den Spiegel zucke ich kaum merklich zusammen. Diese Augenringe sollte ich definitiv abdecken. Danach kann die Suche nach meinem Lebenselixier beginnen.

***

Als ich das *Cornelia's* betrete, grinst Wanda mir schon von Weitem zu.

„Guten Morgen", begrüßt sie mich. „Du siehst aus, als könntest du einen Kaffee vertragen."

„Am besten eimerweise!", scherze ich lachend.

„Kommt sofort. Such dir einen Platz, ich bringe ihn dir gleich. Frühstück?"

Ich schüttle den Kopf. Hunger habe ich nicht wirklich.

Auf der Empore scheint momentan wenig los zu sein. Perfekt zum Arbeiten. Durch den Duft des Kaffees beschwingt, steige ich die Stufen hinauf und suche mir meinen Lieblingsplatz, den bequemen Sessel am Fenster.

***

„Mir wurde gesagt, hier braucht jemand einen Eimer voll Kaffee?"

Ich sehe von meinem Laptop auf und werde von Lily angelächelt.

„O ja! Kaffee, bitte." Bei meinen Worten sehe ich bestimmt aus, als hätte ich völlig den Verstand verloren, denn Lily fängt laut an zu lachen.

„Hier." Sie stellt die Tasse vor mir ab. „Ich komme zwischendurch gucken, ob du Nachschub brauchst, wenn du magst. Dann kannst du dich auf die Arbeit konzentrieren."

Sie deutet auf den Laptop.

Dankbar nicke ich. „Das ist nett, danke dir."

„Nicht dafür. Dann lasse ich dich mal in Ruhe. Bis später."

***

Es ist, als hätten sowohl Lily als auch Wanda ein besonderes Gespür für ihre Gäste. Denn obwohl sie mich von der Theke aus hier auf der Empore nicht sehen können, habe ich fast immer eine volle Kaffeetasse. Beeindruckend. Dabei sind die beiden so lautlos und diskret. Dass ich es meistens nicht einmal mitbekomme und ungehindert weiter tippen kann. Hier oben bin ich allein, aber auch im unteren Teil des Cafés scheint nicht allzu viel los zu sein, denn es ist angenehm still im *Cornelia's*. Fast zwei Kapitel schreibe ich, bevor ich das nächste Mal unterbrochen werde.

„Darf ich kurz stören?" Lily steht wieder vor mir.

„Immer doch."

„Ich muss gleich weg und bevor ich gehe, wollte ich noch fragen, ob du was zu essen brauchst. Vielleicht was mit Zucker? Wanda hat frische Kekse gebacken. Es gibt auch Käsekuchen."

Einen Moment überlege ich. „Am besten in der Reihenfolge."

„Kommt sofort."

Lily will schon wieder nach unten verschwinden, da stehe ich auf. „Warte, ich komme mit. Ich muss mir sowieso langsam mal die Beine vertreten."

Gemeinsam gehen wir hinunter zur Theke.

„Wanda, bitte einmal den vollen Zuckerschock für Sam."

Wanda sieht uns an. „Kekse und Käsekuchen?", fragt sie.

Ich schüttle lachend den Kopf. „Ihr beiden seid unglaublich, wisst ihr das eigentlich?"

Die zwei zucken synchron mit den Schultern und lächeln mich an. Dann wendet sich Wanda meiner Bestellung zu.

„Los, Lily. Sieh zu, dass du wegkommst", sagt sie mit ihrem typischen mütterlichen Unterton in der Stimme.

„Denkst du daran, dass ich morgen nicht da bin?"

„Jaja, das weiß ich doch. Wir kommen schon einen Tag ohne unser Goldstück aus." Wanda lacht.

Lily steht hinter der Theke und packt geschäftig Bücher und Hefte in eine braune Umhängetasche.

„Alles klar, ich bin weg. Bis übermorgen, Wanda." Sie wendet sich mir zu. „Sam, wir sehen uns morgen Abend, ja?"

Ich nicke und Wanda ruft ihr ein „Viel Glück, Liebes!“ hinterher. Dann sieht sie mich an und seufzt. „Sie mutet sich viel zu viel zu.“

Weil ich nicht weiß, was ich dazu sagen soll, lächle ich leicht, greife nach meinem Teller, bedanke mich höflich und gehe dann wieder an meinen Tisch zurück.

Mindestens ein Kapitel will ich heute noch beenden. Vorher gehe ich nicht nach Hause.

***

Pünktlich zur vereinbarten Uhrzeit, stehe ich am nächsten Abend vor dem Café und warte auf Lily. Warum wir uns hier treffen, obwohl sie doch heute gar nicht gearbeitet hat, verstehe ich nicht ganz, aber sie kennt sich in der Stadt schließlich viel besser aus als ich. Wer weiß, wo wir überhaupt hingehen. Vielleicht ist das hier einfach der beste Treffpunkt.

Bevor ich weiter darüber nachdenken kann, kommt Lily um die Ecke gebogen.

„Hey du. Bereit für den nächsten atemberaubenden Punkt auf meiner perfekten Liste?“, begrüßt sie mich fröhlich.

„Neigen wir heute etwa ein wenig zu Selbstüberschätzung?“, gebe ich grinsend zurück.

„Du wirst schon sehen.“

„Wo gehen wir hin?“

„Erst mal zu Bushaltestelle“, antwortet sie und setzt sich in Bewegung.

„Und wo bringt uns der Bus hin?“

Gespielt tadelnd zieht sie die rechte Braue nach oben.

Abwehrend hebe ich die Hände. „Schon gut, schon gut. Ich warte einfach ab."

„Geduld ist eine Tugend, Samantha." Sie lacht.

Mir gefällt, wie sie meinen Namen ausspricht. Kaum jemand nennt mich noch so, weil ich es eigentlich nicht mag. Aber bei ihr mag ich es. Es klingt schön, wenn sie das sagt.

Wir erreichen die Bushaltestelle und lassen uns gerade auf die Bank fallen, als Lily sagt: „Brooklyn."

„Bitte?"

„Wir fahren nach Brooklyn. Mehr verrate ich aber nicht."

Mein erster Gedanke ist: *Cool, dann sehe ich endlich die Brooklyn Bridge aus der Nähe.* Egal, was mich heute sonst noch erwartet, darauf freue ich mich definitiv. Klar, es ist nur eine Brücke, aber eine ziemlich berühmte.

Der Bus kommt und wir steigen ein. Leider ist es so voll, dass wir stehen müssen. Ich lege meine Hand um eine der Haltestangen und konzentriere mich auf den Blick aus dem Fenster, anstatt um die Menschen um mich herum.

Nach einigen Minuten erahne ich ein Stück entfernt tatsächlich einen Teil der Brooklyn Bridge und das, was ich davon sehe, beeindruckt mich zutiefst. Es ist ein Unterschied, ob man solche Dinge im Fernsehen oder in der Realität sieht.

Ein paar Haltestellen später gibt mir Lily ein Zeichen, dass wir aussteigen müssen.

Nachdem wir uns ins Freie gekämpft haben, hole ich erst mal tief Luft. Da drin war es definitiv zu voll und zu stickig.

„Okay, wir sind in Brooklyn und nun?", frage ich.

Lily zeigt in eine Richtung. „Da lang. Es sind noch etwa zehn Minuten zu Fuß. Vielleicht auch fünfzehn."

Schweigend laufen wir nebeneinander her. Obwohl es kein unangenehmes Schweigen ist, unterbreche ich es nach einer Weile.

„Was hast du heute den ganzen Tag gemacht? Hattest du frei?"

„Nein, nicht wirklich. Ich hatte heute eine Prüfung."

„Prüfung? Gehst du neben der Arbeit im *Cornelia's* noch zum College?" Ich hätte schwören können, sie arbeitet Vollzeit.

Lily wiegt den Kopf. „So in der Art. Ich belege einige Wirtschafts- und Unternehmensgründungskurse. Teilweise in einer Art Fernstudium und teilweise an einem kleinen Wirtschaftscollege hier in der Nähe. Heute hatte ich meine letzte mündliche Prüfung für dieses Jahr. Jetzt geht es erst im neuen Jahr weiter."

„Wow. Das klingt interessant. Gibt es einen speziellen Grund dafür oder machst du das einfach nur so? Du musst nicht antworten, wenn du nicht willst."

„Ach Quatsch, alles gut. Ist ja kein Geheimnis." Sie schenkt mir ein offenes Lächeln. „Ich war nie auf dem College, weil meine Eltern mit sechs Kindern einfach nicht genügend finanzielle Mittel dafür hatten. Ich wollte nicht, dass sie sich für mich Schulden anhäufen, also habe ich gleich nach dem Abschluss angefangen im *Cornelia's* zu arbeiten. Wie ich dir schon erzählt habe, träume ich schon seit Ewigkeiten von meinem eigenen Café, daher die Kurse. Es dauert noch, bis ich alle Qualifikationen habe, die ich gern erreichen möchte. Auch wenn es mir echt schwerfallen wird, irgendwann das *Cornelia's* zu verlassen. Wanda ist fast so was wie eine zweite Mutter für mich. Sie hat mich so herzlich in ihr Team aufgenommen und ich kann mit allem zu ihr kommen. Egal wann."

„Das … klingt echt faszinierend. Ich drücke dir die Daumen, dass du deinen Traum irgendwann verwirklichen kannst."

„Ich danke dir."

Unsere Unterhaltung erinnert mich an etwas. „Jetzt verstehe ich auch, was Wanda gestern meinte."

Lily sieht mich verwundert an. „Was meinst du?"

„Gestern, nachdem du gegangen bist, sagte Wanda so etwas wie, dass du dir zu viel zumutest. Vermutlich meinte sie damit eben diese Kurse und deine Arbeit im Café." Lily sieht mich leicht schockiert an, sodass ich hinterherschiebe: „Aber das hat sie nicht zu mir gesagt, sondern eher zu sich selbst."

Lily verdreht die Augen. „Ich liebe und schätze Wanda wirklich sehr. Aber manchmal übertreibt sie es mit ihrer Fürsorge ganz schön. Mir geht es gut. Außerdem habe ich ja jetzt erst mal frei vom Studium. Ich habe mir auch vorgenommen, bis ins neue Jahr höchstens ein paar Tage zu lernen und ansonsten meine Freiheit zu genießen."

Ich will gerade noch etwas sagen, als Lily stehen bleibt und mit einem feierlichen Unterton in der Stimme sagt: „Da sind wir."

Ich schaue mich um und blinzle verwirrt. „Was ist das für ein Ort?"

„Diese Siedlung ist berühmt für ihre Weihnachtsdekoration. Die Bewohner haben schon mehrere Preise dafür gewonnen und von Ende November bis Silvester kommen immer wieder Menschen her, sowohl Einheimische als auch Touristen, um die Lichter und die Dekoration zu bestaunen. Ich liebe diesen Ort." Sie schluckt. „Ich war seit zwei Jahren nicht mehr hier. Das letzte Mal war ich mit meiner Ex-Freundin hier, glaube ich."

Mit ihrer Ex-Freundin? Sie hat eine Ex-Freundin? Keinen Ex-Freund, nein, eine Ex-Freundin. Mein Gehirn ist von dieser Information heillos überfordert und weiß nicht, was es damit anfangen soll. Avery würde wahrscheinlich über meine Blauäugigkeit den Kopf schütteln, aber ich habe mir bisher nicht einmal erlaubt darüber nachzudenken, ob Lily möglicherweise auf Frauen stehen könnte.

„Wollen wir es uns genauer ansehen?", unterbricht Lily meine Gedanken.

Ich nicke und gehe voran.

Lily hatte recht. Die ganze Siedlung ist ziemlich beeindruckend. Ich bin für gewöhnlich absolut kein Fan von Weihnachtsdekoration, schon gar nicht von zu viel auf einmal. Aber das hier ist anders. Das lässt sich überhaupt nicht mit dem vergleichen, was ich kenne. Ja, es ist sehr überladen. Trotzdem sieht man genau, wie viel Arbeit und Liebe zum Detail darin steckt. Und mit Sicherheit auch einiges an Geld. Ein Haus ist pompöser geschmückt als das andere. Vor einem Haus steht ein überdimensional großer Santa auf einem Schlitten, vor den seine Rentiere gespannt sind. Vorneweg selbstverständlich Rudolph mit der roten Nase. Santa hebt rhythmisch die Hand und winkt. Dabei wirkt er nicht ansatzweise so kitschig, wie man es vielleicht erwartet.

Im Vorgarten des Nachbarhauses steht eine Schnee-mannfamilie. Sie ist nicht mit Schnee dekoriert, son-dern aus Lichtern. Faszinierend. Am Ende der Straße ist ein Haus, das den Anschein macht, als wäre es die Werkstatt vom Weihnachtsmann, Geschenke, Tannen-bäume, Nussknacker, Rentiere – hier gibt es von allem etwas.

Die ganze Zeit gehen Lily und ich schweigend neben-einander her und saugen die Eindrücke um uns herum auf wie ein Schwamm. Hin und wieder unterbrechen staunende *Ohs* und *Ahs* unsere angenehme Stille. Als wir an einem der letzten Häuser ankommen, wird es mir allerdings doch zu viel. Jede einzelne Glühbirne an diesem Gebäude blinkt im Sekundentakt.

„O Gott, ich kann nicht hinsehen", sage ich und ver-grabe mein Gesicht in den Händen.

Lily berührt mich an der Schulter. „Alles okay?"

Ohne aufzusehen, schüttle ich den Kopf. „Davon be-komme ich Kopfschmerzen."

Ich will ihr wirklich nicht die Stimmung verderben, aber die Reizüberflutung setzt mit voller Wucht ein und ich schwanke sogar etwas.

„Komm, ich bringe dich von hier weg." Lily umfasst meinen Ellenbogen und führt mich die Straße entlang, aus der Siedlung heraus.

Sobald wir die Lichter hinter uns lassen, geht es mir besser, die Kopfschmerzen bleiben aber. Doch es dauert nicht lange, da schleicht sich das schlechte Gewissen ein.

„Tut mir leid, Lily."

„Was tut dir leid, Sam?"

„Dass ich den Abend ruiniert habe. Das wollte ich wirklich nicht.“

Lily schmunzelt. „Du hast nichts ruiniert. Den meisten Leuten geht es so, wenn sie die Siedlung zum ersten Mal sehen. Vor allem beim blinkenden Finale. Mach dir keinen Kopf.“

„Okay“, murmle ich. Aber das komische Gefühl bleibt.

Lily scheint das zu merken, denn sie drückt meinen Arm. „Hey, es ist wirklich keine große Sache. Wir haben doch fast alles angesehen. Jetzt lass uns zurückfahren. Wir müssen morgen früh aufstehen.“

Ich ziehe fragend eine Augenbraue hoch. „Müssen wir das?“

Lily nickt eifrig. „Ja! Ich habe morgen die Spätschicht im Café, also gehen wir den nächsten Punkt recht früh an, damit ich zeitig bei der Arbeit bin.“

„Oh, okay. Das klingt gut.“

Sie zuckt mit den Schultern. „Ich habe keine Zeit zu verlieren, um dir zu beweisen, wie schön die Weihnachtszeit sein kann.“ Sie grinst mich an.

***

Der Bus zurück nach Manhattan ist, Gott sei Dank, wie ausgestorben. Wir lassen uns auf die Sitze sinken und ich lehne die Stirn an die kühle Scheibe. Ich hatte den ganzen Tag über leichte Kopfschmerzen, aber durch die volle Auslastung, die mein Kopf gerade mitgemacht hat, ist es deutlich schlimmer geworden.

Lily bemerkt, dass etwas nicht stimmt. „Kopfschmerzen?“, fragt sie und ich nicke. Daraufhin schweigen wir den Rest der Fahrt über.

An der Bushaltestelle angekommen, verabschieden wir uns voneinander.

„Ich texte dir die Uhrzeit und den Treffpunkt später.“

„Okay, also treffen wir uns vor Ort?“

„Ja, allerdings muss ich dir noch was sagen.“

Keine Ahnung warum, aber da klingeln bei mir die Alarmglocken.

„Wovon sprichst du?“

„Ich hatte dir doch versprochen, dich nicht mit dem üblichen Touristenkram zu langweilen das, was ich mir für morgen ausgedacht habe, zählt definitiv zu genau solchen Sachen. Aber es wird nicht langweilig, das verspreche ich dir.“

„Gut, ich lasse mich überraschen.“ Ich schenke ihr ein leichtes Lächeln, um ihr zu zeigen, dass ich das nicht weiter schlimm finde. „Ich mache mich dann mal auf den Weg, Kopfschmerzen auskurieren. Bis morgen.“

„Bis morgen, Sam.“

Kapitel 7

Im Apartment dunkle ich zuerst die Räume ab, bevor ich eine Schmerztablette nehme und mich mit einem kühlen, nassen Lappen auf der Stirn ins Bett lege.

Meine Augen sind geschlossen, doch der Schmerz pocht so sehr, dass ich nicht einschlafen kann. Blitze zucken hinter meinen Lidern umher. Keine Ahnung, wie lange ich schon so daliege, als mein Handy neben mir auf dem Nachttisch vibriert. Mit einem unterdrückten Stöhnen greife ich danach und stelle die Bildschirmhelligkeit ganz herunter. Anders könnte ich es gerade nicht aushalten, aufs Display zu sehen. Aber es könnte ja wichtig sein.

Es ist eine Nachricht von Lily, darin stehen eine Adresse und der Zusatz:

Treffen um zehn – Meine Schicht beginnt um zwölf.

Gerade als ich eine Antwort tippen will, kommt eine weitere Nachricht von ihr.

Was macht der Kopf?

Tut höllisch weh.

Du Arme

Wir sehen uns morgen, dann geht's mir bestimmt besser.

Hoffentlich. Wenn nicht, sag Bescheid.

Ist okay. Gute Nacht, Lily.

Ich lege mein Handy weg und kurz darauf bin ich endlich eingeschlafen.

*****

Der Wecker reißt mich um halb neun aus dem Schlaf, aber ich bleibe einen Moment liegen. Gott sei Dank habe ich keine Schmerzen mehr. Ich schalte den Wecker aus und sehe dabei eine neue Nachricht von Lily, die mich vor einer knappen halben Stunde erreicht hat.

Guten Morgen. Wie geht es dir?

Ich muss lächeln, als ich das lese.

Alles wieder gut. Bis gleich

tippe ich, ehe ich ins Bad schlurfe.

Bevor ich mich gestern mit Lily getroffen habe, war ich noch schnell im Supermarkt und habe Kaffee und ein paar Lebensmittel fürs Frühstück besorgt. So kann ich wenigstens was essen und den ersten Kaffee trinken, ehe ich losmuss.

Als ich das Gebäude verlasse und ins Freie trete, fühle ich mich, als wäre ich geradewegs vor eine Kältewand gelaufen.

Die Temperatur ist über Nacht ganz schön in den Keller gefallen. Zum Glück habe ich meine Handschuhe in der Manteltasche. Fröstelnd ziehe ich sie an.

Die Adresse, die Lily mir gegeben hat, füge ich in der Navigationsapp auf meinem Handy ein und stelle fest, dass unser Treffpunkt gar nicht weit von hier ist. Das kann ich schnell zu Fuß gehen, die Bewegung wird mir guttun. Die Gegend, durch die ich laufe, kommt mir seltsam bekannt vor. War ich hier schon mal? Vielleicht bin ich bei meiner Shoppingtour in dieselbe Richtung gegangen. Oder beim Sightseeing. Ich weiß es nicht mehr genau.

Als mir die blecherne Stimme in meinem Handy mitteilt, dass ich mein Ziel erreicht habe, winkt mir Lily schon von Weitem zu.

„Da bist du ja." Sie streckt mir die Hand entgegen. „Komm mit. Wir müssen noch ein Stück gehen, ich konnte dich nicht direkt zur richtigen Adresse lotsen, dann hättest du gewusst, wo es hingeht, und wärst vielleicht nicht gekommen."

Sie zieht mich hinter sich her, bis ich das Schild entdecke, auf dem *Rockefeller Plaza* steht. Natürlich. Der berühmte Weihnachtsbaum vom Rockefeller Center. Na, wenn das keine Touristenattraktion ist, weiß ich auch nicht.

Lily sieht mich entschuldigend an. „Ich weiß, ich weiß, eigentlich muss man herkommen, wenn es dunkel ist, weil die Lichter dann ganz anders wirken. Aber es ist abends so voll hier. Außerdem habe ich heute eben nicht viel Zeit und wollte trotzdem unbedingt etwas mit dir unternehmen. Und ich habe befürchtet, es eventuell mit den Lichtern zu übertreiben." Sie lächelt verlegen. „Vertrau mir, der Baum ist auch tagsüber eine echte Schönheit.“

Das kann ich leider nicht bestätigen. Ich würde es zwar nie laut aussprechen, aber ich bin vom Anblick, der sich uns bietet, enttäuscht. Ja, der Baum ist groß. Das war es schon. Es ist ein ganz normaler Tannenbaum, nichts Besonderes für mich. So einen haben wir nämlich in Brisbane auch in der Weihnachtszeit. Ein zweiundzwanzig Meter hoher Baum, der in einer feierlichen Zeremonie am King George Square zum ersten Mal in der Saison eingeschaltet wird. Ich mache jedes Jahr den größtmöglichen Bogen um dieses Ding.

Natürlich sage ich das nicht. Lily ist bisher immer so munter und aufgeregt gewesen, das will ich ihr nicht kaputtmachen. Es ist merkwürdig, ich habe das Gefühl, als würden wir uns schon seit Jahren kennen und nicht erst seit wenigen Wochen. Woran das liegt, weiß ich nicht, aber ich fühle mich wohl, wenn wir gemeinsam unterwegs sind, und es ist mir wichtig, dass es ihr genauso geht. Also lächle ich und spiele die Begeisterte, um sie nicht zu verletzen.

Während Lily den Baum von jeder möglichen Seite betrachtet, nutze ich die Zeit, um verstohlen die Menschen um uns herum zu beobachten. Das macht mir gleich viel mehr Spaß als dieser Baum.

Als Lily wieder bei mir ankommt, bleiben wir noch eine Weile gemeinsam vor dem Baum stehen. Lily betrachtet den Baum und ich betrachte Lily.

Plötzlich entfährt ihr ein Quietschen, das mich erschrocken zusammenzucken lässt.

„Was ist los?“, frage ich verwundert.

Gleichzeitig ruft Lily begeistert: „Sam! Sieh doch! Es schneit!"

Tatsächlich. Ich habe gar nicht gemerkt, dass die weißen Flocken auf uns herabfallen, weil ich mich so auf Lily konzentriert habe.

Sofort versteife ich mich. Lily hingegen breitet die Arme aus, legt den Kopf in den Nacken und dreht sich breit grinsend im Kreis. Noch nie habe ich gesehen, dass sich ein erwachsener Mensch so sehr über Schnee freut. Aber es passt zu Lily. Und ich muss zugeben, dass sie dabei echt süß aussieht.

Die ehrliche Freude auf Lilys Gesicht lässt mich fast die Zeit vergessen. Sie scheint vom Schneefall so abgelenkt zu sein, dass sie zusammenzuckt, als ich sie leicht am Arm berühre, um ihre Aufmerksamkeit auf mich zu lenken.

„Wir müssen langsam los", sage ich. „Es sei denn, du willst zu spät zur Arbeit kommen."

„O je, ist es schon so spät?" Sie wirft einen Blick auf ihre Armbanduhr und schaut mich dann an. „Begleitest du mich noch?"

„Sehr gern." Ich lächle sie an.

Gemeinsam machen wir uns auf den Weg zur Bahnhaltestelle, um von dort aus ins *Cornelia's* zu gelangen. „Denkst du, der Schnee bleibt liegen?", frage ich Lily.

Sie zuckt mit den Schultern. „Es ist ziemlich kalt geworden. Gut möglich, dass es reicht, damit er liegen bleibt. Ich hoffe es. Der Schnee ist das Beste am Winter."

Das sehe ich anders, aber ich sage nichts.

„Also, gibt deine tolle Weihnachtsliste noch mehr interessante Dinge her?"

Lily nickt feierlich. „Ja, natürlich. Ich muss später mit Wanda meine Arbeitszeiten besprechen, danach sage ich dir Bescheid.“

„Okay, dann warte ich mal ab.“

Kurz bevor Lilys Schicht anfängt, betreten wir das Café.

„Kann ich dir noch was bringen, Sam?“, fragt sie, während sie sich die Schürze umbindet.

„Ja, ich nehme einen Latte macchiato zum Mitnehmen, bitte.“

„Zum Mitnehmen? Du bleibst nicht hier?“ Bilde ich es mir ein, oder flackert in ihrem Blick Enttäuschung auf?

Ich schüttle den Kopf. „Leider nicht. Ich habe gleich einen Skype-Termin mit meinem Agenten. Danke für den Vormittag, auch wenn unser Treffen sehr kurz war, es war sehr schön.“

„Das fand ich auch, Sam. Komm gut in deine Wohnung. Bis bald.“

Ich hebe zum Abschied die Hand. „Bis dann, Lily.“

Ich verlasse das Café und gehe in Richtung Apartmentkomplex. Der Wind pfeift und ich ziehe meinen Mantel enger um die Schultern. Meine Notlüge gegenüber Lily hat einen bitteren Nachgeschmack hinterlassen. Ja, ich bin mit Declan zum Skypen verabredet, aber der Hauptgrund, warum ich nach Hause will, ist das weiße Teufelszeug, das in immer dickeren Flocken vom Himmel fällt. Es benetzt meinen Mantel und meine Handschuhe. Wenn der Termin mit Metropolis nicht ausgefallen wäre, säße ich jetzt schon wieder im warmen, sonnigen Australien.

Um mich vom Schnee abzulenken, konzentriere ich mich auf meinen Kaffee. Der Becher wärmt meine

Hände durch die Handschuhe hindurch und die kleinen Schlucke hinterlassen ein warmes Gefühl in meinem Bauch. Bis ich im Foyer meines Wohnhauses angekommen bin, ist der Becher leer und ich schmeiße ihn in den erstbesten Mülleimer.

Im Apartment lasse ich mich erleichtert auf mein Bett fallen. Heute brauche ich nur noch meine Ruhe. Ich schicke Avery eine Nachricht.

Supergau – es schneit!

Mal sehen, wann sie antwortet.

Solange ich warte, schalte ich meinen Laptop an und koche den nächsten Kaffee. Dann setze ich mich hin und verschwinde wieder in meiner Geschichte.

***

Als Skype Declans eingehenden Anruf ankündigt, bin ich gerade mitten in einer supertollen Szene. Abwesend nehme ich das Gespräch an und bevor er mich auch nur begrüßen kann, sage ich schon: „Ich melde mich in einer Viertelstunde bei dir. Wichtige Szene."

Mehr sage ich nicht, ehe ich auflege und meine Finger weiter über die Tasten fliegen lasse. Das dabei entstehende Geräusch hat für mich schon beinahe etwas Meditatives.

Eine knappe Viertelstunde später beende ich die Szene und rufe Declan zurück.

„Wie geht's meinem Goldkind?", fragt er lächelnd in die Kamera.

Goldkind – den Spitznamen habe ich ganz am Anfang meiner Karriere von ihm bekommen und bis heute behalten. Als ich mit gerade mal achtzehn Jahren mein erstes Buch fertig geschrieben und mich auf die Suche nach einer passenden Literaturagentur gemacht habe, bin ich relativ schnell auf *Silver Ink Books* gestoßen. Declan war von Anfang an begeistert von meiner Geschichte und als diese dann bei der Veröffentlichung auch noch einschlug, war ich von dem Tag an sein Goldkind.

Mir macht der Spitzname nichts aus. Declan und ich sind ein gutes Team.

„Mir geht es gut", beantworte ich seine Frage.

„Was hast du vorhin gesagt? Wichtige Szene? Woran schreibst du?" Declan hebt fragend eine Augenbraue.

„Ich hatte hier vor Ort eine Idee."

„Gibt es ein Exposé?"

Ich schüttle den Kopf. „Nein, ich schreibe bisher nur einfach so."

„Magst du mir ein Exposé schreiben und zukommen lassen?"

„Ich kann's versuchen."

„Gut. Und wie ist New York? Das mit dem Termin tut mir übrigens leid."

„Danke. New York ist ganz schön. Aber es schneit, und ich hasse Schnee."

Daraufhin fängt mein Agent tief und laut an zu lachen. „Samantha, Schätzchen", sagt er, „du bist Australierin. Du hast doch noch nie in deinem jungen Leben Schnee gesehen. Ich weiß doch, dass du Queensland bisher noch nie verlassen hast."

Jaja, das weißt du, denke ich. Er hat ja keine Ahnung.

„Was gibt es denn jetzt so Wichtiges zu besprechen, ich würde nämlich gern weiterarbeiten.“

Er merkt wohl, dass ich von seiner letzten Aussage nicht allzu begeistert bin, denn sein Mund wird unter dem großen Bart ganz schmal.

„Wichtig? Nun, ich weiß nicht, Samantha. Findest du es wichtig, von mir zu erfahren, dass dein letzter Roman *Eine Hochzeit zu viert* für den Queensland Buchpreis nominiert wurde?“

Ich kann nicht glauben, was er da gerade gesagt hat. Meine Augen werden groß und mir bleibt der Mund offenstehen. Davon träume ich seit Jahren. Mein Herzschlag hallt in meinen Ohren wider. Das kann nicht sein! Unglaublich!

„Das ist ein Scherz, oder?“ Ich versuche, meine Stimme unter Kontrolle zu halten.

„Ganz und gar nicht. Die Preisverleihung findet Ende Januar statt. Bis dahin solltest du wieder zurück sein. Und wer weiß, vielleicht hast du sogar deinen nächsten Bestseller im Gepäck.“ Er zwinkert mir zu.

„Klar, im Januar bin ich auf jeden Fall in Brisbane. Aber damit ich den Bestseller mitbringen kann, müssen wir jetzt auflegen. Sonst wird das nichts.“ Ich grinse aufgekratzt in die Kamera.

Declan grinst zurück. „Da ist übrigens noch etwas.“

Theatralisch fasse ich mir an die Brust. „Noch mehr? Ich weiß nicht, ob ich weitere Neuigkeiten verkrafte.“

Damit bringe ich ihn zum Lachen. „Alle Nominierten werden von *Pen & Paper* interviewt.“

„Du meinst *die Pen & Paper*? Das größte Literaturmagazin in ganz Australien?“

Declan nickt. „Genau das. Da du nicht persönlich vorbeikommen kannst, wollen sie dir die Fragen per Mail schicken. Wenn du einverstanden bist, gebe ich denen deine E-Mail-Adresse.“

„Declan, für ein Interview mit *Pen & Paper* würde ich sogar mein Erstgeborenes geben! Du weißt doch, wie lange ich davon träume! Also ja, gib ihnen bitte die Adresse.“ Ich lache und mein Blick fällt auf die Uhr am Rand des Bildschirms. „Aber jetzt muss ich wirklich los.“

„Alles klar, Goldkind. Mach's gut. Ach, und Samantha?“

„Ja?“

„Erlaube dir, deine Nominierung zu feiern. Immer nur zu arbeiten, ist auch nicht gut. Du bist schließlich jung.“

Das Gespräch ist keine fünf Sekunden zu Ende, da springe ich von meinem Stuhl auf und stoße ein Jubeln aus. Fast so wie Lily vorhin, als sie den Schnee bemerkt hat, drehe ich mich im Kreis und schließe vor Freude die Augen. Erst als mir schwindelig wird, höre ich auf, mich um mich selbst zu drehen, und lasse mich atemlos wieder auf den Stuhl sinken.

O mein Gott! Diese Nominierung ist eine wahnsinnig große Ehre! Den Preis zu gewinnen, wäre ein absoluter Lebenstraum. Ich muss unbedingt mit Avery darüber reden. Manchmal denke ich wirklich, meine beste Freundin und ich sind telepathisch verbunden. Denn in genau diesem Moment bekomme ich eine Nachricht von ihr, in der sie fragt, ob wir skypen wollen.

Statt eine Antwort zu tippen, rufe ich sie direkt über Skype an.

„O Mann, das ist echt beschissen", begrüßt sie mich und verwirrt mich damit.

Dann erinnere ich mich wieder an die Nachricht, die ich ihr geschickt habe, in der ich mich über den Schnee aufgeregt habe.

Ich mache eine wegwerfende Handbewegung. „Vergiss den Schnee, Avery. Es gibt großartige Neuigkeiten."

Neugierig rutscht meine beste Freundin ein Stückchen näher an den Bildschirm heran. „Leg los!"

„Okay, Trommelwirbel, bitte."

Ohne zu zögern, imitiert Avery mit ihren Fingern einen Trommelwirbel auf der Tischplatte.

„Declan hat mich vor nicht einmal zehn Minuten darüber informiert, dass ich für den Queensland Buchpreis nominiert wurde!"

„Nein!"

„Doch! Die Verleihung ist im Januar."

Typisch meine beste Freundin springt sie auf, um ein paar Minuten durchs Zimmer zu tanzen. Lachend sehe ich ihr dabei zu. Als sie sich wieder einigermaßen beruhigt hat, kommt sie zurück an den Laptop.

„O Mann, Sam. Das ist echt irre! Ich freue mich so sehr für dich! Du schaffst das. Im Januar fällt die Entscheidung, sagst du?"

„Jep."

„Alles klar, ich kümmere mich um unsere Outfits."

Ich lache. „Du bist die Beste."

Avery reckt das Kinn in die Höhe. „Ich weiß."

Daraufhin brechen wir beide in Gelächter aus. Nachdem wir uns wieder eingekriegt haben, wird Averys Blick ernst.

„Jetzt aber zu deiner Nachricht von vorhin. Ihr habt echt Schnee?“

Verdammt sei sie, weil sie mich daran erinnert hat – schon wieder.

Ich seufze laut. „Leider. Es hat vorhin angefangen, als ich gerade draußen war. Hab mich dann recht schnell ins Apartment verzogen und bete seitdem, dass es aufhört.“

Averys Blick wird mitleidig. „Mist. Ich verstehe, wie du dich fühlst. Ich drücke dir die Daumen, dass es schnell vorbeigeht.“

Nein, Avery. Du verstehst ganz und gar nicht, wie ich mich dabei fühle, denke ich. Niemand tut das. Aber das behalte ich für mich, um sie nicht zu verletzen. Ich weiß ja, dass sie es nur gut meint.

Wir reden noch eine Weile über das, was ich zu Hause so verpasse, dann verabschieden wir uns. Meine Eltern werde ich anrufen, wenn ich ganz sicher sein kann, dass ich sie auch erreiche.

In mir kommt der Wunsch auf, Lily von der Nominierung zu erzählen. Nicht, weil ich angeben will, aber weil ich denke, dass sie sich ehrlich mit mir freuen würde. Es wäre schön, jemanden vor Ort zu haben, um das zu feiern.

Also nehme ich mein Handy und öffne den Chat mit Lily.

O mein Gott, der Tag wurde gerade absolut fantastisch! Eins meiner Bücher wurde für einen der größten australischen Buchpreise nominiert!! Ich bin so glücklich!

Da Lilys Schicht noch nicht vorbei ist, rechne ich nicht mit einer baldigen Antwort. Umso überraschter bin ich, als sie nur wenige Minuten später antwortet.

WOW! Das ist ja der Hammer! Das muss gefeiert werden! Heute Abend?

Ich habe mit allem gerechnet, aber nicht damit, dass sie wirklich mit mir feiern gehen will. Da ich nicht gleich antworte, kommt sofort die nächste Nachricht, gefolgt von einer dritten.

Komm schon, Sam! Das ist definitiv ein Grund zum Feiern! Ich hole dich um halb neun ab. Schick mir deine Adresse und wir treffen uns vor dem Haus.

Ich merke, dass sie keine Widerrede duldet. Aber gut, auf ein oder zwei Drinks kann ich schon ausgehen. Denn sie hat recht. Das ist definitiv ein Anlass zum Feiern.

Alles klar. Bis später. Ich freue mich

antworte ich.
Ein Blick auf die Uhr sagt mir, dass ich noch genug Zeit habe. Also mache ich mir etwas zu essen und den dritten Kaffee des Tages – oder ist es schon der vierte? – , bevor ich mich wieder meinem Manuskript zuwende.

Kapitel 8

Bis ich mich fertig machen muss, habe ich den Versuch eines Exposés für Declan geschrieben und das Kapitel überarbeitet, das ich vor dem Gespräch mit ihm geschrieben habe. Das kann sich definitiv sehen lassen und morgen werde ich weitermachen. Ich stehe auf und gehe ins Schlafzimmer, um mich umzuziehen.

Frustriert durchforste ich meinen Kleiderschrank nach etwas Hübschem zum Feiern. Da ich so was bei meiner Shoppingtour nicht großartig eingeplant habe, habe ich kaum was Schickes, das gleichzeitig zum Wetter passt. Am Ende entscheide ich mich für meine schwarze Jeans und ein langärmliges, aber dünnes Oberteil, aus seidenähnlichem Stoff, welches ich von zu Hause mitgebracht habe. Dazu ziehe ich mir meine Lederjacke und die Stiefel an. Das wird wahrscheinlich echt kalt sein draußen, aber dann muss ich mich entweder warm trinken oder warm tanzen. Da ich nicht tanzen kann und schon gar nicht in der Öffentlichkeit versuchen werde, es zu lernen, wird es vermutlich aufs Warmtrinken hinauslaufen.

Ich lege noch mein typisches Make-up aus Concealer und rotem Lippenstift auf und verlasse dann das Apartment. Auf dem Gehweg vor dem Gebäude halte ich nach Lily Ausschau. Es ist jetzt schon so kalt, dass ich überlege, die Lederjacke gegen den Mantel zu tauschen, aber ich will nicht, dass Lily denkt, ich habe sie versetzt.

Wenigstens hat es aufgehört, zu schneien, auch wenn die Wege noch weiß gepudert sind.

Ein Taxi kommt vor meinen Füßen zu stehen und Lily winkt mir aus dem offenen Fenster zu.

„Hi“, begrüße ich sie, als ich mich neben sie auf die Rückbank setze.

„Hallo! Herzlichen Glückwunsch!“, ruft Lily und umarmt mich, was ihr der Sicherheitsgurt allerdings etwas erschwert.

„Vielen Dank. Ich kann es immer noch nicht ganz fassen. Aber noch habe ich nicht gewonnen.“

Lily schnaubt. „Alles eine Frage der Zeit.“

Der Fahrer fragt ungeduldig, wo er uns hinbringen soll, und Lily nennt ihm eine Adresse, mit der ich als Nicht-New-Yorkerin natürlich nichts anfangen kann.

„Also, wo geht es heute Abend hin?“, will ich wissen.

„In eine echt coole Bar. Es wird dir bestimmt gefallen. Nur allzu lang können wir leider nicht bleiben, ich muss nämlich morgen die Frühschicht übernehmen.“

„Das heißt? Wann musst du da anfangen?“

„Um sechs Uhr.“

„Autsch. Vielleicht sollten wir das mit den Drinks lieber verschieben. Aufs Wochenende oder so.“

Lily schüttelt entschlossen den Kopf. „Nix da! Wir feiern heute. Keine Widerrede. Außerdem muss ich am Wochenende auch arbeiten, also würde das nicht wirklich viel bringen.“

„Da hast du recht.“

Sie mustert mich. „Nettes Outfit, aber ist dir nicht kalt?“

„Hier drin nicht. Draußen bin ich fast erfroren. Leider habe ich nichts Wintertaugliches, was gleichzeitig ausgehtauglich ist."

Sie schüttelt den Kopf. „Du bist verrückt, Sam", meint sie, doch ihre Augen funkeln bei dieser Aussage.

Das Taxi bleibt stehen und Lily gibt dem Fahrer ein paar Scheine, bevor ich auch nur die Chance habe, nach meinem Geldbeutel zu greifen.

Wir steigen aus und stehen vor einem Gebäude, das so gar nicht wie eine Bar wirkt.

Lily scheint meinen Blick zu bemerken, denn sie greift nach meinem Arm. „Vertrau mir, das wird cool."

Sie geht voran, stößt die Eingangstür auf und führt mich zum Aufzug. Für mich wirkt das hier eher wie ein Wohnhaus, aber sie hat gesagt, wir gehen in eine Bar und nicht auf eine private Party.

Im Aufzug sind wir die Einzigen und Lily drückt auf den Knopf für die oberste Etage. Der Zahl nach zu urteilen, ist es die dreißigste.

Der Aufzug setzt sich in Bewegung und ich beobachte, wie die Anzeige der Stockwerke weiter und weiter steigt. Plötzlich ruckelt es, das Licht flackert und wir bewegen uns nicht mehr.

Lily schreit auf und krallt sich ängstlich an meinem Arm fest.

„O mein Gott, das passiert nicht wirklich, oder?"

Aber bevor ich etwas sagen oder tun kann, ruckelt es erneut, das Licht hört auf zu flackern und wir werden weiter nach oben befördert.

„Gott im Himmel!", stöhne ich erleichtert auf. „Auf dem Rückweg nehmen wir die Treppe!"

Lily gluckst. „Dreißig Stockwerke? Mit Alkohol im Blut? Das will ich sehen."

Wo sie recht hat …

„Gut, vielleicht nehmen wir nicht die Treppe, aber wenn wir stecken bleiben, gebe ich dir die Schuld." Ich lache und sie streckt mir zur Antwort die Zunge heraus.

Endlich sind wir oben angekommen und verlassen den Aufzug.

An der Tür zur Bar steht ein großer, bulliger Securitymann, der unsere Ausweise kontrolliert und uns dann durchwinkt.

Die Bar ist erstaunlich groß und recht voll. Die Musik ist poppig und laut, aber gut. Es ist angenehm warm, ohne stickig zu sein. Lily und ich arbeiten uns zur Theke vor.

„Was willst du trinken?", fragt sie über die Musik hinweg.

Ich werfe einen verstohlenen Blick auf die Karte und entscheide mich dann für einen Cosmopolitan. Lily bestellt sich einen Martini.

Als der Barkeeper die Gläser vor uns abstellt, stoßen wir an.

„Auf dich!", ruft Lily.

„Danke." Ich lächle, weil mir die Aufmerksamkeit etwas unangenehm ist und ich nicht weiß, was ich sonst sagen soll.

Ich nehme einen Schluck und der Alkohol hinterlässt ein angenehm brennendes Gefühl in meiner Kehle. Der Drink schmeckt so gut, dass ich mit wenigen Zügen das kleine Glas geleert habe und per Handzeichen gleich das nächste bestelle.

„Da hat aber jemand Durst. Mach langsam."

„Okay, Mum." Ich lache und stecke Lily damit an.

„Ich will dich nur nicht nach Hause schleppen müssen." Sie grinst mich an.

„Keine Sorge, ich kann das schon ab."

Ich sehe mich in der Bar um und mein Blick fällt auf die Fensterfront.

Lily folgt meinem Blick. „O ja, das Beste an der Bar hätte ich fast vergessen, komm mit." Sie zieht mich von meinem Barhocker, obwohl ich das Glas noch in der Hand halte, und navigiert uns durch die Menge, bis wir vor den Scheiben stehen bleiben. Eine davon stellt sich als Tür heraus. Lily öffnet sie und wir treten ins Freie.

Was ich dann sehe, verschlägt mir die Sprache.

Die Terrasse geht um das komplette Gebäude herum. Von hier aus hat man einen Rundumblick über ganz New York. Okay, nicht *ganz* New York, aber es fühlt sich so an.

„Schau mal, wenn du genau hinsiehst, erkennst du sogar die Freiheitsstatue."

Mein Blick folgt Lilys Finger und tatsächlich. Es ist etwas unscharf, aber ich erahne die berühmte Statue mit der Fackel in der Hand. Unglaublich.

Endlich finde ich meine Stimme wieder. „Das ist perfekt", hauche ich andächtig und mache ein paar Schritte in Richtung Brüstung.

„Wollen wir eine Runde gehen?", fragt Lily, worauf ich nicke.

Gemeinsam laufen wir über den Steinboden und halten die Blicke fest auf die Stadt unter uns gerichtet. Nach einer Weile fange ich vor Kälte an zu zittern. Lily legt mir einen Arm um die Schultern und reibt meinen Arm, um mich zu wärmen.

„Wollen wir lieber wieder rein gehen?", fragt sie.

Ich schüttle den Kopf. „Nein, es ist so schön hier."
Aber im selben Moment nicke ich. „Okay, vielleicht
doch, sonst bin ich morgen nicht nur erfroren, sondern
auch erkältet."

Also gehen wir wieder an die Bar und bestellen die
nächste Runde Cocktails.

„Nun lass mal hören", sagt Lily. „Wie gefällt dir die
Stadt bisher?"

„New York ist atemberaubend. Aber das Wetter …"

„Was ist damit?", fragt Lily und nippt an ihrem Drink.

„Ich bin kein besonders großer Fan von Schnee."

Lilys Gesichtsausdruck erinnert mich an den, den sie
hatte, als ich gesagt habe, dass ich Weihnachten nicht
mag.

„Das hatte ich dir doch schon gesagt, oder? Dass ich
den Winter nicht mag?"

Lily nickt langsam. „Schon, aber ehrlich gesagt, ist es
für mich immer noch unverständlich. Ich glaube, darauf brauche ich einen weiteren Drink." Sie leert in wenigen Zügen ihr Glas, nickt dem Barkeeper zu und hat
kurz darauf das nächste Glas vor sich stehen.

Aus Angst, sie könnte mich nach dem Grund für
meine Abneigung gegen diese Zeit im Jahr fragen,
wechsle ich das Thema.

„Du hast erzählt, dass du fünf Geschwister hast.
Wohnt deine Familie auch hier in der Stadt? Bist du
hier aufgewachsen?"

„Nein, meine Eltern wohnen außerhalb. In Allen-
town, etwas über eine Stunde von hier. Sie leben immer
noch in dem Haus, in dem wir alle aufgewachsen sind.
Ich freue mich jetzt schon darauf, Weihnachten wieder

hinzufahren. Mein Bruder David hat es an Thanksgiving leider nicht nach Hause geschafft. Umso mehr freue ich mich, ihn dann endlich wiederzusehen."

„Verstehe ich."

Die Musik im Hintergrund, die entweder leiser geworden ist oder an die ich mich gewöhnt habe, wechselt von einem langsameren Song zu einem schnellen und Lily grinst.

„Oh, der Song ist toll! Kommst du mit, tanzen?"

„Nein. Sorry, aber ich tanze nicht", entschuldige ich mich. Ganz typisch für sie drängt sie mich auch nicht dazu.

„Ist es okay, wenn ich allein gehe?" Sie nickt in Richtung der übersichtlichen Tanzfläche.

„Tu dir keinen Zwang an. Ich halte dich nicht auf."

Lächelnd rutscht sie vom Barhocker und geht davon. Ich bestelle ein Wasser, da ich den Alkohol schon gut spüre und morgen lieber ohne Kater aufwachen will.

Während ich das Glas an die Lippen führe, wippe ich mit dem Fuß im Takt der Musik auf und ab. Dabei beobachte ich Lily. Da sie immer noch das gleiche dunkelblaue knielange Kleid trägt wie am Morgen, gehe ich davon aus, dass sie direkt von der Arbeit aus zu mir gekommen ist.

Aus dem einen Tanz werden fünf oder sechs und Lily scheint in ihrem Element zu sein. Ihr Rock schwingt bei ihren Bewegungen und sie hat ein Lächeln auf den Lippen und ihre Augen sind geschlossen. Durch die Scheinwerfer, die von der Decke strahlen, sieht sie aus wie ein Engel. Ich könnte sie stundenlang beobachten. Sie macht den Eindruck, als hätte sie alles um sich herum vergessen, oder kümmert sich zumindest nicht darum, wer noch dort ist, oder was andere Leute von ihr denken könnten. Das bewundere ich sehr an ihr. Diese Lockerheit. Die Freiheit. Beim nächsten Song öffnet sie die Augen und singt lauthals mit. Ob das am Alkohol liegt, oder ob sie immer so ist, weiß ich nicht. Aber ich nehme mir vor, darauf zu achten, ob sie noch mehr trinkt. Schließlich muss sie morgen arbeiten. Wanda wäre sicher nicht begeistert, wenn sie mit Restalkohol im Blut auftaucht.

Als Lily ihre Tanzeinlage beendet hat, kommt sie mit dem breitesten Strahlen im Gesicht zu mir zurück. Ihre Wangen glühen und sie sieht einfach nur glücklich aus. Mit einer Hand fächert sie sich Luft zu.

„Wasser", japst sie in Richtung Barkeeper. Der lacht nur und stellt ihr ein Glas Wasser vor die Nase, welches sie in wenigen Zügen leert.

„Willst du zur Abkühlung noch mal an die Luft?", frage ich, aber Lily schüttelt den Kopf.

„Besser nicht. Ich habe keine Lust, krank zu werden."

Stattdessen bestellen wir beide wieder was zu trinken, ein weiteres Wasser für Lily und für mich eine Cola, obwohl ich gern noch einen Cosmo hätte. Aber der Abend ist ja noch jung.

Lily trinkt einen großen Schluck, ehe sie mich ansieht.

„Erzählst du mir von Australien?"

Ich lächle. „Nichts lieber als das! Also mal abgesehen von den durchweg angenehmen Temperaturen", ich zwinkere ihr zu, „weiß ich nicht, ob ich mir vorstellen könnte, jemals woanders zu leben. Australien hat so etwas Eigenes. Ich weiß gar nicht, wie ich das erklären soll."

„Versuch es“, fordert Lily mich auf.

Und schon bin ich gedanklich zu Hause und erzähle Lily alles, was mir einfällt. Von den weitläufigen Stränden bis hin zu australischen Spezialitäten wie TimTams und Vegemite. Dabei gerate ich richtig ins Schwärmen und kann überhaupt nicht mehr aufhören zu reden. Zum Glück reagiert der Barkeeper einwandfrei auf unsere Handzeichen und sorgt so dafür, dass wir immer volle Gläser vor uns haben.

„Okay, also diese Schokoriegel, TimTams, muss ich unbedingt mal probieren!“

Ich lache. „Dann musst du mich wohl mal zu Hause besuchen kommen.“

„Soll das eine Einladung sein?“, fragt Lily mit einem belustigten Glitzern in den Augen.

Daraufhin zucke ich nur lächelnd mit den Schultern. „Vielleicht.“

Lily sieht sich in der Bar um. „Ich bin gleich wieder da, muss kurz wohin. Passt du auf meine Tasche auf?“

„Klar.“

Sie geht in Richtung des Toilettenschildes davon und ich schaue ihr nach.

Als sie kurz darauf zu mir zurückkommt, werfe ich verstohlen einen Blick auf meine Armbanduhr.

„Ich denke, wir sollten uns langsam auf den Weg machen, meinst du nicht? Bis wir zurück sind, ist es sicher fast Mitternacht.“

„Alles klar, Cinderella“, feixt sie. Jedoch nicht, ohne ihr Geld herauszuholen und den Barkeeper ein letztes Mal heranzuwinken.

***

117

Ohne erneute Zwischenfälle bringt der Aufzug uns runter ins Erdgeschoss.

Draußen trifft mich fast der Schlag. Nicht nur, dass es wieder angefangen hat, zu schneien, es ist auch eiskalt geworden. Viel kälter als noch vor wenigen Stunden. Augenblicklich fange ich an zu zittern.

Lily hält Ausschau nach einem Taxi, jedoch befindet sich keins in unserer Nähe.

„Sam, deine Lippen sind schon ganz blau." Lily sieht mich besorgt an und macht einen Schritt auf mich zu.

„Mir geht es gut", antworte ich.

Lily macht einen weiteren Schritt in meine Richtung. „Das glaube ich dir nicht. Darf ich dich wärmen?" Sie schaut mir direkt in die Augen, was dafür sorgt, dass ich noch mehr Gänsehaut bekomme. Diesmal hat die Kälte nichts damit zu tun. Eher das Gegenteil, allein beim Gedanken daran, dass Lily mich in den Arm nimmt, wird mir warm. Bevor ich anfange, zu viel darüber nachzudenken, was passieren könnte, wenn sie das tut, nicke ich. Daraufhin kommt Lily ganz nah an mich ran, schlingt ihre Arme um mich und reibt mir über den Rücken, um Wärme zu erzeugen.

„Bis wir hier wegkommen, bist du in deiner dünnen Jacke erfroren", murmelt sie.

Ich genieße die Wärme, die sie ausstrahlt. Sie duftet nach Lavendel und etwas anderem, das ich nicht zuordnen kann.

Viel zu schnell für meinen Geschmack kommt ein Taxi. In der Sekunde, in der mich Lily loslässt, fehlt mir ihre Wärme und ich friere wieder. Immerhin ist es im Taxi warm.

„Hey, hast du auch so einen Hunger?“, fragt Lily mich.

Erst da merke ich, dass ich tatsächlich Hunger habe und nicke.

Also schickt Lily den Taxifahrer zum nächsten Burgerladen.

Wir fahren durch den Drive-Inn und Lily kümmert sich um die Bestellung.

„Vertrau mir, ich kenne den Laden“, sagt sie über die Schulter zu mir.

Tu ich doch sowieso schon, denke ich, sage aber nichts.

Auf der restlichen Fahrt zu meinem Apartment verschlingen wir schweigend die Burger und Pommes.

„O Mann, Lily, du hast echt ein Gespür für gutes Essen“, seufze ich genüsslich, als ich mir den letzten Bissen in den Mund schiebe.

Lily grinst. „Danke, ich weiß.“

Wir halten vor meinem temporären Zuhause und Lily und ich sehen uns an.

„Wollen wir morgen nach der Arbeit was machen?“, fragt sie. „Ich habe da schon so eine Idee.“

„Sehr gern, aber ich muss auf jeden Fall selbst arbeiten. Ich schicke dir eine Nachricht, okay?“

„Ist gut. Schlaf gut, Sam.“

„Du auch.“

Ich steige aus und winke dem Taxi hinterher. Im Apartment schäle ich mich aus den Klamotten, stelle die Heizung höher und krieche unter meine Bettdecke. Nun spüre ich den Alkohol, denn alles beginnt, sich zu drehen. Bevor ich die Augen schließe, sehe ich nur noch Lilys Gesicht vor mir. Glücklich schlafe ich ein.

Kapitel 9

Ich wache davon auf, dass sich mir der Magen umdreht. So schnell ich kann, haste ich ins Badezimmer und schaffe es gerade noch, mich über die Toilette zu beugen, ehe ich mich übergeben muss. Verdammt! So viel habe ich gestern doch gar nicht getrunken. Vielleicht ist auch der hastig hinuntergeschlungene Burger schuld.

Ich putze mir die Zähne, um den beißenden Geschmack zu vertreiben, und krieche dann wieder ins Bett. Die Nacht war viel zu kurz, um schon aufzustehen und produktiv zu sein.

Da denke ich an Lily, die jetzt längst im Café steht. Ich greife nach meinem Handy und finde dort eine Nachricht von ihr.

Die Nacht war definitiv zu kurz, um schon zur Arbeit zu müssen.

Als ich die Zeilen lese, muss ich schmunzeln, als hätten wir die Gedanken der jeweils anderen gelesen.

Du schaffst das! Ich glaub an dich.

Nachdem ich geantwortet habe, schließe ich wieder die Augen und drifte wenige Minuten später in den Schlaf zurück.

***

Als ich das nächste Mal aufwache, fühle ich mich, als hätte mich ein Laster überfahren. Mein Kopf dröhnt und mein Mund gleicht der Sahara, so trocken ist er.

Ich stehe auf und tapse barfuß in die Küche, wo ich mit einem großen Glas Wasser eine Kopfschmerztablette hinunterspüle. Ich habe nicht einmal Lust auf Kaffee und das sagt eigentlich alles. Stattdessen fülle ich das Wasserglas ein zweites Mal und schiebe zwei Scheiben Toast in den Toaster. Dann öffne ich das Fenster im Schlafzimmer. Frische Luft tut mir sicher gut. Doch als ich nach draußen blicke, trifft mich fast der Schlag. Es muss die ganze Nacht weiter geschneit haben, denn es liegt eine ordentliche Schicht Schnee auf den Wegen. Gibt es für so was keinen Räumungsdienst?

Auch das noch. Die Wahrscheinlichkeit, dass ich heute das Apartment verlasse, sinkt von Minute zu Minute. Ich hole meinen Laptop ans Bett und lege mich wieder hin. Auf dem Fernseher öffne ich Netflix, um eine Folge Gilmore Girls anzumachen, damit es nicht mehr so totenstill hier drin ist.

Das Display meines Handys leuchtet auf. Ich entsperre es und sehe neue Nachrichten. Eine von Lily und zwei von Avery. Erst da fällt mir auf, dass es beinahe Mittag ist. Ich habe noch mal fast vier Stunden geschlafen.

Avery möchte wissen, ob ich ordentlich gefeiert habe. Ich antworte nur mit einem lachenden Emoji und einem Cocktailglas.

Danach öffne ich Lilys Nachricht.

Der halbe Tag ist geschafft! Mittagspause. Wie geht es dir? Sehen wir uns heute noch?

Ich fühle mich nicht besonders. Lege mich gleich noch mal hin, glaube heute gehe ich nirgendwohin. Morgen?

O nein, Kater? Klar, morgen ist perfekt!

Habe ich genug getrunken, um einen Kater zu haben? Keine Ahnung, fühle mich erschlagen

Wenn du was brauchst, sag Bescheid

Mach ich, danke. Jetzt mach, dass du an die Arbeit kommst, sonst zieht Wanda dein Handy ein.

Hahaha! Ruh dich aus. Ich melde mich später.

Erst ein paar Minuten später merke ich, dass ich das Handy immer noch in der Hand halte. Ich stelle es auf laut und lege es dann bewusst zur Seite, ehe ich mich wieder dem Fernseher widme.

Gilmore Girls ist eine willkommene Ablenkung von meinem merkwürdigen Zustand. Nach einer Weile wirkt immerhin die Tablette und die Kopfschmerzen verabschieden sich zu meiner großen Freude.

Gegen Nachmittag bestelle ich mir eine Pizza. Gerade als ich die nächste Folge starten will, signalisiert mein Handy eine neue Nachricht. Sie ist von Lily.

Endlich Feierabend. Wie fühlst du dich?

Etwas besser, danke.

Während ich auf eine Antwort warte, erhalte ich eine E-Mail von Declan. Er hat mein Exposé gelesen und scheint begeistert zu sein.
Da kommt Lilys Antwort:

Und du brauchst wirklich nichts? Ich kann auch einfach so vorbeikommen, wenn du magst.

So verlockend das Angebot ist, ich entscheide mich dagegen. Declans Nachricht hat mich angestachelt und nachdem ich den ganzen Tag lang gefaulenzt habe, habe ich jetzt unendlich viel Motivation zum Schreiben.

Nein, danke. Ich muss heute noch ein bisschen Arbeiten.

Oh, na gut.

Jetzt habe ich das Gefühl, sie enttäuscht zu haben, also schreibe ich schnell:

Sehen wir uns morgen? Wie musst du arbeiten?

Ihre Antwort kommt prompt.

Morgen ist super. Ich habe wieder Frühschicht, bin also ab zwei Uhr frei. Und ich habe auch schon den perfekten Plan.

Verrätst du ihn mir?

Oh, Sam. Kennst du mich immer noch kein bisschen?

Aus der Nachricht kann ich förmlich herauslesen, wie Lily grinsend vor ihrem Handy sitzt und den Kopf schüttelt.

Doch, aber man kann es ja mal versuchen : -)

Keine Chance!

Sagst du mir wenigstens, wo wir uns treffen?

will ich wissen.

Das überlege ich mir noch. Aber eins kann ich dir schon sagen.

Und das wäre?

frage ich, neugierig endlich ein paar Informationen aus ihr rauszubekommen.

Zieh dich warm an.

Das sollte ich hinkriegen.

Aha, das haben wir gestern gesehen :p

Ich grinse und denke daran, wie sie mich gewärmt hat. Sofort habe ich wieder ihren Duft in der Nase, so als wäre sie genau jetzt bei mir. Wie schön das wäre.

Ich kann es wenigstens versuchen, und wenn ich scheitere, habe ich ja noch dich als meinen persönlichen Heizofen.

Nachdem ich das gesendet habe, halte ich die Luft an. Ob ich sie damit jetzt verschreckt habe? Ich wollte das eigentlich gar nicht schreiben, aber meine Finger haben sich verselbstständigt.

Dafür bin ich da :D

schreibt sie zurück.

Okay, wow. Damit habe ich nicht gerechnet. Versucht sie etwa, mit mir zu flirten? Ach Quatsch! Das ist Lily. Sie ist einfach nur nett. Nichts weiter. Das ist eben ihre Art.

Sam?

kommt es wenige Minuten später, als ich nicht antworte.

Ja?

Was haben eigentlich deine Eltern zum Buchpreis gesagt?

Okay, das war ein abrupter Themenwechsel.

Ich habe sie noch nicht erreicht. Man muss ja immer die Zeitverschiebung mit einrechnen.

Stimmt, daran habe ich gar nicht gedacht.

Ich schreibe ihnen schnell eine Mail, dass sie sich melden sollen, wenn sie Zeit haben.

Genau das tue ich, dann wende ich mich wieder meinem Handy zu, wo schon die nächste Nachricht auf mich wartet.

So, ich bin jetzt zu Hause angekommen.

Sehr gut. Genieße deinen wohlverdienten Feierabend. Was machst du heute noch?

Mhm, erst mal was essen und dann vielleicht einen Schneespaziergang. Es ist einfach nur herrlich draußen. Und du?

Ich liege im Bett, habe grade eine Pizza verdrückt und schaue Gilmore Girls. Aber wenn die Folge vorbei ist, muss ich dringend an den Laptop. Der Abend gestern war pures Gold für mein Buch. Je eher ich es geschrieben habe, umso mehr freut sich mein Agent, wenn ich wieder zu Hause bin.

Oh ... Ach so

Verdammt. Habe ich ihr jetzt das Gefühl gegeben, sie für meine Geschichte ausgenutzt zu haben?

Nein, Lily, so war das nicht gemeint!

Keine Antwort.

Lily??

Nichts.

Lily, es tut mir leid!

Sie liest meine Nachrichten, antwortet aber nicht. Mist. Warum baue ich ständig solchen Bockmist? Wahrscheinlich ist es besser, sie erst einmal in Ruhe zu lassen. Also tausche ich das Handy gegen den Laptop aus und widme mich dem Manuskript. Leider kann ich mich nicht konzentrieren. Immer wieder tippe ich Wörter, nur um sie sofort zu löschen, oder starre minutenlang den blinkenden Cursor an. O Mann.

Stattdessen greife ich erneut nach meinem Handy und öffne den Chat zwischen mir und Lily. Mehrfach fange ich an, eine Nachricht zu tippen, und lösche sie dann, anstatt sie abzusenden. Ich weiß einfach nicht, wie ich das wieder gut machen soll. Ich habe doch nicht vorgehabt, sie zu verletzen.

Statt weiter nach den perfekten Worten zu suchen, rufe ich sie kurzerhand an und halte die Luft an, während es in meinem Ohr klingelt.

Das Klingeln hört auf, aber es spricht niemand. Stattdessen höre ich nur ein Atmen.

„Lily?"

„Ja", sagt sie so leise, dass ich sie kaum verstehen kann.

„Es tut mir so leid!", beteuere ich aufrichtig.

„Was genau?" Ihre Stimme ist so emotionslos, dass es mir beinahe wehtut.

„Ich habe das nicht so gemeint, was ich geschrieben habe. Ich genieße die Zeit, die wir miteinander verbringen. Das hat nichts mit meinem Buch zu tun. Sondern eher mit dir.“

„Mit mir?“

„Ja! Lily, ich ... ich mag dich.“

Ich höre sie erleichtert aufatmen. „Ich mag dich auch, Samantha.“

Erneut jagt mir die Art, wie sie meinen Namen sagt, eine Gänsehaut über den ganzen Körper.

„Also ist alles wieder in Ordnung?“, frage ich vorsichtig.

Sie seufzt. „Ja. Ich muss lernen, nicht alles persönlich zu nehmen. Es ist schwer, wenn vergangene Enttäuschungen tief sitzen, verstehst du?“

„Ja. Und ich muss lernen, nicht immer das zu sagen, was ich denke. Es tut mir wirklich sehr, sehr leid.“

„Ist schon okay.“

„Ehrlich?“ Mein Herz rast unwahrscheinlich schnell, während ich auf ihre Antwort warte.

„Ja, Sam.“

„Dann bleibt es bei unserer Verabredung für morgen?“

„Die würde ich um nichts in der Welt verpassen. Ich habe nämlich etwas Tolles geplant, was du bestimmt noch nie in deinem Leben ausprobiert hast.“

„O je. Du verstehst es echt, eine Frau neugierig zu machen und dann zappeln zu lassen.“

„Du hast ja noch rund vierundzwanzig Stunden Zeit, dir deinen hübschen Kopf darüber zu zerbrechen.“ Ich kann das Lächeln in ihrer Stimme förmlich hören.

„Meinen hübschen Kopf? Soso.“

Jetzt lacht sie laut. „Ich lege besser auf. Wir sehen uns."

„Ich freue mich schon darauf."

„Ja, ich mich auch."

Ich lege auf und schließe die Augen. Was war das gerade?

Eilig schüttle ich den Kopf, wie um die Gedanken zu vertreiben, und wende mich erneut meinem Laptop zu.

Eine Weile schaffe ich es mehr oder weniger konzentriert, an meinem Manuskript zu arbeiten. Aber dann erwische ich mich dabei, dass ich wieder mein Handy in der Hand halte und das Foto anstarre, was ich von Lily für meine Kontakte gemacht habe.

Da kommt mir ein Gedanke.

Wir müssen, bei was auch immer du morgen mit mir vorhast, unbedingt ein paar Fotos von uns machen

Dann vergrabe ich das Handy unter meinem Kopfkissen, um mich nicht mehr ablenken zu lassen.

Als das nur so halbwegs gut funktioniert, schnappe ich mir meinen Laptop und setze mich damit an den Esstisch. Mein Handy lasse ich im Schlafzimmer. So klappt es tatsächlich schon besser. Zwar driften meine Gedanken trotzdem immer mal wieder zu diesem ungewöhnlichen Telefonat ab, gleichzeitig scheint es mich auch irgendwie zu inspirieren, denn die Ideen und Gedanken strömen förmlich aus mir heraus, auf den Bildschirm vor mir.

In relativ kurzer Zeit habe ich mehrere tausend Wörter getippt. Erst als meine Hände eiskalt und die Finger steif sind, zwinge ich mich, aufzuhören. Das ist immerhin ein wahrer Fortschritt. Declan wird sich freuen.

Als hätten meine Eltern meinen Feierabend gerochen, hüpft genau in dem Moment, als ich den Laptop herunterfahren will, das Skype-Symbol auf meinem Desktop auf und ab.

„Hallo, Schatz", begrüßt mich Mum, nachdem ich das Gespräch angenommen habe.

„Du hast es in deiner E-Mail ja ganz schön spannend gemacht", meint Dad. „Was gibt es denn so Tolles zu berichten?"

„Ach, nur dass eure Tochter für den Queensland Buchpreis nominiert wurde", sage ich grinsend.

„Nein!" Dad springt auf, als könnte er nicht fassen, was ich gerade gesagt habe.

„Ach du meine Güte!" Mums Augen weiten sich und ein Lächeln erscheint auf ihrem Gesicht.

„Ja, Declan hat es mir gestern gesagt!"

„Das ist großartig. Sam, das hast du dir so sehr verdient!" Mums Stimme zittert vor Freude.

„Ohne eure Unterstützung hätte ich es wahrscheinlich niemals so weit geschafft. Aber noch habe ich nicht gewonnen."

„Egal!", ruft Dad dazwischen, der sich mittlerweile wieder gesetzt hat. „Das ist trotzdem ein Grund zum Feiern. Ich bin so stolz auf dich, meine Kleine!"

„Danke, Dad."

Es ist länger her, dass wir mit Videokamera geskyped haben. Erst als ich die beiden so einträchtig vor dem Bildschirm sitzen sehe, erfasst mich eine Welle von Heimweh.

Wir reden fast zwei Stunden über alles Mögliche, bis ich mich letztendlich verabschiede und wieder ins Bett gehe. Nicht ohne vorher meine müden und steifen Glieder ordentlich auszustrecken und zu dehnen. Mein Nacken gibt gruselige knacksende Geräusche von sich und auch meine Finger spielen ein kleines Konzert.

Zurück im Bett, gehen noch ein paar Nachrichten zwischen mir und Avery hin und her. Sie hat sich mal wieder mit ihrem verrückten Freund gestritten. Bei den beiden gibt es in der Regel genau ein einziges Streitthema. Das Geld. Mason ist der Meinung, Avery braucht einen Job, der besser bezahlt ist. Er selbst tut allerdings nur einen minimalen Anteil zur Haushaltskasse der beiden dazu. Eigentlich hatte ich vorgehabt, mit ihr gemeinsam das Telefonat mit Lily auseinanderzunehmen und zu analysieren. Aber das hier ist nicht der richtige Zeitpunkt dafür. Jetzt muss ich für meine beste Freundin da sein und nicht das Gespräch auf mich umlenken. Ich kann das noch früh genug mit ihr durchkauen.

Wie immer sage ich Avery, dass sie über das Thema vernünftig mit Mason reden soll, und dass sie sich nicht von ihm unterbuttern lassen darf. Aber da kann man manchmal genauso gut einer Betonwand Ratschläge geben.

Bevor ich mein Handy endgültig weglege, um diese Nacht etwas mehr Schlaf zu bekommen als in der Nacht zuvor, schreibe ich noch eine letzte Nachricht an Lily.

Schlaf gut und träum was Süßes. Ich freue mich auf morgen.

Dann knipse ich die Nachttischlampe aus und über-
lasse mich selbst meinen kreisenden Gedanken.

Kapitel 10

Lily hat nicht gelogen, als sie meinte, es wäre über Nacht eiskalt geworden. Am Morgen hatten wir per Nachricht vereinbart, uns wieder am *Cornelia's* zu treffen, da es laut Lily von dort am einfachsten ist, an unser Ziel zu gelangen. Natürlich weiß ich immer noch nicht, was dieses Ziel sein soll. Aber zugegeben: Dieses Mal bin ich ehrlich gespannt und neugierig.

Als ich mich auf den Weg mache, um Lily von der Arbeit abzuholen, brauche ich nicht nur meinen Schal, sondern auch die leuchtend rote Mütze und meine flauschigen Handschuhe. Die Kälte sorgt dafür, dass mein Atem in Wölkchen in der Luft hängenbleibt. Gott sei Dank schneit es momentan nicht. Seit vorgestern ist allerdings so viel Schnee gefallen, dass ich jetzt richtig hindurch stapfen muss. Ein komisches Gefühl, wenn man das von zu Hause nicht gewohnt ist. Begeistert bin ich davon nicht. Wenigstens scheinen meine neuen Stiefel für solches Wetter gemacht zu sein, denn meine Füße bleiben schön trocken und warm.

Während ich durch die verschneiten Straßen laufe, beobachte ich, wie so oft, die Menschen um mich herum. Es scheint, als hätte der bekannte alljährliche Weihnachtsstress noch nicht bei allen eingesetzt. Die meisten sind zwar hektisch, aber nicht mehr als die letzten Tage meiner Reise.

Da fällt mir ein, dass ich mir bisher überhaupt keine Gedanken um Weihnachtsgeschenke gemacht habe. Denn auch wenn ich Weihnachten nicht mag, Menschen um mich herum tun es und die beschenke ich gern. Ich nehme mir vor, am Abend zu recherchieren, wie lange ein Päckchen um diese Zeit von hier bis Australien braucht. Wenn ich schon zu spät dran bin, muss ich meine Eltern für Avery beauftragen. Das sollte aber kein Problem sein.

Pünktlich um zwei Uhr stoße ich die Tür zum Café auf und werde von einer Welle Heizungsluft getroffen. Wanda steht hinter der Theke und winkt mir zu.

„Hallo, Samantha. Kaffee?", fragt sie fröhlich.

Ich nicke. „Einen Latte macchiato to go, bitte."

„Kommt sofort."

„Danke, Wanda."

„Kein Problem. Lily ist gleich fertig", sagt Wanda und überrascht mich damit.

Hat Lily Wanda von unserer Verabredung erzählt? Selbst wenn. Ist ja nichts dabei. Die beiden scheinen eine enge Beziehung zu haben, die über das typische Arbeitgeber und Arbeitnehmer Verhältnis hinausgeht, daher sollte ich mich nicht wundern. Ich finde es schön, dass die beiden sich so gut verstehen.

Ein paar Minuten später ruft Wanda mir zu, dass mein Kaffee fertig ist. Ich gehe zur Theke, um ihn entgegenzunehmen und sehe genau in dem Moment Lily aus dem Hinterzimmer kommen.

Sie hat bereits ihren Mantel an und hat den Zopf gelöst, den sie während der Arbeit meistens trägt, sodass ihr die blonden Haare in Wellen über den Rücken fallen.

Als sie mich entdeckt, stiehlt sich ein Lächeln auf ihre Lippen. „Du bist da!"

„Aber natürlich bin ich da. Wir sind doch verabredet." Ich grinse.

Ihr Lächeln wird noch ein Stückchen breiter, falls das überhaupt möglich ist, und sie klatscht in die Hände.

„Ich bin so aufgeregt. Das wird toll!"

Gemeinsam verabschieden wir uns von Wanda und verlassen das Café.

„Ich folge dir unauffällig", sage ich mit meiner schönsten Detektivstimme und entlocke Lily damit ein Kichern.

„Hast du etwa endlich verstanden, dass du aus mir nichts herausbekommst?", fragt sie lachend, woraufhin ich nur mit den Schultern zucke. „Ich lerne dazu."

Eine Weile sagt keine von uns was, während wir nebeneinander durch den Schnee laufen.

„Sag mal, hast du Wanda erzählt, was du heute mit mir vorhast?", frage ich neugierig.

„Ja, warum?"

„Nur so. Sie hat sofort gesagt, du kämst gleich raus, als ich im Café ankam. Ich hatte mich nur gewundert."

„Weißt du, ich erzähle Wanda so ziemlich alles. Sie ist wie eine zweite Mutter für mich."

„Stimmt, das sagtest du schon mal."

Plötzlich bleibt Lily so abrupt stehen, dass ich, weil ich unbemerkt ein bisschen zurückgefallen bin, in sie hineinlaufe.

„Hoppla!", rufe ich und halte mich an ihren Schultern fest, damit wir nicht beide zu Boden gehen. „Warum bleiben wir stehen?"

Lily lächelt verschwörerisch. „Weil wir fast da sind. Aber vorher muss ich dir noch eine dringende Frage stellen.“

„Okay?“

„Vertraust du mir, Sam?“

„Klar, das Thema hatten wir doch schon, oder?“, frage ich leicht verunsichert.

„Kann sein, aber ich muss es noch mal von dir hören.“

„Warum?“

„Ganz einfach. Weil ich dich bitten werde, die Augen zu schließen, damit ich dich das letzte Stück führen kann. So siehst du erst, was wir vorhaben, wenn wir direkt davorstehen.“

„Oh“, gebe ich von mir und räuspere mich. „Okay, jetzt habe ich Angst.“

In der Sekunde, in der ich das ausgesprochen habe, wird mir bewusst, dass das nicht stimmt. Eigentlich bin ich sogar so aufgeregt, dass meine Hände leicht anfangen zu kribbeln. Allerdings ist es kein ekliges Gefühl, sondern ein schönes.

„Nein, hab keine Angst. Bitte.“

„Ich, Samantha King, vertraue dir, Lily Campbell“, antworte ich und meine es genauso. Gleich darauf schließe ich die Augen, so wie sie es von mir verlangt hat.

Durch den dicken Stoff des Handschuhs spüre ich, wie Lily meine Hand greift.

„Du musst nur geradeaus gehen. Hier sind weder Stufen noch Unebenheiten oder so. Alles ist gut.“

Ich nicke nur, weil ich mich genau auf meine Schritte konzentriere.

„Achtung!“, warnt Lily mich nach ein paar Metern. „Hier kommt eine Bordsteinkante, wir müssen über die Straße.“

Ich mache einen großen Schritt und meistere die Kante mit Bravour.

„Jetzt die Kante auf der anderen Seite“, kommt die nächste Warnung. „Fast geschafft.“

Es dauert keine Minute mehr, bis sie sagt: „Okay, wir sind da.“

Ich bleibe stehen, die Augen immer noch geschlossen.

„Bist du bereit?“

„Ich denke schon?“

„Nein, damit gebe ich mich nicht zufrieden“, sagt Lily. „Bist du bereit, Sam?“, fragt sie erneut.

Ich schlucke, bevor ich antworte: „Ja, Lily. Ich bin bereit.“

„Sehr gut“, kommt es von Lily. „Also dann, Augen auf!“

Langsam öffne ich die Augen. Aber als ich sehe, wo wir sind, bin ich irritiert.

„Eine … Eisbahn?“

Lilys Blick nach zu urteilen, amüsiert sie meine Irritation. „Ja, hast du Lust, es auszuprobieren?“

„Ich … ich denke schon, aber nur, wenn du mir hilfst.“

„Natürlich helfe ich dir. Was denkst du denn von mir? Komm, wir holen uns Schlittschuhe.“

Gemeinsam gehen wir zu dem Kassenhäuschen am Rand der Bahn, bezahlen die Leihgebühr und ziehen dann auf der Bank daneben unsere Schlittschuhe an. Es stellt sich heraus, dass das gar nicht so einfach ist. Am Ende muss Lily mir helfen, weil ich es allein nicht hinkriege. Die Schuhe sind schwer und eng und wenn man sie nicht richtig anhat, lässt sich der Verschluss nicht schließen.

Als Lily fertig ist, steht sie auf und zeigt auf die Eisfläche. „Reicht dir mein Arm zum Festhalten, oder willst du so was haben?"

Mein Blick folgt ihrem Finger und ich sehe ein kleines Kind, es ist vielleicht sieben oder acht Jahre alt, das sich an einer merkwürdig aussehenden Vorrichtung festhält. Das Ding sieht aus wie ein Pinguin.

„Was soll das sein?", frage ich Lily.

Ihre Augen funkeln, als sie mir antwortet: „Das ist ein Lernpinguin."

Mein Blick muss pure Verständnislosigkeit ausdrücken, denn jetzt bricht sie in lautes Gelächter aus. Die Leute auf der Eisbahn schauen sogar zu uns herüber.

„Das war nur ein Scherz! Die Dinger sind für Kinder. Ich passe schon auf dich auf", sagt Lily, als sie sich wieder eingekriegt hat.

Bevor ich noch was sagen kann, greift sie erneut nach meiner Hand und macht den ersten Schritt aufs Eis. Ich tue es ihr gleich und bereue es in derselben Sekunde.

„O mein Gott!", entfährt es mir, als ich augenblicklich wegrutsche.

„Ich hab dich." Lilys Griff wird fester. Sie greift auch noch nach meiner anderen Hand. „Lass dich einfach ein bisschen von mir ziehen, okay?"

Ich nicke. Jetzt, wo ich weiß, wie es ist auf dem Eis zu stehen, habe ich doch ein wenig Angst. Hoffentlich blamiere ich mich nicht. Hier sind so viele Kinder, die das viel besser können als ich.

Es braucht ein paar Runden, aber je länger Lily mich über den ungewohnten Untergrund zieht, desto besser fühlt es sich an. Ich bekomme ein Gespür dafür und es fängt sogar an, Spaß zu machen.

Kaum merklich löst Lily ihren Griff ein wenig, hält mich aber trotzdem weiter fest. Ich merke, dass ich längst nicht mehr so unsicher bin, wie am Anfang.

Mutig lasse ich eine Hand los. Und tatsächlich – es klappt!

„Wow! Du bist anscheinend ein Naturtalent!", lobt mich Lily.

Ich spüre, wie meine Wangen die Farbe meiner Handschuhe annehmen.

„Hey, kein Grund, rot zu werden. Du machst das toll." Lily klingt aufrichtig, als sie das sagt. Das bestärkt mich, noch ein wenig mutiger zu sein.

„Denkst du, ich kann es schon ganz allein versuchen?", frage ich aufgeregt.

„Nur zu."

Sie lässt meine Hand los und gibt mir einen leichten Schubs, um mich in Schwung zu bringen.

Und ich? Lande prompt auf dem Po!

Autsch!, denke ich. Dennoch lächle ich tapfer, als Lily mir aufhilft.

„Tut's weh?"

„Geht schon", gebe ich zwischen zusammengebissenen Zähnen von mir und reibe über meinen Po.

„Glaub mir, das passiert jedem am Anfang. Ich weiß gar nicht mehr, wie oft ich damals auf dem Eis gelandet bin. Das kann ganz schön wehtun."

„Das beruhigt mich, aber es geht schon, wirklich." Als würde ich es ihr beweisen wollen, nehme ich meine Hand von meinem Po.

„Also willst du nicht noch eine Runde mit mir gemeinsam drehen? Nur so zur Sicherheit?“

Verbissen schüttle ich den Kopf. „Nein. Aber du kannst gern in der Nähe bleiben und mich auffangen.“

Lily lacht. „Mache ich. Na los, weiter geht’s.“

Ab jetzt fährt Lily neben mir, einen Arm hinter mir und einen vor mir ausgesteckt. Diesmal klappt es schon etwas besser.

Die meisten Kinder sind deutlich schneller als ich und ich muss mich mehrmals an Lilys Arm abfangen, doch ich stürze nicht mehr. Nach fünf oder sechs Runden fühle ich mich so sicher, dass ich vorsichtig versuche, einen Zahn zuzulegen. Leider ein Fehler, denn sobald ich schneller werde, verliere ich die Kontrolle und gerate erneut ins Straucheln. Als wäre das nicht schlimm genug, reiße ich Lily mit zu Boden, weil ich mich reflexartig an ihrem Arm festhalte.

Unsanft lande ich auf ihr.

„Mist!“, fluche ich. „Das wollte ich nicht. Ist alles okay?“

„Alles gut“, ächzt Lily.

Es ist so kalt, dass ich ihren Atem sehe. Außerdem bin ich ihr wieder so nah, dass ich erneut den Lavendelduft wahrnehme. Dieses Mal sogar noch stärker als beim letzten Mal. Ich bemerke, dass sie mich beobachtet, und fange ihren Blick auf. Das Blau ihrer Augen ist so intensiv, dass es mich einen Augenblick lähmt. Auch Lily liegt ganz still und sagt kein Wort. Es ist, als gäbe es hier auf dem Eis nur uns beide. Doch dann räuspert sie sich und der Moment ist vorbei.

„Ähm, Sam? Wir sollten vielleicht vom kalten Eis aufstehen.“

„O ja. Gute Idee."

Mühsam krabble ich auf alle viere und versuche, aus der Haltung aufzustehen, ohne sofort wieder das Gleichgewicht zu verlieren. Schließlich kommt Lilly zuerst auf die Füße, oder besser gesagt, auf die Kufen, und hilft mir dann hoch.

Sie reibt sich den Rücken und verzieht für eine Sekunde schmerzhaft das Gesicht.

„Ist wirklich alles okay?", frage ich besorgt.

Sie winkt ab. „Ach, klar. Ich nehme heute Abend ein heißes Bad und dann geht's morgen wieder."

„Wollen wir für heute besser aufhören?"

Sie weicht meinem Blick aus, als sie antwortet: „Ja, vielleicht ist das besser."

Langsam und immer mit einer Hand an der Bande, fahre ich Richtung Ausgang. Nachdem wir die Schlittschuhe wieder abgegeben haben, kehren wir der Eisbahn den Rücken zu und gehen in Richtung des angrenzenden Parks. Niemand sagt ein Wort und wir sehen uns nicht an. Ob das an dem Moment auf dem Eis liegt? Ich bin mir nicht sicher.

Ich habe keine Ahnung, wo wir genau hinlaufen, aber wir bleiben nicht stehen. Plötzlich trifft mich etwas am Rücken. Erschrocken drehe ich mich um und erblicke Lily, mit einem Schneeball in der Hand und einem diabolischen Grinsen im Gesicht. Mir ist nicht mal aufgefallen, dass sie zurückgeblieben ist. Darauf lasse ich mich nicht ein. Ich gehe weiter, nur um kurz darauf vom nächsten Schneeball getroffen zu werden.

Reflexartig balle ich die Hände zu Fäusten, mein Körper versteift sich und ich versuche, die Erinnerungen aus meinem Kopf zu vertreiben. Erinnerungen an das letzte Mal, das ich Schnee erlebt habe. Fröhliches Kinderlachen, gefolgt von ohrenbetäubender Stille.

„Lass das, Lily“, mahne ich.

„Ach komm schon, Sam. Das sind nur Schneebälle, die tun dir nichts. Ich packe doch keine Steine rein.“

Diesmal erlaube ich den Erinnerungen einen Moment zu bleiben. Mum und Dad, bewaffnet mit Schneebällen. Wie viel Spaß wir damals hatten. Vielleicht hat Lily recht. Schneebälle können mir nichts tun.

Ich bücke mich, um ebenfalls eine Schneekugel zu formen, doch da trifft sie mich schon zum dritten Mal.

Sie will einen Krieg? Den kann sie haben. Mutig wende ich mich wieder dem Schnee zu.

„Na warte!“, rufe ich und beeile mich, den Schneeball fertig zu formen und in ihre Richtung zu werfen. Leider verfehle ich sie um gute zwei Meter. Mist!

Ich sehe mich nach einer Art Versteck um und entdecke, nicht weit von mir, einen Baum mit einem schönen dicken Stamm. Perfekt!

Ich hechte darauf zu und verstecke mich. Dann forme ich einen kleinen Vorrat an Schneebällen. Als ich fertig bin, blicke ich mich nach Lily um, kann sie aber nirgendwo entdecken.

„Na los doch, Campbell. Zeig dich!“, rufe ich.

„Niemals“, höre ich ihre Stimme.

Wo kommt die her?

Erneut sehe ich mich um. Da sehe ich ein paar verschneite Büsche. Das muss es sein, eine andere Möglichkeit zum Verstecken gibt es hier weit und breit nicht. Abgesehen von meinem Baum, wo sie offensichtlich nicht ist.

Weil ich mir nicht sicher bin, ob sie mich sehen kann, wenn ich in ihre Richtung laufe, verlasse ich mein Versteck, natürlich nicht ohne einige meiner Schneebälle.

„Okay, dann gehe ich jetzt nach Hause!", rufe ich laut genug, dass sie mich hört, und entferne mich, ohne in ihre Richtung zu sehen, vom Park. Damit habe ich sie. Keine fünf Sekunden später steckt sie den Kopf zwischen den Büschen heraus und ruft: „Spielverderberin!"

Sie hat mich wohl falsch eingeschätzt, denn sie bekommt die volle Ladung Schnee ab. Diesmal treffe ich, und zwar genau in ihr Gesicht. Ihr geschockter Gesichtsausdruck ist mir Freude genug. Ich lache, werde jedoch jäh unterbrochen, als die nächste Kugel in meine Richtung saust.

So geht unser Gefecht weiter, ohne Rücksicht auf eventuelle Verluste. Die Schneebälle fliegen zwischen uns hin und her, so schnell, dass mir, beim Versuch sie mit den Augen zu verfolgen, schwindelig wird. Wir rennen im Zickzack über den Platz und jagen einander so schnell wir können. Keine Ahnung, wie lange das so hin und her geht, aber irgendwann bin ich völlig außer Atem.

„Halt! Stopp! Auszeit, bitte!", rufe ich und wedle dabei demonstrativ mit den Armen, um ihr zu zeigen, dass ich es ernst meine.

Tatsächlich lässt sie den Ball, den sie gerade formen wollte, fallen und kommt langsam auf mich zu.

„Ich hoffe, das ist kein Trick?", fragt sie vorsichtig.

Ich schüttle den Kopf. „Nein. Ich brauche eine Pause. Wenn wir so weitermachen, sterbe ich entweder an Luftnot oder meine Nase gefriert zu einem Eiszapfen und fällt ab." Ich stelle mir das bildlich vor. „Beides wäre sicher eher unschön."

„Da hast du wohl recht. Aber um dem Tod durch Erfrieren vorzubeugen, kenne ich das weltbeste Rezept."

„Und das wäre?"

„Meine spezielle heiße Schokolade."

Schon bei der Erwähnung läuft mir das Wasser im Mund zusammen.

„O ja, das klingt perfekt. Also auf ins *Cornelia's*?" Ich sehe sie fragend an, aber sie schüttelt den Kopf.

„Nein, ich wohne gleich um die Ecke, da sind wir viel schneller."

So machen wir uns auf den Weg zu ihrer Wohnung, zu der wir keine zehn Minuten brauchen. Als wir ankommen, ist die merkwürdige Stimmung zwischen uns zum Glück verschwunden.

Lilys Wohnung ist klein, aber gemütlich. Überall ist Weihnachtsdeko und es duftet nach Räucherstäbchen. Eigentlich muss ich davon immer niesen und mag sie deshalb nicht besonders, doch hier passt der Duft perfekt her und löst erstaunlicherweise auch keinen Niesreiz bei mir aus.

„Am besten gebe ich dir eine Pyjamahose von mir", sagt Lily mit einem Blick auf meine Jeans, die durch die Nässe noch dunkler ist als sonst. „Du solltest nicht länger als nötig in den nassen Sachen rumlaufen. Brauchst du auch einen Pullover?"

Ich ziehe meinen Mantel aus und hänge ihn an den Haken an der Wohnungstür. Dann stelle ich fest, dass mein Pullover trocken geblieben ist, also schüttle ich den Kopf.

„Nein, die Hose reicht aus, danke."

Wenige Minuten später kommt Lily ins Wohnzimmer zurück. Sie hat sich schon umgezogen und trägt jetzt einen roten Pyjama mit lauter weißen Schneeflocken darauf und warm aussehende weiße Kuschelsocken. Sie reicht mir eine Pyjamahose und ebenfalls ein paar flauschige Socken.

„Das Bad ist da drüben. Häng die Hose am besten über die Heizung. Ich fange schon mal mit der heißen Schokolade an."

Nachdem ich mich umgezogen habe, eine dunkelblaue Hose über und über bedruckt mit Rentieren, gehe ich zurück ins Wohnzimmer. Ich lasse mich auf die Couch fallen und warte auf Lily.

Wenig später betritt sie den Raum mit zwei großen Tassen in den Händen, aus denen der Dampf aufsteigt. Ich nehme ihr meine ab und schnuppere daran. Herrlich. Heiße Schokolade mit Sahnehaube, kleinen bunten Marshmallows, Regenbogenstreuseln und einer Zimtstange darin.

Beeindruckt sehe ich sie an. „Sieht toll aus."

„Warte ab, bis du es probiert hast. Für mich das absolut beste Getränk im Winter. Das Rezept ist von meiner Großmutter."

Abwartend sieht sie mich an, sodass ich einmal puste und dann die Tasse an meine Lippen führe. Tatsächlich.

„Sie schmeckt noch besser, als sie aussieht. Die ist himmlisch."

Schweigend trinken wir unsere Tassen leer, während wir mit angezogenen Beinen einander zugewandt auf der Couch sitzen. Zeitgleich stellen wir unsere Tassen auf dem kleinen Tisch ab. Lily lacht und ich falle mit ein. Dann sieht sie mich an.

„Warum grinst du?“, frage ich.

„Ach nichts, es ist nur …“ Sie beugt sich zu mir vor. „Du hast da was.“ Sie fährt sie mit ihrem Daumen über meine Oberlippe und zeigt mir den Finger. Natürlich hatte ich einen Sahnebart. Wie eine Fünfjährige.

Lily sieht mir geradewegs in die Augen, als sie sich den Finger zwischen die Lippen schiebt und die Sahne ableckt.

Ich schlucke. Was passiert hier gerade? Die Stimmung zwischen uns ist mit einem Mal wieder genauso geladen wie vorhin auf dem Eis.

Plötzlich überbrückt Lily die Lücke zwischen uns ein wenig, sodass wir nur noch wenige Zentimeter voneinander entfernt sind. Ihr fragender Blick trifft meinen und ich nicke kaum merklich und in der nächsten Sekunde liegen ihre Lippen auf meinen. Sie sind weich und sie schmeckt nach dem Zimt von der heißen Schokolade, gemischt mit dem Zucker aus Sahne und Marshmallows.

Eine Sekunde lang schließe ich die Augen und lasse es geschehen. Doch ich komme ihr nicht entgegen. Lily scheint das zu bemerken, denn sie zieht sich zurück und senkt beschämt den Blick.

Als ich realisiere, was passiert ist, springe ich erschrocken auf. „Es tut mir leid, aber ich kann nicht.“

Lily schaut mich perplex an. „Was ist denn los?“

Ich schüttle nur den Kopf und schnappe mir an der Tür meinen Mantel und sprinte davon, als wäre der Teufel hinter mir her. Das hätte nicht passieren dürfen! Ich erinnere mich daran, dass ich mich hier nur auf meine Arbeit konzentrieren wollte und keine Ablenkung gebrauchen kann.

Draußen warte ich auf das erstbeste Taxi. Dabei sehe ich mich immer wieder um, ob Lily mir gefolgt ist. Nervös fahre ich mir durch die Haare, als endlich ein Taxi kommt. Ich reiße den Arm hoch und der gelbe Wagen bleibt vor mir stehen. Ich springe hinein und lasse mich nach Hause bringen. Erst da fällt mir auf, dass ich immer noch Lilys Pyjamahose trage.

Kapitel 11

Warum zum Teufel bin ich abgehauen? Das frage ich mich jetzt seit geschlagenen zwei Stunden. Seitdem laufe ich rastlos im Apartment hin und her. Es ist ein Wunder, dass der Teppich noch keine Spurrillen hat. Was hat mich geritten, einfach aufzuspringen, eine Entschuldigung zu murmeln und dann wegzurennen wie ein feiges Huhn? Schließlich ist es nicht so, dass ich nicht wollte, dass Lily mich küsst. Oh, und wie ich das wollte! Es gibt gar nicht genug Worte auf dieser Welt, die beschreiben, wie sehr ich mir das gewünscht habe. Nur, dass mir das erst jetzt bewusst geworden ist.

Der rationale Teil meines vernebelten Hirns ist allerdings der Meinung, dass sie Umstände eine mittelschwere Katastrophe sind. Definitiv nicht der richtige Zeitpunkt für eine Beziehung – oder was auch immer.

Da Lily mich schon, als ich noch im Taxi saß, drei Mal angerufen hat, habe ich kurzerhand mein Handy ausgeschaltet. Ich muss erst mal den Kopf frei bekommen, bevor ich mit ihr sprechen kann. Sonst sage ich nachher Dinge, die ich nicht sagen will oder sollte. Damit ist niemandem von uns geholfen.

Ein Teil von mir will sich die Decke über den Kopf ziehen und vergessen, dass das alles überhaupt passiert ist. Ein anderer Teil würde am liebsten die ganze Welt zusammenschreien und einfach alles rauslassen. Doch dann fällt mir ein, dass ich gar nicht die ganze Welt brauche, um alles loszuwerden, was mir auf dem Herzen liegt. Dazu reicht eine Person.

Ich starte den Laptop und öffne Skype. Erleichtert atme ich aus, als ich den kleinen grünen Punkt neben Averys Namen sehe, der mich wissen lässt, dass sie online ist.

Ohne zu zögern, rufe ich sie an und sie geht sofort ran.

„Hey du, wie ge– " Avery bricht mitten im Satz ab und auf ihrer Stirn bildet sich eine Furche. „Sam, ist alles okay bei dir? Du siehst aus, als hättest du einen Geist gesehen, um Gottes willen!"

Müde lächle ich in die Kamera. „Als okay würde ich meinen Zustand nicht bezeichnen."

„Willst du drüber reden?", fragt sie.

„Ja, deshalb rufe ich an", erwidere ich und schenke ihr ein halbherziges Lächeln.

„Okay, schieß los. Ich bin ganz Ohr." Sie mustert mich aufmerksam.

„Puh. Ehrlich gesagt, ich weiß gar nicht, wo ich anfangen soll."

„Wie wäre es denn am Anfang?" Averys Blick ist weich und gleichzeitig besorgt.

Also atme ich tief durch und sage: „Okay, gut. Ähm, die Sache ist die, ich habe vielleicht jemanden kennengelernt."

Averys Augen weiten sich. „Du hast bitte was? Du lernst jemanden kennen und sagst mir nichts davon?" Sie spielt die Enttäuschte, aber ich kenne sie gut genug, um zu wissen, dass es nicht echt ist. Zumindest nicht alles davon.

„Ja, zum einen dachte ich ehrlich gesagt, bis vor wenigen Tagen wir sind allerhöchstens neue Bekannte, zum anderen, weiß ich nicht, wie ich etwas erzählen soll, was ich selber nicht ganz verstehe."

„Egal, ich will alles wissen. Und lass bloß nichts aus! Das Wichtigste zuerst. Sieht sie gut aus?" Avery wackelt vielsagend mit den Augenbrauen und bringt mich damit zum Lachen.

„O ja, das tut sie", lache ich mit schwärmendem Unterton in der Stimme.

Dann erzähle ich meiner besten Freundin alles. Angefangen von der ersten Begegnung im *Cornelia's*, über Lilys Idee mit der Weihnachtsliste, bis hin zum heutigen Tag.

„Und da bin ich aufgesprungen, habe eine Entschuldigung gemurmelt und mir das nächstbeste Taxi geschnappt, um nach Hause zu fahren. Sogar ohne meine Hose wieder anzuziehen", ende ich wenig später.

Avery starrt mich mit offenem Mund an und sagt nichts.

„Könntest du bitte was sagen? Irgendwas?", frage ich verzweifelt. „Dein Schweigen macht mich ganz wahnsinnig, Avery!"

Sie räuspert sich und grinst. „Samantha King, du magst sie!"

Ich seufze und das Geräusch kommt aus tiefstem Herzen. „Ja. Ja, ich denke, das tue ich."

„Gut, wenn du das schon mal eingesehen hast, stellt sich mir nur eine Frage."

„Welche denn?" Neugierig schaue ich in die Kamera.

„Was zur Hölle ist bitte dein Problem? Du magst sie und sie mag dich, sonst hätte sie dich schließlich nicht geküsst. Das ist doch wunderbar. Manchmal verstehe ich dich echt nicht, Sam."

„Du willst wissen, wo das Problem liegt?“, frage ich und unterdrücke ein erneutes Seufzen.

„Ja, bitte! Klär mich auf. Denn in meinen Augen gibt es keins.“

„Doch. Das Problem ist, dass ich in Australien und nicht in New York lebe. In wenigen Wochen fliege ich zurück nach Hause. Dann liegen mehr als fünfzehntausend Kilometer zwischen mir und ihr. Wie soll das bitte funktionieren?“ Meine Stimme wird immer höher und verzweifelter.

„Oh“, gibt Avery zur Antwort.

„Ganz genau. *Oh*. Das ist doch zum Scheitern verurteilt, oder nicht?“

Meine beste Freundin atmet tief ein und aus, so deutlich, dass ich erkenne, wie sich ihre Brust hebt und senkt.

„Versuch, dich zu beruhigen, Sam. Atme mit mir.“

Ich atme tief ein und versuche, mich dabei ihren Atemzügen anzupassen. Langsam spüre ich, wie ich ruhiger werde.

„Was soll ich tun?“

„Ehrlich gesagt, ich weiß es nicht“, räumt Avery ein. „Ich meine, du könntest dich einfach darauf einlassen, solange du dort bist. Allerdings kenne ich dich gut genug, um zu wissen, dass das nicht das ist, was du willst. Richtig?“

Ich überlege eine Sekunde und nicke schließlich. „Das würde ich weder ihr noch mir antun. Aber ich kann ihr auch nicht aus dem Weg gehen. Dafür ist es viel zu spät, glaube ich.“

„Einen Weg gibt es“, antwortet Avery verschwörerisch.

„Welcher soll das sein?“

„Ihr könntet es einfach miteinander versuchen.“

Im ersten Moment denke ich, ich habe mich verhört.

„Und dann eine Fernbeziehung führen? Von einem Ende der Welt zum anderen?“ Sprachlos blinzle ich.

Avery nickt. „Genau das. Manchmal funktioniert so was, weißt du? Und darum geht es doch, oder? Jemanden zu finden, der das wert ist.“

„Himmel, Avery. Hör auf, immer so weise zu sein.“

Aber im Grunde weiß ich, dass sie recht hat.

Als hätte sie meine Gedanken gelesen, sagt sie: „Tief in deinem Inneren weißt du genau, dass ich damit recht habe. Also denk drüber nach. Nur warte nicht zu lange.“ Avery wendet ihren Blick vom Bildschirm ab, nur um mich kurz darauf erschrocken anzusehen. „Verflucht, Sam, ich muss los! Sag Bescheid, wenn ich noch was tun kann. Ich hab dich lieb.“

Dann legt sie auf und lässt mich wieder mit meinen Gedanken allein.

***

Den restlichen Tag denke ich über Averys Worte nach. Ich meine, mit ihrem Ratschlag hat sie nicht unrecht. Schließlich gibt es auf der ganzen Welt Millionen von Menschen, die trotz vielen Kilometern die sie trennen, eine ernsthafte Beziehung führen. Nur weiß ich nicht, ob ich das will. Und ob Lily das will, weiß ich erst recht nicht. Das Chaos in meinem Kopf hat sich keineswegs gelichtet und ich bin immer noch nicht bereit, mit Lily zu reden. Aus dem einfachen Grund, weil ich nicht weiß, was ich ihr sagen soll. Wir hatten einen wunderbaren Tag und dann nimmt er so ein merkwürdiges und unbefriedigendes Ende. Das frustriert mich.

Weil ich nichts mit mir anzufangen weiß, mache ich mir in meiner kleinen Küche etwas Schnelles zu Essen – eine Fertigpackung Makkaroni mit Käse – und versuche dann, mich auf meine Arbeit zu konzentrieren.

Erstaunlicherweise klappt das sogar. Noch viel besser, als ich es erwartet habe. Ich dachte, ich würde wieder Ewigkeiten vor dem leeren Bildschirm sitzen und auf die Worte warten. Doch anscheinend möchte das heute Erlebte einen Weg in meine Geschichte finden. Es ist, als würden meine Gedanken und Gefühle unbedingt meinen Körper verlassen wollen. Als würde ich regelrecht auf die Tastatur bluten. Ohne Rücksicht auf Verluste.

Fast vier Stunden später fühle ich mich erschöpft. Ich bin ausgelaugt und mein Kopf ist wie leergefegt. Ich sichere meine Daten und schlurfe zum Bett. Sobald mein Kopf das Kissen berührt, bin ich auch schon eingeschlafen.

***

Meine Erschöpfung war anscheinend so extrem, dass ich bis zum nächsten Nachmittag durchschlafe. Meine Armbanduhr zeigt bereits halb drei. Wow. Ich kann mich nicht erinnern, das letzte Mal so viel an einem Stück geschlafen zu haben.

Trotzdem fühle ich mich immer noch müde. Reflexartig greife ich nach meinem Handy, das auf dem Nachttisch liegt. Einen Moment lang wundere ich mich, dass der Bildschirm schwarz bleibt. Ist der Akku leer? Erst da fällt mir alles wieder ein. Ich habe es gestern nach meinem Abgang ausgeschaltet und seitdem nicht mehr angemacht. Das kann warten.

Ich seufze und stehe auf, um mir was zu trinken zu holen. Als ich in der Küche am Fenster vorbeikomme, bemerke ich ein regelrechtes Schneetreiben auf der anderen Seite. Na großartig. Nachdem ich meinen Flüssigkeitsspeicher wieder aufgefüllt habe, gehe ich zurück ins Bett und ziehe mir mit einem Stöhnen demonstrativ die Decke über den Kopf. Wenn ich es nicht sehe, ist es nicht da, richtig? Das gilt sowohl für den Schnee als auch für das Problem mit Lily.

Meine Gedanken kreisen so schnell, dass ich Mühe habe, hinterherzukommen. Einzelne Erinnerungsfetzen fliegen an meinem inneren Auge vorbei. Lily, dieses eine schreckliche Weihnachtsfest, seitdem nichts mehr so ist, wie es war, und wieder Lily. Das Gespräch mit Avery kommt mir in den Sinn. Wie sie sofort gemerkt hat, dass ich Lily mag. Aber das spielt keine Rolle. Ich kann und will keine Fernbeziehung führen. Und Lily bestimmt auch nicht. Das darf doch alles nicht wahr sein.

Irgendwann ziehe ich meinen Laptop zu mir heran und checke meine Mails. Die Interviewfragen von *Pen & Paper* sind da. Seufzend öffne ich die E-Mail. Vielleicht lenkt mich das ein bisschen ab.

Die erste Frage lautet:

Woran arbeitest du gerade?

Aktuell schreibe ich an einer romantischen Weihnachtsge-schichte, die in New York City spielt.

Über die zweite Frage muss ich schmunzeln.
Welcher deiner Charaktere hat dir am meisten abver-langt?

Das ist einfach. James in Eine Hochzeit zu viert wollte nie das tun, was er tun sollte, und ist daher mein außerge-wöhnlichster Charakter, der mir definitiv einiges abver-langt hat.

In den nächsten Fragen geht es um meinen Schreib-prozess und wie ich mit sogenannten Schreibblocka-den umgehe. Die Fragen beantworte ich so ausführlich, wie es mir für ein Interview richtig erscheint. Dann bin ich schon bei der letzten Frage angekommen.
Wie hast du von der Nominierung erfahren und was würdest du tun, wenn du gewinnst?

Erfahren habe ich davon durch ein Skype-Gespräch mit meinem Agenten. Ich bin zurzeit in New York City, wes-halb er es mit über Skype erzählt hat. Ich konnte mein Glück kaum fassen! Sollte ich gewinnen, würde ich mit al-len meinen Lieben essen gehen und dabei den bisher größ-ten Meilenstein meiner Karriere feiern.

Ich lese meine Antworten noch einmal durch, ehe ich die Mail absende. Dann informiere ich Declan darüber, dass das Interview erledigt ist. Ich klappe den Laptop zu und lasse mich wieder in die Kissen fallen.

Gegen Abend habe ich das Gefühl, mir fällt die Decke auf den Kopf. Ich kann jetzt nicht auch noch einen Lagerkoller gebrauchen. Vielleicht tut mir frische Luft gut. Sie könnte helfen, den Nebel in meinem Kopf etwas zu lichten. Zur Hölle mit dem Schnee. Wenn ich gut aufpasse, wird mir schon nichts geschehen. Mein Zwiebellook sollte mir helfen, draußen nicht zu erfrieren.

Im Foyer begegne ich, wie üblich, Charles dem Portier.

„Miss King, sind Sie sicher, dass Sie da rauswollen? Der Wetterdienst hat für die Nacht ganze Schneemassen abgekündigt." Sein Gesichtsausdruck ist aufrichtig besorgt.

Ich lächle ihn an. „So lange bin ich nicht weg, nur eine kleine Runde die Füße vertreten. Keine Sorge, ich passe auf. Danke, Charles."

Er nickt knapp und öffnet mir die Tür.

Es ist so windig, dass mir der Schnee unentwegt ins Gesicht gepustet wird. Mit einem schnellen Handgriff wickle ich meinen Schal um Mund und Nase und ziehe die Kapuze meines Mantels tief ins Gesicht. So ist es besser.

Die New Yorker scheinen nicht besonders große Fans des Wetters zu sein, denn es ist kaum eine Menschenseele zu sehen.

Ich gehe langsam, um nicht wegzurutschen. Nach einer Weile spüre ich meine Füße nicht mehr. Außerdem ist mir die Gegend, in der ich bin, völlig unbekannt.

Hoffentlich finde ich den Weg zurück. Hier ist niemand, den ich nach dem Weg fragen könnte. Aber mir wird bewusst, dass ich noch gar nicht nach Hause will. Plötzlich weiß ich doch, wo ich hier bin. Ich laufe weiter und ignoriere dabei meine vor Kälte steifen Finger.

Hätte mein Kopf ein eingebautes Navigationssystem, würde jetzt eine blechernere Stimme verkünden: *Sie haben Ihr Ziel erreicht!* Dabei wusste ich nicht einmal, dass ich dieses Ziel überhaupt gehabt habe.

Das Unterbewusstsein ist schon eine tolle Sache. Mir war nicht einmal klar, wie weit ich gelaufen bin. Erst jetzt wird mir bewusst, dass ich eine Entscheidung getroffen habe. Ich atme einmal tief durch und lehne mich eine Sekunde gegen die Tür, bevor ich mich traue, auf die Klingel zu drücken. Allerdings habe ich nicht damit gerechnet, dass die Haustür geöffnet ist, denn als ich mich dagegen lehne, geht sie nach innen auf. Ist das ein Zeichen, dass ich das Richtige tue?

Ich klopfe mir notdürftig den Schnee von den Stiefeln und trete ein. Langsam, weil ich erst jetzt merke, wie durchgefroren und steif mein ganzer Körper ist, schleppe ich mich in den dritten Stock. Oben angekommen drücke ich auf die Klingel und warte. *O bitte, sei zu Hause. Lass den Weg nicht umsonst gewesen sein.*

Mein Gebet wird erhört, denn wenig später öffnet Lily die Wohnungstür. Die Überraschung steht ihr ins Gesicht geschrieben.

„Sam? Was machst du hier?“ Ihr Blick geht von meinem Kopf bis zu den Stiefeln, ehe sie sagt: „Du siehst aus wie ein Schneemann. Bist du etwa gelaufen?“

Ich nicke stumm.

„Du meine Güte! Komm erst mal rein, du musst ja halb erfroren sein."

Sie geht in Richtung Schlafzimmer, wahrscheinlich, um mir zum zweiten Mal in zwei Tagen etwas Trockenes zum Anziehen zu holen. Aber ich halte sie auf.

„Lily, Stopp!"

Sie dreht sich zu mir um und sieht mich fragend an.

„Ich bin hier, um mit dir zu reden." Meine Stimme klingt selbstbewusster, als ich es erwartet hätte.

„Das können wir gern tun. Aber nicht, solange du in diesen Klamotten bist. Du holst dir den Tod. Willst du duschen?"

Beim Gedanken an eine heiße Dusche unterdrücke ich ein Seufzen. Trotzdem schüttle ich den Kopf. Ich darf mich nicht ablenken lassen, sonst mache ich noch einen Rückzieher.

„Nein, das, was ich sagen will, kann nicht warten. Vielleicht kannst du mir eine Decke geben, mehr brauche ich nicht."

Skeptisch mustert mich Lily und nickt dann. Sie deutet auf die Couch, über deren Lehne eine dunkelgrüne Wolldecke liegt. Ich nehme sie mir und wickle sie um meine Hüfte, bevor ich mich auf die Couch sinken lasse. Sofort schießen die Bilder von unserem Kuss in mein Gedächtnis und ich schiebe sie entschlossen davon.

Lily setzt sich mir gegenüber und schaut mich abwartend an. „Was ist los?"

Ich hole tief Luft, um mich auf das vorzubereiten, was ich jetzt sagen werde: „Wir können das nicht mehr machen."

„Was meinst du?"

Ich zeige zwischen uns hin und her. „Das hier. Du und ich. Diese Liste. Es geht nicht. Mir tut das wirklich leid, Lily, aber ich sollte mich nicht ablenken lassen Ich bin beruflich hier, darauf sollte auch mein Fokus liegen."

Da, ich habe es ausgesprochen.

Lilys Augen weiten sich vor Schreck. „Sam, das meinst du nicht so, oder?" Ihre Stimme schwankt.

„Doch, tue ich. Es war ein Fehler. Ich hätte mich gar nicht erst darauf einlassen sollen. Es ist nicht so, als würde ich dich nicht mögen, aber ich bin nur noch ein paar Wochen hier. Und wenn es etwas gibt, dass ich hasse, dann sind es Fernbeziehungen. Außerdem kann sich bei der großen Entfernung wahrscheinlich keiner von uns regelmäßig ein Flugticket leisten. Ich glaube, das ist auch nicht in deinem Interesse."

„Das lass mal meine Sorge sein." Lilys Stimme ist so leise, dass ich sie kaum verstehe.

„Auf jeden Fall wollte ich dir das persönlich sagen. Ich gehe dann jetzt wohl besser."

Ich stehe auf und lasse die Decke auf die Couch fallen. Auch Lily erhebt sich und sieht mich an, als würde sie etwas sagen wollen, aber das tut sie nicht. In ihren Augen funkelt Schmerz, darum zwinge ich mich, woanders hinzuschauen. Meine Entscheidung steht fest und das ist für uns beide das Beste. Ich straffe die Schultern und gehe zur Wohnungstür. Mit der Hand auf der Klinke drehe ich mich noch einmal um.

„Mach's gut, Lily."

„Sam, warte."

Etwas in ihrer Stimme lässt mich innehalten.

„Bist du sicher, dass du da wieder raus willst? Der Schneefall wird immer stärker."

Ich nicke nur und verlasse Lilys Wohnung. Ich schaue nicht zurück, es war die richtige Entscheidung. Hoffe ich zumindest.

***

Obwohl ich nur kurz bei Lily war, ist es draußen wie in einer anderen Welt. Der Schnee fällt jetzt so dicht, dass ich überhaupt nichts mehr erkenne. Ich mache kleine Schritte und beiße die Zähne zusammen. Ich muss nach Hause. Aber ich merke schnell, dass es keinen Sinn hat, gegen das Wetter anzukämpfen, also drehe ich um und gehe zurück.

Als mir Lily die Tür öffnet, senke ich den Kopf. „Du hattest recht. Bei dem Wetter habe ich keine Chance. Ich weiß, ich habe dich gerade verletzt, aber kann ich vielleicht trotzdem bleiben, bis sich das Wetter gebessert hat?"

So wie Lily nun mal ist, verweigert sie mir natürlich nicht die Hilfe. Ihre eigenen Bedürfnisse stellt sie oft hinten an, das habe ich mittlerweile gelernt, daher wundert es mich nicht, dass sie die Tür weit öffnet.

„Komm rein."

In der Wohnung empfängt mich Wärme.

„Willst du jetzt duschen?", fragt sie, worauf ich nicke.

***

Länger als nötig bleibe ich unter dem heißen Wasserstrahl stehen. Aber es tut einfach viel zu gut, um es nicht voll auszunutzen. Außerdem kann ich so das Gespräch mit Lily noch etwas hinauszögern, was wohl

160

oder übel auf mich wartet. Ich weiß, dass ich das Richtige getan habe, trotzdem zweifle ich daran, standhaft bleiben zu können. Anscheinend bin ich schon viel zu lange hier drin, denn auf einmal klopft es leise an der Tür.

„Sam? Alles in Ordnung bei dir?" Lilys Stimme klingt aufrichtig besorgt. Vielleicht denkt sie, der Temperaturunterschied hat mir einen Kreislaufkollaps verpasst oder so.

„Ja, alles gut", erwidere ich. „Ich bin gleich fertig."

Eilig stelle ich das Wasser ab und trete aus der Dusche. Lily hat mir zwei Handtücher, ein großes und ein kleines für meine Haare, und einen Pyjama gegeben. Gott sei Dank ist immerhin meine Unterwäsche trocken geblieben. Der Pyjama ist schön weich. Ich ziehe noch die Kuschelsocken an, die vom Stapel hinuntergerollt sein müssen, da sie auf dem Boden liegen.

Jetzt geht es mir schon gleich viel besser.

Das kleine Handtuch wie einen Turban um den Kopf gewickelt verlasse ich das Bad und gehe auf die Suche nach Lily. Ich finde sie in der Küche.

„Fühlst du dich besser?", fragt sie.

„O ja und wie! Das war himmlisch", schwärme ich.

„Und nun? Heiße Schokolade zum Reden, oder nach dem Gespräch von vorhin eher Alkohol?" Lily lächelt, aber in ihren Augen erkenne ich, dass ihr danach nicht zumute ist.

Was würde ich für ein Glas Wein geben, um mich zu entspannen. Doch es ist besser, einen möglichst klaren Kopf zu haben. Außerdem war die heiße Schokolade gestern so lecker, dass es eine Sünde wäre, eine weitere Tasse davon zu verschmähen.

„Alkohol ist nicht nötig. Heiße Schokolade klingt perfekt.“

„Mach es dir im Wohnzimmer bequem, ich bin gleich bei dir.“

Um mich von meinen Gedanken abzulenken, sehe ich mich zum ersten Mal richtig in Lilys Wohnzimmer um. Der Raum ist recht klein. Die Wände sind in einem Ton gestrichen, der mich an meinen heißgeliebten Latte macchiato erinnert. Alles andere ist rot. Die Couch, der Teppich, die Vorhänge. Alles davon ist bordeauxrot. Die Couch steht an der einen Wand, gegenüber der Fernseher. Daneben und obendrüber sind Bücherregale angebracht. Neugierig gehe ich darauf zu, um die Buchrücken zu inspizieren. Ich bin beeindruckt, von dem was ich sehe. Lilys Geschmack scheint breit gefächert zu sein. Es sind sowohl die bekanntesten Klassiker als auch kitschig-schöne Liebesromane und spannende Psychothriller vorhanden. Nicht schlecht!

An der Wand über der Couch hängen, wie ich annehme, Familienfotos. Lily hat ja schon erzählt, dass sie eine große Familie hat. Aber es auf Bildern zu betrachten ist noch mal was anderes. Sie wirken alle sehr sympathisch. Ich kann mir nicht alle ansehen, ohne traurig zu werden, also wende ich mich ab und lasse mich auf die Couch fallen.

Genau in dem Moment kommt Lily herein. Sie stellt die dampfenden Tassen auf dem Tisch ab und setzt sich neben mich. „Die Sahne habe ich diesmal weggelassen.“ Sie lacht, aber sofort gefriert ihre Miene, weil sie sich ihrer Worte bewusst geworden ist.

„Sorry“, flüstert sie.

Ich lege den Kopf in den Nacken. „Lily...“

„Weißt du was? Ich glaube, ich gehe schlafen. Du kannst dich in der Küche und im Bad bedienen, im Spiegelschrank bewahre ich meine Reservezahnbürste auf und falls du noch eine weitere Decke brauchst, findest du welche da drüben." Sie zeigt auf einen kleinen Schrank in der Zimmerecke und steht auf.

„Schlaf gut, Sam."

Ich weiß, dass es keinen Sinn hat, was zu sagen, also unterdrücke ich ein Seufzen. „Du auch, Lily."

Ich trinke einen Schluck von meiner heißen Schokolade, dann stelle ich die Tasse ab und lasse mich seufzend in die Kissen sinken. Was tue ich hier?

Fünfzehntausendfünfhundert Kilometer. Oder Neuntausendsechshunderteinunddreißig Meilen. Das *kann* nicht funktionieren. Aber das heißt nicht, dass ich es mir nicht wünschen würde. Verstohlen wische ich mir eine Träne von der Wange und schließe die Augen. Morgen früh sieht die Welt bestimmt anders aus. Dann gehe ich nach Hause und stürze mich in die Arbeit, lenke mich ab, bis der Termin mit Metropolis stattfindet und danach fliege ich nach Hause und kann und Lily und New York vergessen.

***

Als ich am nächsten Morgen aufwache, bin ich für einen Moment verwirrt. Dann fällt mir alles wieder ein. Ruckartig richte ich mich auf und fahre mir mit den Fingern durch die Haare. Ich will gerade aufstehen, da kommt Lily ins Wohnzimmer. Sie trägt noch ihren Pyjama.

„Guten Morgen", sage ich leise.

„Guten Morgen.“

„Ich mache mich besser auf den Weg.“

„Sam, es tut mir leid, aber du wirst wohl oder übel hierbleiben müssen. Wir sind nämlich eingeschneit, draußen tobt ein Schneesturm.“

Kapitel 12

„Eingeschneit? Du machst Witze!“ Mit den Augen suche ich Lilys Gesicht danach ab, ob sie scherzt.

„Nein, Sam, mache ich nicht.“

„O mein Gott. Nein, das geht nicht. Wir können doch nicht …“ Meine Stimme versagt, während mein Atem viel zu schnell geht. Mein Blickfeld wird immer kleiner, die Wände kommen auf mich zu. Sie wollen mich erdrücken. Schwarze Flecken tanzen vor meinen Augen umher.

„Sam? Sam! Hey, sieh mich an! Drück meine Hände und amte ein und aus.“

Ich konzentriere mich auf Lilys Hände in meinen und zähle meine Atemzüge, bis sie sich verlangsamen.

„Geht's wieder?“ Lily sieht mich besorgt an.

Ich schüttle den Kopf. „Wir sind eingeschneit.“

Erneut drückt sie beruhigend meine Hand. „Das ist okay. Ich habe Vorräte für mindestens drei Wochen.“

Bei dem Gedanken daran, drei Wochen eingeschneit zu sein, weiten sich meine Augen und die Panik kriecht erneut meinen Hals hinauf. Lily scheint das zu bemerken.

„Aber keine Angst, so lange wird es auf keinen Fall dauern“, versichert sie mir.

„Bist du dir da sicher?“ Das ängstliche Zittern in meiner Stimme lässt sich kaum unterdrücken.

„Ja, Sam. Vertrau mir. Das ist nicht mein erster Schneesturm."

„Gut. Aber ich hasse Schnee." Entkräftet durch meinen Anflug von Panik, lasse ich mich auf die Couch sinken.

Lily setzt sich neben mich und umarmt mich. „Das hast du schon mal gesagt und trotzdem bist du gestern durch den Schnee hierhergelaufen, um mit mir zu reden."

Ich löse mich aus der Umarmung und sehe sie an. „Ich weiß. Mein Unterbewusstsein hat mich hergeführt."

„Hast du Hunger? Ich könnte Frühstück vertragen."

„Ja, gern. Ich gehe nur kurz ins Bad."

Im Badezimmer spritze ich mir ein paar Mal hintereinander kaltes Wasser ins Gesicht. Dann putze ich mir die Zähne und gehe in die Küche. Lily steht am Herd und macht Pancakes. Sie hat eine blau-weiß gepunktete Schürze umgebunden und ihre Haare zu einem unordentlichen Zopf gemacht. Wie sie dort so steht, den Pfannenwender in der Hand und sich zu Musik bewegend, die leise im Hintergrund läuft, wird mir ganz warm.

Etwas verändert sich. Das spüre ich. Das Engelchen auf meiner Schulter bittet mich, vernünftig zu sein. Aber wenn ich Lily so sehe, möchte ich nichts lieber als ein paar Wochen lang unvernünftig sein.

Wir setzen uns zum Frühstück an den Couchtisch. Lily hat uns Kaffee gemacht und zu den Pancakes gibt es Ahornsirup. Erst, als ich mir den ersten Bissen in den Mund schiebe, merke ich, was für einen Hunger ich habe.

„Lily, ich muss dir was sagen ...", setze ich an.

Abwartend hebt sie die Brauen.

„Es tut mir leid.“

„Was tut dir leid?“

Reumütig senke ich den Blick. „Dass ich vorgestern einfach abgehauen bin und mein Handy ausgestellt habe. Ich schätze, das war wohl eine Art Kurzschlussreaktion. Ich wollte dich nicht verletzen.“

Lily fährt sich mit der Hand durch die blonden Haare. „Ich habe mich vierundzwanzig Stunden lang gefragt, was ich falsch gemacht habe. Nein, ehrlich gesagt frage ich mich das sogar jetzt noch. Habe ich die Zeichen etwa so falsch gelesen?“ Ihr Blick strahlt etwas Verzweifeltes aus.

„Nein. Nein, Lily, das hast du nicht.“

„Aber warum bist du dann weggelaufen? Und ausgerechnet während eines Schneetreibens wiedergekommen, nur um mir zu sagen, dass es vorbei ist. Das, was auch immer zwischen uns ist. Du hättest genauso gut anrufen können.“

„Ich weiß. Ich ... ich hatte Angst.“ Meine Stimme ist kaum mehr als ein Flüstern.

„Angst? Vor mir?“ Lilys Augen weiten sich vor Panik.

„Gott, nein!“ Beruhigend lege ich ihr die Hand auf den Arm. „Nicht vor dir. Eher vor dem, was passiert, wenn wir uns darauf einlassen.“

„Was soll denn schon groß passieren?“

„Ich gehe bald zurück ans andere Ende der Welt“, sage ich.

„Das weiß ich! Aber wofür gibt es Telefone, Skype, Flugzeuge, Schiffe und U-Boote?“

Ich muss lachen. „Du willst in einem U-Boot nach Australien kommen?“

„Wenn es sein muss, tue ich das. Mensch, Sam! Ich weiß es doch nicht. Das Einzige, das ich weiß, ist, dass ich dich mag."

„Ich ... Ich mag dich auch." Ich schlucke. „Sehr sogar."

„Siehst du, dann wäre das ja geklärt. Lass uns nicht an deine Abreise denken, okay? Lass uns lieber erst die Zeit genießen, die wir haben, und wenn es so weit ist, können wir immer noch Pläne schmieden, einverstanden?"

Ich zögere kurz. Dann entscheide ich mich dazu, den kleinen Engel von meiner Schulter zu schubsen.

„Einverstanden", erwidere ich gleichermaßen aufgeregt und erleichtert. Avery hat recht, manchmal findet man jemanden, der es wert ist von der Klippe zu springen und zu schauen was passiert. Wer weiß, vielleicht fliegen wir. Ich bin überzeugt, Lily ist so jemand, und ich möchte auch diese Person für sie sein.

„Aber eins muss ich noch wissen."

„Alles." Ich mustere sie abwartend.

„Woher der Sinneswandel?"

Für einen Moment schließe ich die Augen. „Die Entfernung macht mir wirklich Angst, so ist es nicht. Aber ... viel größer als die Angst ist die Freude, die ich empfinde, wenn ich bei dir bin. Also habe ich beschlossen, meine Zweifel zu ignorieren."

Lily lächelt und beugt sich ein Stück nach vorn und sieht mir dabei in die Augen. „Darf ich dich jetzt küssen, ohne dass du wie von der Tarantel gestochen die Flucht ergreifst?"

Statt zu antworten, überbrücke ich die wenigen Zentimeter zwischen uns und küsse sie.

Natürlich erwidert sie den Kuss. Ihre Lippen sind warm und weich und als sie auf meine treffen, beginnt mein Herz, so schnell zu rasen, dass ich Angst habe, es würde mir gleich aus der Brust springen. Meine anfängliche Schüchternheit ist wie weggeblasen, als ich meine Hand sanft an ihren Hinterkopf lege, um sie näher an mich heranzuziehen. Dabei spüre ich ihr Lächeln an meinen Lippen. Das bewegt mich dazu, mit meiner anderen Hand ihre Hüfte zu greifen und so noch enger an sie zu rutschen, um auch das letzte Stück Raum zwischen uns zu füllen.

Erst Minuten später lösen wir uns wieder voneinander, aber nur, um Luft zu holen. Dabei streichle ich ihr mit dem Daumen über die Wange und lächle ihr glücklich zu, während sie sich grinsend auf die Unterlippe beißt, was zur Folge hat, dass ich sie am liebsten gleich erneut küssen will. Stattdessen schiele ich zum Tisch.

„Ich glaube der Kaffee wird bald zu Eiskaffee", sage ich und reiche ihr eine Tasse, bevor ich die andere in die Hand nehme. Ich deute auf die Bilderrahmen über uns. „Sind das auf den Fotos deine Eltern und Geschwister?"

„Ja, die ganze verrückte Bande. Ach, ich freue mich so sehr darauf, sie bald alle wiederzusehen. Und auch darauf, mit meinem Dad allein den Baum für das Haus meiner Eltern auszusuchen, das ist unsere gemeinsame Tradition. Nur er und ich. Das gehört für mich jedes Jahr aufs Neue zu den schönsten Erlebnissen."

„Das klingt toll", sage ich und meine es auch so.

„Wie ist es in deiner Familie? Habt ihr besondere Traditionen? Ich kann mir irgendwie gar nicht vorstellen, Weihnachten im Sommer zu feiern."

Kaum merklich versteife ich mich. „Meine Familie hat es nicht so mit Weihnachten. Können wir vielleicht über was anderes reden?"

Lily scheint zu spüren, dass es mir ernst ist, denn sie wechselt, ohne zu zögern, das Thema.

Wir reden ohne Punkt und Komma über Gott und die Welt. So weiß ich jetzt, dass Lilys Lieblingsfarbe apfelgrün ist, und dass ihre Liebe zu Petticoat-Kleidern von ihrer Großmutter Mary kommt, die keinen einzigen Tag ihres Lebens eine Hose getragen hat. Sie erzählt mir, dass ihre beiden Schwestern, die Zwillinge Alexa und Stella, adoptiert wurden, da ihre Eltern jahrelang dachten, sie könnten keine Kinder bekommen. Nur, dass sie danach auf natürlichem Weg noch insgesamt vier Kinder bekommen haben. Erst Lily, dann ihren Bruder David und vier Jahre später tatsächlich Zwillinge. Jasper und Beth sind die Nesthäkchen der Familie.

Von mir erfährt sie, dass ich nur zum Schreiben gekommen bin, weil meine Eltern in der siebten Klasse einen empörten Anruf meiner Lehrerin bekommen haben, weil ich mehrfach hintereinander die Hausaufgaben vergessen hatte. Um mich zu bestrafen, haben sie mir alles verboten, was Spaß macht, ich durfte weder Fernsehen, noch mit mich Freunden treffen. Ich durfte auch nicht lesen oder das Haus verlassen, außer um zur Schule zu gehen. Also musste ich neue Wege finden, mir die Zeit zu vertreiben. Ich nahm einen leeren Hefter und schrieb meine erste Geschichte. Später erkannte meine Englisch-Professorin an der Uni mein

Potential und bestärkte mich darin, mich auf Agentursuche zu begeben, so lernte ich Declan kennen und der Rest ist Geschichte.

Irgendwann gähne ich, werfe einen Blick auf meine Uhr und erschrecke.

„Himmel, es ist ja schon Nachmittag!"

„Ja, und wir können nichts weiter machen, als hierzubleiben." Lily streckt die Arme nach mir aus. „Komm her."

So gut es auf der kleinen Couch eben geht, kuscheln wir uns aneinander. Lily schlingt ihre Arme um meine Taille und zieht mich an sich.

„Sam?", fragt Lily leise.

„Ja?"

„Ich wollte dir noch sagen, dass ich tief beeindruckt von dir bin."

Ich ziehe eine Augenbraue in die Höhe. „Beeindruckt? Von mir? Warum?"

„Ich habe dich gegoogelt."

Ich lache. „Du hast was? Und was hast du herausgefunden, dass dich beeindruckt hat?"

„Dass deine Bücher in vier verschiedene Sprachen übersetzt werden! Sogar auf Russisch! Das hat mich wirklich zutiefst beeindruckt."

Ich lächle. „Danke. Ja, ich lebe tatsächlich meinen Traum."

„Der Wahnsinn", seufzt Lily und schmiegt sich noch enger an mich.

Sofort spüre ich, wie mein Atem und mein Herzschlag den gleichen Takt annehmen. So wohl und sicher habe ich mich schon lange nicht mehr gefühlt. Wir liegen einfach nur da und reden.

„Weißt du, wie sehr ich mir wünsche, irgendwann mein eigenes Café zu eröffnen?", fragt Lily irgendwann.

„Das wirst du auch schaffen. Davon bin ich fest überzeugt. Du hast nämlich den nötigen Ehrgeiz."

„Denkst du?" Zweifel tränken ihre Stimme. Das kenne ich gar nicht von ihr.

„Auf jeden Fall!"

Sie lacht. „Und wenn es so weit ist, bekommst du einen Stammtisch, an dem du weiter deine Bestseller schreiben kannst. Interessantes Paar, die Autorin und die Cafébesitzerin, findest du nicht?"

„Ich finde, das klingt bezaubernd." Ich drehe meinen Kopf zu ihr und gebe ihr einen Kuss. „Ich kann es kaum erwarten, das mit dir zu erleben."

„Du klingst auf einmal viel zuversichtlicher als gestern", schwärmt sie. „Woher kommt das?"

Ich zucke beiläufig mit den Schultern. „Das habe ich dir zu verdanken."

Lily fröstelt und ich breite die Decke über uns aus.

„Ich finde, es ist das perfekte Wetter für einen Weihnachtsfilme-Marathon. Meine DVD-Sammlung hat fast jeden, den es gibt, und Netflix hat auch eine ganze Reihe."

Bevor ich überlegen kann, was ich darauf antworten soll, hat Lily mein Schweigen schon als Zustimmung gewertet, denn sie fragt: „Okay, was ist dein Lieblingsfilm?"

„Ähm." Ich durchforste mein Hirn fieberhaft nach einem Titel, doch mir will einfach nichts einfallen. Also sage ich die Wahrheit: „Ich habe keinen liebsten Weihnachtsfilm."

„Du hast keinen Lieblingsweihnachtsfilm?"

Stumm schüttle ich den Kopf.

„Gut, dann fangen wir mit meinem Lieblingsfilm an. *Tatsächlich … Liebe*, der geht immer, oder?"

Wieder schweige ich, peinlich berührt.

„O mein Gott, sag mir bitte, dass du den Film kennst", empört sich Lily.

Ich seufze. „Meinen letzten Weihnachtsfilm habe ich mit neun Jahren gesehen. Das war irgendein Zeichentrickfilm von einem Kalb, dass unbedingt ein Rentier sein wollte, oder so ähnlich, keine Ahnung. Ist lange her." Ich spüre, wie mir die Tränen in die Augen steigen.

Lily sieht mich bestürzt an und nimmt mich dann so fest in den Arm, dass ich kaum noch Luft bekomme.

„Ich kann nicht aufhören, mich zu fragen, was dir den Zauber von Weihnachten genommen hat. Irgendetwas Grausames muss passiert sein. Das tut mir so leid. Ich kann es nicht ertragen, dich leiden zu sehen."

Verstohlen wische ich mir eine Träne von der Wange. Wenn sie wüsste, wie nah sie damit an der Wahrheit dran ist.

„Ach Lily, glaub mir, irgendwann bin ich sicher bereit, darüber zu sprechen. Nur nicht jetzt. Ist das in Ordnung?"

„Natürlich. Du gibst das Tempo vor. Aber vergiss nicht, dass du über alles mit mir reden kannst, okay?" Einfühlsam legt sie ihre Hand an meine Wange.

Ich nicke und sie gibt mir einen leichten Kuss auf die Stirn.

„So, und jetzt führe ich dich in die Welt der Weihnachtsfilme ein. Bist du bereit für die Reise ohne Wiederkehr?"

„Lass uns anfangen", sage ich lächelnd.

Es stellt sich bald heraus, dass *Tatsächlich ... Liebe* ein toller Film ist. Lilys quirlige Gegenwart macht es mir immer schwerer, meine Anti-Weihnachtsstimmung aufrecht zu halten. Diese Freude, mit der sie den Film anschaut, steckt mich an. Am Ende erwische ich mich sogar dabei, dass mir eine Träne über die Wange läuft. Ich schaffe es nicht, sie schnell genug wegzuwischen, sodass Lily sie bemerkt.

„Weinst du etwa?", fragt sie, während sie ironischerweise selbst geräuschvoll die Nase hochzieht.

„Du steckst eben an", verteidige ich mich.

Sie reicht mir ein Taschentuch, das ich dankend annehme.

„Es ist wohl besser, wir schauen jetzt was mit ganz viel Humor. Lieber Bauchschmerzen vor Lachen, als Kopfschmerzen vom Weinen."

„Da gebe ich dir recht. Gibt es denn so was? Humorvolle Weihnachtsfilme?"

Lily grinst von einem Ohr zum anderen. „Lass das bloß nicht meinen Bruder hören. Seine absoluten Lieblingsfilme sind *Kevin – Allein zu Haus* und *Kevin – Allein in New York!*"

Also schauen wir der Familie McCallister dabei zu, wie sie ihren Sohn vor lauter Stress zu Hause vergessen, während die anderen in den Urlaub fliegen.

Wir kuscheln uns unter der Decke enger aneinander und verschränken die Finger ineinander. Lily hat recht, als wir die DVD des zweiten Kevin-Films einlegen, tut mir schon ein wenig der Bauch weh vor lauter lachen. Das bessert sich auch beim zweiten Film nicht.

Als der Abspann über den Bildschirm läuft, sage ich: „Also, der Film war echt gut. Aber der erste Film hat mir besser gefallen."

„Das ist doch meistens so", lacht Lily.

Ich will gerade fragen, was wir als Nächstes anschauen, da knurrt mein Magen verräterisch laut.

„Klingt, als müssten wir vor dem nächsten Film erst mal was zu essen zaubern, oder?"

„Ich denke, das wäre gut, ja."

„Na, dann komm." Lily steht auf und geht in die Küche.

„Was kochen wir denn?", frage ich.

„Worauf hast du Lust?"

„Das Wetter schreit nach Suppe."

Lily überlegt einen Moment und zieht dabei nachdenklich die Nase kraus, was niedlich aussieht. „Wie wäre es dann mit Tomatensuppe und gegrilltem Käsesandwich?", schlägt sie vor.

„O ja, das klingt gut." Wie zur Bestätigung knurrt mein Magen erneut. Diesmal lauter.

Gemeinsam werkeln wir nebeneinander in der kleinen Küche umher, dabei haben wir gewaltigen Spaß. Wir erzählen uns Witze und lustige Anekdoten aus unserer Kindheit, sodass ich, als die Suppe fertig ist, nicht sagen kann, ob meine Bauchschmerzen mehr vom Lachen oder vom Hunger kommen.

Wir tragen die Schüsseln zum Wohnzimmertisch, da es in Lilys Wohnung keinen Esstisch gibt. Dafür fehlt ihr der Platz. Nachdem ich die Suppe gekostet habe, schließe ich genießerisch die Augen und seufze.

„Wir sind Meisterköchinnen", verkünde ich.

Lily gluckst. „Weil wir eine Suppe hinbekommen haben?"

Ich zucke mit den Schultern. „Warum auch nicht? Man muss sich über die kleinen Dinge im Leben freuen, sagt meine Mutter immer."

„Kluge Frau, deine Mutter. Weißt du, worüber ich mich gerade am meisten freue?"

„Nein, worüber denn?", frage ich neugierig.

„Darüber, dass du hier bei mir bist."

Von diesem Kompliment bekommen meine Wangen in etwa dieselbe Farbe wie unsere Suppe und in meinem Bauch flattert ein ganzer Schwarm Schmetterlinge herum. Ich kann nicht glauben, was in den letzten Stunden alles passiert ist. Gott sei Dank habe ich mich für uns und nicht gegen uns entschieden.

Nachdem wir unser Geschirr in die Spülmaschine geräumt haben, geht der Filmmarathon weiter. Diesmal ist es wieder ein Liebesfilm, der dazu auch noch in New York spielt. Da wird allerdings Weihnachten nicht so sehr thematisiert, eher der Winter an sich. Das gefällt mir, stelle ich fest. Ich glaube, der Film hat Potential, mein neuer Lieblingsfilm zu werden. Gerade sitzen die Hauptpersonen in einem kitschig-schönen Restaurant.

„Gibt es dieses Restaurant hier wirklich?", frage ich Lily, weil ich annehme, dass sie nach einigen Jahren in dieser Stadt darüber Bescheid weiß.

„Das *Serendipity*? Ja, das gibt es."

„Vielleicht können wir da mal zusammen hingehen?"

„Mir gefällt deine Denkweise, aber ich befürchte, dieses Jahr wird das auf keinen Fall mehr etwas. Ich glaube, die sind Monate im Voraus ausgebucht."

Ich zucke mit den Schultern. „Gut, dann gehen wir hin und reservieren einen Tisch für nächstes Jahr. So habe ich wenigstens einen Grund, zurück in die Stadt zu kommen."

„Hey, werd' nicht frech." Lily nimmt ihr Kissen und haut es mir auf den Hinterkopf.

„Frech? Ich? Niemals! Das würde mir im Traum nicht einfallen." Ich klimpere brav mit den Wimpern. „Aber natürlich meine ich, ich habe so einen Grund mehr, wieder herzukommen."

„Ach ja? Was ist denn der Hauptgrund?"

„Oh, weißt du", sage ich unschuldig, „da gibt es so eine hübsche Barista, die mir ordentlich den Kopf verdreht hat. Die würde ich gern wiedersehen."

„Ach, so ist das", sagt sie mit einem Lächeln.

„Ja, genau so."

Lachend küsst sie mich und ich lege meine Arme um sie, ehe ich den Kuss erwidere. Vom Rest des Films bekommen wir beide nichts mehr mit.

***

Am nächsten Morgen frühstücken wir gemeinsam in Lilys Bett.

„Daran könnte ich mich glatt gewöhnen", sage ich.

„Lieber nicht, laut Wetterbericht soll es im Laufe des Tages immer weniger schneien."

„Oh, das heißt, unsere Isolationszeit ist bald vorbei?", frage ich traurig.

„Sieht so aus, also machen wir das Beste daraus."

„Dann lass uns lieber gleich aufstehen."

Ich nehme das Tablett und bringe es in die Küche.

„Also, was wollen wir heute anstellen?“, frage ich, während ich Lily dabei zusehe, wie sie die Küche aufräumt.

„Lust auf Kekse?“

„Kekse gehen immer. Aber das beantwortet meine Frage nicht.“

„Doch, schon. Denn ich habe keine Kekse da. Die müssen wir erst backen. Das hatte ich für heute sowieso vorgehabt. Du kannst mein Helferlein sein, wenn du möchtest.“ Lily grinst mich an.

„Dein Helferlein? Soso, denkst du etwa, ich kann nicht backen?“, frage ich gespielt empört.

„Ich weiß nicht, kannst du?“

„Nun ja … Nein.“

Lily bricht in schallendes Gelächter aus. „Ach Gott, du bist echt süß“, sagt sie außer Atem, nachdem sie sich wieder beruhigt hat.

„Danke, gleichfalls. Also, was backen wir denn?“

„Ich habe alle Zutaten für die typischen Zuckerkekse, Erdnussbutterkekse und Pfefferminzplätzchen gekauft. Und wenn wir damit fertig sind, habe ich noch eine etwas größere Überraschung.“

„Ich liebe Überraschungen.“

„Ach ja?“, fragt Lily grinsend. Fragend zieht sie eine Augenbraue nach oben. „Seit wann?“

„Vielleicht seit heute?“, antworte ich schmunzelnd.

Lily schüttelt nur grinsend den Kopf.

Sie hat die Rezepte bereits rausgesucht und fängt an, die Zutaten und Utensilien zusammenzusuchen. Da ich mich in ihrer Küche nicht auskenne, warte ich so lange.

„Du kannst schon mal eine Playlist auf Spotify raus-
suchen. Am besten natürlich etwas Weihnachtliches."
Sie schiebt mir ihr Handy entgegen.

„Klar." Ich öffne die App und klicke die erstbeste
Weihnachtsplaylist an, die mir die Suche vorschlägt.
„Ich habe nur eine einzige Bitte", sage ich, als ich das
Handy wieder sperre und auf die Arbeitsplatte lege.

„Welche?"

„Fang bloß keine von diesen albernen, klischeehaften
Mehlschlachten mit mir an. Dann bin ich ganz schnell
weg und wenn ich dabei im Schnee versinken muss."

„O bitte." Lily verdreht die Augen. „Ich arbeite beruflich mit Lebensmitteln, denkst du, da bin ich jemand,
der damit spielt?"

Ich zucke mit den Schultern. „Ich wollte es nur gesagt
haben." Ich lege ihr Handy auf die Mikrowelle, damit es
nicht von den Zutaten verschmutzt werden kann, und
wasche mir dann die Hände. „Lass uns anfangen."

Wir beide sind ein gutes Team. Schnell lernen wir,
uns ohne große Worte zu verständigen. Es stört auch
nicht, dass wir nicht miteinander reden, denn es ist ein
angenehmes Schweigen. Minutenlang sind die einzigen Geräusche die leise Weihnachtsmusik im Hintergrund und der Mixer. Bald ist die erste Sorte Kekse im
Ofen und wir fangen mit der zweiten an.

„Die Pfefferminzplätzchen sind die absoluten Lieb-
lingsplätzchen meiner Mutter", erzählt Lily, während
sie die zerstoßenen Zuckerstangen unter den Schoko-
ladenteig hebt. „Ich backe jedes Jahr mindestens ein
Blech, nur um ihr damit an Weihnachten eine Freude
zu machen."

„Das finde ich toll“, erwidere ich und öffne vorsichtig
das kleine Fläschchen Pfefferminzextrakt. „Es klingt,
als hättet ihr ein gutes Verhältnis, du und deine Mutter,
oder?“

Lily nickt. „Meine Mutter ist die tollste Frau auf der
Welt.“

Bevor wir mit der dritten Sorte, den Erdnussbutter-
keksen, anfangen, essen wir die Reste der Suppe zu Mittag.

***

Der Teig der Erdnussbutterkekse ist so lecker, dass
wir, ohne es zu merken, fast die ganze Schüssel so essen. Aus dem Rest lohnt es sich kaum, Kekse zu formen.

„Da müssen wir wohl noch mal ran“, lache ich.

„Geht leider nicht. Ich habe nicht mehr genug Erdnussbutter.“ Lily sieht mich bedauernd an und schaut
sicherheitshalber im Vorratsschrank nach, wodurch
sich ihre Aussage allerdings nur bestätigt.

„Oh, dann ein anderes Mal, okay?“, schlage ich vor.

„Ist gut.“

„Der Teig war auf jeden Fall auch roh superlecker.“

„O ja, das war er“, stimmt Lily mir zu.

„Verrätst du mir jetzt die Überraschung?“, frage ich
aufgeregt wie ein kleines Kind.

Lily lacht. „Aber sicher. Hier ist sie.“ Sie holt etwas aus
einer Schublade.

Als ich erkenne, was es ist, mache ich große Augen.

„O mein Gott. Wie cool, ein Lebkuchenhaus! „Das
habe ich als Kind mit meiner Grandma gemacht.“ Eine
Erinnerung blitzt vor meinem inneren Auge auf. Die

Erinnerung an ein Weihnachtsfest, bevor sich alles geändert hat. „Da muss ich sechs oder sieben gewesen sein. Das finde ich echt cool."

„Siehst du. Dann hatte ich ja den richtigen Riecher."

„Auf jeden Fall! Komm, wir bauen es auf", sage ich aufgeregt.

Zuerst sortieren wir die verschiedenen Bauteile nach Größe. Ich mische den Zuckerguss an, der als Klebstoff dienen soll, während Lily die Dekoration in Schälchen verteilt.

Zusammengebaut ist das Häuschen schnell. Und dann kommt der beste Teil des Ganzen: die Dekoration. Wir kleben Schokolinsen, Gummibärchen und kleine Marshmallows fest. Wir bauen sogar einen Zaun aus Zuckerstangen.

„Fertig. Das sieht toll aus! Warte, ich hole mein Handy, das muss ich unbedingt fotografieren und meiner besten Freundin schicken."

Ich gehe zur Tür, wo mein Mantel hängt. In beiden Taschen wühle ich, doch mein Handy ist nicht da.

„O Mist", murmle ich.

„Ist alles okay?", fragt Lily besorgt.

„Ja, ich habe nur mein Handy vergessen, das ist mir bisher gar nicht aufgefallen."

Zwei Hände legen sich um meine Körpermitte, ich habe gar nicht gemerkt, dass Lily hinter mich getreten ist. Ich drehe mich in ihrer Umarmung um, sodass ich sie ansehen kann.

„Das liegt wohl daran, dass ich eine gute Gesellschaft für dich bin", sagt Lily lächelnd.

„Die beste Gesellschaft überhaupt", erwidere ich, ebenfalls mit einem Lächeln, und lasse mich zu einem Kuss hinreißen.

Am Abend liegen wir, mit Keksen vollgestopft, auf der Couch. Das heißt, Lily sitzt und ich liege, mein Kopf in ihrem Schoß gebettet. Sie streichelt unerlässlich meine Haare. Das fühlt sich so gut an, dass mir mehr als einmal die Augen zufallen.

Irgendwann sagt sie: „Komm, Schlafmütze, wir gehen ins Bett."

***

Am nächsten Morgen hat es tatsächlich mehr oder weniger aufgehört zu schneien. Der Winterdienst hat ganze Arbeit geleistet und die Wege sind wieder einigermaßen begehbar.

„Musst du wirklich schon gehen?" Lily klammert sich an meinem Hals fest. So stehen wir eng aneinandergeschmiegt auf dem Bürgersteig vor ihrem Wohnhaus.

„Ich befürchte, ja. Ich muss arbeiten. Ich will gar nicht wissen, wie viele Mails von Declan in den letzten beiden Tagen gekommen sind. Außerdem musst du auch zur Arbeit. Wir sehen uns heute Abend, okay?"

„Na gut", schmollt sie. „Ich hole dich nach Feierabend zu Hause ab und wir machen einen langen Spaziergang. Wir brauchen beide Bewegung an der frischen Luft."

„Ich freue mich schon darauf. Hab einen schönen Tag."

„Du auch."

Wir küssen uns viel länger als wir sollten, da sich Lily beeilen muss, um pünktlich zur Arbeit zu kommen, bis wir uns endlich voneinander lösen und beide in unterschiedliche Richtungen davongehen.

Wer hätte gedacht, dass sich meine Zeit hier in New York so schnell verändert? Und dann auch noch zu etwas so Wundervollem.

Kapitel 13

Die Tür des Taxis ist noch nicht ganz zugefallen, da öffnet Charles mir schon die Eingangstür des Apartmentkomplexes. „Miss King!", begrüßt er mich. Erleichterung steht in seinen Augen.

„Guten Morgen, Charles. Wie geht es Ihnen? Ist alles in Ordnung?"

„Ehrlich gesagt, habe ich mir Sorgen gemacht. Ich hatte Sie noch vor dem Schnee gewarnt und dann sind Sie nicht zurückgekommen. Ich habe nicht gewusst, was ich tun soll."

Erschrocken schlage ich mir die Hand vor den Mund. „O nein! Das tut mir wirklich leid. Ich bin bei einer Freundin untergekommen und da wurden wir eingeschneit. Mir geht es gut. Machen Sie sich keine Sorgen."

„Da bin ich aber froh. Ich wünsche Ihnen noch einen schönen Tag, Miss King." Er tippt sich mit dem Zeigefinger an den Schirm seiner Uniformmütze und lächelt mich an.

„Danke, gleichfalls."

Im Apartment schalte ich als Erstes mein Handy an. Ich habe einen ganzen Haufen verpasster Anrufe und Nachrichten von Lily, von dem Tag, an dem ich abends zu ihr gegangen bin. Die ignoriere ich allesamt und gehe direkt zu den Nachrichten von Avery. Anscheinend macht sie sich auch ernsthafte Sorgen, denn ihre

Nachrichten kamen in immer kürzeren Abständen. Also schreibe ich ihr schnell zurück.

Sorry. War bei Lily und wir wurden eingeschneit. Mehr später. Heute Mittag Skypen? Meine Zeit.

Ihre Antwort kommt wie erwartet nach wenigen Minuten.

Eingeschneit? Bei Lily? OMG, Sam! Ich will ALLES wissen!

Sofort. Ich ruf dich an, sobald ich kann.

Ich schmunzle. So ist sie, meine beste Freundin. Ihre Definition von *sobald ich kann* scheint zu sein, dass sie alles stehen und liegen lässt, um mich anzurufen, denn keine fünf Minuten später kommt die nächste Nachricht, in der sie schreibt, sie wäre so weit. Also schalte ich lachend den Laptop an und öffne Skype.

In unserer langen Freundschaft ist Avery, glaube ich, noch nie so schnell rangegangen, wenn ich sie angerufen habe, wie jetzt. Darum begrüße ich sie auch mit den Worten: „Na, neugierig?"

Sie verdreht lachend die Augen. „Kennst du mich denn immer noch gar nicht, nach all den Jahren? Also los. Erzähl mir alles. Und lass ja nichts aus."

Für einen Moment überlege ich, sie ein wenig auf die Folter zu spannen, nur so aus Spaß, aber dann merke ich, wie groß der Drang, ist endlich alles loszuwerden. Also erzähle ich von meinem Spaziergang, der bei Lily vor dem Haus ein Ende fand. Von unserem Gespräch und davon, dass ich gehen wollte, aber das Wetter mich nicht gelassen hat und ich deshalb zu Lily zurückgegangen bin. Dann berichte ich vom Schneesturm und davon, wie ich am nächsten Morgen beschlossen habe, meine Zweifel zu ignorieren und wie wir die beiden Tage verbracht haben. Zwischendurch gibt Avery immer mal wieder kurze Kommentare oder Seufzer von sich, aber alles in allem lässt sie mich zuerst zu Ende erzählen. Als ich mit meinen Ausführungen fertig bin, starrt sie mich einen Moment lang sprachlos an.

„Hast du nichts dazu zu sagen?", frage ich neugierig, weil es für sie eher ungewöhnlich ist, so lange zu schweigen.

„Doch", sagt sie dann endlich. „Ich überlege nur gerade, wie ich meine Meinung am besten in Worte fasse."

Mein Herz beginnt zu rasen. „So schlimm?", frage ich ängstlich.

Nach so vielen Jahren Freundschaft lege ich sehr viel Wert auf ihre Meinung und wenn sie mir jetzt sagt, dass ihr irgendwas an der Sache nicht gefällt, obwohl sie vor zwei Tagen noch völlig angetan war, dann wüsste ich wirklich nicht, was ich tun soll. Aber da erscheint ein breites Grinsen auf dem Gesicht meiner besten Freundin.

„Nein, überhaupt nicht! Ganz im Gegenteil, Sam! Ich bin stolz auf dich! Du hattest echt Angst und hast dich trotzdem getraut. Außerdem klingt Lily wirklich nach einem tollen Menschen. Ich hoffe, ich lerne sie irgendwann mal kennen."

Jetzt strahle ich und meine Angst ist wie weggeblasen. „Das wirst du, Süße. Auf jeden Fall. Aber genug von mir, was gibt es bei dir Neues?"

Avery seufzt. „Zu viel Arbeit. Zu wenig Geld. Und mit Mason läuft es auch nicht so besonders. Also eigentlich alles wie immer."

Sofort empfinde ich Mitleid mit ihr. Sie arbeitet sich seit Jahren im Friseursalon ihrer Tante die Hände wund, weil sie sonst niemand einstellen wollte. Leider läuft der Salon nicht richtig, aber ihre Tante weigert sich, ihn einfach so aufzugeben. Und Mason – nun ja. Die beiden sind schon seit der High School ein Paar, doch so oft, wie es zwischen den beiden kriselt und kracht, wundert es mich ehrlich, dass es immer noch hält. So hat jeder seine eigene Definition von Liebe. Oder zumindest so etwas Ähnlichem.

„O Mann, Avery. Das tut mir leid. Sag Mason, wenn er sich nicht benimmt, ziehe ich ihm die Ohren lang, sobald ich wieder da bin, klar?"

Sie grinst und nickt. „Mache ich. Das wirkt ja meistens, er hat anscheinend echt Angst vor dir."

„Warum auch immer", erwidere ich grinsend. „So, ich muss jetzt Schluss machen. Langsam sollte ich mit der Arbeit anfangen. Lily holt mich später ab und bis dahin muss ich die beiden verlorenen Tage reingeholt haben. Außerdem sollte ich mich vielleicht mal wieder bei meinen Eltern melden."

„Alles klar, ich muss sowieso mal langsam ins Bett. Viel Spaß heute Abend. Hab dich lieb. Aber erzähl deinen Eltern bloß nichts vom Schneesturm!"

„Ich dich auch. Quatsch, nur über meine Leiche erfahren sie davon!"

***

Mit einem frischen Kaffee setze ich mich wenig später ans Manuskript. Erst denke ich, dass es nach zwei Tagen Pause gar nicht so einfach wird, wieder reinzukommen, aber da irre ich mich. Meine Hände fliegen nur so über die Tasten und meine Gedankengänge kommen viel schneller, als ich tippen kann. Das ist mein liebstes Gefühl beim Schreiben. Zu wissen, dass die Ideen immer noch da sind und nicht mitten im Prozess die Quelle versiegt. Etwa nach vier Stunden habe ich mein selbstgesetztes Tagesziel erreicht sowie das meiste vom Rückstand wieder aufgeholt.

Bis Lily kommt, habe ich noch etwas Zeit. Die nutze ich, um meinen Eltern und Declan E-Mails zu schreiben. Declan hat mir einen Vertragsentwurf für das aktuelle Projekt geschickt, somit habe ich nun doch eine Deadline. Aber das ist okay.

Weil ich danach nicht weiß, was ich mit meiner Zeit anfangen soll, gehe ich ein paar Lebensmittel kaufen und koche mir dann ein kleines Mittagessen. Während des Essens läuft Netflix und mein Kopf schaltet sich ab. Ich sollte mir öfter ein bisschen Entspannung gönnen und mir Zeit für mich nehmen. Aber das konnte ich noch nie besonders gut. Manche Dinge ändern sich eben nie.

***

Am Nachmittag kommt endlich die lang ersehnte Nachricht von Lily, dass sie unten auf mich wartet. Ich beeile mich, Mantel und Stiefel anzuziehen, und eile aufgeregt zum Aufzug. Es kommt mir gar nicht so vor, als hätten wir uns erst vor wenigen Stunden voneinander verabschiedet. Als ich nach draußen komme, steht Lily lässig an eine Straßenlaterne gelehnt und wartet auf mich. Sie entdeckt mich und lächelt. Damit bringt sie auch mich zum Lächeln.

„Hey, du", begrüßt sie mich.

„Hey. Schön fleißig gewesen heute?", frage ich und ziehe sie für einen kurzen Kuss an mich.

„Aber immer doch, und du?"

„Ja, es lief echt gut. Vorher musste ich natürlich noch meine beste Freundin auf den neusten Stand der Dinge in meinem Leben bringen."

Lilys Augen werden groß. „Oh, und was hat sie gesagt?"

„Sie freut sich und kann es kaum erwarten, dich kennenzulernen."

„Ich mag sie jetzt schon." Sie lacht.

O ja, ich denke, die beiden werden sich wirklich gut verstehen.

„Wollen wir los?", frage ich, worauf sie nickt.

Also gehen wir munter los.

„Gibt es heute ein Ziel?", frage ich.

Lily schüttelt den Kopf. „Nein, ich glaube nicht. Heute möchte ich bloß ein bisschen Bewegung und die Zeit mit dir genießen, aber keine Angst, ganz fertig sind wir mit meiner schönen Liste noch nicht. Und selbst wenn es so weit ist, mich wirst du so schnell nicht mehr los."

„Wer sagt denn, dass ich das vorhabe?", frage ich mit spitzbübischem Grinsen im Gesicht.

„Wer weiß? Vielleicht hast du mich irgendwann satt."

„Niemals", erwidere ich entschlossen.

„Sicher?"

Zur Bestätigung bleibe ich stehen, ziehe sie an mich und gebe ihr einen langen Kuss.

„Reicht das als Antwort?"

Lily legt den Kopf schief, als müsse sie überlegen. „Ich glaube nicht. Sag das noch mal."

Also küsse ich sie erneut. „Können wir nicht hier stehen bleiben und damit weitermachen?", frage ich, als ich mich wieder von ihr gelöst habe.

„Schön wäre es. Aber nein. Komm weiter, vom Rumstehen wird es nur kalt."

„Na gut, auch wenn mir gerade nicht kalt war." Ich zwinkere und ernte dafür ein amüsiertes Kopfschütteln.

Wir spazieren eine Weile über die verschneiten Wege. Um uns herum hetzen die Leute zu ihren Terminen und Besorgungen. Keiner achtet auf den anderen. Daran habe ich mich mittlerweile gewöhnt. Lily greift unerwartet nach meiner Hand und verschränkt ihre Finger mit meinen. Leicht drücke ich zu, um ihr zu signalisieren, wie sehr ich das Gefühl mag.

„Gehen wir eine Runde durch den Park?", fragt Lily, als wir schon ein oder zwei Blocks gegangen sind und uns dem Central Park nähern. Es dämmert schon, aber der Park ist gut beleuchtet, also nicke ich. Wir überqueren die Straße und halten uns an die Wege.

„Hast du eigentlich Pläne für Weihnachten?", will Lily nach einer Weile wissen.

Ich zucke lustlos mit den Schultern. „Wahrscheinlich Essen vom Lieferservice und Netflix."

Lily bleibt stehen und schaut mich entgeistert an. „Kommt überhaupt nicht infrage! Ich lasse dich nicht am schönsten Tag des Jahres allein herumsitzen."

„Dann komm mir doch Gesellschaft leisten", schlage ich vor.

„Oder du kommst mit mir zu meinen Eltern", meint Lily.

Erst denke ich, ich habe mich verhört. „Meinst du das ernst? Geht dir das nicht ein bisschen zu schnell? Immerhin ist es nicht mehr lange hin bis Weihnachten."

„Wenn es dir nicht zu schnell geht, ist es für mich auch in Ordnung. Ich würde mich sehr freuen." Sie schenkt mir ein Lächeln.

„Aber ob das deinen Eltern recht ist?", frage ich zweifelnd.

„Ach, Sam. Wir sind eine große Familie. Da fällt einer mehr oder weniger nicht auf. Und außerdem ..." Sie bricht ab und sieht betreten zu Boden.

„Außerdem was?"

„Außerdem habe ich vorhin schon mit meiner Mom gesprochen und sie gefragt, ob ich dich mitbringen darf, wenn du möchtest."

„Ernsthaft?"

Sie nickt. „Meine Mom und ich stehen uns sehr nah."

„Und was hat sie gesagt? Zu uns, meine ich."

„Sie freut sich, dich kennenzulernen und lässt es auf gar keinen Fall zu, dass du nicht dabei bist."

„Na wenn das so ist, dann fahre ich wohl mit." Ich lächle sie an.

Lily streckt triumphierend eine Faust in die Luft. „Juhu!", jubelt sie grinsend. „Du wirst es nicht bereuen, das verspreche ich dir!"

„Hauptsache, ich kann so viel Zeit wie möglich mit dir verbringen."

Während wir weiter durch den Park gehen, fällt mir abseits der Wege eine Gruppe Menschen auf. Wir sind noch zu weit entfernt, um zu sehen oder zu hören, was genau da los ist. „Schau mal da drüben. Ich bin neugierig, lass uns mal sehen was da passiert."

Lilys Augen werden groß und sie zieht die Brauen hoch. „Du bist neugierig? Das könnte eine Schlägerei oder was anderes Illegales sein." Entgeistert schüttelt sie den Kopf.

Entschuldigend zucke ich die Schultern. „Sorry, Berufskrankheit. Nach Schlägerei oder Ähnlichem sieht mir das allerdings nicht aus. Die wirken doch alles ganz ruhig. Na komm schon."

Lily seufzt leise. „Schön, aber wir halten genug Abstand, ja?"

Ich nicke und drücke beruhigend ihre Hand. Je näher wir der Ansammlung von Menschen kommen, desto klarer wird, dass sie absolut nichts Böses im Sinn haben. Ich warte ab, bis ich mir zu hundertprozentig sicher bin, ehe ich sage: „Lily! Hörst du das? Da werden nur Weihnachtslieder gesungen."

Lily horcht und nickt dann. „Stimmt!"

„Wollen wir fragen, ob wir mitmachen dürfen?"

Jetzt sieht sie mich an, als hätte ich chinesisch gesprochen. „Du ... du willst mitmachen? Beim Singen von Weihnachtsliedern?"

Der Drang, mich der Gruppe anzuschließen, überrascht mich selbst. Was passiert hier? Doch ich nicke begeistert und ziehe sie hinter mir her. Wir erreichen die Gruppe und ich warte ab, bis das aktuelle Lied vorbei ist, ehe ich dem großen Mann, der mir am nächsten steht, auf die Schulter tippe. „Bitte entschuldigen Sie die Störung. Aber meine Freundin und ich haben uns gefragt, ob wir vielleicht mitmachen dürfen?"

Der Mann lacht breit und ruft: „Natürlich! Kommen Sie, kommen Sie. Suchen Sie sich einen schönen Platz. Jeder, der Lust hat, darf sich uns ganz unverbindlich anschließen. Wir wollen hier nur unseren Spaß haben."

Lily und ich sehen uns amüsiert an. Seine Euphorie ist ansteckend. Wir stellen uns an den Rand und irgendjemand in der Menge, insgesamt sind wir sicher fünfzehn bis zwanzig Leute, wünscht sich, dass wir *Joy to the World* singen. Da ich seit Jahren keine Weihnachtsmusik gehört habe, kann ich mich zwar grob an die Melodie erinnern, nur den Text weiß ich nicht mehr. Vielleicht war das hier doch nicht meine beste Idee. Hauptsache Spaß, so hat es der Mann gesagt.

Die nächsten paar Lieder kenne ich tatsächlich noch aus meiner Kindheit. Ich meine, wer vergisst schon Lieder wie *Rudolph the Red Noesed Reindeer, Jingle Bells* oder *Let it snow*? Um uns herum ist es inzwischen vollständig dunkel geworden. Der Himmel jedoch ist so klar, dass ich jeden einzelnen Stern sehe, der auf uns herableuchtet. Das gibt der ganzen Situation etwas Magisches.

Gerade haben wir ein Lied über einen Schneemann beendet, das ich vorher nicht kannte, da sagt der Mann, der uns so freundlich aufgenommen hat: „So Leute, bevor wir hier alle festfrieren, beenden wir unser Treffen besser. Bis Weihnachten sind wir alle drei Tage hier, wer also noch mal Lust hat, mitzumachen, ist herzlich willkommen."

Ich nehme Lilys Hand und wir entfernen uns winkend von den anderen.

„Das hat echt Spaß gemacht, oder?" Lilys Wangen haben einen leuchtend roten Schimmer angenommen.

„Auf jeden Fall! Ich kannte zwar nicht alle Lieder, aber es war trotzdem toll", stimme ich ihr zu.

„Freut mich, dass es dich so begeistert. Wollen wir uns langsam auf den Rückweg machen? Mir ist jetzt echt kalt."

„Mir auch, lass uns gehen."

Glücklich schweigend, laufen wir Hand in Hand zu meinem Apartment Das einzige Geräusch, das zu hören ist, ist das Knirschen des Schnees unter unseren Schuhen.

Vor der Tür meines Wohngebäudes bleiben wir stehen.

„Kommst du noch mit rein?", frage ich. „Einen Kaffee oder Tee zum Aufwärmen trinken?"

„Geht leider nicht. Morgen ruft die Frühschicht, also muss ich langsam ins Bett." Sie zieht eine Schnute. „Ich habe keine Sachen zum Wechseln dabei, sonst würde ich bei dir übernachten."

„Schade", erwidere ich traurig. „Aber morgen sehen wir uns?"

„Auf jeden Fall. Vielleicht habe ich auch schon eine Idee, dafür muss nur der Wettergott mitspielen." Sie schaut zum Himmel hinauf.

„Okay. Dann sehen wir uns. Schick mir eine Nachricht, wenn du dich entschieden hast."

„Das mache ich sowieso", lacht sie und umarmt mich.

Ich küsse sie zum Abschied und wende mich in Richtung Tür.

Gerade will ich reingehen, als mich ihre Stimme zurückhält. „Sam, bevor ich es vergesse: Ich bin stolz auf dich.“

Ich drehe mich um. „Stolz? Weshalb?“

Sie lächelt. „Du hast die Initiative ergriffen. Ich hätte dich nie zum Mitsingen gezwungen. Das freut mich, dass du anscheinend langsam Gefallen daran findest.“ Sie winkt mir zu und geht davon.

Oben in meinem Apartment angekommen, tue ich etwas, dass ich noch nie getan habe. Ich öffne das Musikprogramm auf meinem Laptop und starte eine Playlist mit Weihnachtsmusik.

Kapitel 14

Der Wettergott liebt uns! Wir treffen uns um drei im Central Park!

So lautet die Nachricht, die ich am nächsten Vormittag von Lily bekomme.

Als ich mich um halb drei auf den Weg mache, habe ich richtig gute Laune und bin gespannt, was Lily und ich heute unternehmen.

Im Central Park tummeln sich eine ganze Menge Menschen und da ich erst zweimal hier war, einmal sogar im Dunkeln, kenne ich mich nicht gut aus, also habe ich keine Ahnung, wie ich Lily hier finden soll. Deshalb schreibe ich ihr eine Nachricht, dass ich am Eingang bin. Kurz darauf bekomme ich eine Wegbeschreibung von ihr geschickt. So gut ich kann, versuche ich, dieser zu folgen.

Irgendwann höre ich jemanden meinen Namen rufen.

Tatsächlich entdecke ich Lily, die auf einem Hügel steht und mir zuwinkt. Ich mache mich daran, den Hügel zu erklimmen

und komme pustend und schnaufend bei ihr an.

„Warum treffen wir uns ausgerechnet hier oben?", frage ich nach Luft schnappend und stütze mich mit den Händen auf meinen Oberschenkeln ab.

„Nette Begrüßung", sagt Lily zwinkernd.

Grinsend verdrehe ich die Augen und begrüße meine Freundin mit einem Kuss.

„Okay, verrätst du mir jetzt, was wir hier oben machen?"

Doch ich beantworte mir die Frage selbst, als ich sehe, was Lily in der Hand hält: eine Schnur, welche zu einem hellbraunen Holzschlitten führt.

„Wir fahren Schlitten? Ist das nicht was für Kinder?", frage ich irritiert.

Lily schiebt gespielt schmollend die Unterlippe vor.

„Nein, das macht immer Spaß. Und da es die ganze Nacht wieder ordentlich geschneit hat, sind die Bedingungen perfekt dafür."

Ein Teil von mir würde am liebsten sofort zurück in die Sicherheit meines Apartments gehen. Aber ich möchte Lily nicht enttäuschen. Also schlucke ich meine Bedenken hinunter und schaue sie an. „Wenn du das sagst. Und das Ding trägt uns echt beide?" Skeptische deute ich auf den Schlitten.

„Keine Sorge, willst du mir zusehen und dich davon überzeugen, dass es sicher ist?"

Ich nicke langsam und Lily lacht.

„Sieh zu und lerne", sagt sie, bevor sie sich auf den Schlitten setzt, mit den Händen die Schlaufe zum Festhalten greift und sich dann kräftig mit den Füßen abstößt. Als sie den Hügel hinuntersaust, höre ich sie lachen.

Ich gebe zu, das sieht lustig aus. Lily kommt wieder hochgelaufen und zieht dabei den Schlitten hinter sich her.

„Und? Willst du auch?", fragt sie aufgeregt.

„Ich versuche es mal", erwidere ich nach leichtem Zögern.

„Sehr gut! Allein, oder mit mir zusammen?"

„Beim ersten Mal lieber zusammen, bitte."

„Okay, dann setz dich rauf", ermutigt sie mich.

Nachdem ich mich auf das kalte Holz gesetzt habe, setzt sich Lily vor mich, damit sie lenken kann. Sie zeigt mir, wie ich die Füße abstellen muss, um uns nicht auszubremsen, und weist mich an, die Hände um ihre Taille zu legen.

„Bereit?", fragt sie, worauf ich nicke.

Wieder stößt Lily den Schlitten mit den Füßen an und wir setzen uns in Bewegung. Dabei werden wir immer schneller und schneller. Ein unglaubliches Gefühl! Der Wind pfeift trotz Mütze an den Ohren und ohne, dass ich es verhindern kann, breche ich in fast schon hysterisches Gelächter aus. Wann hatte ich zum letzten Mal so viel Spaß?

Viel zu schnell kommen wir unten an.

„Das müssen wir definitiv noch mal machen!", rufe ich begeistert und stürme in großen Schritten erneut den Hügel hinauf.

Wir fahren viele Male gemeinsam, bis Lily fragt, ob sie nochmal allein darf.

„Klar!", antworte ich und sehe ihr zu, wie sie unzählige Male den Hügel runtersaust und kurz darauf wieder zu mir nach oben kommt, nur um erneut zu fahren. Während ich oben auf sie warte, laufe ich auf der Stelle, um nicht zu erfrieren. Es ist so kalt, dass ich meinen Atem sehe.

Als Lily das nächste Mal nach oben kommt, nehme ich ihr den Schlitten ab. „Jetzt möchte ich mal wieder."

Lily sieht mich aufgeregt an. „Allein?", fragt sie.

Ich nicke entschlossen und setze mich auf den Schlitten.

So kräftig, wie ich kann, stoße ich mich ab. Leider habe ich das Lenken unterschätzt und verliere ein bisschen Kontrolle.

„Abbremsen, Sam! Abbremsen!", schreit Lily von oben, aber in dem Moment habe ich vergessen, was ich dafür tun muss.

Aus Angst schließe ich die Augen und lehne mich nach links, sodass ich in den weichen Schnee purzle. Langsam öffne ich die Augen und schlucke. Nur ein paar Zentimeter neben mir steht ein großer Baum. Fast wäre ich frontal dagegen gefahren.

Das war knapp. Plötzlich bin ich unfähig, mich zu bewegen. Meine Arme und Beine fühlen sich an, als würden sie nicht zu mir gehören. In meiner Erinnerung höre ich Reifen quietschen. Daraufhin zieht sich mein Magen unkontrolliert zusammen, mit letzter Kraft drehe ich mich auf die Seite und übergebe mich hinter den Baum. Ich lasse mich auf den Rücken sinken und schließe die Augen. Der beißende Geruch des Erbrochenen hängt mir in der Nase. Verdammt. Ich will hier weg.

Bevor ich Anstalten machen kann, aufzustehen, kommt Lily auf mich zugerannt und bleibt schlitternd neben mir stehen.

„Sam, alles okay? Verdammt, das sah echt gefährlich aus. Geht's dir gut? Ist dir übel?" Sie redet so schnell, dass ich mich anstrengen muss, sie zu verstehen.

„Mir geht es gut", versichere ich ihr, doch meine Stimme klingt schwach. „Ich habe die Kontrolle verloren und wusste nicht mehr, wie ich bremsen muss." Ich schlucke und fange an, zu zittern. Ob vor Schock oder wegen der Kälte, kann ich nicht sagen. Wahrscheinlich wegen beidem. „Können wir gehen?", frage ich und schaue dabei zu Lily auf. „Mir ist die gute Laune echt vergangen."

„Aber klar. Komm, ich helfe dir." Lily zieht mich hoch und mit dem Schlitten im Schlepptau verlassen wir Arm in Arm den Park und machen uns auf den Weg zu meinem Apartment.

***

„Hübsch hast du es hier. Aber ganz schön … spartanisch."

Verwundert schaue ich Lily an. „Spartanisch? Wie meinst du das?"

„Hier ist keine einzige persönliche Note. Oder irgendwelche schöne Weihnachtsdekoration."

„Es ist doch auch nicht mein Apartment. Es gehört jemandem aus der Agentur. Da gebe ich kein Geld für Sachen aus, die ich nicht brauche, und vor allem, die ich nicht mit nach Hause nehmen kann." Ich zucke mit den Schultern. Bisher kam mir nie der Gedanke, hier zu dekorieren. Neben meinem Bett steht ein gerahmtes Foto von meinen Eltern, das ist auch schon alles.

„Ja, das verstehe ich", meint Lily. „Aber das macht mich doch ein wenig traurig. Hast du etwas dagegen, wenn ich ein bisschen was verändere?" Ihre Augen bekommen wieder diesen Glanz, wie immer, wenn sie sich eine Sache in den Kopf gesetzt hat.

Meine Augenbrauen wandern in die Höhe. „Verändern? Was willst du denn verändern?"

„Nicht viel", sagt sie schulterzuckend. „Ich möchte nur ein bisschen Stimmung hier reinbringen."

„Okay, tu dir keinen Zwang an", antworte ich mit einer wegwerfenden Handbewegung. Sie soll sich ruhig austoben.

„Super, ich komme gleich wieder, gib mir zwanzig Minuten."

Bevor ich noch was sagen kann, ist sie aus der Tür verschwunden.

***

Als es zwanzig Minuten später an meiner Tür klopft, tanze ich gerade ausgelassen zu meiner Weihnachtsmusik durch das Wohnzimmer. Anscheinend hat Lily es tatsächlich geschafft, mich anzustecken. Zumindest ein bisschen.

Immer noch mit der Musik im Hintergrund, öffne ich Lily die Tür. Sie steht dort, bepackt mit Tüten. Als sie die Musik bemerkt, breitet sich ein Grinsen auf ihrem Gesicht aus.

„Aha! Sind wir etwa in Weihnachtsstimmung?", neckt sie mich und ich verdrehe nur lächelnd die Augen.

„Was hast du da?" Ich deute auf die ganzen Tüten, nehme ihr welche ab und trage sie zum großen Esstisch.

„Du hast gesagt, du willst keine teure Deko, die du dann zurücklassen musst. Das verstehe ich sehr gut, aber trotzdem bin ich der Meinung, dass hier etwas Freundlichkeit rein muss. Darum war ich im Bastelladen ein paar Straßen weiter."

„Im Bastelladen?" Ich bin irritiert.

Lily nickt eifrig. „Ich dachte, anstatt überteuerte Deko zu kaufen, basteln wir einfach selbst welche."

„Oh, wow."

„Keine gute Idee?" Lily schaut betreten zu Boden.

Beschwichtigend ziehe ich sie auf den Stuhl neben mir und lege ihr die Hand auf den Arm.

„Doch, natürlich. Ich bin nur überrascht, das ist alles. Das wird sicher toll!"

Jetzt haben ihre Augen wieder den typischen Glanz und auch das Grübchen an ihrem Kinn zeigt mir, dass sie wieder glücklicher ist.

Gemeinsam leeren wir die Tüten aus. Als ich die Menge an Materialien sehe, lache ich. „Sag mal, wie viele Apartments wollen wir schmücken?"

Lily zuckt entschuldigend die Schultern. „Im Bastelladen eskaliere ich schon mal gern. Was wir nicht brauchen, nehme ich einfach mit nach Hause. Früher oder später finde ich bestimmt Verwendung für alles."

„Gut. Also, womit fangen wir an?"

„Mit den Wichteln."

„Was?", frage ich unsicher, ob ich sie richtig verstanden habe.

„Wir machen Wichtel."

„Und wie machen wir die?"

Lily legt mir eine Handvoll Tannenzapfen vor die Nase.

„Hiermit. Die kann man dann zum Beispiel auf dem Schrank im Wohnzimmer aufstellen, oder auf dem Kaminsims."

Lily nimmt roten und weißen Filz zur Hand und zeigt mir, wie man daraus eine Weihnachtsmütze für die Wichtel bastelt.

Fünf Mützen später haben wir eine niedliche kleine Wichtelfamilie mit weißen Bärten aus Watte geschaffen.

„Ich habe dir noch was mitgebracht", sagt Lily und greift nach einer der Tüten. „Aber werd' bitte nicht sauer."

„O Gott, was hast du gemacht?"

Grinsend zieht sie etwas Grünes hervor. Bei genauerem Hinsehen erkenne ich, dass es sich dabei um eine Maske handelt. Vorne aufgedruckt ist der Grinch. Ich kann nicht anders, als laut zu lachen.

„Ist das dein Ernst?", frage ich und wische mir Lachtränen von den Wangen.

Lily grinst und zieht mir die Maske übers Gesicht. Durch die Löcher auf Augenhöhe kann ich sie immer noch sehen.

„Die habe ich im Laden entdeckt und musste sie einfach mitnehmen, weil ich direkt an dich gedacht habe."

Auch wenn ich mit Weihnachten nicht viel am Hut habe, den Grinch kenne ich noch aus meiner Kindheit. Amüsiert schüttle ich den Kopf. „Muss ich die jetzt die ganze Zeit auflassen?", frage ich.

„Nein, aber ein bisschen, okay?" Sie grinst.

„Okay." Ich sehe mir die restlichen Utensilien an. „Dann lass uns weitermachen. Was kommt als Nächstes?"

„Wir basteln Teelichthalter", antwortet Lily und wir wenden uns wieder den Utensilien vor uns zu.

Mit Hilfe einer Serviettentechnik und kleinen Gläsern machen wir eine Menge hübscher Kerzenhalter, die wir mit Teelichtern befüllen und im ganzen Apartment verteilen.

„Als Letztes sorgen wir dafür, dass deine Fenster nicht mehr so nackt sind. Zuerst wollte ich weiße Pappe kaufen, damit wir Schneeflocken machen können, aber ich dachte mir, dass du mich dann wahrscheinlich nicht mehr wiedersehen willst." Lily lächelt entschuldigend. „Vielleicht können wir stattdessen Sterne basteln? Die sind auch weihnachtlich."

„Also zuallererst glaube ich nicht, dass du etwas tun könntest, das dafür sorgt, dass ich dich nicht mehr sehen möchte. Trotzdem sind mir Sterne definitiv lieber als Schneeflocken", antworte ich und ziehe die Grinchmaske ab.

Lily hat sogar verschieden große Schablonen in Sternform besorgt. Weil es, wie sie sagt, unglaublich schwer ist, ohne Vorlage symmetrisch aussehende Sterne auszuschneiden.

„Sollen deine Sterne glitzern?", fragt Lily, als wir keine gelbe Pappe mehr übrighaben.

„Sag nicht, du hast Glitzer gekauft." Ungläubig schaue ich sie an.

„Natürlich." Sie hält mir lachend zwei kleine Ampullen mit goldenem Glitzer darin hin.

„Ich denke, das ist vielleicht doch zu viel des Guten", antworte ich und schüttle lachend den Kopf.

„Kein Problem. Dann hängen wir sie so auf."

Bis wir alle Sterne mit Klebeband befestigt haben, vergeht mehr als eine halbe Stunde. Gemeinsam räumen wir die Reste von Lilys Ausbeute weg, zünden die Teelichter an und lassen uns dann aufs Sofa fallen.

„Sieht doch alles gleich ganz anders aus", meint Lily fröhlich.

Ich schaue mich um und nicke.

„Gefällt es dir?", fragt Lily.

„Ja, es ist sehr hübsch. Danke dafür."

„Immer wieder gern." Sie küsst mich.

„Bleibst du hier? Oder musst du morgen früh raus?", frage ich mit hoffnungsvollem Unterton in der Stimme. Mir gefällt der Gedanke, neben ihr einzuschlafen und aufzuwachen.

„Nein, muss ich nicht. Ich bin morgen mit meinem Dad zum Tannenbaum kaufen verabredet. Aber wir treffen uns erst um zehn, also habe ich genug Zeit."

„Sehr schön. Ich hätte auch keine Lust gehabt, dich schon wieder gehen zu lassen", antworte ich und ziehe sie für einen langen Kuss an mich.

Kapitel 15

Da Lily und ihr Dad heute den Weihnachtsbaum der Familie Campbell aussuchen wollen, entscheide ich mich, zum ersten Mal seit einigen Tagen wieder ins *Cornelia's* zu gehen und dort zu arbeiten. Auch wenn ich die Zeit mit Lily mehr als genieße, wird mir ein produktiver Tag sicher zugutekommen.

Im Café angekommen, werde ich von Wanda begrüßt.

„Guten Morgen, Sam. Falls du Lily suchst, die ist heute nicht da", informiert sie mich.

„Ich weiß, ich dachte, ich komme mal wieder zum Arbeiten her."

„Was kann ich dir bringen?"

„Einen Latte macchiato und einen von diesen fantastisch aussehenden Schokomuffins, bitte."

Wanda lächelt. „Kommt sofort."

***

Ich bin schon ganz in meine Arbeit versunken, als Wanda an meinen Tisch auf der Empore tritt, um mir meinen Latte macchiato und den Muffin zu bringen. Ich bedanke mich und warte darauf, dass sie sich ebenfalls wieder ihrer Arbeit zuwendet. Doch als ich sie sich räuspern höre, blicke ich erneut zu ihr auf.

„Sam?"

„Ja, Wanda?“

„Ich will dir noch was sagen.“

„Okay?“ Die Art, wie sie mich ansieht, macht mich nervös.

„Weißt du, es geht um Lily. Ich weiß nicht, ob sie dir davon erzählt hat, aber sie ist für mich so etwas wie die Tochter, die ich nie hatte.“

„Sie hat so was erwähnt.“ Meine Stimme klingt leicht argwöhnisch.

„Nun, aus diesem Grund betrachte ich es als meine Pflicht, jetzt da ich weiß, dass ihr beiden eine Beziehung habt, ein ernstes Wort mit dir zu reden.“

„Ein ernstes Wort? Wovon sprichst du?“, frage ich irritiert.

Seufzend lässt sie sich auf den Stuhl gegenüber von mir fallen und fährt sich mit den Fingern durch die Haare.

„Tu ihr nicht weh“, bittet Wanda mich mit ernstem Blick.

„Ah, darum geht’s also. Keine Sorge, ich habe nicht vor, ihr wehzutun. Ich mag sie sehr.“

„Sie dich auch, das sehe ich ihr an.“

Jetzt lächle ich. „Ich verstehe deinen Standpunkt. Aber du brauchst dir da wirklich keine Gedanken zu machen. Das verspreche ich.“

„Gut, sehr gut.“ Wanda steht auf und lässt mich allein, jedoch nicht, ohne mich noch einmal anzulächeln.

Grinsend schüttle ich den Kopf und wende mich wieder meiner Arbeit zu. Während ich so auf meinen Laptop starre, bemerke ich einen Schatten vor mir. Ich blicke auf und sehe eine junge Frau vor meinem Tisch stehen. Ich schätze sie ein bisschen jünger als mich.

„Entschuldigen Sie bitte, aber ist der Stuhl hier noch frei?" Sie zeigt auf den Platz gegenüber von mir. „Alle anderen Tische sind leider schon belegt."

Ich lächle sie freundlich an und deute auf den Stuhl. „Nur zu, setzen Sie sich."

Dankbar erwidert sie mein Lächeln und nimmt mir gegenüber Platz.

„Vielen Dank", sagt sie und stellt einen Laptop auf den Tisch, der nach einem Knopfdruck summend zum Leben erwacht. „Ich muss dringend ein Manuskript durcharbeiten und brauchte unbedingt einen Tapetenwechsel von meinem Büro."

Bei ihren Worten werde ich hellhörig. „Manuskript?", frage ich neugierig. „Sind sie Autorin?"

Die Frau schüttelt den Kopf. „Nein, ich bin Lektorin bei einem Verlag."

„Ist ja ein lustiger Zufall. Ich bin Autorin!", antworte ich, woraufhin sich ihre Augen weiten.

„Das ist wirklich ein Zufall." Sie streckt mir ihre Hand entgegen. „Ich bin Helena", stellt sie sich vor.

„Samantha. Freut mich, Sie kennenzulernen." Ich ergreife ihre Hand und sie schüttelt meine kräftig.

„Ebenso", sagt sie lächelnd, deutet dann auf meinen Laptop. „Darf ich fragen, woran Sie gerade arbeiten?"

Ich nicke und nehme einen Schluck von meinem Latte macchiato. „Ich schreibe an einem Weihnachtsroman, der in New York spielt."

„Das klingt toll!"

„Ich hoffe, das wird es sein, wenn ich erst einmal fertig bin. Es hilft auf jeden Fall, sich ins Setting einzufühlen, wenn man das Buch an dem Ort schreibt, in dem es auch spielt."

„Sie kommen nicht von hier?", fragt Helena aufrichtig interessiert.

„Ich komme aus Australien."

Die Augen meines Gegenübers weiten sich. „Wow, da war ich noch nie."

„Das ist die Antwort, die ich am häufigsten höre, wenn ich erzähle, woher ich stamme", sage ich schmunzelnd und mustere sie. „Und Sie? Sind Sie aus New York?"

Sie schüttelt den Kopf. „Nein, ich komme ursprünglich aus einer Kleinstadt in Iowa. Aber ich liebe New York und auch meinen Job hier."

Ich nicke wissend. „Lektorin zu sein, ist sicher ein toller Job, oder?"

„O ja. Wenn ich unter den Manuskripten ein Goldstück entdecke, fängt meine Kopfhaut immer an zu kribbeln und dann weiß ich, ich habe etwas Gutes gefunden." Sie lacht.

„Schreiben Sie auch selbst?", will ich neugierig wissen.

Helena schüttelt den Kopf. „Nein. Na ja, das heißt, ich habe es versucht."

„Aber?"

„Ich habe noch nie eine Geschichte beendet", gesteht sie und senkt den Blick.

„Woran liegt das, wenn ich fragen darf?"

„Ich denke, ich bin zu perfektionistisch dazu. Ich bin mit meinen Ideen, oder dem, was ich schreibe, nie hundertprozentig zufrieden und das zieht mich runter, sodass ich wochenlang kein Wort schreibe. Gibt es nicht den ultimativen Tipp von einem Profi?"

Ich lache und zucke mit den Schultern. „Ich befürchte, das Einzige, was hilft, ist: dranbleiben. Auch wenn es Tage gibt, an denen es nicht so gut läuft, oder Zweifel stärker als die Kreativität sind. Am nächsten Tag wird es besser, das verspreche ich. Nur Sie können diese Geschichte erzählen und das müssen Sie sich immer vor Augen halten, in Ordnung?"

Ein Lächeln bildet sich auf ihren Lippen. „In Ordnung! Ich versuche es."

Ich erwidere das Lächeln. „Das wollte ich hören."

Helena greift in ihre Handtasche, zieht etwas daraus hervor und reicht es mir. Ich erkenne, dass es eine Visitenkarte ist, und hebe fragend die Augenbrauen.

„Nur für den Fall, dass Sie einen neuen Verlag brauchen, sollten Sie mal nach New York ziehen, oder so." Sie grinst.

Ich stecke die Karte ein. „Danke, das werde ich mir merken."

„Ich erwarte ihren Anruf", antwortet sie lachend. „Aber jetzt sollten wir vielleicht weiterarbeiten."

Nach einer Weile, ich lege gerade eine kleine Pause ein, um mich zu strecken, was meine Wirbelsäule mit einem verärgerten Knacken über sich ergehen lässt, taucht ein junger Mann an unserem Tisch auf. Er hat dunkles Haar und durchdringende blaue Augen. Auch Helena bemerkt ihn und ein breites Lächeln bildet sich auf ihrem Gesicht.

„Was machst du denn hier?", fragt sie und steht auf, um den Mann mit einer Umarmung und einem Kuss zu begrüßen.

„Ich wollte dich abholen, damit du nicht wieder ohne Pause den ganzen Tag durcharbeitest", antwortet er.

Helenas Wangen färben sich rosa. „Gute Idee", nuschelt sie und sieht dann mich an. „Samantha, das ist Theo, mein Freund. Er ist gerade zu Besuch in der Stadt." Sie schaut zu ihm. „Theo, das ist Samantha, sie ist Autorin und wir haben uns heute hier kennengelernt."

Theo hebt die Hand zum Gruß und ich tue es ihm gleich. Helena packt derweil ihre Sachen zusammen und steht auf.

„Also dann", sagt sie. „Ich lasse mich mal von meinem Liebsten zum Essen einladen. Hat mich gefreut, Sie kennenzulernen, Samantha. Ich hoffe, wir sehen uns irgendwann mal wieder."

Ich lächle. „Hat mich auch gefreut, Helena. das werden wir bestimmt. Ich habe ja Ihre Karte."

Sie winkt mir zu und dann verlassen sie und Theo Hand in Hand das *Cornelia's*, während ich ihnen hinterhersehe.

Als die beiden aus meinem Blickfeld verschwunden sind, checke ich mein Handy und sehe, dass Lily zweimal versucht hat, mich anzurufen. Ich rufe sie zurück und sie geht fast sofort ran.

„Hey", begrüßt sie mich.

„Hey, habt ihr den passenden Baum gefunden?"

„Nein, wir mussten leider die Baumkaufaktion verschieben."

„Warum? Ist was passiert?"

„Nicht direkt. Mein Dad hat heute Morgen einen Anruf von meiner Tante bekommen. Sie hat sich von ihrem Mann getrennt und will noch vor Weihnachten ausziehen. Dad ist zu ihr geflogen, um ihr zu helfen. Also verbringe ich den Tag stattdessen mit Mom."

„Verstehe. Das ist nett."

„Ja. Und bei dir? Wie war dein Tag?"

„Gut, ich bin im Café und arbeite noch."

„Dann störe ich dich nicht weiter. Wir telefonieren später, ja?"

„In Ordnung. Mach dir einen schönen Tag mit deiner Mutter."

„Danke."

***

Am Abend telefonieren wir noch kurz, Lily will die Nacht über bei ihrer Mutter bleiben, hat aber versprochen, sich zu melden, wenn sie wieder zurück in der Stadt ist.

Das nimmt mir die Entscheidung ab, wo ich den nächsten Tag verbringe. Damit ich es mitbekomme, wenn sich Lily meldet, bleibe ich im Apartment. Außerdem ist es mal wieder Zeit, meine Eltern anzurufen. Also mache ich mir einen Kaffee und rufe zu Hause an.

„Hallo Schatz", begrüßt mich Mum mit matter Stimme.

„Hey Mum, ich wollte mal hören, wie es euch so geht."

„Dein Dad ist nicht da, aber uns geht es gut." Sie stockt kurz. „Das heißt, so gut wie es mir eben gehen kann um diese Jahreszeit." Sie seufzt bitterlich und mir bleibt bei dem Geräusch fast das Herz stehen.

„Ach Mum", sage ich leise.

„Egal, lass uns über was anderes reden." Plötzlich klingt die Stimme meiner Mutter wie ausgewechselt. „Wie ist New York?"

Mum versucht nur, vom Thema abzulenken, das weiß ich, weil ich sie kenne. Aber da ich sie nicht drängen will, lasse ich mich darauf ein und beantworte geduldig ihre Fragen. „New York ist ... New York eben", antworte ich. „Ich habe mich mittlerweile an alles hier gewöhnt. Die Stadt hat mich inspiriert. Ich komme richtig gut mit meinem neuen Buch voran. Ich warte auf den Termin mit Metropolis. Der neue Termin ist im Januar."

„Oh!", ruft sie aus und klingt dabei aufrichtig fröhlich. „Das bedeutet, du kommst bald nach Hause?"

Ich nicke, bis mir einfällt, dass sie das gar nicht sehen kann. „Ja", sage ich deshalb. „Ich denke, sobald der Termin vorbei ist, komme ich nach Hause."

„Ach, das freut mich, Liebes!"

„Mich auch, Mum. Ihr fehlt mir sehr." Wehmut überkommt mich. Auch wenn ich erwachsen bin, habe ich noch nie so viel Zeit am Stück so weit weg von meinen Eltern verbracht und die Tatsache, dass Weihnachten näher rückt, macht es nicht besser.

„Du uns auch, Liebes. Dass du nicht hier bist, macht diese Zeit noch unerträglicher für mich", gesteht Mum und sorgt damit dafür, dass sich in meiner Kehle ein Kloß von der Größe eines Tennisballs bildet. Verdammt, wenn wir länger miteinander reden, werde ich bestimmt weinen.

„Ich weiß, Mum. Sei mir nicht böse, aber ich muss jetzt Schluss machen und ein bisschen arbeiten, okay?"

„Schon in Ordnung, Sam. Melde dich bald mal wieder, ich liebe dich."

„Ich liebe dich auch, Mum. Mach's gut."

Als ich auflege, laufen mir bereits die Tränen übers Gesicht. Mit dem Ärmel meines Pullovers wische ich sie weg.

Nachdem ich mich wieder etwas beruhigt habe, setze ich mich an den Laptop und öffne mein E-Mail-Programm, um eine neue Mail an Declan zu schreiben. Da er kein Freund von kilometerlangen E-Mails ist, versuche ich wie immer mich so kurz wie möglich zu fassen.

Guten Morgen Declan,
ich dachte mir, ich gebe dir schnell ein kurzes Update zu meinem Projekt. Ich komme gut voran und wenn es so weiterläuft, könnte es wirklich sein, dass ich das Manuskript im Januar mit nach Hause bringe. Ich dachte, das freut dich sicherlich.
Liebe Grüße
Sam

Ich klicke auf *Senden* und mit wird schlagartig flau im Magen. In wenigen Wochen werde ich wieder nach Hause fliegen. Der Gedanke löst ein komisches Gefühl in mir aus. Klar, ich freue mich auf meine Heimat, meine Eltern und Avery. Gleichzeitig bedeutet das aber auch, New York und Lily zurückzulassen und ich weiß nicht, ob ich dafür schon bereit bin – oder es jemals sein werde.

Gerade lasse ich auf dem Laptop eine Datensicherung laufen und mache mir derweil in der Küche einen neuen Kaffee, als mich das Klingeln meines Handys aufschreckt. Ich bin nicht schnell genug im Schlafzimmer, wo mein Handy am Ladegerät hängt.

Wer auch immer versucht, mich zu erreichen, es scheint dringend zu sein, denn das Handy beginnt sofort, erneut zu klingeln.

Lilys Name steht auf dem Display. Ich nehme ab und begrüße sie.

„Hey, wie geht es dir? Ist alles gut?"

Aber Lily geht gar nicht auf meine Fragen ein, stattdessen fängt sie an ohne Punkt und Komma auf mich einzureden.

„Sam, ich habe ein echtes Problem. Du musst mir bitte helfen!"

„Beruhige dich und rede langsamer. Was ist passiert?"

Lily atmet zwei Mal tief durch.

„Also, jetzt noch mal langsam. Was ist los?", frage ich erneut.

„Wir haben ein Problem. Also das heißt, ich habe eins."

„Was denn für eins?", frage ich beunruhigt. Lily scheint ganz durch den Wind zu sein.

„Wir haben keinen Weihnachtsbaum. In ein paar Tagen ist Weihnachten und wir haben keinen Baum. Das hat es in den fünfundzwanzig Jahren, die ich auf der Welt bin, noch nie gegeben. Ich habe das jedes Jahr mit meinem Dad gemacht, nur er und ich, aber jetzt ist er nicht da."

„Willst du, dass wir gemeinsam einen Baum aussuchen?"

„Das würdest du für mich tun?" Lily klingt erstaunt.

„Natürlich! Das heißt, solange du möchtest, ich weiß ja, dass das immer eine Sache zwischen dir und deinem Vater war."

„Allein kann ich das, glaube ich, nicht. Und ich möchte es auch nicht. Ich komme vorbei, ich habe den Wagen meiner Eltern, damit können wir den Baum transportieren. Ich möchte einfach, dass alles nahezu perfekt und fertig ist, wenn Dad wieder zu Hause ist und du das erste Mal bei uns Weihnachten feierst."

„Das verstehe ich. Wir kriegen das hin, Lily. Gibt es einen besonderen Verkaufsstand, zu dem ihr immer geht?"

„Ja, Dad hat vor Jahren den perfekten Ort gefunden."

„Gut, schick mir die Adresse, ich nehme mir ein Taxi und komme dort hin."

„Ein Taxi? Das wird ein Vermögen kosten. Vielleicht nimmst du lieber einen Mietwagen? Dann fahre ich mit dem Zug und wir nehmen den Mietwagen zu meinen Eltern", schlägt Lily vor.

„Gute Idee. Ich beeile mich."

„Danke, Sam."

„Dafür doch nicht."

Kapitel 16

Eine gute Viertelstunde später verlasse ich das Apartment und winke mir ein Taxi heran. Ich steige auf die Rückbank und wende mich dem Fahrer zu. „Können Sie mich bitte zur nächsten Autovermietung fahren? Ich brauche einen Mietwagen."

Der Fahrer nickt und fährt los. Kurz darauf setzt er mich vor dem großen Gelände einer Autovermietungsfirma ab. Ich bin noch nicht ganz ausgestiegen, da kommt auch schon ein Mitarbeiter auf mich zu.

„Einen schönen guten Tag, wie kann ich Ihnen helfen?", fragt er mit einem Akzent, den ich nicht zuordnen kann.

„Hallo. Ich brauche für ein paar Stunden einen Mietwagen. Allerdings einen mit Automatikgetriebe und der groß genug ist, um damit einen Weihnachtsbaum zu transportieren. Was für ein Modell es ist, ist mir egal. Hauptsache er fährt und hat im besten Fall ein Navigationssystem."

„Dann kommen Sie mit." Er winkt mir, sodass ich ihm folge, und gemeinsam überqueren wir das Gelände, auf dem lauter Autos sämtlicher Marken, in allen möglichen Modellen und Farben vorhanden sind. Im hinteren Teil des Geländes steht ein schwarzer Pick-up, der schon bessere Tage gesehen hat.

„Mit einem Navigationssystem kann ich leider nicht dienen, aber ansonsten hat er alles, was Sie brauchen."

„Können Sie mir dann vielleicht den Weg zu dieser Adresse erklären?“ Ich halte ihm den Zettel unter die Nase und er kratzt sich am Kopf.

„Ich weiß nicht genau, wo das ist, aber so grob.“ Er erklärt mir, so gut er kann, wie ich dorthin komme, und reicht mir dann ein Klemmbrett, mit einem Formular, in das ich meine Daten schreibe. Dann bezahle ich und bekomme die Schlüssel des Pick-ups.

Ich verabschiede mich und mache mich auf den Weg. Die ersten Kilometer lege ich gut zurück, doch dann weiß ich nicht mehr, wo ich hinmuss. Fluchend fahre ich rechts ran und wähle Lilys Nummer.

„Sam? Alles klar?“

„Nein“, gestehe ich. „Ich habe mich verfahren. Ich habe einen Mietwagen, aber der hat kein Navigationssystem.“

„Kannst du nicht die Navigationsapp an deinem Handy benutzen?“, fragt Lily und ich würde am liebsten meinen Kopf gegen das Lenkrad schlagen. Dass ich da nicht von selbst draufgekommen bin.

„O Mann, na klar! Ich beeile mich.“

„Fahr vorsichtig!“, mahnt Lily und legt auf.

Ich gebe die Adresse in mein Handy ein und folge den Anweisungen, die mir die blecherne Stimme erteilt. Die Fahrt dauert etwa anderthalb Stunden, dann habe ich mein Ziel erreicht. Der Parkplatz, der zu Carsons Weihnachtsbaumfarm gehört, ist brechend voll. Ich habe Glück, dass gerade, als ich auf das Gelände einbiege, ein anderes Auto wegfährt.

Ich steige aus und gehe zum Eingang, wo Lily schon auf mich wartet. Ich breite meine Arme aus und sie stürzt sich hinein und vergräbt ihr Gesicht an meiner Schulter.

„Ich habe dich so vermisst", flüstert sie, lehnt sich dann zurück, um mir in die Augen sehen zu können, nur um die Distanz zwischen ins in der nächsten Sekunde erneut zu überbrücken, indem sie mich küsst.

„Ich dich auch", antworte ich, nachdem wir uns voneinander gelöst haben.

„Wollen wir anfangen?", fragt sie und deutet auf die Bäume hinter sich.

Ich nicke und verschränke meine Finger mit ihren. „Mach dir keine Sorgen, wir werden schon den perfekten Baum finden."

„Das hoffe ich. Würde es dir denn was ausmachen, wenn wir danach gleich zu meinen Eltern fahren und ihn aufstellen und schmücken?"

„Nein, das sagte ich doch schon. Alles gut. Ich bin für heute sowieso fertig mit meinem Arbeitspensum."

„Wie geht es denn voran mit deinem Buch?", will Lily wissen.

„Ziemlich gut, ich schaffe das bestimmt, bis zu meiner Abreise."

Stille breitet sich zwischen uns aus.

„Kannst du nicht noch mehr Bücher über New York schreiben, damit du zu Recherchezwecken bleiben musst?", fragt sie mit belegter Stimme.

Ich seufze. „Glaub mir, Lily, ich wünschte wirklich, das ginge. Aber irgendwann muss ich wieder zurück. Wir schaffen das schon, da bin ich mir sicher."

„Wir haben gar keine andere Wahl, als es zu schaffen."

***

Lilys Vorstellung von dem perfekten Weihnachtsbaum für ihre Familie ist ziemlich genau. Der eine ist zu klein, der andere zu schief und der nächste in der Mitte zu kahl. Immer wieder entdeckt sie von Weitem einen Baum, den sie näher unter die Lupe nehmen möchte. Dann wird ihr Griff um meine kalten Finger kräftiger und sie zieht mich durch die anderen Menschen hindurch zum Objekt der Begierde hin.

Wie bisher jedes Mal, wenn wir irgendetwas unternehmen, das in Verbindung mit Weihnachten steht, blüht sie richtig auf. Ihre Wangen nehmen einen zarten Rosaton an und ihre Augen leuchten begeistert. Sie so zu sehen, versetzt auch mich in eine fröhliche und ausgelassene Stimmung. Ich ignoriere die Tatsache, dass wir von Weihnachtsbäumen umgeben sind. Es sind nur Tannenbäume, so fällt es mir leichter, hier zu sein, und Lilys gute Laune tut ihr übriges. Lily versucht, mir zu beschreiben, nach was für einem Baum wir suchen, damit ich die Augen aufhalten kann.

Tatsächlich bin ich es, die das Prachtstück am Ende in der Menge der Bäume findet.

„Schau mal, was ist denn mit dem da drüben?", frage ich Lily, als ich aus den Augenwinkeln den Baum entdecke. Sie sieht neugierig hin und geht langsam in die Richtung.

Von allen Seiten begutachtet sie ihn aufmerksam und testet sogar aus, wie sich die Nadeln unter ihren Fingern anfühlen.

Dann strahlt sie.

„Der ist es. Sam, der ist absolut perfekt! Den will ich haben. Du hast ein gutes Auge", lobt sie mich.

„Freut mich, dass er dir gefällt."

Lily trägt mir auf, den Baum zu bewachen, während sie einen Verkäufer suchen geht.

***

Wenig später ist der Baum bezahlt, verpackt und auf der Ladefläche des Pick-ups verstaut. Lily bietet an, ab jetzt zu fahren, da sie die Strecke auswendig kennt.

„Von hier aus ist es noch mal rund eine Stunde Fahrt bis zum Haus meiner Eltern", informiert mich Lily, während sie auf die Straße fährt.

„Lerne ich dann heute schon deine Mutter kennen?"

Lily schüttelt den Kopf. „Ich wollte alle mit dem Baum überraschen, also habe ich dafür gesorgt, dass Mom den Tag bei ihrer besten Freundin verbringt, sodass wir freie Bahn haben."

„Ich verstehe. Weißt du schon, wann dein Dad nach Hause kommt?"

„Ich hoffe, bis Heiligabend ist er wieder zu Hause. Das hoffen wir alle, Mom hat bereits gesagt, dass sie ohne ihn nicht feiern möchte."

„Wirklich?", frage ich verwundert.

„Ja, seit sich die beiden kennen, haben sie kein Weihnachten getrennt voneinander verbracht, und auf solche Veränderungen reagiert meine Mom nicht so gut."

„Erinnert mich an meine Mum", erwidere ich leise.

„Was meinst du?"

Ich atme tief durch, um mich für das folgende Gespräch zu wappnen.

„Willst du immer noch den Grund wissen, warum ich Weihnachten nicht mag?“

Lily sieht mich aus den Augenwinkeln an und nickt. „Aber natürlich.“

„Erinnerst du dich an eins unserer ersten Gespräche, als du mir von deiner großen Familie erzählt hast und mich gefragt hast, ob ich Geschwister habe?“

Lily nickt aufmerksam.

„Da habe ich dir nicht wirklich die Wahrheit gesagt.“

„Wie darf ich das verstehen?“

„Nun ja“, sage ich, „ich habe gesagt, ich sei Einzelkind. Das stimmt nicht so ganz. Aber Geschwister habe ich auch nicht.“

„Okay, das musst du mir genauer erklären.“

„Ich hatte einen kleinen Bruder. Sein Name war Archie.“

„Was ist mit ihm passiert?“, will Lily wissen.

„Weißt du, ich war zehn Jahre alt und habe meine Eltern damals über Monate hinweg angebettelt, dass ich mal weiße Weihnachten erleben will. Im Sommer in Australien unmöglich, logischerweise.“

Wieder ein Nicken von Lilys Seite.

„Meine Eltern haben immer alles für uns Kinder getan, was in ihrer Macht stand. Dad hatte einen Bekannten aus der Schulzeit, der kurz nach dem Abschluss nach England ausgewandert ist. Er hat ihn angerufen und vereinbart, dass wir in dem Jahr die Feiertage dort verbringen.“

„Da hast du dich sicher gefreut, oder?“, fragt Lily.

„Ja, das habe ich. Tagelang habe ich von nichts anderem geredet und meine Eltern auf dem langen Flug fast in den Wahnsinn getrieben, so aufgeregt war ich.“

Lily lächelt leicht, unterbricht mich aber nicht.

„Meine Erwartungen wurden nicht enttäuscht, als wir von einer weißen Schneelandschaft empfangen wurden. Ich war so glücklich und bin richtig aufgeblüht. Am Weihnachtstag haben Dads Freund und seine Frau uns dann mit in den Gottesdienst genommen. Weil wir nicht alle in ein Auto passten, hatten meine Eltern einen Mietwagen genommen.“

Die Erinnerungen an diesen Abend stürzen auf mich ein und ich zähle meine Atemzüge bis zehn, ehe ich weitersprechen kann.

„Wir standen an einer Kreuzung an der roten Ampel und haben gewartet, als ein anderer Verkehrsteilnehmer durch die glatte Fahrbahn die Kontrolle über seinen Wagen verloren hat und in uns reingekracht ist. Genau dort, wo Archie saß. Er war sofort tot.“

Meine Stimme versagt und Lily sieht mich schockiert und traurig zugleich an.

„O mein Gott! Das ist ja schrecklich. Ich weiß nicht, was ich sagen soll.“

„Es versteht sich von selbst, dass wir danach keine Lust mehr auf Weihnachten hatten, oder? Seit diesem Tag haben wir nie wieder auch nur darüber nachgedacht, den Feiertag zu zelebrieren, denn die Erinnerung war zu schmerzhaft. Meine Mum leidet heute noch, siebzehn Jahre später, an Depressionen, die sich ab Ende November drastisch verschlimmern.“

„Das verstehe ich zu gut“, sagt Lily mitfühlend. „Ist bei dem Unfall sonst noch jemand zu Schaden gekommen?“

Ich schüttle den Kopf. „Der Fahrer des anderen Wagens muss einen riesengroßen Schutzengel gehabt haben. Soweit ich weiß, hatte er nur ein paar Kratzer. Ich wünschte allerdings, Archie hätte ebenso großes Glück gehabt. Ich habe mir das alles bis heute nicht verziehen.“

Ich wische mir die Tränen aus den Augen und Lily greift nach meiner Hand, ohne den Blick von der Straße abzuwenden.

„Sam, das alles ist furchtbar und es tut mir unheimlich leid, dass dir das passiert ist. Aber du weißt, dass niemand die Schuld dafür trägt, dass es so gekommen ist, oder?“

Ich schüttle so heftig den Kopf, dass meine Haare hin und her fliegen.

„Nein!“, rufe ich aus. „Ich bin schuld!“

„Sam, wovon sprichst du? Es war ein Unfall!“

„Du verstehst nicht, Lily. Ich wollte unbedingt Schnee haben zu Weihnachten. Allein meinetwegen sind wir überhaupt dorthin geflogen. Hätte ich meine Eltern nicht gedrängt, dann wäre Archie jetzt noch hier und alles wäre gut. Aber nie kam jemand auf die Idee, mich dafür zu bestrafen. Das ist so falsch!“

Die Worte fallen so schnell aus meinem Mund, dass ich mich fast selbst nicht verstehe. Mittlerweile laufen mir die Tränen unaufhaltsam über die Wangen. Bevor ich es überhaupt wahrgenommen habe, hat Lily den Blinker gesetzt und ist an den Straßenrand gefahren. Sie stellt den Motor ab, löst ihren Sicherheitsgurt und beugt sich zu mir rüber, um mich fest in den Arm zu nehmen.

Sanft streicht sie mir über den Rücken und versucht, mich damit zu beruhigen. Sie sagt nichts, sondern lässt mich einfach nur weinen. Das ist das erste Mal in all den Jahren, dass ich mir erlaube, alles rauszulassen. Nicht einmal Avery hat mich jemals so gesehen. Und das, obwohl sie meine beste Freundin ist und sie die Phase der Trauer hautnah miterlebt hat.

Ich weiß nicht, wie lange wir so dasitzen, während die anderen Autos an uns vorbeirasen, bis meine Tränen endlich versiegen. Lily hält mich die ganze Zeit fest. Erst als mein Körper aufgehört hat, zu beben, schiebt sich mich leicht von sich weg, um mir in die Augen sehen zu können.

„Geht's wieder?", fragt sie sanft.

Ich nicke und fahre mir dabei über die Nase. Wahrscheinlich mache ich damit gerade Rudolph mit der roten Nase Konkurrenz, doch das ist mir egal.

„Ja, ich fühle mich viel leichter", gestehe ich.

„Sam, bitte versprich mir, dass du dir nie wieder die Schuld daran gibst, okay? Der Unfall hätte genauso gut in Australien passieren können."

„Ich weiß, aber der Gedanke hat sich so im Kopf meines damals zehnjährigen Ichs festgesetzt, dass ich ihn mit der Zeit nicht mehr loswurde."

„Wissen deine Eltern davon?"

„Wovon genau?"

„Dass sich ihre Tochter die Schuld an all dem gibt."

„Das ... weiß ich ehrlich gesagt nicht mal. Archie wird bei uns wortwörtlich totgeschwiegen."

„Vielleicht solltest du mit ihnen sprechen. Sie würden dir sicher die Last von den Schultern nehmen. Sie sind deine Eltern und sie lieben dich. Da bin ich mir sicher."

„Da könntest du recht haben. Ich sollte sie anrufen.“

„Mach das! Danach geht es dir sicher besser. Und eins kann ich dir fest versprechen.“

„Was denn?“, frage ich neugierig.

„Dass dieses Weihnachten für dich unvergesslich wird. Und zwar im positiven Sinne. Dafür werde ich sorgen.“ Ihre Augen funkeln bei diesen Worten.

„Danke. Du hast es auf jeden Fall schon geschafft, mir die Vorweihnachtszeit erträglicher zu machen. Das kann ich gar nicht wieder gut machen.“

Lily wirft mir einen tadelnden Blick zu. „Hör auf! Fang gar nicht erst an so zu denken. Ich tue das nicht, weil ich eine Gegenleistung dafür möchte, und das weißt du auch.“

„Das stimmt“, murmle ich.

Lily umarmt mich noch einmal, dann lässt sie sich auf ihren Sitz zurückfallen.

„Wir sollten langsam weiter, sonst wird es nachher zu spät, um wieder zurückzufahren.“

„Okay, lass uns fahren.“

„Gibt es noch etwas, worüber du reden möchtest? Magst du mir von Archie erzählen?“

Ich überlege kurz, schüttle dann aber den Kopf. Das Geständnis hat mich erschöpft.

Lily nickt. „Aber Sam?“

„Ja?“ Abwartend sehe ich sie an.

„Ich danke dir für dein Vertrauen.“

„Du machst es mir nicht besonders schwer, dir zu vertrauen“, sage ich mit einem aufrichtigen Lächeln.

Lily fährt an, ich verbinde mein Handy mit dem Autoradio damit wir Weihnachtsmusik hören können, und dann setzen wir unsere Fahrt überwiegend schweigend fort.

***

Das Zuhause der Campbells ist der Wahnsinn. Das Grundstück ist riesig und die imposante Auffahrt zum Haus gefühlt einen Kilometer lang. Lily parkt den Wagen vor dem Haus, wir steigen aus und ich sehe mich neugierig um. Das rote Backsteinhaus mit den weißen Fensterrahmen ist wunderschön.

„Komm, hilf mir beim Abladen", weist Lily mich an und ich unterbreche meine visuelle Entdeckungstour.

Gemeinsam wuchten wir die Tanne von der Ladefläche.

„Wow, das Teil ist echt schwer", ächze ich.

„Da sagst du was. Lass ihn uns erst mal hier anlehnen, dann kann ich die Haustür aufschließen. Aber pass auf, dass er nicht umfällt."

Die Tür ist zu unserem Glück zweiflügelig, sodass der Baum gut hindurchpasst. Lily geht rückwärts und ich vorwärts, allerdings muss ich mich so auf den Baum und sein Gewicht konzentrieren, dass ich das Innere des Hauses nicht wirklich wahrnehme.

Wir stellen den Baum im Wohnzimmer ab.

„Der Baumständer und alles, was wir an Schmuck dafür besitzen, steht im Keller, hilfst du mir, die Sachen hochzutragen? Wir müssen uns etwas beeilen, ich weiß nämlich nicht, wann Mom nach Hause kommt. Außerdem haben wir ja auch noch einiges an Fahrt vor uns, wenn wir heute wieder nach New York zurückwollen."

„Klar, gehen wir."

Der große Keller ist in mehrere Räume unterteilt. Der, in den mich Lily führt, ist voll mit Regalen und Kisten in verschiedenen Größen und Farben. Manche mit Beschriftung, andere ohne. Sie drückt mir zwei recht unhandliche Kartons mit der Aufschrift *Weihnachtsbaum* in die Hand und schickt mich wieder nach oben. Das Ganze wiederholen wir so oft, bis insgesamt fünf Kisten, zwei große und drei kleinere sowie der schwarze Baumständer vor uns stehen.

Ich habe keine Ahnung davon, wie man die Tanne in der Halterung befestigt, doch Lily scheint das über die Jahre hinweg perfektioniert zu haben, denn sie braucht dafür nur wenige Minuten.

In der Zeit öffne ich die Kartons und hole die Deko heraus. Der Baum der Campbells wird offensichtlich immer in Rot gehalten – in der ersten Kiste finde ich nämlich ausschließlich rote Kugeln. Große und kleine, matt und glänzend, mit Aufdruck und ohne. Obendrauf liegt eine kleine Schachtel mit Haken. Also beginne ich, diese in die Ösen an den Kugeln zu befestigen, und reiche sie dann Lily weiter, die sie aufhängt.

„Oh, ich hoffe Mom und Dad freuen sich, wenn sie heimkommen und das hier sehen!"

„Das werden sie bestimmt", versichere ich ihr.

Nachdem endlich alle Kugeln untergebracht sind, fangen wir damit an, die batteriebetriebenen Lichter an den Zweigen der Tanne festzustecken. Lily erzählt mir, dass sie vor zwei oder drei Jahren auf diese Lichter umgestiegen sind, weil sie und ihr Dad jedes Jahr an der verknoteten Lichterkette verzweifelt sind und ihr Vater diese dann letzten Endes frustriert weggeworfen hat.

Als wir etwa bei der Hälfte angekommen sind, klingelt Lilys Handy. Sie entfernt sich ein Stück, während ich weitermache. Unser Werk sieht schon echt toll aus, ich bin gespannt, wie es mit eingeschalteten Lichtern aussieht.

Lily kommt zurück und strahlt über das ganze Gesicht.

„Wer war das?", frage ich.

„Meine Mom."

„So, wie du strahlst, gibt es wohl gute Neuigkeiten?"

Lily nickt aufgeregt. „Dad hat sich bei ihr gemeldet. Er kommt am zweiundzwanzigsten nach Hause. Gott sei Dank!"

„Toll! Lily, das freut mich ehrlich!", antworte ich und schließe sie zufrieden in die Arme.

„Danke, mich auch, glaub mir."

Schweigend wenden wir uns wieder unserer Arbeit zu. Als wir endlich fertig sind, treten wir zurück und betrachten den geschmückten Weihnachtsbaum.

„Wow, da haben wir ganze Arbeit geleistet! Der sieht klasse aus."

„Ja, oder? Finde ich auch!", pflichtet Lily mir bei.

Ich lege Lily den Arm um die Taille und ziehe sie ein Stück näher an mich heran.

„Weißt du was?", frage ich. „Ich kann es kaum erwarten, Weihnachten mit euch zu verbringen. Ganz ehrlich."

„Geht mir genauso, Sam. Ich bin so unendlich froh, dass du hier bist. Aber jetzt lass uns nach Hause fahren."

Kapitel 17

Die Tage vor Weihnachten stürzen wir uns beide in die Arbeit. Lily nimmt mehrere Schichten an, damit sie über die Feiertage mit gutem Gewissen zu ihrer Familie fahren kann, und ich schreibe weiter an meinem Manuskript, um mir einen Vorsprung aufzubauen, sodass ich nicht die ganze Zeit darüber nachdenken muss, wie viel ich noch schreiben muss. Darum sehen wir uns kaum. An einem Mittag fällt es mir plötzlich wie Schuppen von den Augen – ich habe gar kein Geschenk für Lily! Obwohl es sich bei uns so oft um die Feiertage dreht, hatte ich das absolut nicht auf dem Schirm.

Jetzt fühle ich mich wie einer dieser New Yorkerinnen, die kurz vor Weihnachten wie ein kopfloses Huhn durch die Straßen rennt, auf der Suche nach dem perfekten Geschenk, so wie ich es in den Filmen gesehen habe, die Lily und ich geschaut haben. Dabei bin ich nicht einmal New Yorkerin.

Leider habe ich nicht den Hauch einer Ahnung, was ich Lily schenken soll. Meistens habe ich meinen Spaß daran, mir die perfekten Geschenke für die Menschen, die mir wichtig sind auszusuchen. Aber dann habe ich in der Regel genug Vorlaufzeit, um mir ausreichend Gedanken zu machen.

Ich streife durch die Läden, doch nichts scheint mir passend für Lily. Irgendwann werde ich endlich fündig.

Auf die Sprünge geholfen hat mir ein Fotoautomat. Eilig betrete ich einen Schreibwarenladen, auf der Suche nach einem kleinen Fotoalbum. Ich finde ein hübsches, mit rotem Einband und goldenem Buchschnitt. Es gibt noch nicht viele Fotos von Lily und mir, aber für ein dünnes Album sollte es reichen. An der Kasse spreche ich den freundlich aussehenden Verkäufer an.

„Entschuldigen Sie bitte, können Sie mir sagen, ob man hier in der Nähe Fotos von einem Handy ausdrucken lassen kann?"

„Aber natürlich, Miss. Gleich zwei Geschäfte weiter ist ein CVS, dort können Sie das machen." Er lächelt und gibt mir meine Quittung.

„Vielen Dank! Schöne Feiertage wünsche ich Ihnen." Ich lächle ihm zu.

„Danke, gleichfalls, Miss." Er lächelt zurück und ich setze meinen Weg fort.

***

Später im Apartment lehne ich mich zufrieden zurück und begutachte das schön verpackte Geschenk mit der großen roten Schleife drum. Hoffentlich freut sich Lily darüber. Spätestens wenn sie das Album aufschlägt und mein zweites Geschenk findet, wird sie mit Sicherheit überglücklich sein.

Abends packe ich gerade ein paar Sachen in meinen Koffer, den ich mit zu Lilys Eltern nehmen will, als mich meine Eltern über Skype anrufen.

„Hey ihr zwei", begrüße ich sie.

„Hallo Sam. Wie geht es dir?", fragt Dad lächelnd.

„Soweit alles gut. Bei euch auch?"

„Wie immer um die Zeit. Wir vermissen dich." Der Satz kommt, wie üblich, von Mum.

„Ich euch auch." Ich zögere, das Gespräch mit Lily kommt mir in den Sinn. Dass ich seit Ewigkeiten zum ersten Mal über Archie gesprochen habe. Ich bin es leid, dass meine Familie nicht über ihn redet. Ja, es ist schrecklich, was passiert ist. Aber er hätte bestimmt gewollt, dass wir ihn in guter Erinnerung halten. Auch, wenn es schmerzhaft ist. Aber vielleicht schmerzt es auch gerade deshalb nach all den Jahren noch, weil wir eben nicht darüber reden. Das muss ein Ende haben. Also atme ich tief durch.

„Wisst ihr was? Ich werde dieses Jahr zum ersten Mal, seit diesem schrecklichen Tag Weihnachten feiern."

Mums Miene versteinert sich und ich denke schon, dass sich der Videoanruf aufgehängt hat, doch sie sieht noch genauso aus, als Dad antwortet: „Wirklich? Mit wem? Wie kommt es dazu?" Er klingt ehrlich interessiert, aber ich spüre trotzdem, dass er irritiert davon ist, dass ich das Thema anspreche.

Ich lächle in mich hinein. „Ich habe zu Beginn meiner Reise jemanden kennengelernt. Ihr Name ist Lily und sie ist Barista in meinem Stammcafé, wo ich regelmäßig zum Schreiben hingehe."

„Ist sie hübsch?", fragt Dad, worauf ich Lachen muss.

„Ja, Dad das ist sie! Wir haben uns schnell angefreundet, weil Lily mir zeigen wollte, wie toll die Weihnachtszeit ist. Wisst ihr, Weihnachten ist Lilys Lieblingsfest. Sie ist mit mir zum Eislaufen gegangen und wir haben zusammen einen Weihnachtsbaum gekauft." Bei der Erinnerung an Lilys Euphorie schmunzle ich.

„Das kommt unerwartet“, sagt Dad und ich schmunzle.

„Ich weiß. Für mich kam das auch alles eher überraschend. Niemals hätte ich es erwartet, aber in den letzten Wochen ist mein Hass auf Weihnachten Stück für Stück verpufft. Im Grunde ist der Feiertag nicht schuld an dem, was passiert ist. Anscheinend brauchte ich Lily, um das zu erkennen.“

„Aber ihr seid nicht nur Freundinnen, oder? Das höre ich doch“, hakt Mum forschend nach und ich spüre, wie warm meine Wangen werden.

„Nein“, gestehe ich. „Fast genauso schnell, wie wir uns angefreundet haben, haben wir bemerkt, dass wir uns sehr gern haben und nicht nur Freundinnen sein wollen.“

„O Sam! Das freut mich so, zu hören.“ Dann stutzt Mum. „Aber was geschieht, wenn du wieder zu Hause bist?“, fragt sie.

Ich unterdrücke ein Seufzen. „Darüber wollen wir uns erst Gedanken machen, wenn es so weit ist, ich denke, dass wir es mit einer Fernbeziehung versuchen werden“, antworte ich.

Dad ist wie immer optimistisch. „Wenn ihr euch liebt, dann wird das schon klappen, ihr müsst nur ganz fest daran glauben.“

Sein Lächeln, das ich auf dem Bildschirm sehe, steckt mich an.

„Danke, Dad! Ich bin überzeugt davon, dass wir es schaffen werden.“ Ich werfe einen Blick auf meine Armbanduhr und weite erschrocken die Augen. „Es tut mir leid, aber ich muss jetzt leider auflegen. Ich habe noch nicht fertig gepackt und Lily holt mich morgen ganz früh ab. Ich verspreche, ich rufe euch ganz bald wieder an."

„Hab das schönste erste Weihnachten nach all der Zeit!", sagt Dad.

Bei seinen Worten stockt mir der Atem. „Danke, Dad." Wieder steigen mir die Tränen in die Augen. „Ich denke, das kriege ich hin. Euch auch eine schöne Zeit, bitte seid nicht so traurig wie sonst, das hätte Archie sicher nicht gewollt. Er hätte gewollt, dass wir unsere Leben weiterleben und das wir ihn miteinbeziehen, soweit das möglich ist. Ich glaube, es wird weniger wehtun, wenn wir aufhören, so zu tun, als hätte es Archie nie gegeben, oder was meint ihr?"

„Ich glaube, du hast recht. Es ist so unfassbar schwer, aber vielleicht sollten wir anfangen, über ihn zu sprechen", seufzt Mum und ich kann kaum glauben, dass sie das wirklich sagt. Das ist nach so vielen Jahren der Trauer ein echter Fortschritt.

„Ich melde mich, wenn ich zurück bin. Ich liebe euch." Mit diesen Worten lege ich auf und widme mich wieder meinem Koffer.

***

Und dann ist er da. Der vierundzwanzigste Dezember.

Wie verabredet, holt mich Lily pünktlich um sieben Uhr morgens ab. Wir fahren mit dem Bus.

„O Gott, ich bin der schlechteste Gast aller Zeiten!", rufe ich aus, nachdem wir etwa die Hälfte des Weges zurückgelegt haben. Einige andere Fahrgäste schauen mich schon seltsam an.

„Warum, was ist los?"

„Ich habe kein Gastgeschenk gekauft!" Die Panik in meiner Stimme ist deutlich zu hören.

„Sam, das erwartet auch niemand von dir", beruhigt mich Lily.

„Doch, ich bin so erzogen worden. Was sollen denn deine Eltern von mir denken? Sie lassen mich wie einen Eindringling in ihr Haus kommen und die für euch wichtigsten Feiertage des Jahres bei euch verbringen und ich komme mit leeren Händen. Das geht doch nicht."

„Ach Quatsch! Weißt du, was sie denken werden?"

Kleinlaut schüttle ich den Kopf.

Lily lächelt mich breit an, ehe sie antwortet: „Sie werden sich freuen, so einen wundervollen netten und zuvorkommenden Menschen kennenzulernen. Außerdem werden sie dich allein für die Tatsache lieben, dass du mich so glücklich machst. Also mach dir keinen Kopf, okay?"

„Ist gut", murmle ich.

„Das werden tolle Tage. Du wirst schon sehen."

„Ich bin gespannt."

Nach einer Weile drückt Lily meine Hand. „Ich habe mir in den letzten Tagen noch mal Gedanken darüber gemacht, was du mir erzählt hast, und ich habe eine Bitte an dich."

Neugierig sehe ich sie an. „Was für eine Bitte denn?"

„Wenn wir bei meinen Eltern angekommen sind, möchte ich, dass du dir zwischendurch ein paar Minuten Zeit nimmst, um einen Brief zu schreiben."

„Einen Brief?", frage ich verwundert. „An wen denn?"

„An Archie." Lily wirft mir einen Seitenblick zu.

„Was? Warum?" Ich verstehe gar nichts mehr.

„Das siehst du dann schon. Schreib alles auf, was du ihm gern sagen würdest. Bitte."

„Okay."

„Danke, Sam. Glaub mir, dir wird gefallen, was ich vorhabe."

Jetzt bin ich gespannt, was sich Lily wieder ausgedacht hat.

Als wir mit dem Taxi beim Grundstück von Lilys Familie ankommen, stehen vor dem Haus noch drei weitere Autos. Ein silberner Ford, der, wie Lily mir erklärt, ihrer Mutter gehört, der Pick-up-Truck ihres Dads und ein roter Mini.

„Oh! Alexa und Stella sind schon hier!", ruft Lily aufgeregt, als sie den Wagen entdeckt. Sie bezahlt den Taxifahrer und wir holen unser Gepäck aus dem Kofferraum.

Gerade als Lily den Schlüssel ins Schloss stecken will, wird die Haustür von innen geöffnet. Vor uns steht eine Frau, die aussieht wie Lily in älter. Sie hat mittellange blonde Haare, die in leichten Wellen über ihre Schulter fallen. Die gleichen strahlend blauen Augen. Sie trägt Jeans und einen roten Pullover. Als sie uns sieht, lächelt sie und breitet die Arme aus.

„Lily, Schatz! Da seid ihr ja!"

„Hey Mom."

Lily und ihre Mutter schließen einander fest in die Arme. Die beiden lösen sich voneinander und Lilys Mutter macht eine einladende Handbewegung, bevor sie den Eingang frei gibt und wir eintreten. Sie nimmt uns unsere Mäntel ab und wendet sich dann mir zu.

„Du musst Samantha sein. Ich bin Brenda, Lilys Mom. Es freut mich so, dich endlich kennenzulernen. Meine Tochter redet seit Wochen nur noch von dir!"

„Mom!", zischt Lily und ich lache.

„Nennen Sie mich bitte Sam, Mrs Campbell. Ich freue mich auch, Sie kennenzulernen. Vielen Dank für die Einladung!"

„Oh, das ist doch selbstverständlich. Aber bitte lass das Mrs sein. Sonst fühle ich mich schrecklich alt. Sag einfach Brenda."

„In Ordnung, Brenda", sage ich lächelnd.

„Euer Gepäck können wir später raufbringen, kommt erst mal ins Wohnzimmer."

Wir folgen ihr in den Raum, wo wir den Tannenbaum aufgestellt haben. Jetzt sind die Lichter eingeschaltet. Dadurch sieht der Baum noch imposanter aus als vorher. Erst jetzt, als ich hier stehe, mit Lily und ihrer Mutter vor dem Weihnachtsbaum, wird mir richtig bewusst, dass ich jetzt nicht mehr drumherum komme. Ich feiere Weihnachten. Bei dem Gedanken beginnen meine Finger, zu kribbeln, und ich balle meine Hände zu Fäusten, die ich gleich wieder öffne, um sie dann wieder zu schließe. Öffnen, schließen, öffnen, schließen. Immer wieder. Bis Lily nach meiner Hand greift und mich damit ins Hier und Jetzt zurückholt.

„Ist alles okay?", fragt sie so leise, dass nur ich sie hören kann.

Ich nicke.

„Bist du dir sicher? Wir müssen das nicht tun, wenn es gar nicht geht, das weißt du, oder?"

Ich habe aufgehört, mit meinen Händen zu spielen, und auch das Kribbeln hat nachgelassen. Ich blicke auf

Lilys Hand, die meine festhält, und schaue ihr dann in die Augen. Eine innere Ruhe überkommt mich. Da merke ich, dass ich das schaffe. Selbst wenn weglaufen eine Option wäre, möchte ich es nicht. Ich will hier sein. Mit ihr.

„Danke übrigens für den Baum, Lily", unterbricht Brenda den Moment und deutet auf die Tanne.

Lily lächelt ihre Mutter an. „Doch nicht dafür, Mom. Ich konnte mir einfach kein Weihnachten ohne Tannenbaum vorstellen. Das passt nicht. Sam hat mir aber tatkräftig geholfen. Ohne sie hätte ich den Baum niemals komplett geschmückt, geschweige denn, ihn überhaupt ins Haus bekommen."

„Na, dann auch dir vielen Dank für diesen wunderschönen Baum, Sam."

„Gern doch, es freut mich, dass er dir gefällt."

„Mir gefällt er auch", ertönt hinter uns eine tiefe Stimme.

Wir drehen uns um und das Strahlen auf Lilys Gesicht wird noch eine Nummer breiter, falls das überhaupt möglich ist.

„Dad!", ruft sie und ist mit ein paar schnellen Schritten bei ihrem Vater, um ihn mit einer Umarmung zu begrüßen.

Mr Campbell ist ein großer Mann mit dunklen Haaren und leicht ergrauten Schläfen. Seine Augen strahlen wie die seiner Tochter.

Als die beiden ihre Umarmung gelöst haben, fragt Lily: „Wie geht es Tante Inez?"

„Den Umständen entsprechend", antwortet ihr Vater.

„Und sie wollte wirklich nicht mitkommen?"

„Nein, ich habe es ihr mehrfach angeboten, aber sie wollte lieber allein sein und sich in der neuen Wohnung einrichten.“

„Schade.“

Damit ist die kurze Unterhaltung beendet und ich nutze den Moment, um mich bei Lilys Vater vorzustellen. Ich gehe hin und strecke ihm meine Hand entgegen.

„Hallo, Mr Campbell. Ich bin Sam King. Eigentlich heiße ich Samantha, aber Sam reicht. Es freut mich, Sie kennenzulernen.“

Er ergreift meine Hand und schüttelt sie kraftvoll. „Hallo Sam, schön, dich kennenzulernen. Ich bin übrigens Steve.“

Lily wendet sich wieder an ihre Mutter. „Wo sind denn die Zwillinge?“

„Das kommt ganz darauf an, welche du meinst“, schmunzelt Brenda, woraufhin Lily die Augen verdreht.

Das scheint ein Running Gag in der Familie zu sein. Wundert mich nicht, bei zwei Zwillingspaaren.

„Eigentlich meinte ich Stella und Alexa, aber wenn du schon fragst, sag mir doch gleich auch noch, wo sich Beth und Jasper verstecken.“

„Jasper und Beth habe ich zum Einkaufen geschickt. Du kennst mich, ich kann mir noch so viele Listen machen, irgendwas vergesse ich immer. Deine Schwestern sind oben und packen aus.“

Lily dreht sich zu mir um, das mir mittlerweile vertraute Funkeln in den Augen. „Willst du Alexa und Stella kennenlernen?“, fragt sie aufgeregt.

„Klar, gern! Ich bin schon ganz neugierig.“

Wir nehmen unsere Koffer und Lily führt mich die Treppe rauf.

Vor dem ersten Zimmer im Obergeschoss bleibt Lily stehen und öffnet die Tür. Wir betreten das Zimmer, von dem ich denke, dass es früher Lilys Kinderzimmer war. Die Wände sind grün gestrichen und überall hängen Poster mit Landschaftsmotiven. Vor dem Fenster steht ein großes Bett und gegenüber ein Kleiderschrank. Beides aus hellem Holz. Von der einen Wand geht eine Tür ab.

„Das ist mein Zimmer. Ich bin die Einzige, abgesehen von Mom und Dad, die ihr eigenes Badezimmer hatte. Zum Glück. Zwei Bäder mit fünf Geschwistern zu teilen, hätte Mord und Totschlag gegeben. Ich höre meine Schwestern jetzt noch keifen, wenn sich unsere Brüder mal wieder vorgedrängelt haben.“

Ich muss lachen. „Das kann ich mir bildlich vorstellen.“

„Wir schlafen natürlich beide hier. Also stell deinen Koffer einfach ab und dann können wir zu den anderen rübergehen. Sie werden dich lieben, glaub mir.“

Zwei Minuten später klopft Lily an der gegenüberliegenden Tür.

Hätte ich nicht gewusst, dass Lilys Schwestern adoptiert sind, hätte ich mich jetzt gewundert, doch so überrascht es mich nicht, dass die junge Frau, die uns die Tür öffnet, dunkle Haut und lange schwarze Haare hat. Als sie uns zulächelt, entblößt sie eine Reihe strahlend weißer Zähne, die jeden Zahnarzt stolz machen würden.

„Endlich seid ihr da. Wir warten schon ganz ungeduldig. Hi, du bist sicher Sam. Ich bin Alexa und das da“, sie deutet über ihre Schulter ins Zimmer, „ist meine Schwester Stella. Kommt rein, ihr beiden."

Stella springt vom Boden auf und die drei fallen in eine Gruppenumarmung.

„Es kommt mir gar nicht so vor, als wäre Thanksgiving erst ein paar Wochen her. Ich habe euch so vermisst", nehme ich Lilys Stimme, von der Umarmung gedämpft wahr.

„Geht uns genauso, kleine Schwester."

Die drei lösen sich voneinander und die Zwillinge kommen auf mich zu, um mich ebenfalls herzlich zu umarmen. Jetzt, wo sie nebeneinanderstehen, kann ich sie nicht mehr auseinanderhalten. Welche der beiden ist Stella und welche Alexa? Ich habe keine Ahnung. Beide haben dieselben braunen Augen und dasselbe ansteckende Lächeln. Sie tragen exakt dieselbe Frisur und sogar die gleichen Klamotten. Verrückt.

Die beiden scheinen meinen verwirrten Blick zu bemerken, denn sie grinsen mich an.

Lily greift ein und sagt: „Keine Sorge, du wirst schon lernen, sie auseinanderzuhalten. Man bekommt ein Gespür dafür."

„Wir sehen dir mögliche Verwechslungen auch gern nach", sagt eine der beiden lachend.

„Okay, ich strenge mich an."

Ich will gerade fragen, was Alexa und Stella beruflich machen, als Brenda aus dem Erdgeschoss ruft, dass wir nach unten kommen sollen. Am Treppenabsatz wird Lily fast von einem schlaksigen Jungen umgerannt. Sie kann sich gerade noch am Geländer festhalten, um nicht zu Boden zu stürzen.

„Nicht so wild, Jasper", mahnt sie.

„Sorry, ich freue mich nur so, dich zu sehen“, murmelt der Junge verlegen, während sich seine Wangen pink färben.

„Ich freue mich aber auch, dich zu sehen. Komm her.“ Sie umarmt ihn zur Begrüßung, so wie alle anderen Familienmitglieder bisher.

„Wo hast du Beth gelassen?“, fragt Lily, als sie ihren Bruder wieder losgelassen hat.

„Hilft Mom in der Küche, die Einkäufe wegzuräumen.“

„Dann sage ich ihr gleich auch endlich Hallo. Hat denn schon jemand David gesehen?“

Alle Umstehenden schütteln den Kopf.

Da sieht Lilys kleiner Bruder mich an.

„Und wer bist du?“

„Ich bin Sam, die Freundin von deiner Schwester Lily.“

„Ach ja, cool. Ich heiße Jasper.“

„Hi, Jasper.“ Ich lächle ihn an.

Er wendet sich den Zwillingen zu und ich gehe hinter Lily her in die Küche.

Die Küche ist ein absoluter Traum. In der Mitte steht eine große Kücheninsel in Thekenoptik. An einer Seite stehen Barhocker. Die Schränke sind grau und die Arbeitsflächen aus Buche. Brenda steht vor dem silbernen, doppeltürigen Kühlschrank, der fast doppelt so hoch wie sie groß ist und räumt Lebensmittel ein. Als sie uns kommen hört, dreht sie sich um.

„Ah, da seid ihr ja. Hat jemand von euch etwas von eurem Bruder gehört?“

Die Geschwister schütteln alle synchron den Kopf.

Brenda zuckt mit den Schultern. „Na, er wird schon kommen, es ist ja noch recht früh."

„Lily!", hören wir eine hohe Stimme hinter uns.

Wir drehen uns um und sehen ein junges Mädchen in der Tür, die vermutlich zur Vorratskammer führt.

„Hey, Beth!" Lily geht auf ihre Schwester zu, um sie zu begrüßen. Beth hat genauso viel Ähnlichkeit mit Brenda wie Lily. Es ist nicht zu leugnen, dass sie eine Familie sind.

Ich stelle mich bei Beth vor und werde von ihr in eine überraschende Umarmung gezogen.

„Euer Vater hat sich gerade noch mal hingelegt", sagt Brenda. „Er ist ziemlich erschöpft von der Reise und möchte den Abend heute ungern vorzeitig deswegen beenden müssen. Da wir ja sowieso auf David warten müssen, würde ich sagen, wir bereiten schon mal alles vor, sobald Beth und ich hier fertig sind?"

Stella und Alexa nicken.

„Was genau passiert denn heute Abend?", frage ich neugierig.

„Du hast ihr nichts erzählt, Lily?", fragt Brenda gespielt erbost.

Meine Freundin schüttelt lachend den Kopf. „Ich wollte sie überraschen. Aber keine Sorge, ich habe dafür gesorgt, dass sie passend gekleidet ist."

„Passend gekleidet?" Jetzt bin ich erst recht gespannt.

„Wolltest du dich nicht in Geduld üben?" Lily grinst schelmisch und ich verdrehe gespielt beleidigt die Augen.

„Ich habe einen Vorschlag", mischt sich Stella ein, zumindest denke ich, dass es Stella ist. Ich weiß echt nicht, wie ich die beiden auseinanderhalten soll.

„Was für einen Vorschlag, Alexa?", will Lily wissen und ich sehe sie dankbar an.

„Stella, Beth und ich bereiten in der Küche alles vor für heute Abend und Jasper, Lily und Sam gehen in den Keller und kümmern sich um die Spiele." Sie schaut uns erwartungsvoll an, bis Beth und Lily zustimmend nicken.

Brenda klatscht in die Hände. „Klingt toll, dann kann ich ja noch mal raufgehen und Santa ein bisschen helfen", sagt sie und zwinkert uns zu.

Also folge ich Lily und Jasper die Kellertreppe hinunter.

„Was für Spiele meint Alexa?", versuche ich erneut mein Glück, etwas aus Lily herauszukitzeln, doch sie grinst nur verschwörerisch und schüttelt den Kopf.

Damit hat sie recht. Wir bleiben nämlich kurz darauf vor einem Regal stehen, das so voll mit den verschiedensten Brettspielen ist, dass sich die einzelnen Regalbretter schon leicht biegen.

„Wow, beachtliche Sammlung", murmle ich beeindruckt.

Meine Eltern und ich haben früher oft an den Sonntagen Spielenachmittage veranstaltet, so erkannte ich einige Titel wieder, aber viele sagen mir auch absolut gar nichts.

Jasper nickt mir stolz zu. „Ja, oder? Die haben wir über Jahre angesammelt. Jedes Jahr an Heiligabend picken wir uns ein paar heraus und spielen den ganzen Abend lang, bis in die Nacht hinein. Das ist so Tradition bei uns."

„Klingt toll!", sage ich und freue mich immer mehr auf den restlichen Tag.

Nach längerem Überlegen entscheiden wir uns letzten Endes für die Klassiker Monopoly und Scrabble. Jasper besteht auf Spiel des Lebens und Lily möchte zwei Spiele mitnehmen, von denen ich noch nie gehört habe, die aber interessant klingen.

Voll bepackt machen wir uns wieder auf den Weg nach oben.

Wir stellen die Spiele auf dem Wohnzimmertisch ab und lassen uns auf die dunkelblaue Couch sinken. Die ist so weich, dass ich das Gefühl habe, noch ein Stück tiefer hineinzurutschen.

Lily stellt sich ans Fenster, von wo aus sie den Hof gut überblicken kann. Plötzlich höre ich ein Auto über den Kies fahren und ich ehe ich's mich versehe, ist Lily schon in Richtung Haustür gestürmt. Ohne Jacke und in ihren Hausschuhen rennt sie durch den Schnee. Belustigt stelle ich mich ans Fenster, wo sie noch vor wenigen Augenblicken stand, und betrachte die Szene, die sich mir bietet.

Ein junger Mann steigt aus dem schwarzen VW, der definitiv schon bessere Tage gesehen hat, hebt Lily lachend hoch und wirbelt sie herum. Das muss der Letzte im Bunde sein, David.

Er hat das gleiche schwarze Haar wie sein Vater und ist ein Stück größer als Lily, obwohl er jünger ist. Lily hilft ihm, sein Gepäck aus dem Auto zu holen, und gemeinsam kommen sie wieder ins Haus. Ich fange die beiden an der Eingangstür ab.

„Hi, du bist bestimmt David", begrüße ich ihn.

Er ergreift meine ausgestreckte Hand und grinst mich freundlich an. „Der bin ich. Und du musst Sam sein, richtig?"

Ich nicke. „Genau. Schön, dich kennenzulernen. Lily hat viel von dir erzählt."

David zieht seinen Mantel aus, schließt die Augen und atmet tief ein.

„Findet ihr nicht auch, dass jedes Haus seinen eigenen Geruch hat? Ich habe das hier echt vermisst."

„Er war seit dem Sommer nicht mehr hier. Unser lieber Bruder ist nämlich ganz beschäftigt mit seinem Jurastudium in Harvard, deshalb hat er es dieses Jahr auch nicht über Thanksgiving nach Hause geschafft", klärt mich Lily auf.

„Das wirst du mir ewig vorhalten, oder?", murmelt David.

Lily nickt nur knapp. „Ich hole Mom, sie freut sich sicher auch auf dich. Die anderen sind in der Küche. Nur Dad hat sich hingelegt. Geh zu den anderen, ich hole Mom."

Sie geht die Treppe rauf und David wendet sich zur Küchentür.

Da ich nicht stören will, gehe ich wieder ins Wohnzimmer und setze mich auf die Couch. Mir gegenüber ist ein elektrischer Kamin, an dem acht Strümpfe hängen, einer für jedes Familienmitglied. Ich ziehe mein Handy aus der Hosentasche und checke meine Nachrichten.

Avery hat mir geschrieben, wie es läuft. Ich antworte ihr kurz und stecke das Handy wieder weg.

Zeitgleich betritt Brenda den Raum. „Sam?", spricht sie mich an.

„Ja?"

„Ich habe hier noch was für dich." Sie reicht mir eine kleine braue Papiertüte.

„Für mich?"

Sie nickt. Gespannt öffne ich die Tüte und nehme den Inhalt heraus. Ich halte einen Strumpf in der Hand. Einen roten Weihnachtsstrumpf, mit weißen Schneeflocken drauf. In großen grünen Buchstaben ist mein Name darauf gestickt.

„Für den Kamin. Steve hat extra schon einen Haken abgebracht, damit wir ihn gleich aufhängen können."

Im ersten Moment bin ich sprachlos. Ich räuspere mich, dann erst finde ich meine Sprache wieder. „Ihr habt mir ernsthaft einen Strumpf besorgt?", frage ich fassungslos.

Brenda nickt lächelnd. „Jeder in dieser Familie hat einen. Und du gehörst jetzt zu unserer Familie, weißt du?"

Die Geste und ihre lieben Worte treiben mir die Tränen in die Augen. Hastig wische ich sie weg, aber Brenda bemerkt sie trotzdem. Sie setzt sich zu mir auf die Couch und nimmt mich in den Arm.

„O Liebes. Das ist doch kein Grund, zu weinen!"

Ich schüttle bloß den Kopf, weil ich nicht weiß, was ich sagen soll.

„Ist hier alles in Ordnung?" Lilys Stimme lässt mich zusammenzucken, denn ich habe gar nicht bemerkt, dass sie ins Wohnzimmer gekommen ist.

Brenda nickt. „Ich habe Sam gerade ihren Familienstrumpf gegeben, das hat sie anscheinend etwas aus der Fassung gebracht."

Sofort ist Lily bei mir und zieht mich hoch in ihre Arme.

„Alles gut?", fragt sie leise und streichelt mir beruhigend über den Rücken.

Ich nicke. „Ja, ich habe nur nicht erwartet, so herzlich aufgenommen zu werden“, gestehe ich.

Brenda steht auf und sagt: „Ich gehe mal Steve wecken, damit wir gleich das Essen bestellen können. Lily, sag den anderen bitte, sie sollen schon mal die Karte durchgehen und sich umziehen, okay?“

„Mache ich“, antwortet Lily und nachdem Brenda den Raum verlassen hat, sieht sie mich an.

„Gehst du hoch und wartest auf mich? Ich sage schnell in der Küche Bescheid und komm dann zu dir, einverstanden?“

Ich gebe ihr einen schnellen Kuss. „Ich warte auf dich“, sage ich und gehe die Treppe rauf in unser Zimmer. Dort sehe ich mich zum ersten Mal richtig um. Über dem Bett ist ein Regalbrett angebracht, auf dem zahlreiche Bilderrahmen stehen. Darin befinden sie hauptsächlich Familienfotos. Als ich diese betrachte, muss ich schmunzeln.

„Da bin ich“, sagt Lily plötzlich hinter mir und ich zucke zusammen, weil ich nicht gehört habe, wie sie das Zimmer betreten hat.

Lily grinst mich an, als ich mich zu ihr herumdrehe. „Bereit für dein Weihnachtsoutfit?“

„Ich denke schon. Muss ich Angst haben?“, frage ich und lache nervös auf.

„Ach Quatsch! Warte eine Sekunde.“

Sie öffnet ihren Koffer und sucht darin herum. Dann zieht sie etwas hervor, das mir seltsam bekannt vorkommt – erst eine Sekunde später macht es Klick! Es ist der Pyjama, den ich anhatte, als ich nach unserem ersten Kuss bei ihr abgehauen bin.

„Ein ... Pyjama?“, frage ich irritiert.

„Das hat Tradition bei uns: Im Weihnachtspyjama im Wohnzimmer sitzen, chinesisches Essen bestellen, Brettspiele spielen und dazu gibt es den besten Nachtisch des Jahres. Aber bis du den bekommst, musst du dich noch etwas gedulden."

Lily scheint es echt zu lieben, mich auf die Folter zu spannen.

„Ich hoffe, du magst chinesisch?"

„Ich liebe chinesisch."

„Perfekt", sagt sie lächelnd und reicht mir den Pyjama.

Wir ziehen uns die Pyjamas und dazu passende Kuschelsocken an und Lily wendet sich schon der Tür zu, als ich sie aufhalte.

„Meinst du, jetzt habe ich noch Zeit, den Brief zu schreiben?", frage ich.

Lily nickt sofort. „Natürlich, wir warten auf dich, lass dir Zeit." Sie geht zu ihrem Schreibtisch und zieht eine Schublade auf. Daraus nimmt sie ein Blatt Papier und einen Umschlag. „Mit einem Stift kann ich leider nicht dienen", sagt sie entschuldigend.

Tadelnd sehe ich sie an und greife nach meiner Handtasche. „Schatz, ich bin Schriftstellerin, ich habe immer einen Stift bei mir", erwidere ich lachend und ziehe den Kugelschreiber aus dem Innenfach der Ledertasche.

Lily lächelt. „Komm dann runter, wenn du fertig bist. Keine Eile."

„Okay", antworte ich und als Lily den Raum verlässt, lasse ich mich auf den Schreibtischstuhl fallen, den Stift fest in der Hand. In den ersten Minuten starre ich das weiße Papier an und habe keine Ahnung, was ich

Archie sagen will. Ich beginne zu schreiben und streiche die Worte fast sofort wieder durch. Seufzend lege ich den Kopf in den Nacken. Erneut setze ich an, nur um sofort wieder aufzuhören. Ich lasse den Stift fallen, wodurch er übers Papier rollt. Frustriert schiebe ich den Stuhl zurück und stehe auf. Ich lasse mich auf das Bett sinken, stehe jedoch direkt wieder auf, um durch den Raum zu laufen. Gedankenfetzen segeln durch meinen Kopf wie Papierflieger und ich versuche einen davon zu fangen. Nach einer Weile setze ich mich wieder an den Schreibtisch. Ich nehme den Stift in die Hand, konzentriere mich auf Archie. Ich stelle mir sein Gesicht vor meinem inneren Auge vor. Die grünen Augen, die meinen so ähneln, die Sommersprossen, die seine Nase und die Wangen bedeckten und die er so sehr gehasst hat, weil er der Einzige in der Familie war, der welche hatte. Mein kleiner Bruder.

Endlich fühle ich, wie die Barriere in meinem Inneren Risse bekommt. Ich versuche an die positiven Dinge zu denken, die ich mit Archie verbinde. Sein helles Lachen und die Fähigkeit, immer und überall Witze zu machen. Die Streiche, die wir uns als Kinder gegenseitig gespielt haben, all dass, was mich jedes Mal Lächeln lässt, in den seltenen Momenten, wenn ich mir erlaubt habe, an ihn zu denken. Und dann gibt es kein Halten mehr und die Worte fließen förmlich auf das Papier:

Lieber Archie,
Gott, ich weiß gar nicht, was ich hier mache … aber Lily hat mir empfohlen, diesen Brief zu schreiben, und es fühlt sich richtig an, also versuche ich es.

Seit du gestorben bist, ist dies das erste Weihnachten, das ich feiere. Ich habe mich dagegen gewehrt. Jahrelang habe ich alles gehasst, was mich an den Urlaub erinnert hat, an alles, was diesen Schmerz in mir wieder hervorholt und mich zu zerreißen droht. Und es ist das erste Mal, dass ich mich nicht schlecht fühle. Sicherlich, du fehlst mir immer noch sehr aber diese Last, die ich all die Jahre auf mir hatte, ist ein wenig leichter geworden. Ich glaube, das liegt zum großen Teil an Lily. Du würdest sie lieben, Archie. Ihr wärt bestimmt die besten Freunde. Lily ist auch der erste Mensch, dem ich je davon erzählt habe, dass ich mir die Schuld an deinem Tod gebe. Wahrscheinlich wirst du jetzt im Himmel einen Tobsuchtsanfall bekommen, doch es stimmt. Diese Schuld wird vor allem zu dieser Jahreszeit immer stärker, bis ich mich nur noch verstecken möchte. Lily hat mir geholfen, mich etwas mehr zu öffnen, und sie sagt, dass mich keine Schuld trifft. Ich weiß nicht, wie Mum und Dad das sehen, aber vielleicht ... vielleicht sollte ich auch selber daran glauben.
Du fehlst mir, Archie. Das wirst du jeden Tag meines Lebens. Aber du bist immer bei mir, oder?
Ich liebe dich.
Deine Sam

Als ich fertig bin, schmerzt mir die Hand, so ungewohnt ist es, so viele Wörter per Hand zu schreiben. Mit dem Handrücken wische ich mir die Tränen aus dem Gesicht. Dabei merke ich, wie sehr meine Hand zittert. Es ist das erste Mal, seit dem Unfall, dass ich mir die Zeit genommen habe, meinen Gedanken und Gefühlen freien Lauf zu lassen. Und das fühlt sich gut an.

Ich merke, dass mein Weinen nicht nur traurig, sondern vor allem erleichternd ist. Ja, ich fühle mich leichter. Ich lese den Brief noch einmal durch, falte das Blatt und schiebe es in den Umschlag. Auf den Umschlag schreibe ich Archies Namen, dann ziehe ich mir den Weihnachtspyjama an und gehe zu Lilys bezaubernder Familie nach unten.

Steve, Beth, Jasper und David sitzen schon in ihren Pyjamas im Wohnzimmer. Jasper studiert gerade den Flyer vom Restaurant. Lily betritt den Raum ein paar Sekunden nach mir. Wahrscheinlich war sie bei Brenda in der Küche.

„Ah, da seid ihr ja. Setzt euch", fordert Steve uns fröhlich auf. Nach seinem Nickerchen sieht er gleich etwas besser aus als noch am Vormittag.

„Hast du gut geschlafen, Dad?", fragt Lily und küsst ihren Vater auf die Wange.

„Ja, jetzt steht dem perfekten Heiligabend bei den Campbells nichts mehr im Wege." Lachend reibt er sich die Hände.

Jasper notiert eine Zahl auf dem Notizblock, der vor ihm liegt, und reicht dann den Flyer mit den Gerichten und Getränken an mich weiter. Die Auswahl ist riesig. Wenn ich für mich allein bestelle, gönne ich mir normalerweise eine Vorspeise und ein Hauptgericht, manchmal auch das Hauptgericht und eine Nachspeise, doch da Steve und Brenda alles bezahlen, will ich natürlich nicht gierig sein. Das gehört sich nicht.

„Sam?" Lily zieht meine Aufmerksamkeit auf sich. „Wir bestellen jeder ein oder zwei Gerichte und jeder kann von allem essen. Nur dass du Bescheid weißt."

Ich nicke. „Okay."

Nach reiflicher Überlegung entscheide ich mich letztendlich für gebratene Nudeln mit Gemüse und Hühnchen. Damit kann man kaum was falsch machen.

***

Bis sich alle für etwas zu essen entschieden haben, vergeht noch rund eine halbe Stunde, doch das scheint bei so einer großen Familie völlig normal zu sein. Als alle fertig sind, nimmt Brenda das Telefon und den Zettel und verlässt den Raum, um in Ruhe bestellen zu können.

„Wir können die Bestellung in etwa fünfzig Minuten abholen. David, übernimmst du das?", fragt sie dann, als sie wieder zurückkommt.

David nickt. „Klar, kein Problem."

„Ist denn für den legendären Nachtisch schon alles bereit?", fragt Jasper.

Stella und Alexa nicken gleichzeitig. „Alles vorbereitet."

„Sehr gut. Ach, ich liebe Weihnachten", seufzt Jasper und alle lachen.

„Übrigens, Leute, ich habe eine Beschwerde an euch alle!", sagt Beth plötzlich ernst. Auf ihrer Stirn hat sich eine Falte gebildet.

„Eine Beschwerde?", fragt David belustigt, was ihm einen bösen Blick beschert. Entschuldigend hebt er die Hände.

„Niemand von euch ist zu meiner Aufführung gekommen! Nur Mom, weil sie mich hinfahren musste, und Jasper, weil er Anwesenheitspflicht hatte. Dad ist entschuldigt, aber ihr anderen nicht! Warum seid ihr nicht

253

vorgestern schon gekommen? Ich wollte, dass ihr mir zuseht!" In Beths Augen schimmern Tränen.

„Was denn für eine Aufführung?", frage ich schnell, um sie zu beruhigen.

„Meine Schule veranstaltet jedes Jahr kurz vor Weihnachten eine Show in der Aula. So was wie eine Talentshow. Meine Freundinnen und ich stellen jedes Jahr etwas Neues auf die Beine. Dieses Jahr haben wir eine Choreographie zu *Jingle Bell Rock* erfunden. So wie in diesem Film, weißt du? Nur die Kostüme waren nicht ganz so ... aufreizend." Bei den letzten Worten wird sie ganz rot und ich grinse.

„Ich glaube, ich weiß, was du meinst. Das hätte ich echt gern gesehen."

„Vielleicht kannst du ja nächstes Jahr kommen und zusehen?", fragt sie mit hoffnungsvollem Unterton in der Stimme.

„Auf jeden Fall!", verspreche ich ihr. „Magst du von der Aufführung erzählen?", frage ich und jetzt glänzen ihre blauen Augen nicht mehr vor Traurigkeit, sondern vor Freude.

Sie redet ohne Punkt und Komma, bis sich David nach einer Weile schweigend erhebt und mit dem Autoschlüssel wedelt, um uns zu signalisieren, dass er losfährt, um das Essen abzuholen. Gott sei Dank, denn mein Magen knurrt schon.

Kapitel 18

Das Familienessen ist himmlisch und lustig. Wir haben Ente süß-sauer, Reis, Nudeln, Frühlingsrollen, Teigtaschen und Pekingsuppe bestellt. Der ganze Tisch ist so beladen, dass man keinen Flecken Holz mehr sieht. Aber bei so vielen Personen geht es auch gar nicht anders.

„Sam, Stäbchen oder Gabel?", fragt Brenda.

„Ich kann nicht mit Stäbchen essen, also die Gabel, bitte."

„Soll ich es dir beibringen?" Alexa sieht mich erwartungsvoll an. Langsam lerne ich, zumindest die Stimmen der Zwillinge zu unterscheiden.

„Wenn du dafür Geduld hast", antworte ich lachend.

„Na klar. Hier, du musst sie so halten." Sie zeigt mir, wo ich meine Finger positionieren muss.

Sieht gar nicht so schwer aus. Alexa klappert mit ihren Stäbchen vor meiner Nase herum. Nach mehreren Testläufen in der Luft habe ich anscheinend den Dreh raus. Mutig versuche ich, ein paar Nudeln mit den Stäbchen aufzunehmen – und scheitere kläglich.

„Shit", murmle ich und sehe im gleichen Moment betreten auf.

„Entschuldigung, ich wollte nicht fluchen."

Erneut versuche ich mein Glück bei den Nudeln, doch ich habe das Gefühl, mein Finger verkrampfen sich. Frustriert stöhne ich auf und lasse die Stäbchen sinken.

„Ich bleibe wohl bei der Gabel, bevor ich noch verhungere“, beschließe ich und bringe damit alle zum Lachen.

Lilys Familie ist ein absoluter Traum. Steve und Brenda sind seit der High School ein Paar und seit sechsunddreißig Jahren verheiratet. Brenda erzählt, dass sie Einzelkind ist und sich immer eine große Familie gewünscht hat – schon, als sie selbst noch ein Kind war. Umso schlimmer hat es sie dann getroffen, als sie nach den ersten Ehejahren, in denen sie erfolglos versucht hat, schwanger zu werden, von einem Spezialisten erfahren musste, dass sie auf natürlichem Wege keine Kinder bekommen kann.

„Steve und mir war schnell klar, dass wir es dann mit Adoption versuchen wollten“, sagt Brenda. „Die Kinderheime sind voll. Es gibt so viele Kinder, die keine Eltern haben, und für uns gab es nichts Wichtigeres zu diesem Zeitpunkt, als Eltern zu werden.“ Sie lächelt. „So kamen Stella und Alexa zu uns. Es gibt keinen Tag, an dem wir nicht dankbar sind. Natürlich gab es Blicke, wenn man dunkelhäutige Kinder mit weißen Eltern auf dem Spielplatz sah, und das war definitiv nicht immer einfach für die beiden und deshalb natürlich auch nicht für Steve und mich. Wir wollten die Mädchen vor all den Blicken und Sprüchen beschützen. Aber man lernt, damit umzugehen, denn die Menschen haben keine Ahnung, was im Leben anderer Leute los ist. Wer gefragt hat, bekam natürlich eine Antwort. Aber die meisten haben einfach nur gestarrt und sich vermutlich ihren Teil gedacht – furchtbar.“ Brenda verdreht die Augen.

Steve nickt. „Aber anscheinend gibt es doch eine Art höhere Macht, denn nur zwei Jahre später durften wir unserer Lily willkommen heißen. Und das war nicht genug, so wurde Brenda tatsächlich noch zwei weitere Male schwanger und das auf ganz natürlichem Weg."

„Der Arzt war am Ende nur fassungslos und nannte mich ein Wunder der Natur." Brenda lacht.

„Okay, genug jetzt mit der Familiengeschichte, Mom." David klingt leicht genervt. Wer weiß, wie oft Steve und Brenda diese zugegeben wunderbare Geschichte zum Besten geben?

„Ja", wirft Jasper ein. „Lasst uns lieber endlich zum Nachtisch und den Spielen übergehen."

„Also schön. Jungs, ihr baut den Tisch auf und wir Mädels holen den Nachtisch. Sam, leistest du Steve Gesellschaft?"

„Klar, mache ich doch gern. Jetzt bin ich aber echt neugierig, was ihr hier auffahrt. Ihr macht ja ein ganz schönes Geheimnis um diesen legendären Nachtisch."

Lily wackelt mit den Augenbrauen. „Du wirst schon sehen. Ich bin mir sicher, es wird dir gefallen."

Steve und ich werden allein gelassen und er sieht mich nachdenklich an.

„Darf ich dich etwas fragen?"

„Darfst du", antworte ich.

„Hast du gute Absichten meiner Tochter gegenüber?"

O je, das Gespräch hatte ich doch schon mit Wanda abgehakt. Aber davon weiß Steve natürlich nichts, also antworte ich ehrlich und aufrichtig.

„Ja, die habe ich. Lily ist mir sehr wichtig."

Steve nickt nachdenklich. „Und was passiert, wenn du New York verlässt? Lily sagte, du lebst eigentlich in Australien. Das ist ja nicht gerade um die Ecke."

„Das stimmt. Lily und ich sind zuversichtlich, dass wir das hinbekommen. Es wird sicher nicht einfach, aber das macht nichts, Hauptsache es ist möglich. Und das ist es. Davon bin ich überzeugt."

„Das klingt ja schon mal gut. Nur tu ihr nicht weh, das werde ich nicht akzeptieren, verstanden?"

„Natürlich. Keine Sorge."

David und Jasper kehren zurück ins Wohnzimmer und bauen einen langen Klapptisch auf. Meine Neugier wächst ins Unermessliche.

Da kommen auch schon Beth und Lily zurück in den Raum, dicht gefolgt von Brenda und den Zwillingen. Sie tragen Schüsseln herein, die sie auf dem Klapptisch abstellen. Beth trägt etwas, das aussieht wie eine Kühlbox. Es stellt sich heraus, dass es tatsächlich eine ist. Nachdem scheinbar alles vorbereitet ist, sieht mich Lily erwartungsvoll an. „Und? Weißt du jetzt, was es ist?"

„Nicht wirklich", gebe ich ehrlich zu.

„Also gut, dann erlöse ich dich mal. An Weihnachten gibt es bei uns jedes Jahr eine *Bau dir deinen eigenen Eisbecher*-Bar. In der Kühlbox findest du verschiedene Eissorten. Vanille, Schokolade, Erdbeere, Pistazie, Kaffee und Heidelbeere. Auf dem Tisch sind die passenden Toppings. Such dir aus, was du möchtest."

Ich trete an den Tisch und lasse meinen Blick über die gigantische Auswahl schweifen. Schlagsahne, Schokosoße, Karamell, Erdbeersoße, kleine Marshmallows wie die, die Lily in ihre heiße Schokolade macht. Außerdem gibt es zerstoßene Zuckerstangen, was mich an unsere Backaktion denken lässt, dunkle Schokoladendrops, aber auch welche in Vollmilch und weißer

Schokolade. Alle möglichen Süßigkeiten wie zum Beispiel bunte Streusel, Zuckerperlen und Kekse und, wie mir Beth erklärt, geschmolzene Erdnussbutter.

Von der Auswahl fühle ich mich dezent erschlagen, also trete ich zurück und lasse den anderen erst mal den Vortritt.

Lily und David haben ihre Eisbecher schnell zusammengestellt und da packt endlich auch mich die Lust. Ich nehme eine der türkisen Schalen zur Hand und staple Vanille- und Schokoeiskugeln zu gleichen Teilen darin auf. Obendrüber kommt Sahne und natürlich Schokosoße. Ein paar zerbröselte Oreo-Kekse und ein Löffel voller Streusel.

Zufrieden begutachte ich mein Werk und lasse mich neben Lily auf die Couch sinken. Wir stoßen mit unseren Löffeln an und lassen es uns schmecken.

***

„Okay, bereit zum Spielen, Leute?", fragt Jasper in die Runde, als ich gerade dabei bin, meinen zweiten Eisbecher fertigzustellen.

Alle murmeln zustimmend und er sieht in meine Richtung. „Sam, kennst du das hier?", will er wissen und hält demonstrativ eins der beiden mir unbekannten Spiele hoch.

Ich schüttle den Kopf und gehe wieder zur Couch.

„Das ist supercool. Es ist eine Art Detektivspiel. Die Besitzerin eines Herrenhauses wird ermordet. Verdächtig werden ihre Freunde und wir müssen heraus-

finden, wer es war, wo es passiert ist und welche Tatwaffe der Mörder benutzt hat. Macht total Spaß, glaub
mir.“

„Klingt echt gut. Ich bin dabei.“ Ich grinse in die
Runde und setze mich wieder auf meinen Platz auf der
Couch.

Es stellt sich heraus, dass ich wohl keine besonders
gute Detektivin werde, denn ich verliere zwei Runden
des Spiels. Darum bestehe ich darauf, dass wir danach
Monopoly spielen, auch weil ich daran immer unschlagbar war. Beth und David bauen das Spiel auf und
Lily und ich holen uns noch eine weitere Portion Nachtisch.

„Fühlst du dich wohl?“, flüstert sie mir zu, als wir mit
dem Rücken zu den anderen stehen.

„Ja, es ist toll. Dabei ist noch nicht mal richtig Weihnachten. Danke dafür.“

Unsere Partie Monopoly dauert Stunden. Das ist es,
laut Steve, was ein gutes Monopoly-Spiel ausmacht.
Doch am Ende habe ich dafür gesorgt, dass jedes einzelne Mitglied der Familie Campbell pleite ist. Wir räumen gerade die Geldscheine und all die kleinen Häuser
und Hotels weg, als Steve herzhaft gähnt.

„Vielleicht sollten wir es für heute gut sein lassen“,
sagt Brenda. „Ich muss ja auch morgen zeitig mit dem
Kochen anfangen.“

Lily springt fast von der Couch auf. „Wir helfen dir
noch schnell die Sachen vom Nachtisch wegzuräumen,
Mom. Dad, du kannst ruhig schon hochgehen. Wir haben alles im Griff.“

Steve nickt und erhebt sich. „Gute Nacht, ihr Lieben.
Bis morgen.“

***

Zu acht sind die Schälchen und das Eis schnell in die Küche gebracht und die Spülmaschine angestellt.

Als Lily und ich uns verabschieden, um nach oben zu verschwinden, sagt Brenda: „Denkt dran heute Nacht noch eure Geschenke unter den Baum zulegen." Sie zwinkert lächelnd.

Kurz darauf liegen Lily und ich in unseren Weihnachtspyjamas aneinander gekuschelt in ihrem Bett.

„Ich bin echt froh, mitgekommen zu sein. Allein hätte ich bestimmt nur halb so viel Spaß gehabt. Wenn überhaupt", sage ich leise.

„Ich bin auch froh, dass du hier bist. Daran könnte man sich glatt gewöhnen." Sie haucht mir einen Kuss auf die Nase und schließt dann gähnend die Augen. „Schlaf gut, Sam."

„Du auch", antworte ich.

Stumm lausche ich Lilys Atemzügen und warte darauf, dass sie einschläft. Als ich merke, dass es so weit ist, löse ich mich vorsichtig von ihr, hole das Geschenk aus meinem Koffer und schleiche mich leise die Treppe herunter, um das Geschenk unter den Baum zu legen. Ich kann es kaum erwarten, morgen früh ihr Gesicht zu sehen.

***

Das Erste, was ich am Weihnachtsmorgen sehe, ist der Schnee, der in dicken Flocken durch die Luft wirbelt. Automatisch zieht sich etwas in mir zusammen, obwohl ich mittlerweile nicht mehr nur negativ über das weiße Zeug denke. Trotzdem kann ich nicht verhindern, dass ich ein wenig traurig werde. Kein Wunder, schließlich ist heute Archies Todestag. Ich greife nach meinem Handy und schreibe meiner Mutter eine kurze Nachricht. Ich weiß, dass meine Eltern an diesem Tag all ihre Kraft brauchen, deshalb schicke ich ihnen gleich ein bisschen von meiner eigenen.

Lily schläft noch tief und fest, also beuge ich mich über sie und küsse sie auf die Wange. Davon wacht sie auf. So tief hat sie wohl doch nicht mehr geschlafen.

„Guten Morgen", murmelt sie mit schläfriger Stimme.

„Guten Morgen, gut geschlafen?"

Sie nickt und schlägt die Bettdecke zurück.

„Fröhliche Weihnachten, mein Schatz." Sie strahlt mich an.

„Dir auch frohe Weihnachten", erwidere ich.

„Wie fühlst du dich heute?", fragt Lily und ich blicke einen Moment stumm auf die Matratze unter mir.

„Es geht. Nicht so schlimm wie sonst, aber dieser Tag wird wohl niemals völlig unbeschwert sein", murmle ich.

Lily nimmt meine Hand und drückt sie aufmunternd. „Das verlangt auch niemand von dir, Sam. Und ich verspreche dir, wir werden heute noch einen Moment finden, an dem du Archie gedenken kannst, okay?"

Ich atme tief durch und zwinge mich dann zu einem Lächeln. „Wollen wir runtergehen?"

Lily nickt und wir machen uns gemeinsam auf den Weg in die Küche. Dort werden wir von einem herrlichen Zimtduft empfangen. Brenda steht vor dem Backofen und holt gerade ein Blech Zimtschnecken heraus.

„Guten Morgen, ihr zwei. Ihr kommt genau richtig. Die Zimtschnecken sind fertig. Geht ins Wohnzimmer zur Bescherung, solange sie abkühlen, dann können wir frühstücken."

Verwundert sehe ich sie an. „Es gibt Zimtschnecken zum Frühstück?"

Brenda nickt fröhlich. „O ja! Das ist noch eine unserer schönen Traditionen. Aber erst gibt es Geschenke. Also hopp, ab mit euch ins Wohnzimmer! Die anderen warten schon."

Tatsächlich sitzt die ganze Familie in ihren Pyjamas auf der Couch, der Baum leuchtet und darunter liegt ein ganzer Haufen hübsch verpackter Geschenke.

Wir alle wünschen einander fröhliche Weihnachten, dann wird Beth von Steve aufgefordert, das erste Geschenk auszupacken. Es sind neue Ballettschuhe. Anscheinend hat sie sich die gewünscht, denn sie strahlt über das ganze Gesicht.

Geduldig sehe ich den anderen dabei, zu wie Geschenk um Geschenk geöffnet wird. Jasper bekommt ein neues Paar Inlineskates. Lily eine silberne Halskette mit einer Schneeflocke als Anhänger, David ziemlich coole und teuer aussehende Kopfhörer und die Zwillinge bekommen ein identisches Armband mit lauter Anhängern daran. Dann ist es endlich so weit und Lily greift nach dem Geschenk von mir.

„Von wem das wohl ist?", fragt sie in die Runde und ich lächle wissend.

Sie bemerkt es und lächelt ebenfalls. Neugierig löst sie erst die Schleife und dann das Papier. Als das Fotoalbum zum Vorschein kommt, sehe ich den Glanz in ihren Augen. Andächtig öffnet sie es und betrachtet nach und nach die Seiten voller Fotos von unserer gemeinsamen Zeit. Endlich kommt sie an der Seite an, auf die ich am meisten gewartet habe. Als ihr bewusst wird, was sie dort vor sich hat, schlägt sie sich die Hand vor den Mund.

„O mein Gott, o mein Gott!", ruft sie und springt auf.

Da werden auch die anderen neugierig.

„Was? Was ist das denn?", fragen alle durcheinander.

Doch Lily ignoriert sie und sieht nur mich an. „Ist das dein Ernst, Sam?"

Ich nicke feierlich. „Natürlich."

Lily kommt auf mich zu und umarmt mich so fest, dass ich kaum noch Luft bekomme.

„Danke, danke, danke! O mein Gott, ich glaube es kaum!"

„Nun sag schon, worum es hier geht!", fordert Stella ihre kleine Schwester auf.

Lily hält den zweiten Teil meines Geschenks hoch. Verwirrtheit macht sich auf den Gesichtern ihrer Familie breit.

„Leute! Das ist ein Flugticket nach Australien. Ausgestellt auf Februar."

Der Raum wird von *Aah*- und *Ooh*-Rufen erfüllt.

Ich wende mich Lily zu. „Ich hoffe, der Zeitraum ist okay?"

Lily nickt eifrig. „Natürlich! Selbst wenn es nicht passen würde, für dich würde ich mir die Zeit freischaufeln. Ich kann es kaum erwarten, ehrlich. Aber jetzt möchte ich, dass du mein Geschenk öffnest."

Sie reicht mir ein Päckchen und setzt sich neben mich.

Unter dem Papier kommt ein wunderschönes, in Leder gebundenes Notizbuch zum Vorschein. Es hat Verzierungen auf dem Einband und die Seiten sind aus dickem, stabilem Papier.

„Wow! Das ist wirklich schön."

Lily lächelt zaghaft. „Als Entschädigung für deine Notizen, die ich in heiße Schokolade getränkt habe."

„Es ist perfekt! Ich danke dir", sage ich, dann stoße ich sie leicht mit dem Ellbogen in die Seite. „Und wenn du meine Notizen nicht gebadet hättest, würden wir jetzt nicht hier sitzen, also auch dafür – danke."

Lily lächelt und beugt sich so nahe zu mir herüber, dass ihre Lippen nur wenige Millimeter von meinem Ohr entfernt sind, und flüstert: „Den zweiten Teil des Geschenks bekommst du später."

O ja, die Frau weiß, wie sie mich am besten auf die Folter spannen kann, so gut kenne ich sie mittlerweile. Aber ich würde es nicht anders haben wollen, denn so wie es ist, ist es perfekt.

Kapitel 19

Brenda verfrachtet ihre Männer, nachdem wir zum Frühstück die noch warmen Zimtschnecken verputzt haben, zu deren großer Freude vor den Fernseher, wo sie sich ein Basketballspiel der Sin City Bandits ansehen. Alle anderen werden mit in die Küche geschleift, um beim Kochen zu helfen. Außer mir. Ich werde angewiesen, auf einem der Barhocker Platz zu nehmen, denn ich bin Gast und Gäste helfen nicht. Das sagt zumindest Brenda und ihr Blick duldet keinen Widerspruch.

„Was zaubert ihr denn heute zu essen?", frage ich, während ich mir die Zutaten ansehe, die auf der Arbeitsfläche liegen.

„Glasierten Schinken, Kartoffelpüree, Gemüsebeilagen und zum Nachtisch Kürbis- und Apfelkuchen."

Obwohl ich gerade erst gegessen habe, knurrt bei der Antwort mein Magen, worauf Brenda lacht.

„Das Weihnachtsessen ist Moms Spezialität", erklärt Stella.

„Das glaube ich euch. Das klingt toll!"

Steve und Brenda haben mir einen teuer aussehenden silbernen Füller geschenkt. Passend zu Lilys Notizbuch. Umso mehr wird mein schlechtes Gewissen bestärkt, dass ich nichts für die beiden habe. Wie konnte ich das bloß vergessen? Ich habe mich bereits zwei Mal entschuldigt, wurde aber beide Male mit einer wegwerfenden Handbewegung abgespeist.

Da ich nicht helfen darf, sitze ich also bewaffnet mit Füller und Notizbuch an der Theke und bringe eine neue Idee zu Papier, die mir gestern Nacht eingefallen ist. Zwar habe ich Lily versprochen über die Feiertage nicht zu arbeiten, aber ich habe Angst, dass der Gedankenblitz wieder verschwindet, wenn ich ihn nicht aufschreibe. Das wäre nicht das erste Mal.

Seufzend lässt sich Beth auf den Hocker neben mir sinken.

„Mom, die Küche ist echt nicht groß genug für uns alle. Wir stehen uns ständig im Weg, das macht doch keinen Spaß. Außerdem kann ich nicht kochen. Ich würde viel lieber raus gehen und keine Ahnung ... einen Schneemann bauen oder so. Es hat so schön geschneit in der Nacht. Darf ich gehen? Und kann ich Sam mitnehmen?" Beth setzt einen perfekten Dackelblick auf.

Brenda sieht zu ihrer jüngsten Tochter. „Na geh schon. Aber ob Sam mitgehen will, musst du sie selbst fragen."

Hoffnungsvoll sieht Beth mich an. „Kommst du mit mir? Bitte, bitte, bitte!"

Ich lache. „Na klar, aber wir sollten uns vorher was Warmes anziehen."

„Okay, bis gleich!", ruft Beth, hüpft vom Hocker runter und stürmt die Treppe hoch.

***

Der Schnee ist so pulverig, dass sogar meine Abneigung dagegen ein bisschen mehr in sich zusammenfällt. Die Konsistenz wirkt nicht so, als könnte etwas passieren, und das beruhigt mich. Beth und ich stampfen nebeneinander um das Haus herum, während sie das Lied *Willst du einen Schneemann bauen?* aus dem Disney Film *Die Eiskönigin* vor sich hinsingt. Sie ist der Meinung, im Garten würde der Schneemann besser aussehen als vor dem Haus.

„Ich mache die große Kugel, okay? Du kannst ja mit dem Mittelteil anfangen", schlägt Beth vor, die dick eingepackt mit Mütze, Schal und Handschuhen vor mir steht. In ihrer weißen Winterjacke erinnert sie mich ein wenig an ein Marshmallow.

„So machen wir das."

Ich fange also an, eine Kugel aus dem Schnee zu formen und sie vor mir herzurollen, damit sie an Größe gewinnt. Hinter mir lege ich dadurch den Rasen frei, sodass sich eine Spur durch den Garten zieht. Beths und meine Wege kreuzen sich zwei Mal, bis sie verkündet, die beiden Kugeln seien groß genug. Abwechselnd rollen wir eine Kugel für den Kopf und setzen sie dann auf die zweite Kugel oben drauf.

„Er braucht noch ein Gesicht. Siehst du den Baum da hinten?" Beth deutet in die hintere Ecke des Gartens. „Auf dem Boden davor liegen oft kleine Steine, die wir gut für Augen, Mund und Mantelknöpfe benutzen können. Holst du ein paar? Dann kümmere ich mich um den Rest."

Sie geht ins Haus und ich tue, was sie mir gesagt hat. Mit meinem Schuh schiebe ich den Schnee unter dem Baum zur Seite, um die Steine freizulegen. Ich ziehe meine Mütze vom Kopf und sammle die Steine darin. Zwei glänzend schwarze eignen sich perfekt für die Augen. Dann noch drei Knöpfe und ein paar Steine, damit wir dem Schneemann ein breites Lächeln verpassen können.

Ich fange gerade an, die Steine in den Kopf des Schneemanns zu setzen, als Beth aus dem Haus kommt, in der Hand hält sie eine blaue Pudelmütze und einen schwarzen Schal.

„Guck mal, was ich von Mom abgestaubt habe." Triumphierend zieht sie eine Möhre hinter dem Rücken hervor.

„Perfekt!" Mit dem Finger bohre ich ein Loch in die Mitte des Schneemanngesichts, damit Beth die Möhre hineinstecken kann.

„Fertig", verkünde ich und begutachte unser Werk.

„Meinst du, wir können noch einen bauen?", fragt Beth und sieht sich im Garten um.

„Ich glaube, dafür reicht der Schnee nicht, aber vielleicht können wir ihm ein Haustier machen."

„Einen Hund?", fragt Beth lächelnd.

„Klar, warum nicht?"

„Okay, dann los", sagt Beth und bückt sich nach dem Schnee.

***

Unser Schneehund sieht eher aus wie ein undefinierbarer Klumpen mit einem Stein in der Mitte, der die Nase darstellen soll.

„Mhm." Nachdenklich begutachtet Beth unser gemeinsames Werk. „Also, einen Schönheitswettbewerb gewinnt der sicher nicht."

„Hauptsache wir hatten Spaß, oder?"

„Das stimmt." Sie sieht mich an. „Sam? Kann ich dich was fragen?"

„Hast du doch gerade." Ich lache und Beth verdreht die Augen.

„Kommst du jetzt öfter her?" Mit großen Augen mustert sie mich.

„Das hoffe ich", antworte ich ehrlich.

„Ich auch. Wir mögen dich nämlich."

Ein Lächeln breitet sich auf meinem Gesicht aus. „Ich mag euch auch, Beth. Euch alle." Langsam spüre ich meine Zehen nicht mehr und meine Fingerspitzen sind durch die nassen Handschuhe eiskalt, deshalb mache ich Beth einen Vorschlag: „Wollen wir reingehen und uns aufwärmen? Vielleicht können wir eine heiße Schokolade trinken."

Beth nickt. „Klingt gut!"

Wir erreichen die Haustür, da kommt Lily heraus. „Sam? Hast du einen Moment Zeit?", fragt sie.

„Klar, wir wollten gerade wieder reinkommen, um uns aufzuwärmen."

„Beth, geh bitte schon mal rein, wir kommen gleich nach", weist Lily ihre kleine Schwester an und ich schaue sie verwundert an.

„Was ist los?", frage ich, als Beth ohne zu meckern im Haus verschwunden ist.

„Nichts Schlimmes", sagt Lily lächelnd. „Hast du den Brief fertig?"

Ich nicke. „Ja, er liegt oben auf deinem Schreibtisch, warum?"

Lily lächelt wissend. „Bin gleich wieder da. Warte hier, okay?"

„Ist gut", antworte ich, aber da ist sie schon nicht mehr zu sehen.

Während ich auf Lily warte, schaue ich in den schnee-verhangenen Himmel und frage mich, was Lily wohl vorhat.

Wenig später öffnet sich die Haustür einen Spalt breit.

„Sam?", höre ich Lilys Stimme von drinnen.

„Ja?", antworte ich.

„Ich komme jetzt raus und ich möchte, dass du die Augen schließt."

„Okay!" Ich tue, was sie gesagt hat.

„Sind sie zu?", fragt Lily und ich muss mir ein Lachen verkneifen.

„Versprochen. Jetzt komm schon raus!", fordere ich meine Freundin auf.

Daraufhin höre ich, wie die Tür ins Schloss fällt und dann das Geräusch des Schnees unter Lilys Stiefeln. Sie muss jetzt direkt vor mir stehen, denn ich spüre ihren Atem auf meinen Wangen.

„Okay, Augen auf, Sam", sagt Lily leise und ich öffne langsam meine Augen, gespannt, was jetzt passiert.

Ich hatte zwar keine Ahnung, was mich erwarten würde, aber damit habe ich nicht gerechnet. Lily hält einen roten Luftballon in der Hand. Er hat eine silberne Schnur und an dessen Ende ist mein Brief befestigt.

„Was-", setze ich an, aber Lily kommt mir zuvor.

„Wir schicken deine Gedanken und Gefühle jetzt zu Archie." Sie schaut nach oben. „In den Himmel."

Ich bin so gerührt, dass ich Lily nur mit offenem Mund anstarren kann. Wir kennen uns erst seit wenigen Wochen und dennoch habe ich das Gefühl, sie kennt mich gut genug, um fast immer das Richtige zu tun. Ergriffen lege ich mir eine Hand aufs Herz und spüre dabei den aufgeregten Herzschlag unter meinen Fingerspitzen.

„Ist das dein Ernst?"

Lily nickt. „Habe ich jemals etwas nicht ernst gemeint?"

Ich schüttle stumm den Kopf.

„Siehst du. Also hier, nimm." Lily drückt mir die Schur in die Hand und macht einen Schritt zurück.

„Willst du ein paar Worte sagen?" Lily schaut mich abwartend an.

Ich räuspere mich. „Eigentlich steht alles Wichtige in diesem Brief, aber vielleicht noch eine Sache." Ich schaue zum Himmel hinauf. „Ich wünschte, wir hätten mehr Zeit miteinander gehabt, kleiner Bruder. Ich hätte gern haufenweise Erinnerungen mit dir geschaffen. Ich liebe dich, Archie."

Mit den Worten lasse ich die Schnur los und sehe dem Ballon zu, wie er höher und höher gen Himmel steigt. Geradewegs zu der Wolke, auf der mein kleiner Bruder vielleicht sitzt und an jeder Minute eines jeden Tages auf mich herabschaut. Ich wünsche mir, dass er das tut, denn der Gedanke tröstet mich.

Ich sehe dem Ballon so lange hinterher, bis ich ihn nicht mehr erkenne, dann wende ich mich Lily zu.

„Danke", sage ich und nehme sie in den Arm. „Danke für alles."

„Für dich würde ich das immer wieder tun", antwortet Lily und legt behutsam ihre Lippen auf meine.

Als wir uns voneinander lösen, sehe ich direkt in Lilys strahlende blaue Augen. „Ich liebe dich", sage ich leise.

Lilys Augen weiten sich. „Sam …", setzt sie an, doch ich lege ihr meinen Zeigefinger auf die Lippen und spreche weiter: „Ich weiß, dass wir uns noch nicht lange kennen, aber wir haben schon so viel miteinander erlebt. Und das alles hat dafür gesorgt, dass ich mich mit jedem Tag ein bisschen mehr in dich verliebt habe, Lily Campbell. Ich wollte, dass du das weißt." Ich schaue erneut in den Himmel. „Denn wir wissen nie, wie viel Zeit uns noch bleibt, um all den Menschen, die wir lieben, unsere Gefühle zu offenbaren. Es kann ganz schnell zu spät sein, das weiß ich besser als die meisten Menschen. Deshalb musste ich dir das sagen. Ich liebe dich, Lily."

Lily lächelt mich strahlend an und zieht mich, so eng, wie es geht an sich.

„Ich liebe dich auch", flüstert sie, dann küsst sie mich und zum ersten Mal, seit all den Jahren, bin ich an diesem besonderen Tag einfach nur glücklich.

***

Als wir wieder im Haus sind und uns umgezogen haben, wird das Essen aufgetischt. Mit dem, was Brenda alles vorbereitet hat, könnte man eine ganze Armee satt bekommen. Der Schinken ist gigantisch und hat eine schöne Kruste. Der Duft weht zu mir herüber und wie schon zuvor in der Küche knurrt mein Magen. Zwei große Schüsseln Kartoffelpüree werden auf dem Tisch verteilt, sowie Schüsseln voller kandierter Möhren, Brokkoli und – zu meinem Leidwesen – grüne Bohnen.

Ich hasse grüne Bohnen. Habe ich schon immer. Natürlich lasse ich mir nichts anmerken. Schließlich will ich nicht unhöflich sein und das Essen verschmähen.

Steve legt mir eine Scheibe Schinken auf den Teller und Jasper reicht mir das Püree quer über den Tisch.

„Danke." Ich gebe eine Portion davon auf meinen Teller, ehe ich die Schüssel an Lily weitergebe, die neben mir sitzt.

So geht es mit jeder Beilage weiter. Am Ende habe ich nur eine Handvoll Bohnen auf dem Teller. Die werde ich schon irgendwie runterbekommen. Am besten, wenn ich mit ganz viel von dem Rotwein nachspüle, den Brenda mir gerade einschenkt. Der erste Bissen des Schinkens zergeht auf der Zunge.

„Das schmeckt fantastisch, Brenda", lobe ich und bekomme zum Dank ein warmes Lächeln von der Mutter meiner Freundin zugeworfen.

„Da stimme ich Sam zu", wirft David vom anderen Ende des Tisches ein und grinst. „Aber du weißt ja, wie sehr wir alle deine Kochkünste vergöttern, Mom."

„Trotzdem werde ich nie müde, das von euch zu hören", antwortet Brenda lachend.

Ich bin gerade dabei, eine der Bohnen in kleine Stücke zu zerteilen, als ich merke, dass mich Lily aus den Augenwinkeln beobachtet. Sie stupst mich mit dem Ellenbogen in die Seite, als ich die Gabel in den Mund schiebe. Als ich zu ihr sehe, schielt sie unauffällig auf die Bohnen und zieht eine Augenbraue hoch, woraufhin ich nur mit den Schultern zucke.

Anscheinend hat sie sofort bemerkt, dass das Gemüse nicht mein Fall ist. Wahnsinn, wie gut sie mich nach der kurzen Zeit schon kennt. Zum Glück passiert das alles, ohne dass jemand anderes davon mitbekommt.

„Also, Lily", fängt Steve nach einer Weile an. „Du hast noch gar nicht erzählt, wie deine Kurse so laufen. Ist alles in Ordnung?"

Lily nickt. „Ja, Dad. Gerade sind ja Ferien und ich habe mir deinen Rat von Thanksgiving zu Herzen genommen und versuche auch wirklich die Ferien zu genießen und nicht jede freie Minute über den Büchern zu hocken. Sam ist mir da eine echt gute Hilfe."

Steve wirft mir einen Blick zu, den ich nicht deuten kann.

„Das merkt man", sagt er. „Es ist auf jeden Fall richtig, dass du dir eine Pause gönnst. Immer nur zu lernen und zu arbeiten, ist nicht gut. Du bist doch noch jung, Kind."

„Ich weiß, Dad. Ich strenge mich an. Aber du weißt genauso gut wie ich, dass ich im Januar wieder anfangen werde, mir die Nächte um die Ohren zu schlagen. Ich will alle Kurse bald abschließen."

Brenda und Steve wechseln einen Blick. Vermutlich wird das Thema hier nicht zum ersten Mal besprochen. Ich nehme mir vor, darauf zu achten, dass sich Lily nicht zu viel aufhalst. Wanda hatte ja kürzlich im Café auch schon etwas in der Art angedeutet.

Stella scheint die leicht angespannte Stimmung zu bemerken und wechselt das Thema, indem sie von ihrem Studium erzählt. Tatsächlich ist Lily, abgesehen von ihren beiden jüngeren Geschwistern, die noch die High School besuchen, die einzige in der Familie, die sich gegen ein Studium entschieden hat. Das ist aber nicht weiter schlimm, denn sie hat schließlich trotzdem ihre festen Zukunftspläne, für die sie hart arbeitet. Wahrscheinlich hätte sie das Studium dennoch finanzieren können. David besucht Dank eines Stipendiums die Elite-Uni, wie ich aus der Unterhaltung entnehmen kann. Aber so ist Lily eben, wenn sie sich etwas in den Kopf gesetzt hat, ist sie davon nicht abzubringen.

Eine gute Stunde später räumen Brenda und Beth die restlos leeren Schüsseln in die Küche zurück. Ich habe so viel gegessen, dass ich das Gefühl habe, zu platzen. Doch als die beiden kurz darauf mit den zwei Kuchen zurück ins Zimmer kommen, läuft mir trotzdem das Wasser im Mund zusammen.

David bietet sich an, die Kuchen zu schneiden.

„Sam, möchtest du lieber Apfel oder Kürbis?"

„Apfel, bitte."

Er reicht mir den Teller und ich packe noch einen Klecks frischer Schlagsahne auf den Kuchen. Er duftet leicht nach Zimt. Nach der ersten Gabel muss ich ein Seufzen unterdrücken.

„Brenda, kannst du mir bitte das Kochen und Backen beibringen? Ich kann mich nicht erinnern, wann ich das letzte Mal so gut gegessen habe."

Brendas Wangen färben sich nach meinem Kompliment rosa und sie winkt lachend ab. Doch ich habe jedes Wort so gemeint, wie ich es gesagt habe.

Nach dem Stück kämpfe ich mit mir, ob ich den Kürbiskuchen auch noch probieren will oder ob ich dafür zu voll bin. Der Kuchen gewinnt die innere Debatte.

Schweigend lassen wir uns alle den Nachtisch schmecken, als es plötzlich mit einem Schlag stockdunkel im Zimmer wird.

„O mein Gott, was ist denn jetzt los?“, fragt Beth ängstlich.

„Wahrscheinlich ist bloß eine Sicherung rausgeflogen. Ich gehe mal nachsehen.“ Das ist Steves Stimme.

Ein Stuhl wird zurückgeschoben und Schritte entfernen sich.

Stumm warten wir darauf, dass das Licht wieder angeht, doch nichts passiert.

Kurz darauf höre ich Steve sagen: „Also die Sicherungen sind alle drin. Das liegt an irgendwas anderem. Haben wir irgendwo Taschenlampen, Brenda?“

„Bestimmt“, sagt Brenda. „Wir können im Wohnzimmer auf jeden Fall die ganzen Kerzen anzünden. Dadurch wird es etwas heller. Bis dahin benutzten wir am besten die Handytaschenlampen.“

„Such du die richtigen Taschenlampen, wir kümmern uns um die Kerzen“, antwortet Alexa.

Lily greift nach meiner Hand und gemeinsam gehen wir mit den anderen ins Wohnzimmer. Mit Feuerzeugen bewaffnet, zünden wir die Kerzen an. Brenda hatte recht, es wird gleich heller. Das passt so richtig zur weihnachtlichen Stimmung. Trotz allem betätige ich den Lichtschalter, so bekommen wir direkt mit, wenn der Strom wieder da ist.

„Und was machen wir jetzt?“, fragt Beth.

„Wir können doch mit dem Abend trotzdem so weitermachen wie sonst“, erwidert Steve.

„Wie verbringt ihr den Tag denn normalerweise?“, will ich wissen.

„Meist sitzen wir nach dem Essen alle gemeinsam hier und lesen", beantwortet Lily meine Frage.

„Hört sich gut an, ich wäre dabei."

Da fällt mir aber ein, dass ich gar nichts zu lesen dabei habe. Als ich das anspreche, lacht Brenda nur.

„Daran soll es nicht scheitern, du kannst dir was von mir leihen." Sie zeigt auf eins der beiden Bücherregale. „Oder von Steve, falls du blutige Thriller und Krimis meinen Liebesgeschichten vorziehst."

„Liebesgeschichten sind perfekt", antworte ich und gehe mit der Taschenlampe in der Hand zum Regal, um die Buchrücken zu inspizieren. Brenda hat einen ausgezeichneten Büchergeschmack. Schnell finde ich ein Buch, das schon lange auf meiner Leseliste steht, für das ich aber bisher nicht die Zeit gefunden habe, wie so oft. Ich habe mir in den letzten paar Jahren viel zu selten erlaubt, mich mit einem guten Buch hinzusetzen.

Also schnappe ich mir das Buch und tue es den anderen gleich, als ich es mir auf der großen Couch, mit der Taschenlampe bewaffnet, gemütlich mache.

Kapitel 20

Mit dem Buch in der Hand rücke ich an Lily heran, sodass wir nebeneinander auf der Couch sitzen. Sie schaltet derweil ihren E-Reader ein. Stella und Beth haben sich nach oben verzogen, alle anderen haben es sich auch im Wohnzimmer gemütlich gemacht. Ich wechsle gerade vom Prolog zum ersten Kapitel, als ich bemerke, dass sich Lily das Lachen verkneifen muss. Neugierig schiele ich zu ihr auf den Bildschirm. Ich brauche ein paar Sekunden, um zu bemerken, was sie da liest. Doch als ich dahinterkomme, bin ich ehrlich überrascht.

„Du liest eins meiner Bücher?", frage ich gleichermaßen irritiert und erfreut.

Lily grinst mich strahlend an. „Ja", erwidert sie. „Du hast mich neugierig gemacht und außerdem interessiere ich mich für deine Arbeit. Ich muss doch wissen, womit meine Freundin ihr Geld verdient. Oder hast du ein Problem damit?"

„Selbstverständlich nicht. Ich habe es nur nicht erwartet, ehrlich gesagt. Wie gefällt es dir?"

Jetzt lacht Lily. „Das würdest du wohl gern wissen, was?"

„Natürlich, sonst hätte ich nicht gefragt. Also, sag schon – muss ich mir einen neuen Job suchen?"

Lily schmunzelt. „Ich denke, ich verrate dir meine Meinung erst, wenn ich mit dem Buch fertig bin."

Fassungslos starre ich sie an. „Ist das dein Ernst?"

„Ach Sam, du sollst dich doch in Geduld üben, weißt du nicht mehr?" Sie grinst.

Ich unterdrücke mühsam ein Augenrollen. „Ich weiß. Aber wenn du fertig bist, möchte ich deine ehrliche Meinung hören."

„Versprochen", antwortet sie und küsst mich auf die Wange, ehe sie sich wieder dem Buch zuwendet.

Ich bin mitten im vierten Kapitel und langsam brennen meine Augen vom Kerzenlicht und dem schwachen Schein der Taschenlampe, als plötzlich die Deckenbeleuchtung angeht.

„Gott sei Dank", seufzt Alexa.

„Pünktlich zu den Nachrichten", sagt Steve mit einem Blick auf seine Armbanduhr und schaltet den Fernseher ein. „Vielleicht erfahren wir dort, woran es gelegen hat, wir waren doch sicher nicht die Einzigen ohne Strom", meint er.

Also schauen wir alle die Nachrichten und tatsächlich – der Stromausfall hat die ganze Stadt betroffen. Tausende Haushalte sind ausgerechnet an Weihnachten ohne Strom gewesen. Der Moderator sagt, dass die Ursache dafür der viele Schnee beziehungsweise das Schneetreiben sei. Außerdem meint er, dass ist nicht ausgeschlossen ist, dass der Strom erneut ausfällt.

Aber so kann man sich wenigstens darauf einstellen.

Nachdem Steve den Fernseher wieder ausgeschaltet hat, gähnt Lily herzhaft.

„Ich bin echt erledigt. Gehen wir ins Bett, Sam?"

Da mich das lange Lesen bei schlechtem Licht auch ganz schön müde gemacht hat, nicke ich.

„Lass mich schnell das Kapitel zu Ende lesen, okay?"

Lily nickt, steht aber auf. „Mach das, ich gehe schon mal hoch."

„Es sind nur noch ein paar Seiten, ich bin also gleich da."

Lily verabschiedet sich von ihrer Familie und verlässt den Raum.

„Kann ich das Buch mit nach New York nehmen, Brenda? Ich bezweifle, dass ich bis morgen, wenn wir abreisen, damit fertig bin. Lily kann es dir ja zurückgeben, wenn ihr euch das nächste Mal seht. Natürlich nur, wenn das für dich in Ordnung ist."

Brenda nickt lächelnd. „Aber sicher, lass dir Zeit. So schnell werde ich das Buch bestimmt nicht vermissen."

„Toll, danke dir."

Die letzten Seiten des Kapitels sind schnell gelesen. Ich klappe das Buch zu und wünsche den anderen eine gute Nacht.

Das Schlafzimmer ist leer, als ich hineinkomme.

„Lily?", rufe ich.

„Ich komme sofort. Mach's dir doch schon mal bequem", kommt ihre Stimme aus dem angrenzenden Badezimmer.

Ich ziehe mein Kleid aus und schlüpfe in den weichen Pyjama. Gerade als ich unter die Decke krieche, dringt Lilys Stimme erneut durch die Tür zu mir ins Zimmer.

„Weißt du noch, was ich heute Morgen gesagt habe?"

„Was meinst du?", frage ich.

„Na, dass ich ein weiteres Weihnachtsgeschenk für dich habe."

„Ja klar weiß ich das noch, warum?"

„Ich wäre jetzt bereit, es dir zu geben. Kann ich rauskommen?"

Nun bin ich erst recht neugierig. Ich lehne mich gegen das Kopfteil des Bettes und schaue in Richtung Badezimmertür.

„Ja, komm raus!“, rufe ich und warte.

Der Knauf der Tür dreht sich und mit einem leisen Quietschen wird die Tür geöffnet.

Was ich dann sehe, verschlägt mir im wahrsten Sinne des Wortes die Sprache. Im Türrahmen steht Lily, doch sie trägt nicht mehr das Kleid, was sie beim Essen anhatte. Nein, jetzt trägt sie nur noch einen Hauch Stoff. Der dünne, feine rote Stoff reicht ihr von der Brust bis gerade mal knapp an den Oberschenkel. Der obere und untere Saum ist jeweils mit einem breiten Streifen weißem Fell verziert. Darunter trägt sie, soweit ich es erkennen kann, nichts. Nur auf ihrem Kopf sitzt eine Weihnachtsmannmütze. Ich habe immer noch nicht ein Wort gesagt, stattdessen schlucke ich trocken.

Ein scheues Lächeln bildet sich auf Lilys Gesicht.

„Gefällt dir der Anblick?“, fragt sie leise und senkt den Blick.

Ich nicke stumm, immer noch sprachlos. Ich habe mit allem gerechnet, aber bestimmt nicht damit. Noch nie hat sich mir eine Frau in Dessous gezeigt. Und wenn es jemanden gibt, von dem ich das nicht erwartet hätte, dann ist es Lily. Doch natürlich beschwere ich mich nicht. Nein, ich richte mich noch ein Stück mehr auf, strecke die Hand aus und locke sie mit dem Zeigefinger in Richtung Bett.

Langsam kommt sie auf mich zu und lässt sich auf die Bettkante sinken. Ich schlage die Decke zurück und knie mich hinter Lily. Ihre blonden Haare fallen in den üblichen Wellen über ihren Rücken. Vorsichtig schiebe ich sie zur Seite und lege so ihre Schulter frei. Sanft hauche ich einen Kuss auf die weiche Haut, was sie erschaudern lässt.

„Du siehst bezaubernd aus", raune ich leise und lächle.

„Ich wollte etwas Besonderes für uns."

„Das ist dir gelungen, würde ich sagen."

Sie dreht sich halb zu mir um, um mir in die Augen sehen zu können.

Doch bevor sie etwas sagen kann, verschließe ich ihre Lippen mit meinen. Der Kuss, der erst harmlos und leicht anfängt, wird schnell intensiver, forschender und auch drängender. Ich lasse mich zurück in die Kissen fallen und Lily folgt mir. Ich lege meine Hände in ihren Nacken, um sie noch näher an mich heranzuziehen. Doch Lily greift nach meinen Händen und hält sie mit einer Hand fest. Mit der anderen macht sie sich an den kleinen Knöpfen meines Pyjamas zu schaffen.

„Sehen wir zu, dass wir dich aus diesem Ding herausbekommen. Zwischen uns ist definitiv viel zu viel Stoff", wispert sie atemlos.

Da hat sie recht. Ich gehe ihr zur Hand, damit es schneller geht. Denn ich will nicht mehr warten. Ich streife den Pyjama ab und plötzlich ist dort gar kein Stoff mehr, sondern nur sehr viel weiche Haut ...

***

Als ich am nächsten Morgen aufwache, glaube ich zuerst, dass ich die letzte Nacht nur geträumt habe. Doch dann entdecke ich auf dem Fußboden meinen Pyjama und Lilys Dessous. Es war kein Traum, dabei fühlte es sich definitiv wie einer an. Ich bin so glücklich wie schon lange nicht mehr. Obwohl ich dachte, glücklicher geht es gar nicht.

Lily hat es, wie so oft, geschafft, mich vom Gegenteil zu überzeugen.

Anders als ich schläft sie noch tief und fest. Ihr Brustkorb hebt und senkt sich in regelmäßigen Abständen. Der Wecker auf dem Nachttisch zeigt mir an, dass es schon fast zehn Uhr ist. Bestimmt gibt es gleich Frühstück.

Eigentlich will ich Lily nicht aufwecken, sie sieht so friedlich aus. Aber mein Magen knurrt und der Hunger gewinnt. Also hauche ich feine Küsse auf Lilys Gesicht. Es dauert nicht lange, da spüre ich ihr Lächeln an meiner Haut.

„Guten Morgen", murmelt sie verschlafen.

„Guten Morgen. Hast du gut geschlafen?"

Lily reckt sich und dreht sich auf den Rücken. „O ja, aber jetzt brauche ich dringend Frühstück. Hast du auch so einen Hunger wie ich?"

Wie zur Bestätigung knurrt mein Magen genau in diesem Moment.

Lachend halte ich mir den Bauch.

„Brauchst du noch eine Antwort oder reicht das?", frage ich.

„Das reicht. Mein Magen spricht dieselbe Sprache", sagt sie grinsend.

„Dann gehen wir besser runter, oder?"

„Auf jeden Fall."

Wir ziehen uns an und tapsen die Treppe hinunter in die Küche. Dort ist niemand, wir hören allerdings Stimmen aus dem Esszimmer.

„Sieh einer an, die Schlafmützen sind aufgewacht“, begrüßt Jasper uns lachend, als wir das Esszimmer betreten.

„Aber ehrlich, ihr könnt froh sein, dass wir noch nicht alles aufgegessen haben, was Mom gezaubert hat.“ Stella schiebt sich mit einem belustigten Funkeln in den Augen die Gabel in den Mund.

Auf dem Tisch steht, wie am Tag zuvor, augenscheinlich viel zu viel Essen. Brenda hat nicht nur Rührei mit Speck und frische Bagels gemacht, sondern auch eine Platte mit Obst und eine riesige Auswahl an Käse, Wurst und Marmelade aufgetischt. Außerdem gibt es die restlichen Zimtschnecken von gestern. Allein bei der Erinnerung daran läuft mir das Wasser im Mund zusammen. Lily und ich setzen uns auf unsere Plätze und laden uns von allem etwas auf die Teller. Schweigend genießen wir unser reichhaltiges Frühstück.

„Kann ich dir noch etwas mehr anbieten, Sam?“, fragt Brenda, nachdem ich den Teller geleert habe.

Ich schüttle den Kopf. „Nein danke, ich bin pappsatt. Es war sehr lecker. Vor allem die Zimtschnecken, die sind einfach nur göttlich. Verrätst du mir bitte das Rezept?“

„Eigentlich ist das ein Familiengeheimnis.“ Sie zwinkert mir zu. „Aber vielleicht mache ich bei dir eine Ausnahme. Schließlich gehörst du irgendwie schon zur Familie, oder nicht?“

Ich spüre, wie ich rot werde. „Ich ... Also ich denke schon. Zumindest behandelt ihr mich so“, stammle ich verlegen.

Lily streicht mir über den Rücken. „Du bist ein Teil meiner Familie, denn du zählst zu den wichtigsten Menschen in meinem Leben."

Tränen sammeln sich in meinen Augen und weil ich nicht weiß, was ich sagen soll, gebe ich ihr stattdessen einen Kuss. „Danke", flüstere ich. „Mir geht es genauso."

Brenda unterbricht uns, indem sie fragt: „Wie kommt ihr heute nach Hause und wisst ihr schon, wann ihr fahren wollt?"

Lily schüttelt den Kopf. „Wir fahren mit dem Zug, aber die genaue Verbindung muss ich erst noch nachsehen."

„Unsinn!", ruft Steve aus. „Ich lasse euch doch nicht mit dem Zug bis New York fahren. Keine Widerrede, ich bringe euch natürlich mit dem Auto."

„Aber Dad", wirft Lily ein. „Dafür ist die Strecke viel zu weit, du musst ja dann auch noch zurück."

Steve macht eine wegwerfende Handbewegung. „Ach Quatsch. Bevor ich wieder zurückfahre, kann ich ja eine Pause einlegen. Ich fahre gern Auto, mir macht das nichts." Steve schmunzelt.

„Also schön, aber da es insgesamt doch fast drei Stunden Fahrt sind, ist es vielleicht besser, wenn ihr nicht ganz so spät losfahrt", meint Brenda.

„Da hast du recht", sagt Lily. „Wie wäre es, wenn wir beide einen kleinen Spaziergang machen, ein bisschen Bewegung tut uns sicher gut. Dann packen wir unsere Koffer und wenn es danach nicht schon zu spät ist, können wir ja eine Runde Scrabble spielen. Das dauert nicht ganz so lange und verschafft uns noch ein wenig Zeit miteinander. Schließlich weiß niemand so genau, wann wir uns alle wiedersehen." Bei diesen Worten sieht Lily jedoch nicht ihre Familie an, sondern nur mich.

Wieder spüre ich wie mir die Tränen in die Augen steigen, aber ich werde hier jetzt nicht weinen. Also springe ich von meinem Stuhl auf.

„Gute Idee. Lass uns gehen."

Dick eingepackt verlassen Lily und ich das Haus. Hand in Hand laufen wir durch die Straßen.

„Das war das schönste Weihnachtsfest seit Langem", sage ich und sehe Lily von der Seite an.

„Du hast keine Ahnung, wie sehr mich das freut, Sam." Sie drückt meine Hand. „Und für mich war es auch ein sehr schönes Weihnachten. Danke, dass du mitgekommen bist."

„Nein, ich danke dir, dass du mich eingeladen hast." Beim Gedanken daran, dass ich allein im Apartment gesessen hätte, statt Lilys bezaubernde Familie kennenzulernen, zieht sich mein Magen zusammen.

Mein nahender Rückflug drängt sich in mein Bewusstsein, aber ich schiebe den Gedanken weit weg. Noch ist es nicht so weit und ich möchte mir nicht die gute Laune verderben lassen, von etwas, das ich sowieso nicht ändern kann.

„Lily?", höre ich eine Stimme hinter uns. „Bist du das?"

Wir drehen uns zu der Stimme um und ich spüre, wie sich Lily neben mir versteift. Uns gegenüber steht ein Pärchen, die Frau taxiert Lily mit ihrem Blick.

„Lily Campbell", sagt sie. „Ist das lange her."

„Hallo Victoria." Lilys Stimme ist leise. Ich habe nicht das Gefühl, dass sie sich über die zufällige Begegnung freut, denn ihre Miene ist verschlossen und sie schaut ihrem Gegenüber nicht in die Augen.

„Wie ist es dir ergangen? Wohnst du noch in New York?"

Lily nickt. Ihr ganzer Körper ist angespannt.

„Schön. Ich bin nie hier rausgekommen. Stattdessen habe ich den da geheiratet." Mit liebevollem Blick schaut sie den Mann an ihrer Seite an und reckt uns stolz die Hand entgegen, an der ein Ring mit großem Stein steckt, der beim Lichteinfall funkelt.

„Glückwunsch." Lilys Stimme klingt nicht so, wie ich sie kenne. Ich merke, dass die Tonlage etwas zu hoch ist, um ernsthaft erfreut zu sein. Aber sie bemüht sich um Höflichkeit, so, wie sie es gewohnt ist.

„Danke." Victoria scheint nicht zu merken, dass sich Lily unwohl fühlt.

Victorias Blick fällt auf mich. „Ich sehe, du hast anscheinend auch jemanden gefunden?"

„Hi, ich bin Samantha", stelle ich mich vor.

Sie will gerade noch was sagen, aber ich wende mich an Lily. „Wir müssen los, wenn wir unseren Zug nicht verpassen wollen."

Verwirrung blitzt in Lilys Augen auf, dann versteht sie.

„Ja, wir sollten uns auf den Weg machen." Sie wendet sich Victoria zu. „War nett, dich getroffen zu haben, Victoria."

Wir wenden uns ab und gehen zurück zum Haus der Campbells. Sobald wir außer Sichtweite sind, entspannt Lily sich merklich.

„Danke", murmelt sie.

„Wofür?"

„Dafür, dass du mich aus dieser Situation befreit hast."

„Du hast dich offensichtlich nicht wohl gefühlt. Das war das Mindeste, was ich tun konnte."

Schweigend laufen wir nebeneinanderher. „Willst du darüber reden?"

„Gerade nicht, wenn das okay ist."

„Natürlich." Ich drücke Lilys Hand. „Wenn doch, höre ich dir gern zu." Ich mustere sie. „Muss ich mir Sorgen machen?"

Lily schüttelt den Kopf und hakt sich bei mir unter. Dabei sieht sie nicht gerade glücklich aus und das bereitet mir Bauchschmerzen. Ich nehme mir vor, sie im Auge zu behalten und sie bald noch einmal auf die Begegnung anzusprechen.

***

Eine halbe Stunde später sitzen wir alle zusammen im Wohnzimmer und spielen Scrabble. Leider ist das eins der Spiele, bei denen ich jedes Mal haushoch verliere, obwohl ich beruflich mit Worten zu tun habe. Diese Ironie ist mir immer noch unbegreiflich.

Viel zu schnell sind zwei Spielrunden vorbei und es wird Zeit, Abschied zu nehmen. David bietet sich an, Lilys und mein Gepäck in den Pick-up zu laden. Während er damit beschäftigt ist, verabschieden wir uns vom Rest der Familie. Brenda wischt sich eine Träne von der Wange, als sie mich fest umarmt.

„Danke, dass du hier warst, Sam. Es war so schön, dich kennenzulernen. Ich hoffe sehr, dass wir uns bald wiedersehen."

„Das werden wir, Brenda. Das verspreche ich. Ich habe nicht vor, Lily jemals gehen zu lassen." Ich lege

Brenda die Hand auf die Schulter und lächle. „Danke für alles. Ich habe mich hier sehr wohl gefühlt und ich kann es kaum erwarten, wieder herzukommen."

Bevor ich doch noch anfange, zu weinen, wende ich mich ab und verabschiede mich stattdessen von Jasper, Beth, Stella und Alexa. Alle vier umarmen mich herzlich und versichern mir, wie schön es war, mich kennenzulernen, und hoffen, dass wir uns alle bald wiedersehen. Auch Beth und Stella können anscheinend nur mit Mühe die Tränen zurückhalten. Als sich die beiden dann von ihrer Schwester verabschieden, ist es vorbei und die Tränen laufen. Lily wischt sich ebenfalls über die Augen und schnieft. Das zu sehen, geht mir so nah, dass ich sicherheitshalber das Haus verlasse und schaue, ob David Hilfe braucht. Der ist allerdings gerade fertig geworden, also sage ich auch ihm auf Wiedersehen und steige schon mal in den Wagen. Kurz darauf kommen Steve und Lily dazu. Lily setzt sich neben mich auf die Rückbank und greift nach meiner Hand, um sie zu drücken. Ich erwidere die Geste und lächle sie sanft an. Die meiste Zeit der Fahrt verbringen wir schweigend und lauschen dem Autoradio. Doch kurz bevor wir an meinem Apartment ankommen, wende ich mich Lily zu.

„Ich weiß, ich wiederhole mich, aber ich danke dir so sehr für dieses Fest. Das war das schönste Weihnachtsfest, das ich seit sehr langer Zeit hatte, und das nur dank dir. Vielen Dank. Du hast keine Ahnung, wie glücklich du mich machst."

Wieder glänzen Lilys Augen. O nein, ich wollte sie doch nicht zum Weinen bringen! Tröstend lege ich ihr eine Hand auf die Schulter, aber sie schüttelt den Kopf.

„Mir geht es gut. Ich bin nur so gerührt von deinen Worten. Ich hätte mir kein schöneres Fest vorstellen können als das, was wir jetzt gerade erlebt haben."

Ich lächle sie an. „Kommst du mit rauf? Ich will gerade nicht allein sein. Heute habe ich noch frei, arbeiten kann ich auch morgen wieder. Aber den Rest des Tages möchte ich einfach nur gemeinsam mit dir verbringen."

Lily nickt. Dann sehe ich Steve an. „Was ist mit dir? Möchtest du auch noch mit reinkommen und einen Kaffee trinken?"

Steve lächelt. „Sehr gern!"

So schnell ist Weihnachten vorbei, denke ich, als wir mein Apartment betreten. Und mir fällt auf, dass ich kaum an den Unfall gedacht habe, und das zum ersten Mal seit siebzehn Jahren.

Kapitel 21

Etwa eine Dreiviertelstunde später macht sich Steve auf den Heimweg und Lily und ich machen es uns auf meiner Couch gemütlich, meine Bettdecke über uns ausgebreitet.

„Was machen wir eigentlich an Silvester?", fragt sie nach einer Weile des Schweigens.

„Gute Frage. Zu Hause verbringe ich den Tag meistens mit meiner besten Freundin und ihrem Freund. Ganz gemütlich, mit gutem Essen. Ich bin aber auch für eine gute Party zu haben, wenn du weißt, wo was stattfindet."

„Ehrlich gesagt will ich ungern weggehen. Lieber würde ich den Abend ganz allein mit dir verbringen. Wer weiß, wie viel Zeit uns fürs Erste noch bleibt?" Traurigkeit liegt in ihrem Gesicht.

„Nicht mehr viel", seufze ich und schiele unbewusst zu meinem Laptop, der auf dem Esstisch steht. „Der Termin mit Metropolis ist am neunten und mein Agent möchte doch, dass ich zu der Verleihung von diesem Buchpreis gehe. Und natürlich will ich da auch hin. Ich meine, es ist eine große Ehre, dafür nominiert zu sein, das weiß ich. Aber wenn das heißt, dass ich dafür in knapp drei Wochen abreisen muss, würde ich am liebsten doch nicht hingehen."

„Aber deine Karriere ist wichtig! Ich will nicht, dass du meinetwegen auf solche Sachen verzichtest", beteuert Lily eindringlich.

Ich unterdrücke ein weiteres Seufzen. Einerseits hat Lily recht. Meine Karriere ist wichtig. Aber Lily ist mir auch wichtig und wenn wir dadurch mehr Zeit bekommen, würde mir das sehr viel bedeuten. Allerdings, wann bekomme ich wieder die Chance, bei so einer Verleihung dabei zu sein? Warum muss das alles so kompliziert sein?

„Na schön", lenke ich nach einer Weile ein. „Ich rede morgen mal mit meinem Agenten."

„Schau mal, wenn du Mitte Januar fliegst, ist doch schon ganz bald Februar und ich komme dich besuchen! Das kriegen wir hin."

Ich nicke nachdenklich. „Ja, da hast du recht." Grinsend sehe ich Lily von der Seite an. „Sag mal, willst du mich etwa loswerden?"

Spielerisch schlägt Lily mir auf den Arm. „Quatsch, ich versuche, positiv zu denken. Einer von uns muss das schließlich tun."

„Ich denke nicht negativ, ich will einfach nicht weg. Ist das so schwer zu verstehen?"

„Nein, natürlich nicht. Ich will doch auch nicht, dass du weggehst. Aber wenn ich nicht wenigstens versuche, positiv zu denken, laufen irgendwann meine Tränendrüsen über und ich weiß nicht, ob ich dann jemals wieder aufhören kann, zu weinen."

Statt etwas darauf zu erwidern, nehme ich Lily fest in den Arm. Es gibt keine passenden Worte für diesen Moment und das wissen wir beide.

***

Lily hat die Nacht bei mir verbracht, obwohl sie heute früh ins Café zur Arbeit muss. Während wir uns voneinander verabschieden, verspricht sie mir, nach der Arbeit bei sich ein paar Sachen zu holen und dann die Zeit bis ins neue Jahr bei mir zu verbringen.

Nachdem sie gegangen ist, koche ich mir einen Kaffee und fahre meinen Laptop hoch. Nach den Feiertagen freue ich mich, wieder mit der Arbeit zu beginnen, auch wenn mir die Pause gutgetan hat und die Zeit mit Lily und ihrer Familie es definitiv wert war.

Bevor ich jedoch mein Manuskript öffne, checke ich meine E-Mails. Ich schreibe meinen Eltern und Avery einen kurzen Statusbericht, wie es mir geht und wie die Feiertage verlaufen sind. Avery bekommt die Version mit allen Einzelheiten, meine Eltern die leicht zensierte Fassung.

Als ich beide Mails verschickt habe, fällt mein Blick auf eine Nachricht von Declan. Sie ist schon vor zwei Tagen eingegangen. Hat der Mann eigentlich nie frei? Der Inhalt der Nachricht ist simpel. Er wünscht mir frohe Feiertage und fragt natürlich, wie die Arbeit läuft. Nach der Abschiedsfloskel gibt es noch ein PS. Dort steht, ich soll den Anhang einfach als Weihnachtsgeschenk von *Silver Ink Books* sehen.

Neugierig klicke ich auf das kleine Symbol, das den Anhang anzeigt – und erstarre.

Die Datei enthält nämlich mein Rückflugticket nach Australien. Ausgestellt auf den sechzehnten Januar. Damit ich pünktlich zur Preisverleihung wieder zu Hause bin. Mir wird ganz heiß. Jetzt gibt es kein Zurück mehr.

So sehr ich mich auf die Preisverleihung und auch auf zu Hause freue, so wenig bin ich bereit, mich von Lily zu verabschieden. Bei dem Gedanken daran zieht sich mein Herz schmerzhaft zusammen. Wir wussten, dass der Tag kommen würde, und jetzt ist es bald so weit. Viel zu bald.

***

Den Vormittag über arbeite ich mehr oder weniger konzentriert durch. Grund dafür sind die sechs Tassen Kaffee, die ich heute in mich hineingeschüttet habe. Oder waren es sogar schon sieben? Dafür gönne ich mir dann einen etwas verfrühten Feierabend. Die Zielgerade meines Manuskriptes lässt sich nämlich bereits erahnen. Statt also weiter zu tippen, beschließe ich, Lily, wenn sie von der Arbeit kommt, mit einem selbst gekochten Essen zu überraschen. Meine Kochkünste sind zwar nicht besonders gut, aber für eins meiner Lieblingsessen, Spagetti mit selbstgemachtem Pesto und Parmesan, reichen sie aus. Schnell schreibe ich einen Einkaufszettel und mache mich auf den Weg zum nächsten Supermarkt, ein paar Blocks entfernt.

Während ich durch die Gänge streife und die Zutaten in meinen Einkaufskorb lege, wird mir bewusst, wie sehr ich diese Stadt in der kurzen Zeit ins Herz geschlossen habe. Ich hätte nicht gedacht, dass es mir so sehr gefallen würde, hier zu sein. Und das ist nicht nur Lilys Verdienst. Natürlich hat sie einen Großteil dazu beigetragen, aber New York hat trotzdem seinen ganz eigenen Charme. Ich bin noch eine Weile hier und kann es jetzt schon kaum erwarten, so bald wie möglich wiederzukommen. Vielleicht nicht unbedingt im Winter, wobei mich die Kälte und der Schnee, der hier in der Stadt über Weihnachten eher zu einer Art Matsch geschmolzen ist, schon kaum noch stören. Man gewöhnt sich eben an alles.

***

Die Spagetti sind al dente und die Konsistenz des Pestos perfekt. Leider gibt es in meinem Apartment keine Tischdecken und auch kein besonders hübsches Geschirr, aber immerhin finde ich in einem der Schränke zwei Kerzenleuchter mit langen, weißen Kerzen. Die platziere ich in der Mitte des Tisches und zünde sie an, nachdem ich mich umgezogen und dezent geschminkt habe.

Gerade als ich mich an den Tisch setzen will, klopft es an der Wohnungstür. Ich öffne die Tür so weit, dass mich Lily nicht direkt sehen kann, aber freie Sicht auf den schön gedeckten Esstisch hat. Verdutzt bleibt sie im Eingang stehen, eine große Reisetasche über der Schulter, und sieht sich um.

Leise schließe ich die Tür hinter ihr.

„Überraschung!", begrüße ich sie.

Ihre Augen weiten sich leicht. „Wow, womit habe ich das denn verdient?"

Ich zucke mit den Schultern und greife nach ihrer Hand. „Einfach so. Ich wollte dir etwas zurückgeben, nach allem, was du für mich getan hast."

„Ich habe doch gar nichts Besonderes gemacht", erwidert sie.

„Sei nicht so bescheiden, komm und setz dich.“

Sie stellt die Tasche an der Tür ab und folgt mir zum Tisch.

„Was gibt es denn Leckeres?“, fragt sie, während sie sich setzt.

„Das siehst du gleich“, sage ich zwinkernd und gehe in die Küche, um die Teller vorzubereiten.

Als ich Lily wenig später das Essen vor die Nase stelle, schenkt sie mir eins ihrer bezauberndsten Lächeln. „Das sieht fantastisch aus! Und es duftet herrlich.“

Ich beobachte sie, während sie die Nudeln mit der Gabel aufdreht und sie sich in den Mund schiebt. Ihr Gesichtsausdruck sagt in diesem Moment mehr als tausend Worte.

„Sam, das schmeckt großartig. Sag nie wieder du kannst nicht kochen!“

Ich spüre, wie ich rot werde und winke ab. „Es sind nur Spagetti mit Pesto.“

Lily wirft mir einen strengen Blick zu. „Sei nicht immer so bescheiden!“

„Ich versuche es“, antworte ich lächelnd und wende mich dann meinem eigenen Teller zu.

Nach dem Essen waschen wir gemeinsam ab und machen es uns dann auf dem Sofa bequem. In der ganzen Zeit reden wir nicht viel. Ich habe sogar das Gefühl, dass Lily nicht richtig anwesend ist, zumindest gedanklich. Ich überlege gerade, als ich sie darauf ansprechen soll, da ergreift sie schon von allein das Wort.

„Steht dein Angebot noch?“, fragt sie.

„Welches Angebot?“

„Dass wir über die Begegnung mit Victoria reden.“

Der seltsame Moment bei unserem Spaziergang kommt mir wieder in den Sinn.

„Natürlich“, antworte ich.

Lily dreht sich so, dass sie mich anschauen kann und seufzt. „Victoria und ich waren mal zusammen.“

Sie mustert mich, als würde sie auf eine Reaktion warten.

„Und es ist nicht gut ausgegangen zwischen euch?“, frage ich.

Lily schnaubt verächtlich. „Das kannst du wohl laut sagen. Wir waren nicht lange zusammen, nicht mal ein Jahr. Aber ich war überglücklich. Eines Abends waren wir auf einer kleinen Party mit einigen Freunden. Dort hat sie vor versammelter Mannschaft einen Typen geküsst und mir dann gesagt, dass sie mich die ganze Zeit lang nur ausgenutzt hat. Dass sie lediglich wissen wollte, wie es ist, was mit einer anderen Frau zu haben. Obwohl sie hetero ist und sich das auch niemals ändern würde.“ Lily schluckt und ich traue mich nicht einmal, zu atmen. „Genau genommen hat sie mir ins Gesicht gesagt, dass ich eine Art Experiment für sie war, von dem sie wollte, dass es scheitert.“

Lily blickt in ihren Schoß und ich weiß, dass sie versucht, ihre Tränen vor mir zu verstecken.

Ich greife nach ihrer Hand. „Das tut mir so leid, Lily. Ich kann mir nicht ansatzweise vorstellen, wie du dich in dem Moment gefühlt haben musst.“

Sie schaut auf und sieht mich an. „Ich habe mir geschworen, mich nie wieder von einem anderen Menschen benutzen zu lassen. Mich nie wieder so bloßstellen zu lassen.“

„Das verstehe ich." Ich ziehe Lily in meine Arme. „Ich weiß, das macht die Sache nicht ungeschehen, aber ich würde dir so etwas niemals antun."

„Ich weiß."

„Es sagt sehr viel mehr über Victoria als Person aus, als über dich, das weißt du, oder?"

Lily zögert. „Schon. Aber richtig vergessen kann ich es einfach nicht."

Ich streiche ihr beruhigend über den Rücken. „Das musst du auch nicht. Es ist völlig okay, so was im Hinterkopf zu haben, aber lass deine Vergangenheit nicht deine Gegenwart kontrollieren, in Ordnung?"

Lily löst sich aus der Umarmung, und sieht mich an. „Weißt du eigentlich, wie froh ich bin, dich in meinem Leben zu haben?", fragt sie und reibt sich über die rot geränderten Augen.

„Geht mir genauso." Ich lehne meinen Kopf an ihre Schulter, während wir schweigend dasitzen. Manchmal braucht es nicht viele Worte, um für jemanden da zu sein.

***

In den nächsten Tagen arbeite ich, während Lilys Arbeitszeiten, damit wir unsere Freizeit miteinander verbringen können, ohne abgelenkt zu sein. Und dann ist mit einem Mal schon der letzte Tag dieses Jahres angebrochen.

Da das *Cornelia's* heute und morgen geschlossen bleibt, nehme auch ich mir die beiden Tage eine Auszeit. Lily und ich haben beschlossen, Pizza zu machen und den Tag gemütlich vor dem Fernseher und mit ein paar Spielen zu verbringen, die sie extra aus ihrer Wohnung geholt hat.

Lily meint, sie will noch eine kleine Überraschung besorgen und verlässt die Wohnung. Die Zeit nutze ich, um Avery anzurufen, die mich seit meiner letzten E-Mail ständig mit Kurznachrichten bombardiert, doch bisher hatte ich keine Zeit, sie in Ruhe anzurufen. Außerdem hat das neue Jahr bei ihr schon angefangen.

„Frohes Neues Jahr, meine Liebe!", begrüße ich sie fröhlich, nachdem sie meinen Videoanruf angenommen hat.

„Danke! Dir auch. Ach warte, bei euch ist es ja noch gar nicht so weit." Sie lacht.

„Nein, bei uns dauert es noch ein paar Stunden."

„Dann wünsche ich dir eben später ein frohes neues Jahr." Averys Augen funkeln. „Und jetzt erzähl mir alles, was an Weihnachten passiert ist! Deine E-Mail hat mich neugierig gemacht."

Ich lache und seufze dann. „Ach Avery, es war so schön!"

„Ich will alle Details, vor allem zu diesem einen Abend, du weißt schon." Sie wackelt bedeutungsvoll mit den Augenbrauchen und bringt mich damit erneut zum Lachen.

„Sie hat mich als zusätzliches Weihnachtsgeschenk in Dessous überrascht", beginne ich und spüre, wie meine Wangen warm werden. „Sie sah toll aus und alles, was passiert ist, hat sich absolut richtig angefühlt. Ich weiß nicht, wann ich mich das letzte Mal so gefühlt habe. Ich habe nicht einmal darüber nachgedacht, dass Lilys ganze Familie im Haus war und vielleicht etwas hören konnte." Ich lache. „Und das Fest an sich war so schön wie schon lange nicht mehr. Lilys Familie hat mich so herzlich aufgenommen, dass ich mehr als einmal die Tränen unterdrücken musste, so gerührt war ich."

Ich kann Avery die Freude richtig ansehen Sie strahlt von einem Ohr zum anderen. „O Sam! Das freut mich so zu hören. Wenn du glücklich bist, bin ich es auch!"

„Aber da ist noch was."

Der Blick meiner besten Freundin wird aufmerksam. „Was denn?"

„Meine Agentur hat mir zu Weihnachten ein Flugticket geschenkt. Damit ich bei der Verleihung des Buchpreises anwesend bin." Ich beiße mir auf die Unterlippe. Das habe ich bisher nicht mal Lily erzählt, weil es unseren Abschied so endgültig macht, und das wollte ich vermeiden.

Avery kann ihre Begeisterung darüber nicht verbergen.

„Wirklich? Dann ist es fix? Du kommst zurück?"

Ich nicke stumm, weil ich einfach nicht weiß, was ich dazu sagen soll. Es ist ja nicht so, als würde ich mich nicht freuen, aber gleichzeitig würde ich gern die Zeit anhalten, damit ich hierbleiben kann.

Bei Lily.

Avery deutet mein Schweigen richtig. „Sam? Alles okay?"

„Ja, ich komme zurück", beantworte ich ihre erste Frage.

„Aber?" Avery merkt, dass etwas nicht stimmt.

Ich seufze. „Beim Gedanken daran, Lily zurückzulassen, dreht sich mir der Magen um", gestehe ich und Avery sieht mich mitfühlend an. „Das kann ich gut verstehen. Aber ich kann es kaum erwarten, dass du nach

Hause kommst. Du fehlst hier echt, Sam. Du darfst nie wieder so lange fortgehen, okay?"

„Na, das kann ich dir eher nicht versprechen", antworte ich.

Meine beste Freundin schmollt gespielt, muss dann aber grinsen. „Du und Lily, ihr schafft das! Da bin ich mir sicher. Vielleicht kannst du mich ja beim nächsten Mal einfach mitnehmen. Solange ich den Drachen, der sich meine Chefin und Tante nennt, frühzeitig davon überzeugen kann, mir Urlaub zu geben. Das wäre sicher cool, oder? Wir beide, in New York City. Außerdem könnte ich so endlich die berühmte Lily kennenlernen."

„Ehrlich gesagt wirst du das schon eher."

Averys Blick wird neugierig. „Wie meinst du das?" Dann gähnt sie herzhaft. „Sorry", murmelt sie. „Sprich weiter."

„Ich habe sie für Februar zu uns eingeladen. Das Flugticket war ein Weihnachtsgeschenk."

„O wow. Du meinst es wirklich ernst, was?"

Ich nicke. „Natürlich tue ich das. Sie ist das Beste, was mir seit Langem passiert ist."

„Du weißt ja, was man sagt: Unverhofft kommt oft oder so ähnlich."

„Sagt man das?"

„Also, ich eigentlich nicht, aber das ist doch so ein doofes Sprichwort." Meine beste Freundin lacht.

„Nun, manchmal steckt in diesen Sprichwörtern auch etwas Wahrheit, wie es aussieht."

Avery gähnt erneut und ich kichere. „Ich denke, wir sollten auflegen. Du gehörst ins Bett."

Avery schmollt, gähnt aber dabei schon wieder, was sie auflachen lässt.

„Bei euch ist es mitten in der Nacht, sieh zu, dass du ins Bett kommst. Wir reden ein anderes Mal weiter, okay?"

„Na schön. Dann komm gut ins neue Jahr. Ich rufe dich an!"

„Mach das, schlaf gut, Avery. Ich habe dich lieb."

„Ich dich auch, Sam", antwortet sie und wir legen auf.

Gerade als ich den Laptop zuklappe, kommt Lily, der ich meinen Schlüssel mitgegeben habe, zurück.

Als sie mich am Laptop entdeckt, grinst sie. „Hast du etwa schon wieder gearbeitet? Du kannst es wohl auch nicht lassen, oder?"

Ich schüttle den Kopf. „Nein, ich habe nur mit Avery geskyped und ihr ein frohes neues Jahr gewünscht."

Lilys Blick hellt sich auf. „Ah, die berühmte Avery. Ich freue mich schon darauf, sie im Februar endlich kennenzulernen."

Bei den Worten muss ich lachen und Lily sieht mich fragend an.

„Sie hat gerade genau das Gleiche über dich gesagt", erkläre ich immer noch lachend.

„Wir werden uns sicher gut verstehen."

„Das wäre schön", meine ich.

„Davon bin ich überzeugt. Schließlich haben wir schon eine Gemeinsamkeit."

„Was für eine?"

Sie grinst. „Dich."

„Wo du recht hast." Ich blicke zu der Tüte, die sie in der Hand hält. „Hast du alles bekommen, was du gesucht hast?" Sie nickt. „Verrätst du mir jetzt auch, was du Schönes gekauft hast? Oder muss ich wieder lernen, geduldig zu sein?", frage ich mit einem gespielt verärgerten Augenverdrehen.

„Heute mache ich mal eine Ausnahme", lacht Lily und zieht etwas aus der Tüte.

Es ist eine große Packung Eis mit Salzkaramellgeschmack und Browniestückchen drin. Meine absolute Lieblingssorte. Ich kann mich gar nicht mehr daran erinnern, ihr das erzählt zu haben.

„Oh, ich liebe diese Sorte. Die beste überhaupt!"

„Ja, oder? Das finde ich auch. Ich habe das so lange nicht mehr gegessen."

„Ich weiß gar nicht mehr, ob wir je darüber gesprochen haben. Oder kennst du mich einfach schon viel zu gut?"

Lily zuckt wissend mit den Schultern und geht grinsend in die Küche, um das Eis im Gefrierfach zu verstauen.

„Das gibt es aber erst zum Nachtisch, nach der Pizza später, einverstanden?"

„Ist gut. Was machen wir jetzt? Filme oder Spiele?", will ich wissen.

„Also, ehrlich gesagt ..." Sie bricht mitten im Satz ab und sieht mich merkwürdig an.

„Ja?", fordere ich sie, auf weiterzusprechen.

„Ich habe echt Lust, dein Buch zu Ende zu lesen, wenn du nichts dagegen hast."

„Wenn es nur das ist. Kein Problem. Ich habe ja noch das Buch, das mir deine Mutter geliehen hat. Das gefällt mir bis jetzt echt gut. Wenn ich es in den nächsten Tagen schaffe, es zu Ende zu lesen, kannst du es Brenda bald wieder zurückgeben."

„Okay, dann lesen wir."

Ich koche uns jeweils eine Tasse Tee, ehe wir uns auf der Couch unter der Decke aneinander kuscheln und in der Welt der Bücher versinken.

***

Das Buch, was Brenda mir geliehen hat, ist wirklich sehr gut. Aber trotzdem bin ich immer wieder davon abgelenkt, wie Lily auf mein Buch reagiert. Mal lacht sie und ein anderes Mal stöhnt sie schockiert auf und funkelt mich daraufhin böse an. Ich kann mir schon denken, bei welcher Szene sie gerade ist. Damit bringt sie mich zum Schmunzeln.

„Ich bin mir grade wirklich nicht sicher, ob dir gefällt, was du da liest, oder nicht. Aber wenn ich deine Reaktionen richtig deute, hast du ja nicht mehr allzu viele Seiten übrig."

Darauf sagt sie nichts, sondern wirft mir über den Rand ihres E-Readers hinweg nur einen undeutbaren Blick zu.

Da ich sowieso nichts aus ihr herausbekomme, so gut kenne ich sie inzwischen, konzentriere mich lieber wieder auf mein eigenes Buch.

Irgendwann legt Lily das Gerät endlich zur Seite und setzt sich auf. Ich sehe auf die Uhr und stelle fest, dass fast drei Stunden vergangen sind. Ich halte den Zeigefinger in die Höhe, um ihr zu signalisieren, dass ich ihr jeden Moment zuhöre, und lese schnell den Absatz zu Ende. Dann lege ich das Buch auf den Wohnzimmertisch und sehe Lily gespannt an.

„Und? Was sagst du? Spann mich bloß nicht noch länger auf die Folter", warne ich sie lachend.

Das tut sie ausnahmsweise tatsächlich nicht.

„Ich weiß gar nicht genau, wo ich anfangen soll. Sam, ich bin absolut begeistert. Ich liebe die Geschichte, die Charaktere und die Welt, in der sich die ganze Story bewegt. Wirklich, du schreibst unglaublich toll und realitätsnah. Ich habe mich teilweise gefühlt, als wäre ich in die Geschichte eingesogen worden und würde darin leben. Der Wahnsinn!" Lilys Begeisterung ist echt, das spüre ich.

Bei ihren Worten wird mir ganz warm. Ich freue mich natürlich immer über Meinungen von Freunden und Familie zu meinen Büchern, aber es von der Frau zu hören, die ich liebe, ist noch einmal etwas ganz anderes. Ich kann mir ein Grinsen kaum verkneifen.

„Wow", antworte ich. „Danke, für deine Meinung. Du hast keine Ahnung, wie viel mir das bedeutet. Ich weiß gar nicht, wie ich damit umgehen soll." Ich beuge mich zu ihr herüber und küsse sie.

„Ich kann es kaum erwarten, dein neues Buch zu lesen und all die anderen. Die, die du schon geschrieben hast, aber auch die, die in der Zukunft noch kommen. Wer weiß, vielleicht inspiriere ich dich ja irgendwann zu einem deiner Charaktere?", witzelt sie.

„Darauf kannst du dich verlassen. Ich habe da sogar schon was im Kopf, aber das verrate ich nicht. Jetzt bist du diejenige, die sich gedulden muss."

Sie grummelt gespielt verärgert, doch sie lächelt dabei. Dann deutet sie auf mein Buch und fragt: „Wie viele Seiten hast du noch?"

Ich schaue nach. „Knapp hundert. Das kann ich aber später lesen.“

Lily winkt ab. „Ach was. Lies du ruhig, ich mache in der Zeit den Teig für die Pizza fertig.“

„Ehrlich? Das macht dir nichts aus?“

Sie schüttelt den Kopf. „Quatsch. Wir haben doch noch den ganzen Abend Zeit für uns.“

Damit steht sie auf, um in die Küche zu gehen, während ich mich den letzten Seiten meines Buches widme.

***

Lily und ich scheinen wirklich das perfekte Timing zu haben. Ich klappe nämlich gerade in dem Moment das Buch zu, als sie zu mir an die Couch kommt, mir die Hand auf die Schulter legt und sagt: „Der Teig ist fertig und alle Zutaten sind klein geschnitten, soll ich deine Pizza belegen oder willst du das selbst machen?“

„Ich komme, bin sowieso gerade mit dem Buch durch. Du musst ja auch schließlich nicht alles allein machen, Schatz.“

„Ach, das macht mir nichts, das weißt du doch, oder?“

„Schon, aber ich möchte helfen, also komm.“

In der Küche belege ich meine Pizza so, wie ich sie am liebsten mag: mit frischen Pilzen, Paprika und Schinken. Darauf natürlich eine beachtliche Portion Käse und italienische Kräuter.

Lily belegt ihre eigene Pizza mit Thunfisch und Zwiebeln. Allein beim Anblick dreht sich mir der Magen um, vom Geruch ganz zu schweigen. Ich hasse Thunfisch. Aber wenn sie es mag, akzeptiere ich es natürlich.

Die Pizzen backen im Ofen vor sich hin und wir decken den Tisch im Wohnzimmer. Ich zünde ein paar Kerzen an und wir schauen schon mal nach, welche Filme wir uns ansehen wollen. Zum Glück hat Netflix genug zur Auswahl.

Da wir ja mindestens bis Mitternacht wach bleiben müssen, wollen wir im Wechsel die Filme aussuchen. Ich lasse Lily den Vortritt. Niemals hätte ich gedacht, dass sie sich für einen Horrorfilm entscheidet. Ich habe zwar kein Problem mit Horror, aber danach brauche ich definitiv immer was Fröhliches, damit ich in der Nacht überhaupt ein Auge zutue. Die Küchenuhr piept und signalisiert uns damit, dass die Pizzen fertig sind. Zum Glück, denn ich habe jetzt echt Hunger. Schließlich habe ich außer einem spartanischen Frühstück heute noch nichts gegessen und das ist vor Stunden gewesen.

Ich verfrachte die Pizzen auf zwei Teller und schneide sie in einigermaßen gleichmäßige Stücke.

„Bitte schön." Ich reiche Lily ihre Thunfischpizza und stelle meinen eigenen Teller auf dem Tisch ab, damit ich mich erst wieder unter die Decke kuscheln kann.

Das Essen ist gut und der Film nicht annähernd so gruselig, wie ich erwartet habe. Klar, gibt es Schreckensmomente, aber es sind nicht besonders viele. Nach dem Film wäre ich dran mit aussuchen, ich habe jedoch viel mehr Lust, etwas zu spielen. Also überrede ich Lily zu ein paar Runden Karten. Lily mischt und teilt aus. Sie scheint heute gut drauf zu sein, denn sie kann in ihrem ersten Zug den Ablagestapel schon erheblich verkleinern. Am Ende gewinne ich die Runde, auch wenn Lily nur noch zwei Karten loswerden muss.

Wir spielen eine weitere Runde, lassen aber diesmal im Hintergrund eine romantische Komödie laufen. Als das Spiel vorbei ist – diesmal siegt Lily – , schenken wir dem Fernseher wieder unsere volle Aufmerksamkeit. Der Film ist niedlich und typisch RomCom-mäßig aufgebaut. Frau trifft Mann, Frau ziert sich, Mann kämpft um Frau und Happy End. Manchmal müssen solche Filme eben sein.

Dann fällt mir plötzlich ein, dass ich Lily noch gar nichts von dem Flugticket erzählt habe, das auf meinem Laptop gespeichert ist.

Also atme ich tief durch, sehe Lily an und sage: „Übrigens, muss ich dir noch was sagen, nur habe ich bisher nicht gewusst wie.“

Vor Schreck weiten sich Lilys Augen. „Ist was passiert? Du machst mir Angst! Machst du jetzt mit mir Schluss, oder was?“

Beruhigend lege ich ihr den Arm und die Schulter und ziehe sie an mich.

„Nein, natürlich nicht.“

„Was denn dann? Sag schon.“

„Wie war das mit Geduld?“, feixe ich.

Sie funkelt mich bitterböse an und ich hebe entschuldigend die freie Hand.

„Nein, ich wollte nur nicht, dass es noch realer ist. Also, es ist so: Declan, mein Agent, hat mir an Weihnachten eine E-Mail geschickt, darin war ein Flugticket zu der Verleihung des Buchpreises angehängt. Sozusagen ein Weihnachtsgeschenk von der Agentur.“

Lily sieht mich betreten an. „Oh“, murmelt sie.

„Ja, genau.“

„Das heißt, es ist endgültig?“

Ich nicke. „Leider ja. Glaub mir, ein Teil von mir wünschte, es wäre nicht so. Aber ich habe jetzt keine Wahl, so wie es aussieht."

„Ich denke einfach daran, dass wir uns im Februar schon wiedersehen." Sie schaut mir genau in die Augen. „Wir schaffen das doch, oder?"

„Natürlich schaffen wir das. Wenn man etwas wirklich will, schafft man das, weißt du? Und wir wollen es."

„Wir sollten dann demnächst auch darüber sprechen, wie lange das so gehen soll, meinst du nicht?"

„Ja, da hast du recht, aber bitte nicht heute, okay? Lass uns einfach nur den Abend genießen."

„Gut", sagt sie. „Lust auf Eis?", wechselt sie dann zum Glück das Thema.

Ich lache. „Was für eine Frage. Immer."

Grinsend steht sie auf. „Ich hole uns was. Du kannst ja schon mal gucken, ob du noch einen Film findest."

„Mach ich."

Kurz darauf sitzen wir mit zwei Schüsseln Salzkaramelleis in den Händen da und schauen die Silvesterveranstaltung am Times Square im Fernsehen an.

„Ich habe wirklich nicht damit gerechnet, dass mein Jahr so zu Ende geht. Weißt du, als ich hörte, dass ich nach New York City kommen soll, dachte ich, ich konzentriere mich auf den Termin mit Metropolis, mache vielleicht ein bisschen Sightseeing und fliege dann wieder nach Hause. Niemals hätte ich damit gerechnet, dass du in mein Leben trittst und es so durcheinanderbringst – natürlich im positiven Sinne."

„Mir geht es ähnlich. Ich dachte, ich verbringe den Tag über den Büchern. Oder allerhöchstens bei meinen Eltern. Aber das ich hier mit dir sitzen würde, das kam mir nie in den Sinn. Weißt du, ich bin unendlich froh darüber, dass es eben genau so gekommen ist."

Ich lächle sie an. „Ich auch, Lily."

Sie beugt sich zu mir herüber und küsst mich. Wir fahren auseinander, als im Fernsehen der Countdown losgeht. Noch zehn Sekunden, dann lassen wir das alte Jahr hinter uns. Ich stehe auf und ziehe Lily mit nach oben. Als die letzten Sekunden anbrechen, ziehe ich sie zu mir und gebe ihr einen langen Kuss.

So endet das alte Jahr genauso, wie das Neue beginnt – mit dem schönsten Gefühl der Welt.

Kapitel 22

Den Neujahrstag verbringen Lily und ich überwiegend im Bett. Zwischendurch geht eine von uns in die Küche, um was zu essen zu organisieren. Wir haben in der Nacht noch eine Flasche Sekt geköpft und geleert. Daher trifft uns die übliche Feiertagsträgheit zusammen mit einem leichten Kater. Aber wir genießen den Tag so, wie er ist. Wir reden über Gott und die Welt, lieben uns und Lily zettelt nach einer Weile sogar eine Kissenschlacht an, die darin endet, dass wir erneut miteinander schlafen.

So könnte es doch jeden Tag sein. Leider ruft die Realität viel zu schnell nach uns, denn den Rest der Woche verbringt Lily überwiegend damit, für ihre Collegekurse zu büffeln, die pünktlich zum Jahresbeginn wieder angefangen haben. Nebenbei stehen natürlich noch die Schichten im *Cornelia's* an. Da wir jetzt fast eine Woche bei mir gelebt haben, beschließen wir, die nächsten Tage bei Lily zu verbringen, denn von ihrer Wohnung sind sowohl das Café als auch das College schneller zu erreichen. Da ich sowieso nur hinter dem Laptop sitze oder sie ins Café begleite, ist es mir egal, wo wir unsere Zeit verbringen. Hauptsache wir sind zusammen, denn unsere Zeit läuft ab. Und das viel zu schnell.

Da ich genau weiß, dass Declan nicht begeistert wäre, wenn ich Mitte des Monats ohne fertiges Manuskript nach Hause komme, arbeite ich noch mehr als sonst. Zwischenzeitlich muss ich sogar meine alte Handbandage rauskramen, da ich zum ersten Mal seit Langem das Gefühl habe, dass sich Probleme mit den Sehnen ankündigen. Immer wieder spüre ich ein Kribbeln vom Daumen bis in den Unterarm hinein. Das ist teilweise sehr schmerzhaft, aber aufhören und mich schonen kommt leider nicht infrage. Sehr zu Lilys Leidwesen.

Immer wieder sagt sie mir, dass meine Gesundheit vor meiner Arbeit stehen sollte, und damit hat sie ja auch nicht unrecht, aber ich kann mir eben gerade einfach keine Pause erlauben.

„Du weißt doch sicher, dass sich solche Sehnenverletzungen über Monate hinziehen können, wenn man Pech hat oder nicht aufpasst, oder?", fragt sie mehrfach, während wir an einem Abend beim Abendessen in ihrer Küche sitzen.

„Sicher weiß ich das. Aber was soll ich machen? Ich kann so kurz vor dem Ende nicht einfach aufhören. Sobald ich fertig bin, gönne ich mir eine lange Pause und schone meinen Arm, okay?"

„Versprochen?" Sie sieht mich an, als würde sie meinen Worten nicht trauen.

„Fest versprochen. Es ist ganz einfach, wenn ich nicht arbeiten kann, schreibe ich keine Bücher, dann verdiene ich kein Geld und ohne Geld kann ich dich nicht besuchen kommen. Also muss die Pause definitiv sein, bevor sie irgendwann zu einer viel längeren Zwangspause wird."

„Ja, das stimmt. Aber versuch einfach, dich zu beeilen mit deinem Manuskript."

Ich weiß, dass sie das nur sagt, damit wir unsere restliche Zeit in vollen Zügen genießen können. Ich weiß auch, dass Lily sogar mit Wanda gesprochen hat, ob sie ein paar Tage frei bekommen kann, sobald ich meine Arbeit am Manuskript beendet habe. Damit wir wirklich jede freie Minute nutzen können, so gut es eben geht.

Wanda mag mich anscheinend und Lily ist ihr natürlich sehr wichtig, das habe ich ja schon öfter festgestellt. Also hatte sie zu unserer großen Freude keine Einwände ihre beste Barista ein paar Tage zu entbehren.

***

An einem Tag sitze ich den Großteil der Zeit allein in Lilys Wohnung und tippe vor mich hin. Declan hat sich schon wieder nach dem aktuellen Stand erkundigt und ehrlich gesagt fängt er so langsam an, mir auf die Nerven zu gehen. Ich komme doch sowieso definitiv an diesem bestimmten Tag nach Hause. Dann bekommt er sein Manuskript. Vielleicht auch ein paar Tage später. Das wird er bestimmt verkraften.

Ich bin so vertieft in meine Arbeit, dass ich gar nicht mitbekomme, wie Lily von ihrer Schicht im Café nach Hause kommt. Sie tritt von hinten an mich heran und legt mir die Arme um den Oberkörper. Ich zucke zusammen und ein Laut entfährt mir.

„Gott, Lily! Hast du mich erschreckt!"

„O nein, ich dachte echt, du hast mich kommen hören! Das wollte ich nicht, Sam, ehrlich."

„Schon okay, aber mach das nie wieder, ja?“, bitte ich sie und lege mir zur Bekräftigung die Hand auf mein Herz.

„Werde ich nicht. Keine Sorge.“ Sie wirft einen Blick auf den Bildschirm meines Laptops, der vor mir auf dem Esstisch in ihrer Küche steht.

„Wie läuft es heute? Kommst du gut voran? Was macht deine Hand?“

„So weit läuft es ganz gut, denke ich. Meine Hand hat heute Gott sei Dank keine Probleme gemacht. Ich hoffe, das bleibt so, ich will nämlich gern noch ein paar hundert Wörter schaffen, bevor ich für heute endgültig Feierabend mache.“

„Hast du heute denn schon was gegessen, abgesehen von unserem Frühstück?“ Lily sieht mich erwartungsvoll an und ich schüttle reumütig den Kopf.

„Ehrlich gesagt nicht“, gebe ich zu.

Lily seufzt. „Sam, du gibst dich noch für deine Arbeit auf, wenn sich niemand um dich kümmert. Was hältst du davon, wenn ich uns beiden jetzt was Leckeres zum Abendessen zaubere, und du schreibst weiter? Dann können wir nach dem Essen gemeinsam den Abend verbringen, wie klingt das?“

Ich seufze. „Das klingt sehr gut. Es tut mir leid, dass ich dir so viele Umstände mache.“

„Unsinn. Du machst mir keine Umstände. Ich kümmere mich gern um dich und das weißt du. Außerdem muss ich doch auch etwas essen.“

Lily ist einfach unverbesserlich. Ich habe sie gar nicht verdient. Wie soll ich ihr jemals zurückgeben, was sie schon alles für mich getan hat? Auch wenn es überwiegend Kleinigkeiten waren, finde ich, dass diese viel mehr zählen, als irgendwelche großen protzigen Geschenke oder Ähnliches.

Als ich nichts darauf sage, ergreift Lily wieder das Wort. „Gut, dann machen wir das so. Hast du einen Wunsch, was du essen möchtest?"

Ich schüttle den Kopf. „Nein, überrasch mich."

Sie schmunzelt über diesen kleinen Insiderwitz und verschwindet hinter der Küchenzeile.

„Wie war dein Tag bisher?", will ich von ihr wissen.

„Psst! Du wolltest dich konzentrieren. Wir reden später."

„Na schön." Ich seufze und wende mich wieder dem Laptop zu.

***

Mit dem Abendessen hat sich Lily selbst übertroffen. Sie hat eine leckere Hähnchenpfanne mit frischem Gemüse gezaubert. Dazu gibt es Reis. Zum Glück habe ich kurz zuvor mein Wortziel für den Tag geschafft und kann mich jetzt voll und ganz auf meine Freundin konzentrieren.

„Also", fange ich erneut an. „Wie war dein Tag?"

Lily überlegt einen Augenblick, bevor sie antwortet.

„Stressig. Wanda ist heute nicht da gewesen. Sie hatte einen Termin. Das heißt, Byron und ich waren allein. Morgens gab es den üblichen Ansturm und danach wurde es nicht wirklich ruhiger. Zudem kam auch noch eine Lieferung völlig verkehrt an. Wahrscheinlich hat der Lieferant beziehungsweise die Firma, sich mit der Anschrift des Cafés vertan oder sonst was." Sie seufzt. „Mit den gelieferten Sachen konnten wir auf jeden Fall nichts anfangen und da Wanda nicht da war, habe ich den halben Vormittag am Telefon verbracht, um die Sache in Ordnung zu bringen. Jetzt habe ich ehrlich gesagt fürchterliche Kopfschmerzen und bin froh, dass ich morgen einen Tag frei habe. Den brauche ich nach dieser Katastrophe.“

„Das klingt ja abenteuerlich, das tut mir leid.“ Mitfühlend sehe ich sie an. „Vielleicht löst eine Nackenmassage wenigstens einen Teil deiner Schmerzen“, biete ich an, woraufhin sie dankbar nickt.

„Das klingt perfekt. Genau das brauche ich heute.“

„Was ist dein Plan für morgen, wenn du frei hast?“, frage ich.

„Ich wollte mich ursprünglich mit Mom treffen, aber sie hat mir vorhin geschrieben, dass etwas dazwischengekommen ist. Also werde ich wahrscheinlich einfach nur lernen. Mal sehen.“

„Auch du brauchst mal eine Auszeit, Lily“, mahne ich sanft.

Sie seufzt. „Ich weiß. Ich denke darüber nach.“

Als wir uns nach dem Essen auf die Couch verzogen haben, fordert Lily erst einmal die versprochene Massage für ihren verspannten Nacken ein. Die bekommt sie von mir natürlich gern. Sie scheint das genauso zu genießen wie ich.

„Wenn du irgendwann keine Ideen mehr für neue Bücher hast, könntest du ohne Probleme eine Karriere als Masseurin starten, weißt du das eigentlich?“, meint sie zufrieden.

Ich kichere. „Nein, das wusste ich nicht. Aber ich glaube, du bist tatsächlich auch die erste Person, die von mir eine Massage bekommt."

„Ich fühle mich geehrt, Miss King." Sie deutet eine leichte Verbeugung an und wir brechen in Gelächter aus.

„Wollen wir noch einen Film gucken?", frage ich Lily, als wir uns wieder beruhigt haben, und lehne mich an sie.

Sie nickt. „Worauf hast du Lust?"

„Wie wäre es mit *Ein ganzes halbes Jahr*? Emilia Clarke ist immer eine gute Wahl."

„Aber bei dem Film muss ich jedes Mal weinen", wirft Lily ein.

Ich lege ihr den Arm um die Schulter und ziehe sie noch näher an mich. „Ich bin doch hier, um dich zu trösten", sage ich und bringe sie damit zum Lächeln.

Den Film habe ich bestimmt schon zwanzig Mal gesehen, vielleicht sogar öfter, trotzdem fange ich wie jedes Mal an der gleichen Stelle an zu weinen. Nämlich wenn im Hintergrund *Photograph* von Ed Sheeran läuft. Als ich damals mit Avery im Kino war, gingen an der Stelle im ganzen Saal die Taschentuchpackungen auf. Beim Gedanken daran muss ich schmunzeln.

Auch Lily weint, wie sie es vorhergesagt hat, also ziehe ich ihren Kopf auf meinen Schoß, sodass sie immer noch den Fernseher sehen kann, und beginne damit, ihr sanft über die Haare zu streichen, um sie zu beruhigen. Trotzdem bebt ihr Körper bis zum Ende des Films unter Schluchzern. Später kuscheln wir uns in ihr Bett und liegen stumm nebeneinander.

Nach einer Weile sage ich: „Du wirst mir so sehr fehlen, das glaubst du gar nicht.“

Doch ich bekomme keine Antwort darauf, stattdessen fällt mir auf, wie gleichmäßig Lilys Atemzüge geworden sind. Sie ist eingeschlafen.

***

Selbstverständlich verbringt Lily ihren freien Tag mit der Nase in ihren Collegebüchern. Ich habe nicht wirklich eine Chance, sie vom Gegenteil zu überzeugen, denn da verlangt sie von mir, dass ich ja auch einen freien Tag einlegen könnte, und das darf ich mir nicht erlauben. Damit wir uns nicht in die Quere kommen, schreibe ich wieder am Wohnzimmertisch und Lily lernt im Schlafzimmer. Was sie aber nicht stört, denn ihrer Aussage nach ist das Bett viel bequemer als die Couch.

Nachdem ich die Hälfte meines Tagesziels erreicht habe, beschließe ich, mich heute um das Essen zu kümmern. Ich gehe zum Schlafzimmer und klopfe an den Türrahmen, um auf mich aufmerksam zu machen. Lily sieht auf.

„Ich dachte, ich könnte uns was zu essen holen. Worauf hast du Lust?“

Sie überlegt einen Moment und legt dabei den Kopf schief. „Wie wäre es mit Indisch? Ich habe Lust auf ein richtig schön scharfes Curry.“

Ich selbst bin kein großer Fan von indischem Essen, aber einmal ist das schon okay. Lily erklärt mir den Weg zu ihrem Lieblingsrestaurant, fast um die Ecke und ich mache mich auf den Weg dorthin.

Als ich wieder bei Lily bin, hat sie schon den Tisch gedeckt.

Lily sieht mich an. „Heute kümmerst du dich also um mich, was?“

„Anscheinend, vertauschte Rollen müssen auch mal sein“, antworte ich schulterzuckend und lächle sie an.

Wir haben beide gerade wieder angefangen, zu arbeiten, seit dem Essen ist vielleicht eine halbe oder maximal Dreiviertelstunde vergangen, da klingelt Lilys Telefon. Sie kommt ins Wohnzimmer, das Telefon in der Hand.

„Das ist meine Mom“, sagt sie und macht sich auf den Weg ins Schlafzimmer, um ungestört telefonieren zu können.

„Bestell ihr schöne Grüße von mir!“, rufe ich ihr hinterher. Keine Ahnung, ob sie das noch gehört hat.

Lange bleibt meine Freundin hinter verschlossenen Türen und ich frage mich schon, ob vielleicht etwas passiert ist. Gerade wäge ich ab, ob ich vorsichtig klopfen soll, oder besser nicht, als die Schlafzimmertür geöffnet wird.

Lily sieht nicht so aus, als ginge es ihr schlecht, sie wirkt eher erleichtert.

„Alles okay?“, frage ich.

„Ja, Mom wollte mir nur von ihrem Termin erzählen.“

„Was war das für ein Termin?“, frage ich.

„Ein Arztbesuch.“

„Ist sie krank?“ Gott, ich hoffe, Lily bestätigt das nicht.

Lily schüttelt den Kopf. „Nicht wirklich. Sie hat schon seit einer Weile einen Knoten an der Schilddrüse, der regelmäßig kontrolliert werden muss, aber bisher war er Gott sei Dank immer unauffällig. Nur in den letzten

Tagen hatte sie öfter das Gefühl, genau dort Schmerzen zu haben, also hat sie um einen außerplanmäßigen Termin gebeten. Und der war eben heute."

„O nein, ich hoffe, es ist alles gut?"

Endlich nickt Lily. „Ja, Gott sei Dank. Aber im Moment ist mir alles zu viel. Ich grüble die ganze Zeit über unseren bevorstehenden Abschied und dann auch noch das."

„Das verstehe ich. Kann ich was tun?"

Sie schüttelt den Kopf. „Nein, ich denke aber, ich brauche etwas frische Luft. Ich werde eine Runde spazieren gehen."

„Willst du, dass ich mitkomme?", frage ich.

„Ehrlich gesagt wäre ich gern allein, wenn du damit kein Problem hast."

„Natürlich nicht. Wenn ich was tun kann, ruf mich bitte an, okay?"

Sie nickt und gibt mir einen Abschiedskuss. „Danke."

„Nicht dafür. Pass auf dich auf."

***

Während ich auf Lilys Rückkehr warte, mache ich es mir mit meinem Laptop auf der Couch gemütlich. Doch anstatt weiterzuarbeiten, driften meine Gedanken ständig ab. Ich schalte den Fernseher ein, um mich ein bisschen abzulenken. Es wird später und später und auch der Fernseher vermag es nicht, mich ewig wach zu halten. Meine Augen fallen immer wieder zu, schließlich bin ich seit sechs Uhr morgens wach und habe die meiste Zeit auf einen Bildschirm gestarrt. Als ich kurz davor bin, in den Schlaf abzudriften, höre ich, wie ein Schlüssel im Schloss gedreht wird. Lily ist zurück. Ich setze mich aufrecht hin und warte darauf, dass sie ins Wohnzimmer kommt.

„Hey, da bist du ja. Geht es dir besser?"

Lily, die sehr erschöpft aussieht, zuckt ratlos mit den Schultern. „Keine Ahnung, ehrlich gesagt. Ich bin einfach nur gelaufen, in der Hoffnung, den Kopf freizukriegen. Wirklich funktioniert hat es nicht. Ich meine, ich weiß ja, dass es Mom gut geht, und ich weiß auch, dass wir beiden das alles irgendwie schaffen werden. Trotzdem nimmt es mich so mit."

Ich stehe auf und gehe auf sie zu, um sie in den Arm zu nehmen. „Glaub mir, ich kann das nachvollziehen. Aber es ist alles gut und es gibt nichts, was du gerade tun kannst, das weißt du, oder?"

Sie nickt schwach. „Ja, das weiß ich. Ich bin jetzt total erledigt, kommst du mit ins Bett?"

„Aber sicher, lass uns gehen." Ich greife nach ihrer Hand und ziehe sie hinter mir her ins Schlafzimmer.

***

Am nächsten Morgen sieht Lily aus wie ein Geist. Sie hat sehr unruhig geschlafen, das habe ich gemerkt.

„Wie fühlst du dich?", will ich wissen.

„Als wäre ich von einem LKW überfahren worden", gesteht sie mir seufzend.

Da Lily heute wieder zur Arbeit muss, schlurft sie ins Bad. Ich bleibe noch eine Weile im Bett und überlege, wie ich sie aufheitern kann, aber mir fällt nichts ein.

Ich schlage die Decke zurück und gehe in die Küche, um ihr wenigstens das Frühstück zu machen. Sie hat angedeutet, dass sie heute vielleicht etwas länger arbeiten muss. Deshalb packe ich ihr sicherheitshalber ein Extra-Sandwich ein und nehme mir vor, sie heute Abend zu bekochen, wenn sie von der Arbeit nach Hause kommt.

Als sie weg ist, mache ich mir einen starken Kaffee und gehe an die Arbeit. Obwohl Lily mich mit ihrem unruhigen Schlaf in der Nacht mehr oder weniger wachgehalten hat, fühle ich mich erstaunlich ausgeruht und fit. Das überträgt sich auch auf meine Arbeit, denn das Schreiben klappt heute richtig gut. Ich komme unheimlich gut voran und das fühlt sich großartig an. Während meiner dritten Tasse Kaffee wird mir plötzlich bewusst, was gerade passiert ist. Fassungslos starre ich meinen Laptop an.

„O mein Gott. Ich bin fertig. Oh. Mein. Gott!", rufe ich aus, obwohl mich niemand hören kann. Das Buch ist fertig! Das heißt, zumindest die Rohfassung. Aber genau das war ja mein Ziel.

Schnell mache ich nicht nur eine, sondern gleich zwei Sicherheitskopien von meinem Manuskript. Dann klappe ich den Laptop zu und tanze eine Runde ausgelassen durch Lilys Wohnung. Kaum zu fassen: Ich habe es geschafft. Das Buch, das ich nicht schreiben wollte, ist fertig. Und ich weiß, Eigenlob stinkt, aber ich glaube, das ist richtig gut geworden. Eigentlich müsste ich jetzt Declan schreiben, doch stattdessen packe ich meinen Laptop ein, hole meinen Mantel und verlasse die Wohnung. Den Weg zum Café finden meine Füße fast wie von selbst.

Dort angekommen, stoße ich kraftvoll die Tür auf und ziehe damit alle Blicke auf mich. Ups, das wollte ich nicht.

Hinter der Theke steht Wanda, die sich, als sie mich erblickt, ruft: „Hey Lily, du hast Besuch."

Kurz darauf kommt Lily in den Hauptraum und trocknet sich gerade die Hände an ihrer Schürze ab. Sie entdeckt mich und augenblicklich fangen ihre Augen an, zu leuchten.

„Hey du", begrüßt sie mich. „Warum strahlst du so?"

Ich gehe einen Schritt auf sie zu. „Rate mal."

Ungeduldig sieht sie mich an. „Sag es mir, ich bin neugierig!"

Ich lache. „Ach so, wie war das noch mal mit der Geduld?"

Sie verdreht die Augen. „Sam, komm schon. Spann mich nicht so auf die Folter. Was ist los?"

„Es ist fertig", verkünde ich geheimnisvoll.

So geheimnisvoll wohl doch nicht, denn sie scheint sofort zu verstehen. Ihre Augen werden groß. „Ehrlich? Wow! Das ist toll! Ich bin so stolz auf dich! Ich wusste, dass du es schaffst. Jetzt können wir, abgesehen von deinem Termin bei Metropolis, die letzten Tage miteinander genießen. Das freut mich so sehr!" Lily kommt hinter der Theke hervor, um mich fest zu umarmen und mir einen fast schon keuschen Kuss auf die Lippen zu hauchen. Immerhin befinden wir uns in einem vollen Café.

„Danke, ich freue mich auch! Kaum zu glauben, dass ich es endlich geschafft habe. Nur schade, dass ich in meinem Apartment kein Drucker habe."

Lilys Blick wird fragend. „Einen Drucker? Wofür brauchst du einen Drucker? Declan bekommt das Manuskript doch bestimmt per E-Mail, oder?"

Ich lache. „Ja, natürlich. Aber weißt du, ich habe so einen Tick, dass ich jede Rohfassung, die ich geschrieben habe, ausdrucke, einfach nur, weil es unglaublich befriedigend und beeindruckend ist seine Arbeit im Großen und Ganzen zu sehen. Außerdem lese ich noch mal drüber und finde meistens Fehler, die mir auf dem Bildschirm vorher entgangen sind. Aber dann mache ich das eben zu Hause, ist auch kein Problem."

Meine Freundin legt den Kopf schief. „Wir haben einen Drucker im Hinterzimmer. Also wenn du möchtest, frage ich Wanda ..."

Bevor sie zu Ende sprechen kann, falle ich ihr ins Wort. „O ja, bitte! Das wäre großartig, meinst du Wanda erlaubt es?"

„Was erlaube ich?", mischt sich die Besitzerin des Cafés plötzlich ein. Ich hatte gar nicht gemerkt, dass sie in der Nähe ist.

„Du weißt doch, dass Sam Schriftstellerin ist", erklärt Lily und Wanda nickt.

„Auf jeden Fall hat sie heute ihr Manuskript fertig geschrieben und würde es jetzt gern ausdrucken, aber sie hat keinen Drucker und ich auch nicht. Also dachte ich, wenn du einverstanden bist, könnte sie es hier ausdrucken."

Ein Lächeln bildet sich auf Wandas Gesicht. „Erst einmal herzlichen Glückwunsch, Sam, das ist toll. Und natürlich kannst du das Manuskript hier ausdrucken. Ich bin mir sicher, Lily zeigt dir gern, wo du den Drucker findest."

„Vielen Dank, Wanda", antworte ich. „Weißt du, wie sehr mich dein kleines Café zum Schreiben inspiriert hat? Du bekommst einen speziellen Platz in der Danksagung, das verspreche ich dir."

Wanda wird ganz rot im Gesicht. „Das ist aber nett. Ich bin schon gespannt darauf, es zu lesen, wenn es erscheint." Sie lächelt. „Ich muss jetzt hier weitermachen, wir sehen uns."

Lily bedeutet mir mit einer Handbewegung, ihr zu folgen. Sie führt mich in eines der Hinterzimmer, das wohl das Büro des Ladens ist. Dort drin ist ein Schreibtisch mit einem Computer, einem Telefon und einem Drucker.

„Hast du die Datei auf einem USB-Stick?", fragt Lily.

Ich nicke und halte den Stick hoch.

„Sehr gut, den kannst du nämlich direkt in den Drucker stecken, dann brauchst du deinen Laptop gar nicht erst damit zu verbinden."

„Perfekt."

Schnell bringe ich den Drucker zum Laufen.

„Sieht aus, als würde alles funktionieren", meint Lily, als der Drucker beginnt, Papier auszuspucken. „Dann lasse ich dich jetzt mal allein und gehe wieder an die Arbeit. Melde dich, wenn du was brauchst, okay?"

Ich nicke. „Das werde ich, es kann eine Weile dauern. Das sind über dreihundert Seiten. Ich setze mich einfach hier hin und warte. Aber vielleicht kannst du mir noch schnell zeigen, wo ich neues Papier finde? Der Drucker muss zwischendurch bestimmt ein- oder zweimal gefüttert werden."

„Na klar, gleich da unten in der Schublade müsste ein ganzes Paket sein." Lily zeigt auf den Schreibtisch.

„Super, danke. Dann halte ich dich jetzt nicht weiter von der Arbeit ab."

Lily gibt mir einen Kuss und lässt mich allein.

Leider zeigt der Drucker mehr als einmal einen Papierstau an. Während der Drucker seine Arbeit erledigt, habe ich mich mit dem Notizbuch bewaffnet, das ich von Lily zu Weihnachten bekommen habe, und schreibe die ersten Dinge auf, die ich im Manuskript ändern muss. Solche Einzelheiten fallen mir nach Beendigung der Rohfassung immer ein. Währenddessen muss ich auch dreimal das Papier erneuern und schließlich nähern wir uns endlich dem Ende.

Plötzlich klingelt mein Handy. Auf dem Display wird Tom Greens Name angezeigt und mir wird abwechselnd heiß und kalt. Er wird doch hoffentlich nicht unseren Termin absagen?

Mit zitternden Finger nehme ich das Gespräch an.

„Hallo?"

„Miss King?" Ich verstehe ihn kaum, weil die Geräusche des Druckers so laut sind.

„Einen Moment, bitte." Ich schalte das Gespräch stumm,

verlasse den Raum und winke Lily zu mir heran.

„Kann ich hier irgendwo ungestört telefonieren? Der Drucker ist zu laut."

„Klar." Lily deutet auf eine Tür. „Das ist unser Pausenraum, da kannst du rein."

Dankbar nicke ich und betrete den Raum. Hier ist es besser. Mit einen tippen aufs Display nehme ich die Stummschaltung raus und halte mir das Handy ans Ohr.

„Mr Green? Bitte entschuldigen Sie, ich musste kurz den Raum wechseln.“

„Kein Problem. Ich wollte Sie auch gar nicht lange stören, ich wollte mich lediglich vergewissern, ob es bei unserem Termin bleibt.“

Erleichtert, dass er nicht absagt, atme ich aus.

„Natürlich, ich freue mich schon.“

Wir gleichen noch einmal den Standort und die Uhrzeit ab, dann verabschieden wir uns.

Ich gehe zurück ins Büro, um zu sehen, ob der Drucker mittlerweile schon fertig ist.

Als ich den Raum betrete, steht Lily dort. Sie lehnt am Schreibtisch und hält ein paar Blätter in der Hand. Liest sie da gerade mein Manuskript? Ich kann es kaum erwarten, ihre Meinung zu hören.

Als Lily merkt, dass sie nicht mehr allein ist, schaut sie hoch und sieht mich mit merkwürdigem Blick an.

„Ist alles gut?“, frage ich.

„Wie konntest du das tun?“ Ihre Stimme ist kaum mehr als ein Flüstern.

Ich bin verwirrt. „Was tun?“

„Na das hier.“ Sie schlägt mit der freien Hand auf das Manuskript.

„Lily, ich weiß beim besten Willen nicht, was du meinst.“

„Hast du dich deshalb darauf eingelassen?“

„Mich worauf eingelassen?“ Wovon spricht sie denn bloß?

„Auf mich, auf uns. Weil du etwas brauchtest, worüber du schreiben kannst?“ Lilys Unterlippe zittert und Tränen laufen ihr jetzt über die Wangen. „Ich kann nicht fassen, dass du über uns geschrieben hast. Das ist unglaublich, Sam!"

Allerdings sagt sie das nicht so, als wäre das was Positives.

„Wie konntest du mir das nur antun? Ich habe dir vertraut, aber du bist keinen Deut besser als Victoria!"

Bevor ich noch etwas sagen kann, pfeffert sie das Manuskript zu Boden, sodass die einzelnen Blätter durch den ganzen Raum fliegen und stürmt ohne ein Wort an mir vorbei.

Einen Augenblick bleibe ich perplex im Türrahmen stehen. Was ist gerade passiert? Dann drehe ich mich um und renne ihr hinterher. Leider kommt mir genau in diesem Moment Wanda mit einem Tablett entgegen. Ich versuche, auszuweichen, doch es ist zu spät. Ich gerate ins Straucheln und falle letztendlich zu Boden. Wanda kann sich gerade noch abfangen, lässt dabei allerdings das Tablett fallen. Zu meinem großen Glück war darauf nur Torte geladen und keine Heißgetränke. Zwar schade um die Torte, aber immerhin hat keiner von uns ernsthafte Schäden davongetragen. Ich wische mir die Sahne vom Mantel und rapple mich mühsam wieder auf.

„Sorry, Wanda!", rufe ich über die Schulter hinweg, während ich aus dem Laden stürme. Ich hoffe, dass ich Lily noch erwische. Das alles ist doch nur ein riesiges Missverständnis.

Kapitel 23

Aus den Augenwinkeln sehe ich, dass Lily noch nicht allzu weit gekommen ist. Ich renne ihr nach.

„Lily, warte!" Keine Reaktion. Meine Schritte beschleunigen sich wie von allein. „Lily! Bitte bleib stehen!"

Und das tut sie. Sie bleibt stehen und dreht sich zu mir um. Ihr Gesicht ist so verzerrt, dass ich sie kaum wiedererkenne.

„Was willst du, Sam?", spuckt sie mir entgegen.

„Es ist nicht so wie es aussieht."

Lily lacht bitter. „Klar, und ich bin eigentlich der Papst. Hab doch wenigstens jetzt genug Mumm die Wahrheit zu sagen!"

„Ja, ich habe die letzten Wochen in mein Manuskript mit einfließen lassen. Doch das heißt nicht, dass ich mich deshalb dazu habe hinreißen lassen, die Liste mit dir abzuarbeiten!"

„So fühlt es sich aber an. Als hättest du mich benutzt. Und jetzt, wo das Buch fertig ist, wirst du mich wahrscheinlich links liegen lassen. Du bist kein Stück besser als Victoria."

Schockiert von ihren Worten keuche ich auf. „Wenn du das von mir denkst, war das alles vielleicht wirklich ein Fehler."

Jetzt sieht Lily mich an, als hätte ich sie geschlagen. „Was?"

Wut kocht in mir hoch. „Ich wollte das nie! Das weißt du! Mir hat die Entfernung immer was ausgemacht. Ich hätte nicht zu dir kommen dürfen, sondern nach unserem ersten Kuss einfach den Cut machen sollen, so wie ich es vorhatte."

„Weißt du was?" Lily funkelt mich an. „Dann machen wir den Cut einfach jetzt." Sie dreht sich um und rennt davon.

Wütend stapfe ich zurück ins *Cornelia's*, um meine Sachen zu holen.

Natürlich fängt genau dort ausgerechnet Wanda mich ab. „Sam? Ist alles in Ordnung?"

Ich schüttle den Kopf und gehe wortlos an ihr vorbei, ins Hinterzimmer, wo ich die losen Blätter meines Manuskriptes und den USB-Stick einsammle.

Auf dem Weg zum Ausgang gehe ich an Wanda vorbei. „Mach's gut, Wanda", murmle ich und verlasse das Café.

Ich gehe durch die Straßen zu meinem Apartment, dort angekommen, lasse ich die Tür ins Schloss knallen, um meine Wut rauszulassen. Dann rutsche ich an der Tür zu Boden und vergrabe meine Hände frustriert in den Haaren. Ich stehe auf und gehe ins Schlafzimmer, wo ich mich auf mein Bett fallen lasse, springe aber sofort wieder auf. Vor ein paar Stunden war noch alles super und jetzt wechseln sich Wut und Traurigkeit in meinem Bauch ab.

Dass mir Lily vorgeworfen hat, ich hätte sie ausgenutzt, schockiert mich immer. Ich wollte ihr eine Freude machen, indem unsere Geschichte erzähle. Aber wenn sie so über mich denkt, ist es wahrscheinlich am besten so.

Weil ich nichts mit mir anzufangen weiß, rufe ich, Avery über Skype an. Leider nimmt sie nicht ab.

Stattdessen versuche ich, mich auf den Termin mit Metropolis vorzubereiten, aber ich merke schnell, dass ich mich nicht konzentrieren kann.

„Verdammt Sam, reiß dich zusammen!“ Die Wut siegt. Ich nehme mein Handy und drehe die Musik so laut auf, wie es geht. Auch der Bass hilft nur kurzzeitig. Ruhelos tigere ich durch das Apartment und fühle mich dabei so fehl am Platz. Vor der Fensterfront bleibe ich stehen und Blicke auf New York hinab.

Wäre ich doch niemals hergekommen. Abgesehen von meinem Termin will ich mich den Rest der Zeit bis zu meinem Rückflug hier in der Wohnung einigeln und mit niemandem reden, außer vielleicht mit Avery, falls ich sie erreiche. Es sind nur noch ein paar Tage, die verbringe ich einfach mit Serien gucken. Die letzten Tage in der Stadt habe ich mir zwar anders vorgestellt, aber ich kann die Dinge nicht ändern.

***

Dann ist es so weit. Ich habe keine andere Wahl, als die Sache mit Lily so weit von mir wegzuschieben, wie es irgendwie geht. Die halbe Nacht lag ich wach und das sieht man meinen Augenringen auch an. Aber der Termin mit Metropolis könnte der wichtigste Termin meiner bisherigen Karriere sein, den darf ich auf keinen Fall in den Sand setzen.

Ich ziehe eine dunkelblaue Hose und eine weiße Bluse an, die ich extra für heute gekauft habe. Schick, aber nicht overdressed. Die Augenringe decke ich so gut es geht ab und dann lasse ich mich von einem Taxi zu der Adresse bringen. Ich bin rund zwanzig Minuten zu früh, aber das ist okay. Vor dem Gebäude laufe ich auf und ab, um mich in der Januarkälte warm zu halten. Als es noch zehn Minuten sind, betrete ich das Gebäude und gehe auf den Empfangstresen zu. Dahinter sitzt ein junger Mann, der mich freundlich lächelnd begrüßt.

„Guten Tag, was kann ich für Sie tun?“

„Mein Name ist Samantha King, ich habe einen Termin mit Mr Green.“

Er nickt und klickt ein paar Mal mit der Computermaus hin und her. „Ah ja, nehmen Sie bitte dort drüben einen Moment Platz. Sie werden gleich abgeholt.“

„Vielen Dank.“ Ich gehe zu der Sitzgruppe, auf die er gezeigt hat und sinke in einen der grauen Sessel.

Auf dem kleinen Tisch liegen ein paar Magazine und ich nehme eine Ausgabe der *Vanity Fair* in die Hand, um mich ein bisschen abzulenken. Die Sache mit Lily macht mir unendlich zu schaffen, aber das hier ist der Grund, warum ich überhaupt nach New York gekommen bin, ich muss mich konzentrieren.

„Miss King?“

Ich blicke zu der Stimme auf. Eine Frau in einem mauvefarbenen Kostüm, mit strengem Dutt auf dem Kopf steht vor mir.

„Ich bin Mr Greens Assistentin Danielle. Bitte folgen Sie mir.“

Ich folge ihr durch die Gänge, bis wir vor einem Büro stehen bleiben. Mit ihrer Schlüsselkarte öffnet sie die Tür und bedeutet mir, einzutreten.

„Nehmen Sie bitte Platz. Mr. Green wird jeden Moment bei Ihnen sein. Kann ich Ihnen so lange etwas zu trinken anbieten?“, fragt sie.

„Ein Glas Wasser wäre toll.“ Sie nickt und schenkt mir auf dem kleinen Tisch neben der Tür ein Glas Wasser aus einer Karaffe ein.

„Vielen Dank“, sage ich, als sie mir das Glas reicht.

Gerade als ich den ersten Schluck getrunken habe, wird die Tür geöffnet und zwei Männer mittleren Alters betreten das Büro. Der eine trägt einen grauen Anzug, der wie maßgeschneidert sitzt. Seine braunen Haare sind kurz geschnitten und auf seiner Nase hat er eine schwarze Brille.

Ich stehe von meinem Stuhl auf.

„Miss King, es freut mich, dass wir uns endlich persönlich kennenlernen. Ich bin Tom Green.“

Er reicht mir die Hand und ich ergreife sie. Sein Handschlag ist kräftig und selbstbewusst. Dann wende ich mich dem anderen Mann zu, er hat etwas längere blonde Haare und trägt eine dunkle Jeans zu einem grünen Hemd.

„Mein Name ist Ryan Hayes, ich bin der Drehbuchautor. Freut mich, Sie kennenzulernen.“

„Mich freut es auch, Mr Hayes.“ Ich schaue zu Mr Green. „Und Sie natürlich ebenfalls, Mr Green“, füge ich hinzu.

Er macht eine wegwerfende Handbewegung. „Nennen Sie uns bitte Tom und Ryan.“

„In Ordnung, Tom.“

Wir setzen uns und die Assistentin entfernt sich diskret.

„Bitte entschuldigen Sie, dass wir unseren ursprünglichen Termin verschieben mussten.“

Ich winke ab. „Das macht nichts, so hatte ich Zeit, länger in New York zu bleiben.“

Lilys Bild schiebt sich vor mein inneres Auge und ich versuche, es zu verdrängen. Ich muss professionell bleiben, später kann ich wieder traurig und wütend sein, aber nicht jetzt. Stattdessen konzentriere ich mich voll und ganz auf Toms nächste Worte.

„Ich bin ehrlich gesagt kein großer Fan von Small Talk, also kommen wir am besten gleich zur Sache.“

„Gern.“

„Wie wir schon mit Mr Jefferson besprochen haben, sind wir sehr angetan von der Idee, ihren Roman *Whispered Hearts* zu verfilmen.“ Aus der Schublade seines Tisches holt er drei Ausgaben des Buches.

„Da es durch die Tatsache, dass sie in Australien wohnen, etwas schwierig wird, gemeinsam am Drehbuch zu arbeiten, wäre es gut, wenn wir heute bereits einige wichtige Punkte abhaken können.“ Ryan deutet auf die Wand hinter sich, wo eine gigantische Pinnwand hängt. „Für Sie ist es wichtig, zu wissen, dass ein Roman mit sagen wir dreihundertsechzig Seiten nur ein Drehbuch mit etwa hundertdreißig Seiten wird. Das bedeutet, wir müssen einiges kürzen.“

Ich schlucke. Schon im Schreibprozess fällt es mir schwer, bereits geschriebene Szenen zu löschen. Das wird also sicher nicht einfach.

Tom scheint meinen Blick richtig zu deuten. „Sagen Sie sich einfach immer wieder, dass wir für das Drehbuch das Beste aus dem Roman rausholen wollen, in Ordnung?“

„Ja", antworte ich. Ich rufe mir in Erinnerung, was für eine großartige Chance ich hier bekomme. Dafür muss ich mich aber kooperativ zeigen.

Ryan schlägt das Buch auf und Tom und ich tun es ihm gleich.

„Zum Beispiel könnte man hier am Anfang gleich etwas streichen. Sodass der Film einsetzt, wenn Kaylee ihren Arbeitstag bereits begonnen hat und schon voll im Stress ist. Alles, was davor passiert, stielt dem Film wichtige Zeit und ist, nicht böse gemeint, für den Zuschauer eher unwichtig."

Er hat recht. „Das klingt logisch."

Ryan nickt und nimmt sich eine Karteikarte vom Stapel auf dem Tisch. Er schreibt drauf, wo der Film einsetzt, und befestigt die Karte dann an der Pinnwand.

„Sehen Sie? Und so arbeiten wir uns durch das gesamte Buch." Seine Freude ist ansteckend und ich freue mich auf diesen Prozess.

Fast sieben Stunden sitzen wir gemeinsam in dem kleinen Büro und nehmen mein Buch Stück für Stück auseinander. Manchmal zieht sich mir das Herz zusammen, wenn wir eine Szene streichen, doch ich versuche nicht allzu viel darüber nachzudenken.

„Ich denke, für heute sollten wir Schluss machen, oder?", meint Tom, als wir ein weiteres Kapitel durchgearbeitet haben.

Ryan und ich nicken. Dann schaut Ryan zu mir. „Die großen Szenen haben wir bereits besprochen. Ich würde sagen, den Rest versuche ich allein und sobald das Skript steht, bekommen Sie es per Mail, einverstanden?"

„Natürlich. Ich denke, das wird gut klappen", sage ich und meine es auch so. Die Arbeit mit den beiden hat unglaublich viel Spaß gemacht und es geschafft mich von meinen Gedanken an Lily abzulenken.

Wir drei verabschieden uns voneinander und ich verlasse kurz darauf das Gebäude. Während ich mir ein Taxi suche, schicke ich Declan eine kurze Mail und erzähle ihm, wie der Tag verlaufen ist. Ich wusste nicht, was mich erwartet, aber das hat wirklich Spaß gemacht.

Ein Taxi hält vor mir und ich steige ein. Erst da merke ich, wie müde ich bin. Während meine Angespanntheit von mir abfällt, kehren die Erinnerungen an meinen Streit mit Lily zurück in mein Bewusstsein.

Im Apartment angekommen, ziehe ich mich um und verkrieche mich im Bett. Der Termin war wirklich gut. Aber Lilys Worte nagen an meinem Herzen und das sorgt dafür, dass es mir ganz und gar nicht gut geht.

***

Die nächsten beiden Tage verschwimmen miteinander und ich verliere jegliches Zeitgefühl. Bis mich ein Klopfen aus meiner merkwürdigen Schockstarre reißt. Lustlos schleppe ich mich zur Tür und linse durch den Spion, bevor ich öffne. Vor der Tür steht Lily. Augenblicklich ist die Wut zurück.

„Geh weg!"

„Sam, es tut mir leid! Ich habe Dinge gesagt, die ich nicht so gemeint habe. Können wir bitte reden?"

Als ich ihre Stimme höre, schlägt mein Herz schneller, aber mein Dickkopf gewinnt. Ohne ihr zu antworten, trete ich von der Tür weg.

Sie klopft erneut. „Sam, bitte!" Es klingt, als würde sie weinen.

Ich ignoriere sie. Stattdessen hole ich eine Flasche Wein, die noch von Silvester übrig ist, aus dem Kühlschrank und verkrieche mich damit wieder im Bett.

Nach einer Weile verebbt das Klopfen.

Meine Gedanken rasen. Ich erinnere mich daran, wie ich Lily von Archie erzählt habe. Von meinen Schuldgefühlen, die mich all die Jahre so sehr vereinnahmt haben.

Da treffe ich eine Entscheidung. Ich rufe meine Eltern an.

„Hallo Liebling", begrüßt mich Mum und ihre liebevolle Stimme sorgt fast dafür, dass mir die Tränen in die Augen steigen.

„Hey Mum. Ist Dad auch da? Ich muss mit euch beiden sprechen."

„Er ist da, ich hole ihn. Warte kurz."

Minuten später höre ich Dads Stimme. „Sam? Was ist denn los? Ist was passiert?"

Ich atme tief durch.

„Mum, Dad?", beginne ich vorsichtig.

„Ja, Samantha?" Dads Stimme klingt erwartungsvoll.

„Ich wollte mich bei euch entschuldigen", sage ich leise.

Die Verwirrung in Dads Stimme ist deutlich zu hören. „Entschuldigen? Wofür?"

Ich schließe die Augen, um mich zu sammeln, bevor ich weiterspreche.

„Für alles, was damals passiert ist. Den Unfall, meine ich. Es war alles meine Schuld. Es tut mir leid. Ich glaube, ich habe euch das nie gesagt, weil das Thema im Haus immer tabu war, aber ich trage das nun schon seit so vielen Jahren mit mir herum, ich kann und will das nicht mehr. Werdet ihr mir das jemals verzeihen?" Gegen Ende des Satzes hat meine Stimme gefährlich angefangen, zu zittern, aber ich werde nicht weinen!

Schweigen am anderen Ende der Leitung.

„Hallo? Seid ihr noch da?", frage ich vorsichtig.

„Natürlich." Mums Stimme ist genauso verwirrt wie die von Dad zuvor. „Schätzchen", sagt sie leise. „Das alles war ein schrecklicher Unfall, das weißt du, oder? Das war nicht deine schuld! Wie kommst du überhaupt auf so was?"

Schnell wische ich mir die verräterischen Tränen aus den Augenwinkeln. Ich wollte doch nicht weinen. Das Gespräch ist auch so schon schwer genug.

„Weil wir nur meinetwegen überhaupt nach England geflogen sind. Ich habe euch so lange genervt, bis ihr keine andere Wahl hattet. Ihr glaubt nicht, wie sehr ich mir wünsche, wir wären einfach zu Hause geblieben. Dann wäre Archie noch bei uns."

Jetzt weine ich unaufhaltsam. Ich hatte keine Wahl. Schnell presse ich mir die Hand auf den Mund, um die Schluchzer zu dämpfen. Doch meine Eltern wären nicht meine Eltern, wenn sie das nicht sofort erkennen würden.

„Sam! Bitte hör auf, zu weinen! Wie kommst du bloß auf solche furchtbaren Gedanken?" Dad klingt genauso sanft und gutmütig wie immer.

Zwischen zwei Schluchzern bringe ich irgendwie ein „Ich weiß es nicht" hervor.

Dann sagt Mum: „Ich möchte dich gern in den Arm nehmen. Wir geben dir nicht die Schuld, Sam! Bitte denk das nicht! O Gott, ich hatte keine Ahnung, dass du so denkst. Sonst hätte ich längst etwas dagegen getan! Ich würde doch niemals bewusst zulassen, dass du jahrelang mit dem Gedanken lebst, Schuld am Tod deines Bruders zu haben. Das tut mir so leid. Ich hätte eine bessere Mutter sein müssen." Jetzt zittert auch Mums Stimme verräterisch.

„Nein, Mum! Du bist die beste Mutter, die man sich wünschen kann! Ich liebe dich. Euch beide!"

„Wir dich auch. Wir sind so stolz auf dich. Sam, niemals haben wir dir etwas vorgeworfen, bitte glaub uns", sagt Dad.

„Das tue ich, Dad."

Wir verabschieden uns voneinander. Die erhoffte Leichtigkeit bleibt aus. Stattdessen verspüre ich weiterhin nur dieses dumpfe Gefühl, in meinem Inneren.

Ich versuche, Avery anzurufen, aber sie nimmt wieder nicht ab. Also fange ich an, mein Manuskript zu überarbeiten. Doch ich kann mich beim besten Willen nicht konzentrieren. Nach einer Weile probiere ich es erneut bei Avery. Ich muss unbedingt mit ihr reden.

„Schön, dass man dich auch mal erreicht", begrüße ich meine beste Freundin, die endlich abnimmt, als ich sie via Skype anrufe.

„Sorry, mein Laptop war kaputt und ich habe ihn jetzt erst aus der Reparatur zurückgeholt. Was ist los?"

„Lily ist los." Meine Stimme klingt bitter.

Avery zieht die Augenbrauen zusammen. „Was ist passiert?"

„Sie hat ein paar zusammenhanglose Seiten aus meinem Buch gelesen und denkt, ich habe sie ausgenutzt, um an eine Story zu kommen. Was totaler Bullshit ist. Wir hatten einen Riesenstreit und haben die Sache zwischen uns beendet."

„Das tut mir leid, Sam." Avery sieht bestürzt aus.

„Ganz ehrlich, nach allem, was sie mir an den Kopf geworfen hat, ist es besser so. Das hätte auf Dauer sowieso nicht gehalten. Das wissen wir beide."

Neben mir klingelt mein Handy. Ich sehe Lilys Namen und das Foto, das ich von ihr gemacht habe und ignoriere den Anruf – mal wieder.

„Du bist wütend", stellt meine beste Freundin fest.

Ich zucke mit den Schultern. „Egal. Die Sache ist Geschichte. Ich bin bald wieder zu Hause und kann das alles hinter mir lassen. Sowohl New York als auch Lily."

„So beschissen das alles ist, ich freue mich, wenn du zurück bist."

„Geht mir genauso. Jetzt, wo du es sagst, sollte ich langsam packen."

„Melde dich, wenn du was brauchst."

„Mache ich."

Nachdem wir aufgelegt haben, hole ich meinen Koffer hervor und fange an, meine Kleidungsstücke zu falten und darin zu verstauen. Alles, was ich bis zu meiner Abreise nicht mehr brauche, packe ich ein. Ich kontrolliere alle Schränke und Schubladen, denn auch wenn ich nicht viel hatte, will ich natürlich nichts hierlassen.

Ich ziehe die Schublade vom Schreibtisch auf und erstarre. Ganz oben liegt die Grinch-Maske, die Lily mir mitgebracht hat, als wir die Deko gebastelt haben. Mein Herz zieht sich schmerzhaft zusammen und ohne, dass ich es verhindern kann, laufen mir ein paar Tränen über die Wangen.

Vor meinem inneren Auge formen sich Bilder. Lily und ich auf dem Weihnachtsmarkt. Lily und ich beim Eislaufen. Unsere Schneeballschlacht. Der erste Kuss. Alles, was ich tagelang versucht habe, zu verdrängen, stürzt jetzt auf mich ein, da merke ich, dass die Wut verpufft und stattdessen die Traurigkeit mit der Wucht eines Paukenschlags auf mich einstürzt. Ich weiß nicht, warum Lily so ausgeflippt ist, aber mein Gefühl sagt mir, dass das hier alles ein Riesenmissverständnis ist. Er jetzt, wo ich packe, wird mir bewusst, dass ich nicht will, dass es so endet.

Ich muss zu ihr.

Auf Grund der Uhrzeit gehe ich, so schnell ich kann, ins *Cornelia's*. Lily ist bestimmt noch dort. Aber als ich ankomme, begrüßt mich Wanda.

„Sam! Schön, dich zu sehen."

„Gleichfalls, Wanda. Sag mal, ist Lily hier?"

Zu meinem Bedauern schüttelt Wanda den Kopf. „Nein, tut mir leid. Lily hat sich doch freigenommen, damit ihr die Zeit bis zu deiner Abreise gemeinsam verbringen könnt."

Nur mit Mühe unterdrücke ich ein frustriertes Aufstöhnen. Daran hatte ich gar nicht mehr gedacht.

„Danke, Wanda."

„Willst du einen Kaffee?"

„Nein, keine Zeit", antworte ich und bin schon wieder auf der Straße. Wenn sie nicht arbeitet, ist sie bestimmt zu Hause.

***

Kurz darauf stehe ich vor Lilys Wohnungstür.

„Lily? Wenn du da bist, mach bitte auf!"

Keine Reaktion.

Ich klopfe erneut.

„Lily, bitte." Ich lehne mich mit der Stirn gegen die Tür. „Wir sollten nicht so auseinander gehen, Lily, es tut mir leid, wie das alles gelaufen ist. Bitte lass uns reden."

Doch die Tür bleibt verschlossen und es regt sich auch dahinter nichts. Verzweifelt verlasse ich das Gebäude und überlege, wo ich sonst noch suchen kann. Da fällt es mir wie Schuppen von den Augen. Ohne weiter darüber nachzudenken, laufe ich los.

***

Mit schnellen Schritten nähere ich mich meinem ersten Ziel. Die U-Bahn bringt mich zur Grand-Central-Station. Dort studiere ich den Fahrplan. Allerdings finde ich diesen sehr verwirrend geschrieben und komme nicht weiter. So mache ich mich auf den Weg zum Schalter, um dort nachzufragen, in welchen Zug ich steigen muss. Ein sehr netter Mitarbeiter hilft mir freundlich weiter. Ich bedanke mich und gehe jetzt schnell zum Gleis, denn er hat gesagt, mein Zug kommt schon in fünf Minuten.

Die Fahrt zieht sich endlos. Lustlos betrachte ich die Welt, die am Fenster vorbeizieht. Endlich informiert mich die blecherne Ansage, dass der nächste Halt mein

Ziel ist. Ich steige aus und betrete den kleinen Bahnhof. Mein Weg führt mich zuerst erneut zum Schalter, wo ich frage, ob die Möglichkeit besteht, mir ein Taxi zu rufen. Schließlich bin ich nicht mehr in New York, wo man sich zu jeder Tages- und Nachtzeit einfach selbst ein Taxi holt, wenn man es braucht. Die Dame hinter dem Schalter sieht etwas müde und mürrisch aus, doch sie greift zum Hörer und kommt meiner Bitte nach. Ich schenke ihr mein freundlichstes Lächeln, auch wenn es in meiner Situation gerade etwas gestelzt wirken muss.

„Es dauert ein paar Minuten", informiert sie mich mit tonloser Stimme und zeigt mir, wo ich warten kann.

Das Taxi kommt und ich nenne dem Fahrer die Adresse, die ich mir aus einem Telefonbuch im Internet geholt habe. Zum Glück stand die Familie überhaupt darin, sonst wüsste ich wirklich nicht, was ich hätte machen sollen.

Die Fahrt dauert nicht besonders lange, Gott sei Dank. Denn je näher wir meinem endgültigen Ziel kommen, umso nervöser werde ich. Mein Magen grummelt und ich weiß nicht, ob vor Nervosität oder Angst. Vielleicht eine Mischung aus beidem.

Endlich hält das Taxi. Ich gebe dem Fahrer ein großzügiges Trinkgeld und steige aus.

Mit schnellen Schritten gehe ich zur Eingangstür und drücke meinen Finger auf die Klingel. Es dauert lange, bis ich was tut, aber das Haus ist ja auch groß. Dann höre ich Schritte aus dem Haus und endlich wird die Tür geöffnet.

„Sam?!" Brenda ist sichtlich irritiert, mich zu sehen.

„Ist sie hier?", frage ich und bemerkte sofort den verzweifelten Unterton in meiner Stimme.

„Wer denn?“

„Lily.“

Jetzt sieht Brenda erst recht verwirrt aus. „Nein, warum sollte sie? Ist etwas passiert?“ Ihre Stimme klingt alarmiert.

Frustriert stöhne ich auf und trete gegen das Haus und den Türrahmen. Als ich bemerke, was ich da gerade getan habe, schlage ich mir die Hand vor den Mund.

„O Gott, Entschuldigung! Brenda, das ist nicht meine Art, bitte glaub mir.“

Ihr Blick wird weich. „Das weiß ich doch, Sam. Komm erst mal rein.“

Ich folge ihr ins Wohnzimmer, wo sie mich mit einer Handbewegung auffordert, mich auf die Couch zu setzen.

„Möchtest du vielleicht einen Tee oder irgendwas anderes zu trinken?“

Ich lehne dankend ab, also setzt sie sich in den Sessel mir gegenüber und schaut mich abwartend an.

„Willst du mir erzählen, was passiert ist?“

Erst sträube ich mich, weil ich nicht möchte, dass Lilys Familie schlecht von mir denkt. Ich mag Brenda und Steve und möchte unser gutes Verhältnis nur ungern aufs Spiel setzen. Doch ihr Blick ist so ruhig und abwartend, dass ich letztendlich darunter zusammenbreche.

Ohne Punkt und Komma sprudelt die ganze Geschichte aus mir heraus.

„Ich weiß nicht genau, was passiert ist. Vor ein paar Tagen habe ich mein Buch fertig geschrieben und bin zu Lily ins Café gegangen, um ihr natürlich von meinem Erfolg zu erzählen. Dann hat sie mir angeboten, das Manuskript im Büro des *Cornelia's* auszudrucken, weil ich selbst keinen Drucker in meinem Apartment habe. Während ich das Manuskript gedruckt habe, musste ich kurz einen Anruf annehmen und als ich wiederkam, stand Lily im Büro und hat gelesen, was ich geschrieben habe. Ich wollte sie überraschen, indem ich unsere Geschichte erzähle. Du weißt schon, wie wir uns kennengelernt haben und all das, was wir zusammen erlebt haben." Ich hole tief Luft, bevor ich weiterspreche: „Allerdings hat Lily das alles falsch aufgefasst und glaubt jetzt, dass ich sie nur ausgenutzt habe, um eine Story zu bekommen, die ich schreiben kann. Was absoluter Blödsinn ist, Brenda, das schwöre ich."

Ich sehe Brenda eindringlich an, doch sie sagt kein Wort.

„Wir haben uns wahnsinnig gestritten und beide Dinge gesagt, die in dem Moment nicht okay waren. Gestern war sie bei mir und wollte sich entschuldigen, aber ich war stur und dickköpfig und habe sie ignoriert. Erst heute ist mir klar geworden, dass ich nicht will, dass wir so auseinander gehen. Ich muss mit ihr reden, bevor ich fliege. Weder zu Hause noch im Café konnte ich sie antreffen, deshalb habe ich gehofft, dass sie vielleicht hier ist."

Brenda sieht mich bestürzt an. „O nein, Sam, das ist ja furchtbar. Aber Lily ist wirklich nicht hier und ich weiß auch nicht, wo sie ist. Es tut mir leid."

Ihr Blick ist so ehrlich, dass ich ihre Antwort nicht infrage stelle.

Ich seufze leise. „Ich weiß nicht, was ich noch tun soll. Ich fliege bald nach Hause und ich kann doch nicht einfach gehen, ohne dass alles geklärt zu haben. Dafür bedeutet mir Lily viel zu viel und ich weiß, dass ich ihr auch etwas bedeute. Wir brauchen eine Chance, um über alles zu reden. Dieses Missverständnis muss aus der Welt geschafft werden."

Verärgert wische ich mir die Tränen aus dem Gesicht. Warum fängt man immer dann an zu weinen, wenn man es am wenigsten gebrauchen kann?

Brenda nickt. „Glaub mir, niemand versteht das so gut wie ich. Ich kenne das Gefühl sehr gut. Ich war nämlich einmal in einer ähnlichen Situation."

Und damit hat sie es geschafft, meine Neugier zu wecken.

„Wirklich? Erzählst du mir davon?", bitte ich.

Brenda lächelt leicht. „Wie du weißt, habe ich meinen Mann schon in der Schule kennengelernt. Es lief wunderbar und ich war sehr verliebt. Um mir etwas zu dazuzuverdienen, habe ich einigen Mitschülern Nachhilfe gegeben. Einer dieser Mitschüler war Quentin Skyes. Die ganze Schule wusste, dass Quentin auf mich stand. Ich habe das jedoch ignoriert, schließlich war ich glücklich mit Steve. Einmal musste Steve nachsitzen, während ich Nachhilfe gab. Er hatte mir versprochen, mich danach abzuholen. Doch er ist nie aufgetaucht. Er hat sich fünf Tage lang nicht bei mir gemeldet und mich in der Schule gemieden."

„Was? Warum denn das?", will ich wissen.

Brenda schmunzelt. „Ganz einfach, Steve ist tatsächlich gekommen, um mich von der Nachhilfe abzuholen. Doch als er durch das kleine Fenster in der Tür gesehen hat, sah er, wie Quentin und ich Nase an Nase über einem Buch hockten. Er hat sich seinen Teil gedacht und ist wütend abgehauen."

„Aber da war doch bestimmt nichts, oder?"

„Nein, natürlich nicht. Es war einfach der Klassiker. Quentin hatte sein Buch fallen gelassen, ob Absicht oder Zufall, das sei mal dahingestellt. Und wir haben uns gleichzeitig gebückt, um es aufzuheben, dabei kamen sich unsere Köpfe etwas zu nah und ich habe die Nachhilfestunde gleich darauf beendet. Aber da was Steve schon lange weg. Er war damals im Leichtathletik-Team und konnte rennen wie der Wind."

„Wie hast du ihn dann dazu gebracht, dir zuzuhören? Denn offensichtlich seid ihr ja wieder zusammengekommen."

Sie seufzt. „Ich habe tagelang versucht, ihn dazu zu bringen, mir zuzuhören. Ich bin mehr als einmal am Tag zu seinem Haus gefahren, aber seine Eltern haben mich nicht zu ihm gelassen. Ich habe unser Festnetztelefon belagert und ihn ständig angerufen, wenn ich wusste, er müsste eigentlich zu Hause sein. Irgendwann konnte meine Mutter das Ganze nicht mehr mitansehen und hat mich beiseitegenommen. Sie hat mir gesagt, ich soll ihm seinen Freiraum lassen, wenn er merkt, was ihm fehlt, würde er sich schon melden und so war es tatsächlich auch. Nach einer Woche kam er zu mir und gab mir die Chance, ihm zu erklären, was wirklich passiert ist."

„Wow. Also würdest du mir genau das raten?"

Sie nickt und drückt meine Hand. „Ihr hattet beide Zeit, euch abzureagieren. Ich weiß, das ist schwer, aber wenn du sie nicht erreichst, ehe dein Flieger geht, dann flieg nach Hause und versuch, trotzdem sie weiter zu erreichen. Vielleicht kannst du ihr auch einen Brief schreiben. Meine Tochter mag dich sehr, Sam. Das alles scheint gerade nur ein doofer Zufall zu sein, aber ich kann mir nicht vorstellen, dass sie freiwillig eure Beziehung aufs Spiel setzt. Dafür bist du ihr viel zu wichtig.“

„Sie mir auch“, gebe ich leise zu.

„Das weiß ich, schließlich bist du den ganzen Weg hierhergefahren, ohne zu wissen, ob du sie hier überhaupt antreffen würdest. Das sagt einiges über dich aus.“

„Ich wusste einfach nicht, was ich sonst machen soll“, murmle ich.

„Du bist immer herzlich willkommen bei uns. Möchtest du zum Essen bleiben?“, fragt Brenda.

„Das wäre toll. Aber danach fahre ich wohl besser nach New York zurück.“ Ich lächle leicht.

„Das wird schon alles wieder, vertrau mir. Ich kenne meine Tochter doch.“

„Wenn du etwas von ihr hörst, sagst du mir dann bitte Bescheid? Auch wenn sie nicht mit mir reden möchte, muss ich trotzdem wissen, ob es ihr gut geht.“

„Aber selbstverständlich mache ich das, das verspreche ich dir.“

***

Während des Essens, es gibt Lasagne, lenkt mich Brenda erfolgreich von meinen Gedanken an Lily ab, indem sie mich über Australien, meine Familie und meine Arbeit ausfragt.

Zwei Stunden später fährt mich Brenda zum Bahnhof zurück. Sie hat sogar angeboten, mich bis nach New York zu fahren, doch das habe ich abgelehnt. Sie hat so viel für mich getan, da will ich ihre Gastfreundschaft nicht überstrapazieren.

Als ich am Abend endlich wieder in meinem Apartment bin, lasse ich mich aufs Bett fallen und schlafe sofort ein. Die letzten Tage waren sehr nervenzehrend.

Kapitel 24

Brendas Worte helfen mir, den nächsten Tag zu überstehen. Ich halte mich zurück und bereite meine Abreise vor. Bis mir eine Idee kommt. Gegen späten Nachmittag mache ich mich auf den Weg ins *Cornelia's*. Das Café ist gut besucht. Auf den ersten Blick kann ich nicht sehen, ob Lily hier ist. Auch wenn sie Urlaub hat, vielleicht kommt sie trotzdem her, um sich abzulenken. Aber ausnahmsweise bin ich gar nicht ihretwegen hier. Ich trete an den Tresen, als ich an der Reihe bin, und warte darauf, dass Wanda mich entdeckt.

„Hallo Sam!"

„Hi Wanda, hast du einen Moment?"

Wanda sieht sich im Café um, ihr Blick wirkt gestresst. „Worum geht es denn? Es ist gerade ziemlich hektisch hier."

„Ich wollte mich von dir verabschieden. Morgen Abend geht mein Flug."

Jetzt sieht Wanda eher bestürzt aus. „Oh, es ist schon so weit. Ich würde mich gern richtig von dir verabschieden. Meinst du, du kannst morgen früh noch mal herkommen? Den ersten Ansturm sollte Byron allein schaffen, dann können wir uns hinsetzen und einen Kaffee trinken."

„Sehr gern! Bis morgen."

Beim Gedanken daran, dass wir uns zum Abschied zusammensetzen, wird mir ganz warm im Bauch. Ich habe Wanda vom ersten Moment an sehr gemocht.

Ich kehre dem Café den Rücken zu, dabei fällt mein Blick auf das grüne Straßenschild der Cornelia Street. Wehmütig blicke ich die Straße hinab. Sollte ich noch einmal nach New York City kommen, würde ich nie wieder diese Straße entlanglaufen können, ohne von den Erinnerungen eingeholt zu werden.

Als ich kurz darauf mein Apartment betrete, werde ich von einem Anruf überrascht. Nein, er ist nicht von Lily, sondern von ihrer Mutter. Brenda will sich erkundigen, wie es mir geht und ob ich schon etwas gehört habe.

„Auf die Frage, wie es mir geht, habe ich nicht wirklich eine Antwort", sage ich. „Gehört habe ich leider noch nichts. Das Schlimmste daran ist, dass ich morgen Abend am Flughafen sein muss."

Ich bemerke, wie meine Stimme anfängt zu zittern und meine Augen sich mit Tränen füllen. Ich kann einfach nicht schon wieder vor Brenda anfangen zu weinen, also entschuldige ich mich mit einer Ausrede und beende das Gespräch.

Ich rechne kurz nach, ob es schon zu spät ist, Avery oder meine Familie anzurufen, verwerfe den Gedanken aber schnell, als ich feststelle, dass es dort mitten in der Nacht ist.

Meine Gedanken sind so laut, dass ich jetzt auf gar keinen Fall einfach ins Bett fallen kann, obwohl ich echt müde bin. Stattdessen checke ich meine Mails, die allesamt uninteressant sind. Dann überlege ich ernsthaft, schon mit einem neuen Projekt zu starten. Aber im Moment bin ich nur ein Wrack und überhaupt nicht gut drauf, diese Stimmung würde sich auf meine Geschichte übertragen und das ist nicht gut. Ich durchforste zum zweiten Mal das Internet, in der Hoffnung, doch noch irgendwie meinen Flug umbuchen zu können. Keine Chance. Es bleibt beim viel zu überteuerten Preis. Verdammt! Es muss irgendwas geben, was ich tun kann. Ich brauche Ablenkung oder wenigstens irgendwas, damit mein Kopf Ruhe gibt.

Ich könnte Lily einen Brief schreiben. Den könnte ich Wanda morgen geben, und sie bitten, ihn an Lily weiterzuleiten und wenn sie ihn erhält, bin ich schon längst weg. Dann liegt es an ihr, ob sie sich bei mir meldet, oder nicht. Mehr kann ich, glaube ich, nicht tun.

Ja, das ist eine gute Idee. Ich koche mir einen Tee und setze mich an den Esstisch.

Da ich kein Briefpapier habe, muss eine leere Seite aus meinem Notizbuch herhalten. Aus der einen Seite werden in rekordverdächtiger Geschwindigkeit drei. Zwar streiche ich immer wieder ein paar Worte durch, manchmal auch ganze Sätze. Im Großen und Ganzen lasse ich meine Gedanken einfach nur fließen. Als ich meinen Namen auf das Ende der letzten Seite setze, fühle ich mich einerseits besser und gleichzeitig leer. Ist das was Gutes? Ich habe keine Ahnung. So schnell wie ich geschrieben habe, kann Lily meine Worte wahrscheinlich gar nicht entziffern. Darum schreibe ich das Ganze ein zweites Mal in meiner schönsten Schrift. Nachdem ich die Zeilen ein weiteres Mal zu Papier gebracht habe, lese ich sie noch einmal durch.

Meine liebste Lily,

bitte zerreiß diese Seiten nicht gleich, sondern gib mir eine Chance, dir alles zu erklären. In den letzten Tagen ist so viel schiefgelaufen und das kann ich auf gar keinen Fall einfach so stehen lassen und ans andere Ende der Welt abhauen.

Lily, das alles ist ein riesiges Missverständnis! Ja, ich habe über uns geschrieben. Aber es ist nicht so, dass ich dein Angebot damals nur deshalb angenommen habe, weil ich eine Story brauchte. Nein, viel mehr hast du mich dazu inspiriert. Das, was wir alles erlebt haben, und wie ich mich dabei gefühlt habe, wollte ich zu Papier bringen. Weil du mir alles bedeutest und mir in den letzten Wochen gezeigt hast, dass man wieder lernen kann, etwas zu lieben, und wie man seine Trauer verarbeitet. Du hast es geschafft, mir zu zeigen, was für eine wunderbare Zeit die Weihnachtszeit ist, und du hast sogar dafür gesorgt, dass Schnee keine Panik mehr in mir auslöst.

Lily, ich bitte dich, wenn du das hier liest, dann erinnere dich an alles, was wir zusammen erlebt haben. Der Weihnachtsmarkt, das Schlittschuhlaufen, die Schneeballschlacht, das Schlittenfahren im Central Park, bei dem ich fast gegen einen Baum gefahren bin, all das. Hat dir das etwa gar nichts bedeutet? Mit hat es alles bedeutet und ich hoffe dir auch. Lass das, was wir haben, nicht von einem blöden Missverständnis kaputt machen. Ich weiß, dass dich all das an die Situation mit Victoria erinnert haben muss, aber ich bin nicht sie. Das weißt du.

In den letzten Tagen habe ich unendlich viel über alles nachgedacht und mich dazu entschieden, das Buch nicht zu veröffentlichen, wenn du es nicht möchtest.

Wenn meine Worte irgendetwas in dir ausgelöst haben, dann bitte, melde dich. Auch wenn ich schon wieder am anderen Ende der Welt sein werde.

Lass nicht zu, dass wir so auseinander gehen. Bitte.
In Liebe
Sam

Wenn das nicht hilft, weiß ich es auch nicht. Natürlich habe ich keine Briefumschläge, aber ich habe morgen noch Zeit, mir einen zu kaufen, und dann kann ich den Brief Wanda geben. Danach kann ich nur abwarten und hoffen. Ich hatte ursprünglich vorgehabt, meinen Koffer fertig zu packen, doch einerseits macht es das Ganze noch viel realer und andererseits bin ich nach dem Schreiben des Briefes so erschöpft, dass ich auf nichts mehr Lust habe. Jeder einzelne meiner Emotionen steckt in den Seiten an Lily. Hoffnung, Angst, Wut auf mich selbst, Dankbarkeit, Panik, Trauer und das Wichtigste – Liebe.

Mein Koffer darf also bis morgen warten, denn ich schlafe ein, sobald mein Kopf das Kissen berührt hat.

***

Am nächsten Morgen habe ich mörderische Kopfschmerzen. Nachdem ich den ersten Kaffee in mich hineingeschüttet habe, zwinge ich mich dazu, mich meinem Koffer zu widmen. Lustlos werfe ich die letzten Sachen hinein und versuche, mich dann zu entscheiden, was ich auf dem Flug anziehen soll. Am logischsten wäre wohl eine Art Zwiebellook, da es hier New York immer noch eiskalt ist und zu Hause Hochsommer herrscht. Wehmütig klappe ich etwas später den Koffer zu. Ich sehe mich im Apartment um und mein Blick bleibt an der Deko hängen, die Lily und ich gebastelt haben. Irgendwann in den letzten Wochen hatten wir beide besprochen, alles aufzuheben und wenn es so weit ist, in unserer gemeinsamen Wohnung wieder aufzuhängen. Seufzend mache ich mich daran, alles abzunehmen, und sammle die Sachen in einem Schuhkarton, der von meiner Shoppingtour an meinem ersten Tag in New York übriggeblieben ist. Ich greife nach Lilys Brief und nehme mir dann einen Zettel, auf dem ich noch einmal genau meine Flugdaten notiere, inklusive Airline und Flugnummer. Nur für den Fall. Bepackt mit all diesen Dingen mache ich mich ein letztes Mal auf den Weg ins *Cornelia's*.

Das Café ist für einen Vormittag erstaunlich leer. Gleich beim Reinkommen scanne ich mit den Augen den Raum nach Wanda ab. Ach, wie ich das alles vermissen werde. Wehmütig gehe ich zur Theke, wo mich Byron begrüßt.

„Guten Morgen, Byron. Weißt du, wo Wanda ist?"

Er nickt. „Du sollst hinten durchgehen, neben dem Hauswirtschaftsraum ist unser Pausenraum. Sie sagt, da seid ihr ungestörter."

Die Aussage irritiert mich einen Moment, aber ich folge Byrons Anweisungen. Ich klopfe an der Tür und von innen kommt Wandas Stimme. „Komm rein, Sam."

Ich betrete den Pausenraum – und erstarre. Dort steht ein gedeckter Tisch mit zwei Tassen Kaffee und allem möglichen an Gebäck. Schokomuffins, Zimtschnecken, Brownies und Kekse. Aber auf einem der beiden Stühle sitzt nicht Wanda, sondern Lily. Als sie mich sieht, steht sie auf.

Von außerhalb meines Blickfeldes vernehme ich Wanda. „Ich lasse euch dann mal allein."

Die Tür fällt hinter ihr ins Schloss und Lily und ich bleiben zurück. Einen Moment sagt keine von uns ein Wort.

Bis ich das Schweigen breche.

„Hi." Meine Stimme ist leise. „Was ist das alles?", frage ich und deute auf den Tisch.

„Ich wollte, dass wir uns vernünftig voneinander verabschieden können. Bitte sei nicht sauer. Das ist alles, von dem ich weiß, dass ich es dir hier irgendwann einmal serviert habe. Ich weiß, du willst mich nicht sehen, aber ich konnte dich nicht einfach so gehen lassen. Wir müssen reden."

Atemlos stoppt Lily und kommt auf mich zu.

„Du liegst falsch."

„Womit?" Sie mustert mich mit einer Spur Verwirrung in den Gesichtszügen.

„Ich wollte dich sehen. Als ich erkannt habe, dass wir beide Fehler gemacht haben und ich nicht will, dass wir so auseinandergehen, war ich bei dir zu Hause, aber du warst nicht da. Ich war sogar bei Brenda."

„Wirklich?"

Ich nicke.

Darauf weiß Lily nichts mehr zu sagen. Stattdessen zeigt sie auf den Karton, den ich in meinen Händen halte.

„Was ist das?"

Ich versuche, zu lächeln. „Unsere Weihnachtsdeko. Ich wollte sie Wanda geben, damit sie alles an dich weitergibt. Außerdem ist ein Brief dabei."

„Darf ich den lesen?"

Ich nicke und reiche ihr den Brief. Wir setzen uns und ich beobachte, wie Lilys Augen über meine handgeschriebenen Zeilen fliegen. Dabei bewegt sie leicht ihre Lippen. Gott, wie sehr ich sie vermisst habe. Ich könnte stundenlang damit verbringen, sie einfach nur anzuschauen.

Als sie fertiggelesen hat, schaut sie mich an und schweigt. Das ist kaum zu ertragen.

„Bitte sagt was", flüstere ich.

Erst da sehe ich, dass Tränen in ihren Augen glitzern. Habe ich das Falsche gesagt?

„Kommt nicht infrage."

Verwirrt ziehe ich die Stirn zusammen. „Bitte?"

Lily steht auf und kommt zu mir herüber. „Es kommt überhaupt nicht infrage, dass du das Buch nicht veröffentlichst. Sam, unser Streit tut mir so unfassbar leid."

Ich stehe ebenfalls auf. „Mir auch! Ja, ich hatte Angst vor der Distanz, aber mich auf dich, auf uns, einzulassen, war die beste Entscheidung meines Lebens."

Lily lächelt mich an. „Und ich fühle mich geehrt, dass ich deine Muse sein durfte. Es hat mich einfach kalt erwischt. Mein erster Gedanke, nachdem ich den Ausschnitt gelesen hatte, war, dass du mich genauso ausgenutzt hast, wie Victoria es damals getan hat. Die Enttäuschung und Wut darüber haben dafür gesorgt, dass mir eine Sicherung durchgebrannt ist. Aber ich weiß, dass das nicht deine Absicht war. Ich habe überreagiert, weil die Erinnerung an den Schmerz von damals doch tiefer sitzt als ich dachte. Das hatte nichts mit dir zu tun, sondern allein mit mir. Es tut mir leid."

„Ich verstehe es. Aber es freut mich, dass du erkannt hast, dass ich nicht Victoria bin. Und jetzt keine Entschuldigungen mehr, okay?" Ich sehe geradewegs in Lilys blaue Augen. Endlich nickt sie.

„Du hast mir gefehlt."

„Du hast mir auch gefehlt."

„Darf ich dich küssen?", fragt Lily.

„Du darfst nicht, du musst."

Und das tut sie.

***

Meine letzten Stunden in New York verbringen Lily und ich im Pausenraum des *Cornelia's*. Wir lassen uns das Gebäck schmecken und genießen es einfach, wieder vereint zu sein. Ich bin unfassbar glücklich, dass sich alles noch zum Guten gewendet hat.

„Du hast mich übrigens inspiriert."

Sie wirft mir einen fragenden Blick zu. „Inspiriert? Wozu denn?"

„Gestern habe ich noch mit meinen Eltern telefoniert und mich endlich getraut, über meine Schuldgefühle zu sprechen."

„Wirklich? Was haben sie gesagt?" Lily klingt aufgeregt.

„Ziemlich genau das Gleiche wie du. Sie haben es beide nie so gesehen, als wäre es meine Schuld. Außerdem ist ihnen gar nicht aufgefallen, dass ich mich all die Jahre selbst gegeißelt habe. Meine Mum hat geweint, so sehr war sie davon betroffen."

„Wow. Geht es dir denn jetzt besser?" Sie schaut mich mitfühlend an.

Ich nicke. „Auf jeden Fall! Ich fühle mich, als hätte mir jemand einen Zentner Gewicht von den Schultern genommen. Wer weiß, vielleicht kann ich die beiden im nächsten Jahr sogar zu einer kleinen Feier an Weihnachten überreden?"

„Das fände ich unglaublich schön. Es freut mich, dass sich alles etwas geklärt hat."

„Danke dir für den Anstoß dafür. Ohne dich wäre ich niemals auf die Idee gekommen, mit ihnen darüber zu sprechen."

„Ach, ich habe bloß meine Meinung gesagt, ich wusste nicht, dass meine Worte so einen großen Einfluss auf den Lauf der Dinge haben."

„O Lily. Du hast einen viel größeren Einfluss auf die Welt, als du denkst. Vor allem auf meine Welt."

***

Irgendwann holt Lily Wanda dazu.

„Ich freue mich so, dass ihr alles geklärt habt."

„Ich mich auch", antworte ich. „Aber eins interessiert mich immer noch, Lily: Als ich versucht habe, dich zu finden, wo warst du?"

Lily schaut betreten zu Boden. „Ich ... war hier."

„Was?"

Wanda lächelt leicht. „Lily war in meiner Wohnung, ich habe dafür gesorgt, dass sie ein bisschen aufgepäppelt wird."

Lachend schüttle ich den Kopf. „Ihr beiden seid unglaublich!"

„Ich muss wieder nach vorne", meint Wanda und breitet die Arme aus. „Komm her, Sam."

Ich umarme Wanda und versuche, gegen den Kloß in meiner Kehle anzukämpfen. Ich werde das alles hier so sehr vermissen.

„Machs gut, Sam. Und komm uns bald besuchen."

„Verlass dich drauf!"

Dann ist es Zeit. Lily und ich nehmen uns ein Taxi, welches uns erst zu meinem Apartment bringt, wo ich meinen Koffer hole. In der Lobby verabschiede ich mich von Charles, dem Portier.

„Auf Wiedersehen, Charles. Danke für alles."

„Auf Wiedersehen, Miss King. Haben Sie eine angenehme Reise."

„Vielen Dank." Winkend verlasse ich das Gebäude und steige wieder ins Taxi, wo Lily auf mich gewartet hat.

New York zieht an uns vorbei und Lily und ich schweigen. Bis ich die Stille nicht mehr aushalte.

„Weißt du, warum ich mich wirklich auf alles eingelassen habe?"

„Warum?"

„Weil du mir sympathisch warst und weil ich neugierig war, ob du es schaffst, mich dazu zu bringen, Weihnachten wieder zu mögen. Nachdem das mit uns beiden angefangen hat, war ich so glücklich, dass ich es am liebsten mit der ganzen Welt geteilt hätte. Nur deswegen habe ich über uns geschrieben."

„Warum hast du mich nicht vorher gefragt?" Lily mustert mich.

„Weil ich ehrlich gesagt nicht damit gerechnet habe, dass es dir etwas ausmachen könnte. Hast du wirklich geglaubt, meine Gefühle für dich sind vorgetäuscht?"

Lily mustert mich beschämt. „Das dachte ich, ja. Ich vermute, die Enttäuschung von damals, mit dem, was Victoria abgezogen hat, sitzt immer noch tief. Aber jetzt denke ich das nicht mehr. Das weißt du, oder?"

Ich nicke. „Ja, und ich bin froh darüber. Lily, du hast mein ganzes Leben auf den Kopf gestellt, doch ich würde es gar nicht mehr anders haben wollen."

„Das ist gut, du wirst mich nämlich auch nicht mehr los." Lily schmunzelt, ehe sie mich küsst, und ich weiß, dass alles gut ist.

Viel zu schnell für meinen Geschmack erreichen wir den Flughafen. Der Taxifahrer parkt und ich sehe ihm dabei zu, wie er mein Gepäck aus dem Kofferraum holt. Lily greift nach meiner Hand und gemeinsam betreten wir den Flughafen.

„Ich will nicht, dass du gehst", murmelt sie.

„Und ich will nicht gehen. Aber ich muss. Wir sehen uns bald wieder, schon in einem Monat. Und dann bleibst du einen ganzen Monat bei mir."

Ängstlich sieht sie mich an. „Wir schaffen das doch, oder?"

Ich nicke energisch. „Natürlich schaffen wir das. Du wirst schon sehen."

Gemeinsam geben wir mein Gepäck auf und stellen uns dann an den Check-in-Schalter.

„Kannst du mich nicht einfach mitnehmen?", fragt Lily bettelnd.

„Glaub mir, ich wünschte, das ginge. Unfassbar, dass wir die letzten Tage wegen so eines doofen Missver-ständnisses miteinander verloren haben."

„Es tut mir leid."

„Hey, wir haben gesagt, keine Entschuldigungen mehr. Hauptsache ist doch, dass jetzt alles gut ist. Ich hätte sonst wirklich nicht gewusst, wie ich weitermachen soll. Und du rufst am besten deine Mutter an und sagst ihr, dass alles wieder gut ist. Und bestell ihr liebe Grüße von mir, ja?"

Lily nickt. „Das mache ich, versprochen."

Und dann stehen wir viel zu schnell vor der Sicherheitskontrolle und der Moment des Abschieds ist gekommen. Ich nehme sie so fest in die Arme, dass es mich nicht wundern würde, wenn sie keine Luft mehr bekäme. Mein Gesicht vergrabe ich in ihrer Halsbeuge und meine Nase in ihren Haaren.

Tief atme ich ein, um mir so lange wie möglich ihren Lavendelduft einzuprägen. Den Duft, der einfach Lily ist.

Wir stehen nur so da und halten uns aneinander fest.

„Du wirst mir so sehr fehlen", flüstert sie mit Tränen in den Augen.

„Du mir auch." Ich schniefe und kneife die Lippen zusammen. „Ich danke dir für alles. Wir sehen uns ganz bald wieder. Und wir werden jetzt nicht weinen, versprochen?"

Sie nickt und küsst mich. Viel zu schnell verkündet eine Durchsage den letzten Aufruf für die Passagiere meines Fluges.

„Ich muss jetzt wirklich los", seufze ich wehmütig und löse mich widerwillig von Lily.

„Bis bald. Ich liebe dich."

„Ich liebe dich auch, Lily."

Ich gehe in Richtung Sicherheitskontrolle davon und spüre ihren Blick in meinem Rücken.

Epilog

22 Monate später

Zwanzig Stunden und zwanzig Minuten. So lange dauerte die Reise von Australien nach New York. Die Zeit konnte gar nicht schnell genug vergehen. Ich konnte es kaum erwarten, endlich anzukommen. Zu Hause.

In den letzten Monaten sind Lily und ich regelmäßig zwischen New York und Brisbane hin- und hergeflogen. Gemeinsam haben wir so viel erlebt. Wir haben meinen dritten Platz beim Queensland Buchpreis gefeiert und Lily hat endlich Avery kennengelernt. Alle zusammen haben wir die Veröffentlichung von meinem Buch *Liebe stand nicht auf der Liste* gefeiert. Und den Deal, den ich mit Tom Green und Metropolis geschlossen habe. Unsere Beziehung ist stärker denn je. Monatelang haben wir mit der Planung meines Umzuges zugebracht, Gespräche mit meinen Eltern, Avery und natürlich Declan geführt, denn mir war relativ schnell klar, dass ich von überall auf der Welt schreiben kann. Warum dann also nicht zu meiner großen Liebe ziehen?

Und nun war es endlich so weit. Gestern bin ich in New York angekommen und heute ist der große Tag. Als ich die Augen aufschlage, blicke ich geradewegs in Lilys schönes Gesicht. Sie ist schon wach und mustert mich.

„Guten Morgen“, begrüße ich sie. „Bist du aufgeregt?“

Schlagartig setzt sich Lily im Bett auf. „Aufgeregt ist gar kein Ausdruck, Sam. Ich drehe bald durch.“

Ich richte mich ebenfalls auf und ziehe Lily an mich. „Hey, beruhig dich, alles wird gut, okay? Wenn du willst, können wir schon hinfahren und alles noch einmal überprüfen?“ Ich bin wahrscheinlich mindestens genauso aufgeregt wie sie, aber ich verberge es, um sie nicht noch mehr zu stressen.

Lily sieht mich dankbar an. „Das würdest du tun? Das wäre toll.“

Ich küsse sie aufs Haar. „Ich würde alles für dich tun, das weißt du doch.“

***

Eine Stunde später stehen wir vor dem *Cornelia’s* und Lily fummelt mit ihrem Schlüssel am Schloss herum, bis sich die Tür öffnet. Wir treten ein und ich lasse das Innere des Ladens auf mich wirken.

„Wow, das ist toll geworden, mein Schatz!“

„Findest du?“ Lily schaut mich ängstlich an.

Ich drehe mich zu Lily um und greife nach ihren Händen. „Liebes, der Laden sieht wundervoll aus und alles wird gut werden!“

Tränen steigen in den Augen meiner Freundin auf. „Ich habe Angst, Wanda zu enttäuschen“, wispert sie kaum hörbar.

Jetzt ziehe ich sie ein meine Arme. „Wanda würde es lieben und das weißt du genau! Du bist nur nervös!“

Vor drei Monaten ist Wanda nach kurzer, aber schwerer Krankheit verstorben. Selbst jetzt noch zieht sich mir schmerzhaft das Herz zusammen, wenn ich daran denke, wie ich von ihrem Tod erfahren habe und für die Beerdigung hergeflogen bin. Wanda war eine Freundin und sie fehlt mir sehr. Als sie starb, hat sie Lily das Café und eine große Summe Bargeld für diverse Umbauarbeiten hinterlassen. Heute, genauer gesagt in einer guten Stunde, findet die Wiedereröffnung des *Cornelia's* statt. Im Jahr zuvor hat Lily ihre Kurse am College mit Auszeichnung abgeschlossen und heute geht ihr Traum vom eigenen Café in Erfüllung. Ich bin mindestens genauso aufgeregt wie sie und noch dazu unheimlich stolz.

Eine Stunde später ist es so weit und wir öffnen die Türen zum neuen *Cornelia's*. Die ersten Gäste lassen nicht lange auf sich warten. Darunter sind auch gleich mehrere bekannte Gesichter. Zum einen natürlich Lilys ganze Familie, die mich alle herzlich begrüßen. Vor lauter Freude wird mir ganz warm. Ich fühle mich so herzlich willkommen wie eh und je. Hier bin ich zu Hause. Sie sind jetzt auch meine Familie.

„Es ist so schön, dass du wieder da bist", meint Stella, als sie mich umarmt.

„Das finde ich auch. Und diesmal bleibe ich für immer!"

Als wir uns voneinander lösen, tippt mir jemand auf die Schulter. Ich drehe mich um und entdecke Helena, Theo und Helenas beste Freundin Malia. Bei meinen Besuchen hier haben wir uns angefreundet und Helena hat dafür gesorgt, dass ich bei ihrem Verlag unter Vertrag gekommen bin, so wurde mir der Abschied von *Silver Ink Books* erheblich erleichtert.

„Hey, ihr drei!", rufe ich und umarme Helena und Malia. Theo und ich schenken uns nur gegenseitig ein warmes Lächeln, er steht nicht so auf Umarmungen.

„Wo ist denn unser Ehrengast?", fragt Malia und sieht sich suchend nach Lily um.

„Wahrscheinlich in der Küche. Ich gehe mal nach ihr sehen."

In der Küche kann ich Lily nicht finden, also schaue ich im Büro nach. In meinem Büro. Hier werden in Zukunft meine Bücher entstehen und Lily ist nur eine Tür weiter. So muss es sein. Vor meinem inneren Auge taucht ein Bild auf, wie ich am Schreibtisch arbeite und Lily jederzeit sehen kann. Großartig.

Tatsächlich sitzt Lily auf meinem Schreibtischstuhl. Als ich hereinkomme, dreht sie sich zu mir um.

„Ist alles in Ordnung?", frage ich besorgt.

Lily nickt und schüttelt gleich darauf den Kopf. „Keine Ahnung, ich glaube, ich bin überfordert."

Ich lächle. „Es würde mich wundern, wenn dem nicht so wäre. Du machst das wunderbar, Lily. Geh schon raus und lass dich feiern!"

Lily lächelt und kommt auf mich zu, um mich zu küssen. „Ich bin so froh, dass wir das hier gemeinsam erleben können!"

Ich lächle zurück. „Geht mir genauso." Sanft schiebe ich sie in Richtung Tür. „Geh schon, ich komme jeden Moment nach."

Als Lily den Raum verlassen hat, ziehe ich das Abschiedsgeschenk meiner Mutter aus meiner Hosentasche. Ich habe die kleine schwarze Samtschachtel immer dabei. Ich klappe sie auf und betrachte andächtig den silbernen Ring. Der hat meiner Großmutter gehört, aber meine Mum war der Meinung, Lily soll ihn haben. Das bedeutet mir sehr viel. Als ich zum ersten Mal nach New York gekommen bin, hätte ich nie gedacht, dass mein Leben nur zwei Jahre später so aussieht. Manchmal fühlt es sich an, als würde ich platzen vor Glück. Dann fange ich an, wie verrückt zu grinsen, und frage mich, womit ich das alles verdient habe. Jetzt warte ich nur auf den perfekten Moment, um Lily die Frage aller Fragen zu stellen und damit unser gemeinsames Leben noch perfekter werden zu lassen, als es sowieso schon ist.

Danksagung

Als erstes möchte ich mich natürlich beim dp Verlag bedanken. Liebe Francesca, vielen Dank, dass du an mich und mein Manuskript geglaubt hast. Ein ebenso großer Dank geht an meine Lektorin Sarah, du hast mir meine Angst vor dem Lektorat genommen. Unsere Zusammenarbeit hat mir unglaublich viel Spaß gemacht und ich hoffe, dass wir eines Tages nochmal zusammenarbeiten dürfen. Wir haben wirklich das Beste aus dem Buch herausgeholt.

Danke an meine Familie: Mama, Papa, Florian, Oma, sowie die Klimbims und das Hinterhaus, für eure bedingungslose Unterstützung.

Anne, du sagst mir immer deine ehrliche Meinung, egal wie hart sie manchmal ist. Außerdem hast du immer ein offenes Ohr für mich. Danke dafür.

An meine Lieblingskollegin: Danke. Nicht nur, fürs Testlesen. Sondern für alles. Dank in Form von Zimtschnecken folgt noch.

Außerdem gilt mein wahrscheinlich größter Dank Lisa und Michelle. Danke. Ohne euch wäre ich nicht da, wo ich heute bin – in keinem Bereich meines Lebens. Ihr seid meine besten Freundinnen. Meine Motivatoren, wenn ich aufgeben will und so viel mehr. Michelle, ohne dich wäre ich 2018 gar nicht zurück zum Schreiben gekommen. Dafür werde ich dir ewig Dankbar sein.

Sam und Lily, danke, dass ich eure Geschichte erzählen
durfte, es war mir ein Fest.
Und zu guter Letzt geht mein Dank an dich. Danke, dass
du meine Geschichten liest.
Danke.